本丛书获教育部人文社会科学重点研究基地资助

文艺美学研究丛书

WENYI MEIXUE YANJIU CONGSHU

YUJING YISHI YU MEIXUE WENTI

语境意识与美学问题

谭好哲◎著

人民出版社

目　　录

语境意识与中国美学现代性研究

纵观当下有关美学现代性问题的研究，有一种普遍性的倾向值得特别注意：这就是人们大多满足于直接搬用吉登斯、哈贝马斯、卡林奈斯库等人的现代性理论说事，而较少关注中国美学现代性的具体发生语境及其理论构成和呈现方式的特殊性。这就造成了如下阅读窘况：你不能说学者们的理论言说不对，因为他们所征引的理论观点在全球范围内都是权威乃至经典性的，而且这些理论一般也都有其历史与审美方面的现实材料可资佐证；但你又总是觉得这些源于西方的理论观点套用到中国美学研究中来似乎有些空泛、有点疏隔，没有落到实处。直白点说，正像前些年后现代主义在中国的鼓噪一样，学者们依然是将生成于西方的理论言说视为放之四海而皆准的东西，认为只要简单重复一下西方学者的观点就可以轻易地解决中国美学的各种问题，而忘记了任何话语行为都是生成于具体的语境之中的，语境的差异性与特殊性必然造成话语构成的差异性与特殊性，美学现代性问题自然也不例外。

无论中西，作为现代性叙事的美学研究都是现代规划的产物。因此，对审美现代性及其理论表现美学现代性问题的研究，都应该置于社会历史的现代化进程之中，在与启蒙现代性或历史现代性的某种比较关系或张力结构中加以展开。这可以说是中、西美学现代性研究中相同的方面。但是，由于各个国家和民族的社会现代化过程发生的时间、动因、速度乃至具体方面各有不同，因此不同国家和社会的现代性以及在此基础上孕育生成的审美现代性和美学现代性又必然是具有多样性、差异性的。我们不可仅看到相同的方面，却忘掉了相异的方面。从美学现代性研究的方法论层面来看，只有把相同和相异的方面辩证地结合起来才有可能得出科学的认识。

大致说来，作为一种社会设计或制度模式的现代性首先发生于 17 世纪的欧洲；与此相伴随，随着中世纪宗教世界图景的瓦解，以启蒙理性为基础的思想文化领域逐渐分化为科学、道德、艺术三个互相独立的领域，在专家的掌握之下，三个领域分别形成了认识——工具理性结构；道德——实践理性结构；审美——表现理性结构。在西方现代化进程的早期阶段，科学、道德、艺术三个领域虽然各自追求独立，但在瓦解中世纪的宗教世界图景，推动政治民主，促进人性解放等方面又是同盟军，共同集合于启蒙理性的大旗之下。当此之际，艺术现代性或审美现代性与启蒙现代性是并行不悖的，甚至是合一的，康德把艺术与道德、美与崇高连通，席勒以审美弥合人性分裂、宣扬美走在自由的前面，黑格尔以艺术调和感性与理性的矛盾、弘扬艺术的主体理性精神，无不体现了这一点。但是随着现代化进程的发展，启蒙理性越来越导向了工具理性一面而消解、遗弃了道德——实践理性也就是价值理性，于是审美——表现理性便越来越填补起价值理性阙如造成的空白，并且日益走上与工具理性相对抗的地步。因此，自 19 世纪中期以降，审美现代性与以工具理性为主导的社会现代性之间便越来越采取了一种对抗的形式。审美现代性的超越性、批判性、乌托邦性等等均由此而得来。但是在中国，情形就不完全如此。在中国，社会制度层面的现代化发生于 19 世纪中叶以后，这比西方晚许多。这个时期及其之后的阶段正是西方的启蒙理性日益导向工具理性，社会现代性日益显露出其负面价值和影响的时候，而在中国现代性却作为一种拯救社会与人生的新的事物为社会所需求，为进步人士所期盼和鼓吹，工具理性与审美理性都是作为启蒙理性崛起于思想文化领域的。五四新文化运动作为影响久远的思想启蒙运动，所标举的"德先生"、"赛先生"实为政治理性和工具理性，在同时期的西方它们已成为被反思、被批判、被以审美现代性加以对抗与超越的东西，而在中国则完全是被历史隆重接受和正面肯定的东西。至今，科学与民主依然是张扬新理性精神的中国学者所大力加以倡导和弘扬的。此外，中国的现代化进程不仅仅缘生于中国社会内部因素的自我积聚和自我冲突，而有着外力强力迫压和干预的因素。因此，中国现代化和现代性的发生与演进，一直存在着古今关系与中西关系的双线交织，同样的问题在不同的坐标系的参照下往往具有不尽相同的意义。这样一来，中国美学现代性问题便有了与西方不同的语境，美学视野中的审美现代性与启蒙现代性、社会现代性的关系便有了不同的语义关联。而其不同的语义关联致使中国美学现代性有了自己与众不同的独异性。在此，有两点值得特别提出来加以深入探讨。

　　首先一点，自梁启超鼓吹"三界革命"和王国维、蔡元培于20世纪初介绍德国古典美学以鼓吹美育运动起，中国现代文学与美学研究便有着强烈的救世主义倾向，也就是王德胜同志所指出的"社会/人生改造冲动"①，以致形成了"审美功利主义"的现代传统。审美现代性和美学现代性的研究，应该如何认识和评判这种审美救世主义或审美功利主义呢？我们知道，审美救世倾向不独出于中国，德国古典美学把美与自由的关系作为核心线索即突出地表现出救世倾向，席勒的美学尤其如此。或许是20世纪初叶的中国与18世纪末19世纪初尚处于分裂中的落后的德国有着相似的国情和民生体验的缘故吧，中国现代美学发轫期的思想家们如王国维、蔡元培等人都首先将目光聚集于德国古典美学，从那里获取理论借鉴以资社会和人生改造之用。但与德国古典美学不同的是，由于社会改革的外在迫力过于强大以及中国传统的经世致用思想和实践理性精神使然，中国美学从一开始起就较少德国古典美学所有的那种形而上倾向，不是在感性与理性、审美与人性等抽象的理论关系和命题中思辨美学问题，没有把艺术审美与社会道德实践和科学认识活动截然区分开来，在纯然独立的审美王国中玄思人的自由。知识学意义上的中国现代美学最初是以改造社会和人生为目标的美育为开端的。无论是王国维借美育倡导"完全之教育"，还是蔡元培宣扬"以美育代宗教"，拟或是鲁迅张扬"摩罗诗力"，梁启超倡行"趣味教育"，其宗旨都在于美化国民、改良国家。可以说，中国现代美学从一开始就不那么超然，不那么为艺术而艺术、为审美而审美，而是有着比较强烈的现实关怀乃至社会干预意向，从而与历史运行和现实的人生实践有着不解之缘。这种现实关怀和社会干预意向早先表现为借艺术和审美的名义发思想启蒙之声，而到后来随着国

---

　　① 见王德胜《21世纪中国美学研究二题》，《吉首大学学报》2001年第4期。

内革命战争、民族解放战争和社会主义运动的发展，又一步步踏上了救亡与政治化的旅途。因此，历史地来看，中国文学现代性和美学现代性便内在包含了审美与启蒙、审美与政治以及文学的自律与他律、艺术与审美的个体发生和个人自由与社会规约和集体意志等多种关系。对此一类的理论关系，我们固然应该有基于权威理论参照的国际性或全球性比较分析的视野，但这种比较分析的视野不应仅是为了证明某种理论的普遍性，一味地求同，同时更应该有基于中国特殊语境的具体分析与领悟体察，能从同中见出异来，从普遍性中见出特殊性来。像有些论者那样，以西方后期现代性中审美现代性对社会现代性的超越关系来评判中国现代文学和美学研究，以审美理性否定工具理性和政治理性，甚至否定一般意义上的启蒙理性、历史理性，似乎就把复杂的问题简单化了。其实，相对于中国传统的封建时代的文学观念和审美价值理想来说，基于现代化历史进程基础而产生的思想文化、意识形态和科学技术所孕育出来的启蒙理性以至工具理性、社会理性以至政治理性，也同样是中国现代化进程所需要的，是现代性的体现，审美现代性若能正确处理与它们之间的关系，并将它们正确地融含于自身之内，是有其历史合理性和积极价值的。当然若处理不好，若将工具理性和政治理性导向极端，排斥以至压制了文学的自律和审美的个体自由，又会给文学和审美带来损害，这也是不待多言的。因此，对审美现代性与社会现代性的关系，应该作出具体的分析，不能不分语境统而言之。这方面非语境的简单化认识方式只能将中国文学审美现代性和美学现代性的丰富历史蕴含抽空，从而作出片面化的理论认识和评判。

另外一点就是，中国文学的审美现代性和美学研究的现代性始终难以摆脱与民族性问题的关联。由于历史的和现实的原因，这种关联几近宿命性的，是任何刻意的超脱姿态都摆脱不开的，同时这种关联又是变动着的，在变动中体现出不同历史时期的时代特性以及思想文化界的精神关注意向和理论认知着眼点。现代性作为一项社会规划工程，其中的一个方面就是现代民族主义意识的生成和现代民族国家的确立。这在思想文化领域和审美领域表现出来，就是对民族性的追求和自我认同。民族主义首先生成于西方，现代民族国家也首先在西方各国得以建立。而随着西方资本主义列强对东方的殖民扩张和统治以及东方各国自身资本主义生产方式的发展，民族主义观念也出现于东方，并且形成了反抗民族压迫、争取民族独立、建立现代民族国家的世界性运动。中国是一个有着五千年历史的悠久文明古国，并且很早就形成了历代仁人志士为之成仁取义而自骄无悔的民族意识和民族感情。当西方列强的坚船利炮打破了华夏中心主义的迷梦，中国也终被拖入现代工业和商业发展的历史洪流之中以后，经历了时代洪流和现代国家观念洗礼的传统民族意识便一跃而演进为现代的民族主义观念。自清末维新派和海外留学生最早将"民族主义"一词引入中国之后，"民族主义"便与中国现实政治问题的解决紧密纠缠在一起，成为各派人士不得不倍加关注的问题，建立现代化的新兴民族国家成为各界爱国志士所追求的奋斗目标。与此同时，现代教育、文学、艺术、科学和学术文化的发展便与这个新兴民族国家建构理想结了不解之缘。由于现代性的发生在中国既有其外来压力的动因，又是进步人士面对中华民族生死存亡的千古变局和世界潮流所作出的自觉选择和追求，因此，民族性及其与现代性的关系问题在不同的主体那里和不同的时期便有了不同的意义和语义关联。对保守、腐朽的封建顽固派而言，与现代性相关联的一切东西都不啻为洪水猛兽，而传统的民族的东西则是抵御这洪水猛兽的力量和法宝；对激进的西化派来说，现代化就是西方化，而传统的民族的东西则是西化的绊脚石，必欲彻底抛弃之而后快。这种将民族性与现代性截然对立起来的极端做法，在100多年来的中国现代史的不同时期都能找到其理论表现和代表人物。比如五四运动时期就既有激进派的彻底反传统，也有《甲寅》、《学衡》派的一味死守传统。再如当前学术界也有一些人或是一意张扬西学话语，或是固执守持狭隘民族主义立场。这是特殊的情况。一般的情形则是，由于引发民族性的历史机缘不同，民族性问题以及民族性与现代性的关系问题往往呈现出多方面的、错综复杂的意义和关系格局。就美学研究而言，在中国美学发展的早期，美学研究的显在价值取向是追求现代性，所张扬的是现代的审美观念、现代的社会理想和人生价值，但这种追求是要建立中国的现代学术，要解决的是中国的社会、人生和审美问题，所以它并不排斥民族性，或者也可以说它隐在的价值取向又是民族性的。比如梁启超的新民说引进介绍了大量西方近现代的思想观念，但其意图是新中华之民，而且他最早引用了"民族"这个概念。王国维从德国古典美学引进了现代新的美学和美育观念，但他又用这些新观念研究《红楼梦》，改造传统的意境理论，甚至去发见孔子思想的美育意义。梁启超和王国维的这些努力，就使得中国美学的现代性追求从一开始就深深地打上了民族性的烙印，他们的文学和美学研究，既是现代性又是民族性的。尽管中国现代美学是在痛苦地认同中国历史的西方发展道路和西方学术的基础上发端的，但中国美学的现代性追求一开始就没有抛却民族性，而是给予了民族性以应有的位置和肯定性价值，这是十分难能可贵的。

可惜的是，中国美学在五四之后的发展中，越来越偏向了现代性的一极，而所谓现代性在大多数情况下也不过是倒向对外来话语的一味搬运和模仿，以致患上有的学者所谓"失语"的病症。上世纪三四十年代，中国的马克思主义文学理论与批评界，曾在文学民族化方面作出了很多有价值的理论思考，但这种思考又因为政治现实和政治思维的干扰而常常摇摆不定，没有展开更深入的理论探讨，结出更丰硕的理论果实。此外，像宗白华、郭绍虞、钱钟书等一批学者虽在传承与发展中国传统诗学和美学方面作出了不菲的实绩，但他们的努力并没构成中国现代文论和美学的主流，他们在文论和美学民族化方面的贡献也没有引起学界足够的重视。这期间的原因和教训值得总结与深思。至上世纪 80 年代初，随着欧美现代派文学和理论观念的引进，文学的现代性（当时也称现代化）与民族性的关系问题又以不同的理论思考（如中国文学要不要现代化？中国应不应有自己的现代派文艺？文学的民族性与世界性的关系如何？越是民族的就越是世界的？还是说民族性是一个纯然防御性的口号？）浮上学术台面。而随着世界一体化进程的加快，全球化与民族化的关系近年来又成为学术界包括文学理论和美学界思考的热门话题。实际上，全球化乃是世界范围内现代化进程的最新表现形式，所以全球化与民族化的关系问题实质上仍然是一个现代性与民族性的关系问题。但就中国而言，这一问题又有了不同的语境。如果说中国早期的现代化是在落后挨打的现实教训下启动的，带有相当被动的成分，所以民族性的建构既可能成为现代性追求的主体动因，也可能成为既追求现代性又防止现代性沦为全盘西化的文化制衡力量，当然也有可能成为拒斥现代性的主观理由，但无论如何现代性作为一种社会认知和理论认同的文化精神和理想模式，相对于民族性而言是占有了时代优势与话语优越性的。而在今天，中国虽在社会现代化的程度上与一些发达国家相比尚有距离，但建立现代民族国家的任务已经完成，在全球化的大背景下持续进行现代化建设也已成为全民族自觉主动的选择，这时民族性问题就有了与以往不同的蕴含。今天我们所倡导的民族性，已不是落后挨打时渴望自身强大的民族性构想，也不是闭关锁国年代盲目排外的民族性的自大和自狂，而是在自强、自信的基础上与世界各民族平等交往、共谋发展中既能够推动全球现代性事业的发展，又能在其中显示出中华民族卓尔不群的实力、贡献与风貌的民族性。因此，在今天，现代性相比于民族性并不具有特别的时代优势和话语优越性。正如英国学者齐格蒙特·鲍曼在《全球化》一书中所指出的，全球化并不意味着中心的建立，意味着西方化，相反却意味着中心的缺失，意味着联合与分化、全球化与本土化的双向发展。① 可以说，当今的全球化已非单向度的西方化，它一方面意味着现代性工程的世界性展开，另一方面也意味着民族国家更多参与世界事务包括文化共建的可能性。换言之，在今天，现代性工程是全球性的，也必然是民族性的，是需要由各民族的共同参与来实现的。因此，中国人今天来谈论民族性问题时，不会再有那种面对强敌，感觉万事不如人时的自卑或自弃心理了，当然也不必且不应再有以往那种对于现代化可能流入全盘西化的戒备心理、那种既向往又惧怕的矛盾心态了。一种既是民族的又是世界性的现代民族文化的建构图景正在现实地展开。美学研究也同时共存于这一现实图景之中。对美学研究者来说，问题在于在这个全球化的时代，我们究竟能够从什么角度、在多大的深度上切入美学研究领域，我们又能提出和解决哪些缘自我们民族自身发展境况而又具有世界性关联的时代性课题。美学作为一门感性认识的科学，从根本上说是生成于对人类感性生活的体验和认知。美学研究要成为既是现代性又是民族性的学术建设工程，就既不能脱离开现代的观念、视野和思维，也不能脱离开民族感性生活的母体和根基。而从人们通常仍然习惯于用西方学者的观念和理论言说美学问题来看，美学的民族性建设的确还是一项任重道远的长期任务。它与美学现代性的共生关系和互为依存的内在理论格局问题也还需要美学研究给予更多的关注和探讨。

---

① 参见［英］齐格蒙特·鲍曼《全球化——人类的后果》，商务印书馆2001年版。

美学民族化与本土性问题的叩问

　　作为一个独立的理论研究学科，美学在中国已有了整整一个世纪的发展历程。百年时间不可谓短，然而迄今为止，中国的美学研究从基本观念、概念范畴到体系构架却基本上依然都是从西方输入过来的，只是从作为印证观点的部分艺术实例和少量中国美学思想史研究中才让人依稀感觉到一点点民族化的征象和痕迹，正如有的学者所指出的，百年中国美学的历程更多地像是"西方美学在中国"，而"美学的民族化"却仍是一个需要努力才有希望实现的理想。这种状况自然是不能令人满意的。而今，从这样的起点上展望未来，人们于不满足之外又多了几分焦虑，因为伴随着全球化时代的到来，学术的民族化包括美学研究的民族化似乎更是一件可望而不可及的事情了。

　　应该说，如果我们继续因循着先前的研究思路做惯性运动，继续追随在西方学者后面鹦鹉学舌，做学术上的二道贩子，从而把学术领域里的全球化语境理解为并实际地弄成单向的西化取舍与被动摹仿，美学研究的民族化就真的可能成为一个水月镜花的幻象。然而，如果我们能够对全球化有一个正确的对待，对美学研究与民族发展和本土文化创生之间的内在关联有一种深切的理解和正确的处理，真正找到美学研究与民族文化互依共生的联结通道，美学的民族化就可能由理想生成为现实，就可能结出我们所期望的丰硕理论果实。对中国美学来说，最终是收获苦涩还是收获喜悦，全然取决于我们自己究竟做了什么，付出了怎样的努力，希望孕育在努力之中。

　　以经济领域里资本和信息的急速流动与扩张为动力的全球化浪潮的确来

势汹涌，将所有的国度和民族都卷入到了世界一体化的进程之中。但是，全球化作为一种历史发展趋向绝不像有人所理解的那样仅仅是西方化，仅仅是世界向欧美中心的向心化运动。英国学者齐格蒙特·鲍曼在其《全球化》一书中指出，全球化概念所指的主要是完全非蓄意和非预期的全球性效应，这种全球性效应并不表明新的世界中心和秩序的建立，相反，"全球化概念所传达的最深刻的意义就在于世界事务的不确定、难驾驭和自力推进性；中心的'缺失'、控制台的缺失，董事会的缺失和管理机关的缺失。全球化其实是乔伊特的'新的世界无序'的别称。"因此之故，"全球化过程缺乏人们所普遍认为的效应的一致性"，"全球化既联合又分化。它的分化不亚于它的联合——分化的原因与促进全球化的原因是相似的。在出现全球范围的商务、金融、贸易和信息流动的同时，一个本土化的、固定空间的过程也在进行之中。"① 这就是说在全球化的同时，也伴随着本土化的运动。鲍曼是从全球化的消极后果角度谈论这一问题的。在他看来，在全球化进程中，由于技术因素而导致的时间/空间距离的消失并没有使人类状况向单一化发展，反而使之趋向两极分化，它把一些人从地域束缚中解放出来，赋予他们史无前例的自由，成为"不受形役"的"全球人"，却把另一部分人固定在其"本土"，并且破坏了这些人传统上由与他人的时间与空间距离所造成的与其自己的生存之地的亲合性联系，使之患上了失去生存根基的空虚症。因而在一个全球化的世界中处于本土化，就成为被社会剥夺和贬黜的标志。

　　撇开鲍曼对全球化的某些消极后果的分析是否完全妥当不论，鲍曼的全球化理论言说其实是很有启发性的。首先，以经济一体化为基本动力的全球化并不意味着新的以欧美为中心的单一世界秩序的建构。在全球化的过程中世界各国各民族都有自己所追求的经济利益和发展目标，最终的全球性的效应，是由不同利益主体既相互依赖又相互冲突的互动造成的。中心的缺失意味着建立多极世界的可能，意味着不同利益主体多元存在、能动创造的可能。所以，全球化不纯粹是一个超国界、去民族化的过程，在全球化的过程中依然有一个国家主权与国家责任范围内的民族利益问题。其次，全球化与本土化是当代世界发展的一体两面，是一个趋向相逆的矛盾运动过程。因

---

① ［英］齐格蒙特·鲍曼：《全球化——人类的后果》，商务印书馆 2001 年版，第 57、2 页。

此，在展望全球化的景观时我们应该有一种基于民族本位立场的本土化关怀，而在思考本土化的相关问题时又应该有一种基于全球化视野的世界性互渗、互动的眼光，这样理论研究才不至于走向片面化和绝对化。

从这样两个认识前提出发，对近来人们关注颇多的美学与文学研究的民族化问题，我们当会形成一种更具时代意味的理论自觉，获得更为明晰的理论言说语境和问题分析构架。既然全球化不纯粹是一个去民族化的过程，还有一个民族利益和本土化的问题，因而美学研究的民族化问题就不是哪个理论家心造的幻影，就有其话语生成的现实基础，不存在是否狭隘与保守的问题。那种认为全球化语境下的美学和文学研究只有摒弃理论话语的民族自性和地方限制，用世界通行具体说就是用西方人通行和认可的话语参与国际学术活动才有出路的观点是片面的。学术研究的最高境界是能够向全人类说话，我们不怀疑那些倡导用世界通行的话语参与国际学术活动的学者是怀有这种追求的。但是任何有价值的对世界学术有所贡献的理论话语，都是富有民族特性的，美学研究也不例外。通观古今美学思想的发展历程，真正有价值的世界性美学话语，如古希腊的美学、德国古典美学、俄国革命民主主义者的美学、现代欧洲的存在主义美学和英美的分析美学等等，无不带有鲜明的民族文化特征和烙印。就此而言，民族化的追求与世界性眼光与胸怀不是矛盾的，只有首先是民族的美学而后才有望提升为世界性的美学。而那些企图抹去民族的印记和痕迹，一味跟在西方学者身后拾人牙慧的所谓美学研究，虽有一种所谓"世界性话语"的眩人名份，究其实却不过是重复与模仿别人的"世界性"，与自身的创造是毫无关系的，通常也是没有学术生命力的。

鉴于上述的认识，当前我们应该在理论层面上形成这样一种自觉：在全球化的过程中，强调美学的民族化建构，从消极意义上是要对随着全球经济一体化而可能带来的文化上的全球化趋同现象保持一份必要的警惕，以欧美文化为中心的单向文化趋同不是我们所希望的，世界文化正因其多元和多样才显得丰富而多彩；从积极意义上，就是要努力确立和保持中国美学和文学研究的独特民族身份，并藉由这种身份而在世界美学和文学研究大格局中占有一席之地，发出自己的声音，结束西方美学在中国单向的扩散状态，从而在美学的世界性建构中也融入中国美学家的民族智慧和理论贡献，在中外美学的交流中既拿来又输出。既然在全球经济一体化的进程中，我们已经取得了不俗的成绩，没有被时代大潮所淹没，那么我们也应该有信心在全球文化共建包括美学研究中会做得同样好。

在以往的中国美学研究中，人们通常是用一维的历时性时间尺度评价和认识民族性和现代性问题，把民族性等同于传统落后的东西，把西方的美学等同于现代进步的东西，认为用西方现代的东西取代传统上民族的东西是学术进步的必然；而现在，我们把民族性的追求作为全球化语境下美学现代性追求的一个重要目标，把民族性与世界性共时性地置于新世纪现代美学的建构目标之下，这应该说是对以往研究心态与思路的一个根本性的超越和转换。现在的问题就是，我们究竟应该选择怎样的美学发展策略，如何在美学民族化的追求中走向世界美学的互识、互渗、互动与共建呢？对此，学界已经提出了不少有见地的意见，并作出了一些很有价值的尝试。比如有人主张暂时借用西方的话语与之对话，并不时向西方学者介绍和宣传中国文化和文学的辉煌遗产，同时加进一些本土的批评话语，使他们在与我们的对话中受到潜移默化的影响和启迪，以达到积极介入国际理论活动和争鸣，发出中国理论家自身的声音之目的。① 也有学者认为，在全球性的视野中，应充分而深入地探讨传统中国美学思想的特性和历史存在形态，通过本土学术资源的现代转换，找到对外进行平等有效的学术沟通的"对话性"的基点和根据，促成中国美学在新世纪具有世界性的现代学科建构。② 这里，前一种策略是借他人的酒杯浇自己的块垒，后一种主张是吸取传统的营养以健全现代的肌体。两种思路都着意在中国美学的现代性建构中凸现民族化问题。从中不难看出，将美学研究的民族化追求与全球性视野有机地结合起来，基本上已成为学界的共识。不过，以上两种主张，基本上还只是一种宏观研究理路上的考虑，具体到美学民族化的建构来说，则尚有许多需要进一步探讨的问题。比如说什么才算是本土性的话语呢，美学话语又是如何获得本土性的呢？又比如说本土传统的学术资源是如何获得现代转换的动因的，又是如何获得进入现代中国美学学科建构的"历史的现实合法性"的呢？类似这样的问题还有许多，需要一步一步地加以深入的追问和探讨。只有通过这类追问和探

---

① 王宁：《全球化进程中中国文学理论的国际化》，《文学评论》2001 第 6 期。
② 王德胜：《清理与转换：本土学术资源与中国美学的现代建构》，《北京社会科学》2001 年第 4 期。

讨，本土性话语才能逐渐地凸现出来，民族化的美学才有望被建构起来。换言之，在大的发展理路明晰之后，问题意识的确立，尤其是与全球化进程相关联的本土性问题的叩问和凸现，又成为中国现代美学学科建设走向民族化的关键所在。我们知道，任何一门理论学科都是由一些基本的理论问题支撑其体系构架的，学科发展的历史在某种程度上说就是提出问题、研究问题、解决问题的历史，也就是新旧问题丛生与延伸、交替与更迭的历史。而问题生成与解决的历史即是理论生成与发展的历史。鲍桑奎在其《美学史》中经常用"美学哲学的问题"、"美学问题"之类术语，并有诸如"近代哲学的问题"、"康德——把问题纳入一个焦点"、"美学问题在他的体系中的地位"、"为什么审美判断是美学问题的解答"等提法，这里的所谓"问题"都是指包含了通常所说"问题"的理论本身而言的。可见，问题与理论实在就是一而二、二而一的问题。通常我们常说某人的学术研究有新意和创见，实际上就是指他的研究能够提出自己的理论问题或者能够对业已存在的问题提出有创见的解决思路和办法。因此，问题意识对学术的发展是必须的，是学术理论向前推进的内在动力因素。美学研究亦复如此。我们前面所提到的古希腊美学、德国古典美学、俄国革命民主主义者的美学等，之所以能形成世界性影响，在美学史上占有重要地位，都在于其中隐含了各自独特的美学问题，而且这些美学问题又都不完全是从抽象的思辨与玄想中产生出来的，而是从美学家们各自身处其间的民族文化传统与现实生活处境中孕育和诞生的。然而在很长一段时期里，当我们的学者追随着西方美学家的思想理路，运用着由他人那里撷拾的理论话语进行美学的研究时，却恰恰忘记了从自身生存处境生成的问题意识对美学研究的重要性。学术界所谓中国美学与文学理论和批评的"失语症"正是与自身问题意识的缺失紧密相关的。就此而言，尽管上世纪五六十年代以后的美学研究有时显得很热闹，很有学科建设意味，但由于其就美学而言美学的基本倾向，且过分地流入对美的本质之类形而上学问题的抽象思辨（虽然这种思辨也是有其必要性的），而较少与民族的生存处境及文化创造相通，所以大多是不那么打动人和吸引人的，不能让人经历一种文化创生的痛楚与喜悦。因而在与时代、人生与民族文化的共生、互动方面，比起上世纪前半叶王国维、梁启超、鲁迅、蔡元培等人在美学研究开端期的作为来就逊色得多。20世纪初叶，当王国维等人筚路蓝缕，在传统学术的园地里开拓美学研究的新路时，是颇具问题意识的。王国维痛感于国势衰微、民心不振的"当时之弊"而倡导美育，以为形成"完全之教育"、培养"完全之人物"之助；鲁迅痛感于中国因个性不张乃成沙聚之国的现实，而向国人推介"摩罗诗派"，鼓吹浪漫主义美学精神，倡导"立人"的教育；梁启超针对当时学校情、意教育的缺乏和知、行割裂的现实，而鼓吹以"新民"为旨归的"情感教育"；蔡元培则针对袁世凯封建复辟以后社会上宗教活动的猖獗而提出了著名的"以美育代宗教说"。从王国维到蔡元培，他们之所以于美学领域特别突出和推重美育，正是强国新民的时代性民族吁求使然。王国维曾经撰文期望以美育来祛除国人笃嗜鸦片和嗜于"利"与"官"等种种卑劣之嗜好，治疗由此引生的精神上的空虚，这在有些人看来可能觉得太功利化，太不具有高深的理论品位了，然而从其用心和动机中我们却分明感觉到其美学思想中那种对于民族生存与发展深切动人的情感关怀，体会到一种活力充盈沉实浑厚的思想力度。可惜的是，中国美学研究早期所具有的这种从民族自身生存与发展的问题出发，勇于探索与叩问本土性问题的理论品质在后来却渐渐弱化乃至消失了。这恐怕是中国美学至今没有形成大气候的一个根本性原因。今天，在全球化与本土化互依共生而又冲突背反的时代语境之中，中国美学的现代建构要想真正获得充实的内容、活泼的生机，获得参与世界性美学对话的主体资格，回归王国维、蔡元培们的上述美学研究思路，不失为一种明智的选择。

可喜的是，最近几年中国美学研究中已有了越来越多的问题意识，这突出地表现在围绕实践美学的理论缺陷而展开的相关讨论以及对近 20 年来在中国迅速崛起的大众审美文化有关问题的研讨。问题意识的增强，使新近的中国美学研究逐渐突破了旧有美学的研究格局，而显示出了一种新的生机与活力。应该说这两方面的美学讨论都是从我们自己的美学研究现状和审美文化现实出发的，有较强的理论针对性，同时又有一种世界性的眼光，能够从西方现代美学成果中大胆地有所借鉴和吸取。不过，从更高的要求来看，对中国美学的研究现状我们还是感到不满足。这其中的原因之一，就在于我们的美学研究与民族生存与发展之间的关联还是不够紧密，对全球化进程中与本土化相关的诸种政治、经济和文化发展问题缺乏足够的敏感和关怀。以实践美学问题的讨论来说，有的同志提出要以审美自由的超越性纠正实践美学偏于理性蕴含和物质活动的缺陷，有的同志则主张以生命美学取代实践美学作为美学的新方向。实在说，主张美学的自由性、超越性及其生命根底的确有其理论上的合理性，然而总的来看，这些新的美学理论主张依然给人凌空蹈虚的感觉，与中国人当下的社会实践和民众生存缺乏有机的联系，理论问题的言说依然尽可以在纯理论层面上操作而无须涉及现实人生问题，从而就只能停留在极少数人感兴趣的纯学术层面，而不能播散到更广大的社会群体和文化创造领域里去。就当代大众审美文化研究来说，虽然比之以往有了不可同日而语的理论收获，但此类研究基本上也是借用他人的理论武器，对问题的言说没有超出国外同类研究已有的广度和深度，很多研究就像是他人成果的克隆，至于说新崛起的大众审美文化究竟在中国文化的当代转型和当代中国人审美理想的建构中扮演了什么角色，对中国文化的未来走向和中国人精神文化心理的塑造会产生何种影响，以及在全球化时代中国本土审美文化的特色和优势究竟何在，未来的前途又是如何，如此等等，这类问题，我们的确还较少看到既具有强烈问题意识又具有特立独行的学术识见和理论穿透力的研究成果。其他方面的美学研究也是如此，关在书斋里做学问，对国人当下的生存处境和生存问题观察不够、体验不深，因而缺乏具有强烈现实针对性的问题意识，可说是一个通病。比如说，对生活在现代都市底层的人们，对农村里的广大农民，且不说中国的文学和艺术界，就是以人文关怀自诩的中国学术文化界包括美学研究工作者又有多少人真正给予他们以人文关怀，对他们的生存处境、精神世界，究竟又有多少了解？美学家们乐于抽象地谈论基于生命意识的审美自由，可审美自由的畅想往往正是从不自由的生存境遇中产生出来的。我们为现代化欢呼，为全球化的到来而激情涌动，但天下从无白赴的盛宴，现代化的实现，全球化的到来是要以一些人的血泪和牺牲为代价的。美学研究工作者应该懂得这些道理，并且应该勇于从自己个人的生命体验和理性之思中切入这类与美学研究相关的问题。一味地躲在象牙塔里做学问，是永远也产生不了具有时代气息和思想力度的理论成果的。

总而言之，在全球化语境中，追求美学研究的新气象、新境界的学人，万万不可忘记了对自身生存其间的本土性问题的叩问。这是时代赋予新世纪美学学科建设的一个使命。中国美学的未来发展前景，美学民族化的实现程度，都与这种叩问的广度和深度有着直接的联系。

"里仁为美"：先秦儒家美学思想的元问题

一

做中、外美学史的研究，可以发现这样一种明显的对比状况：西方美学史上的大家，其美学思想通常都与其哲学体系紧密相关，而且其美学观点一般都有一个元问题性质的理论命题，这个元问题性质的理论命题既将美学问题的探讨提升到一定的形而上高度，同时又成为其他相关美学问题由之生发的始原，比如古希腊时期柏拉图的"美在理念"说和近代德国哲学家黑格尔的"美是理念的感性显现"说就是如此。与之相较，中国古代思想家的美学观点，由于通常缺少一个系统化的哲学体系为理论支撑，因而其美学思想也形不成系统化的理论表述，以致后人也很难从中披沙拣金式地提炼出其美学思想的元问题。这种状况，就造成了在中国美学思想史的研究中对古代美学思想家和思想流派的研究往往是智者见智仁者见仁，认识评价莫衷一是。对于孔子和孟子等先秦儒家美学思想的研究也是如此。

在中国古代美学大厦的建构中，以孔子和孟子为原始经典代表的先秦儒家美学占据着主导性的位置。研读《论语》和《孟子》这两部纪录孔、孟言行的经典文献，可以发现孔子和孟子在不同场合之下关于美与审美的许多直接或间接的言论和见解，从传统文化的传承和古今思想的融通角度来说，这是现代美学研究需要面对的一份重要遗产。可以说，自20世纪初叶西方现代美学观念传入中国之后，从现代美学的思想和方法出发对于先秦儒家美学思想的研究和反思就已开始了，并已产生大量有见识有价值的学术成果。但是倘若我们仔细检索一下这些研究成果，则不难发现，从老一辈学术大家王国维的《孔子之美育主义》，朱光潜的《中国古代美学简介》，宗白华的《中国美学史中重要问题的初步探索》、《中国美学思想专题研究笔记》，蒋孔阳的《先秦音乐美学思想论稿》，到 20 世纪 80 年代以来的各种中国美学史书，大多数论者都是基于儒家的礼乐观，就孔子、孟子关于诗歌、艺术和审美鉴赏中的一些具体言论加以梳理和总结，有不少的研究虽然提供了比较丰富的思想资料，也做了较多的梳理条陈，但是却不能言简意赅地归纳总结出一个具有思想涵盖性和原生性的理论命题，致使读者很难形成对于先秦儒家美学思想的明确认识和把握。如果有人试问最能代表孔、孟美学观点的言论究竟为何？就现有的研究成果来说，尚不能给出一个确切的回答和论定。

　　为什么会出现上述情况？是因为孔子孟子的美学思想中从根本上就缺少这样一种理论质素呢，还是由于研究者的理论认识不足、学理阐发不够才造成的呢？我的回答是后者。事实上，在先秦儒家的美学思想中是存在一个具有元问题性质的美学理论表述的，这个表述即是"里仁为美"。《论语》"里仁篇"的开篇写道："子曰：'里仁为美。择不处仁，焉得知？'"①这里的"里"指居住的地方，"仁"即仁德，或译为仁厚的风俗。孔子的两句话直译为现代汉语，就是：住的地方有仁德就是美。不选择有仁德的地方居住，怎么能说是聪明呢？孔子这里谈的是居住之地的选择，孟子后来又在谈到人应该谨慎地选择职业时引述了孔子的这两句话：

　　　　孟子曰："矢人岂不仁于函人哉？矢人唯恐不伤人，函人唯恐伤人。巫、匠亦然。故术不可不慎也。孔子曰：'里仁为美。择不处仁，焉得智？'夫仁，天之尊爵也，人之安宅也。莫之御而不仁，是不智也。不仁、不智，无礼、无义，人役也。"②

----

①　《论语·里仁篇》，知，同智。引见杨伯峻译注《论语译注》，中华书局 1980 年版。以下《论语》引证皆为此版，不一一注明页码，仅注明《论语》篇章。

②　《孟子·公孙丑章句上》。引见杨伯峻《孟子译注》，中华书局 1960 年版。以下《孟子》引证皆为此版，不一一注明页码，仅注明《孟子》篇章。

从《论语》和《孟子》的这两处引文来看，孔子和孟子都是在论及人的生存行为时提出"里仁为美"这一表述的。从孔子话中选择居住之地的本意上看，"里仁"也可以翻译为"以仁德为邻居"或"与仁共处"、"居住于仁德之地"等等，这与孔子经常谈到的"亲仁"、"依于仁"等等是同样的意思，从一般的人生观意义上来看，都是强调要把仁作为人生的根本，而以仁为本的人生就是美的。明白这个基本人生道理的人才算是聪明亦即有智慧的人，否则就是愚蠢没有智慧的人。由此可见，美与仁有关，也就是与人的生活，与人的生存选择有关。我们知道，德国现象学哲学家胡塞尔曾经把哲学史上许多重要的哲学体系称为"人生观哲学"，认为"人生观哲学"以人本主义的态度看待世界，其目的在于发展社会和改善人类，是一种"生活的智慧"，而不关心他所推崇的"客观的真理"①。暂且撇开胡塞尔谈论"人生观哲学"的贬低意味不论，仅就思想系统的特点而言，将中国古代的儒家思想解读为"人生观哲学"或简称为人生哲学，倒是十分妥贴的，相应地，则可以将儒家美学视为人生观美学或曰人生美学（在中国古代美学内部，与儒家的人生美学相对应的是道家的自然美学）。"里仁为美"的观点集中反映和体现了儒家人生美学的内容和特点，可以作为先秦儒家美学一个具有元问题性质的理论命题来看待。

二

为什么把"里仁为美"作为一个具有元问题性质的理论命题来看待，而不选用其他的提法呢？这要做一点具体的分析。

一般来说，美学问题之所以能被称为元问题，或者说美学元问题之成立，一是在于它能够显示与一定的哲学观念的内在联系，从而揭示美得以生成、审美得以发生的深层根源，二是在于它能够成为一种美学思想系统中其他相关观念和问题的始原，其他相关观念和问题都由此衍生出来，并可藉此而获得具有理论自洽性的解释。由此认识，我们试来分析一下《论语》一书中其他各种涉及美的言论和观点。在《论语》一书中，"美"字共出现了

① 参见杜任之主编《现代西方著名哲学家述评》，三联书店1980年版，第239页。

14 次，从语义上分析大致上有两层涵义：一是广义或泛指的用法，在各种场合和行为领域里都可使用，可释义为好、好的、美好的事等，与好、善、优、良、吉等等字义相通；二是狭义或特指的用法，即在审美意义上使用，可释义为漂亮、美丽，或直接理解为并翻译为现代意义上的美字。具体梳理可见，其中有 7 次是在与人交谈时涉及有具体所指的美，如形容人之美："不有祝鮀之佞，而有宋朝之美"①，祝鮀、宋朝皆为古代人物；衣服、器物之美："恶衣服而致美乎黻冕"②，"有美玉于斯"③；宫室之美："不见宗庙之美"④。这些有具体所指的言论所涉及到的"美"字通常是在狭义上加以运用的，虽然从中体现了孔子的审美观念，但缺少必要的理论提升和抽象，难以作为概括性的理论命题加以运用。此外，在《论语·学而篇》中引述了孔子的学生有子对"礼之用"的评论："礼之用，和为贵。先王之道，斯为美；小大由之。"《论语·颜渊篇》引述了孔子"君子成人之美（好事），不成人之恶（坏事）。小人反是"的言论。《论语·尧曰篇》里有孔子对弟子从政要"尊五美"的教导，即具备"惠而不费，劳而不怨，欲而不贪，泰而不骄，威而不猛"五种优秀素质。这些虽体现了孔子的思想，但言论的宗旨都是在评论什么是好的应该做的、什么是不好的不应该做的事情，审美评判的意味并不突出，也不足以引申为概括性的美学命题。相比较而言，孔子对舜时代的《韶》乐和周武王时代的《武》乐的评论非常具有美学理论价值，也被各种美学史著作多加阐发。原文为："子谓韶，'尽美矣，又尽善也。'谓武，'尽美矣，未尽善也。'"⑤ 显然，这段评论言简意赅，厘定了善与美各自的相对独立性，将美与善作了区分，但是却并没有对美何以成为美作出解答，其中间接地提出了中外美学理论研究中都必涉及的美善关系这一重要理论问题，但放在儒家美学的整个思想体系中来考量，这还算不上是一个元理论问题。

相比较而言，在孔子的言论中，只有"里仁为美"才可以作为一个元

① 《论语·雍也篇》。
② 《论语·泰伯篇》。
③ 《论语·子罕篇》。
④ 《论语·子张篇》。
⑤ 《论语·八佾篇》。

问题性质的美学理论表述来看待。首先，这一理论表述突出地显示出了孔子的美学思想与其仁学思想体系的紧密联系，揭示出美之为美的仁本根源。美是怎样才得以形成的呢？它是在礼乐教化的培育中，在仁爱人格的塑造中，在仁善行为的累积中，在仁政理想的追求中，才得以充实、生成起来的，而且美能够以其对于仁性光辉的焕发进入到崇高以至神圣的境界。其次，这一理论也成为孔子对于人生、社会、艺术以及自然等等各个不同领域进行审美思考和审美评判的依据和标准，换言之，孔子涉及审美问题的各种言论和观点，都可以由此获得合理的解释。比如说，孔子对于做人不欣赏过分文饰，尤其厌恶巧言令色，而主张"文质彬彬，然后君子"①，就是因为质朴做人，不离本分，与仁较近，而过分文饰就会陷于虚浮，离仁较远，至于巧言令色之人则"鲜矣仁"②，自然就更不值一提了；孔子论诗，有"诗三百，一言以蔽之，曰：'思无邪'"③ 之说，是由于思无邪才有仁心在；孔子论乐，讲"人而不仁，如礼何？人而不仁，如乐何？"④，又说"礼云礼云，玉帛云乎哉？乐云乐云，钟鼓云乎哉？"⑤，都是强调音乐同礼仪一样，必须是以仁为内容为基础的。其他像孔子"恶紫之夺朱也，恶郑声之乱雅乐也，恶利口之覆邦家者"⑥，以及谴责鲁国权臣季氏"八佾舞于庭，是可忍也，孰不可忍也？"⑦，也都是由于乱雅乐的郑声和季氏"八佾舞于庭"违仁背礼的缘故。

　　众所周知，在先秦儒家之中，与孔子思想一脉相承的孟子也有过大量涉及审美问题的言论和观点，并且对美下过一个定义。在回答浩生不害关于乐正子算不算善人、信人，何为善、何为信的问题时，孟子发表了如下一段言论：

　　　　可欲之谓善，有诸己之谓信，充实之谓美，充实而有光辉之谓大，

---

① 《论语·雍也篇》。
② 《论语·学而篇》。
③ 《论语·为政篇》。
④ 《论语·八佾篇》。
⑤ 《论语·阳货篇》。
⑥ 《论语·阳货篇》。
⑦ 《论语·八佾篇》。

大而化之之谓圣，圣而不可知之之谓神。乐正子，二之中、四之
下也。①

　　在这里，孟子提出了"充实之为美"的理论命题。我们知道，孟子的
思想体系是从仁义出发的，讲求人的行为要行仁由义，实则其"义"的含
义也包括在孔子所说的"仁"中。孔子认为对爹娘的孝顺和对兄长的敬爱
是仁的根本，所谓"孝弟也者，其为仁之本与！"②；孟子则说："孩提之童
无不知爱其亲者，及其长也，无不知敬其兄也。亲亲，仁也；敬长，义
也"③，"仁之实，事亲是也；义之实，从兄是也"④。对上面孟子与浩生不
害的相互问答，一定要与孟子的仁义观念结合起来，才能得到较为确切的理
解。在孟子的回答中，"可欲"直解为值得喜欢或可以追求，值得还是不值
得，可以还是不可以，按照孔、孟的思想应从符合不符合仁义来判断，符合
仁义值得喜欢的可以追求的就是"善"（好），好的品德实际存在于本身便
叫做"信"（实在，诚实），以好的品德充满自身便叫做"美"，"美"以
"善"与"信"等好的品德为内在的充实物，也就是以仁义为根本，以仁义
充实自己。在孟子看来，凡是人类，其实都于自身的心性中存在着仁善的根
性，他称之为"不忍人之心"以及"恻隐之心"、"羞恶之心"等等，只要
不断地用好的东西来扩而充之，发扬光大之，人就会走在事父事君、齐家治
国、成仁成圣的路上。对此，《孟子》里有过如下一段著名的论述：

　　孟子曰："人皆有不忍人之心。先王有不忍人之心，斯有不忍人之
政矣。以不忍人之心，行不忍人之政，治天下可运之掌上。所以谓人皆
有不忍人之心者，今人乍见孺子将入于井，皆有怵惕恻隐之心——非所
以内交于孺子之父母也，非所以要誉于乡党朋友也，非恶其声而然也。
由是观之，无恻隐之心，非人也；无羞恶之心，非人也；无辞让之心；
非人也；无是非之心，非人也。恻隐之心，仁之端也；羞恶之心，义之

────────────

① 《孟子·尽心章句下》。
② 《论语·学而篇》。
③ 《孟子·尽心章句上》。
④ 《孟子·离娄章句上》。

端也；辞让之心，礼之端也；是非之心，智之端也。人之有是四端也，犹其有四体也。有是四端而自谓不能者，自贼者也；谓其君不能者，贼其君者也。凡有四端于我者，知皆扩而充之矣，若火之始然，泉之始达。苟能充之，足以保四海；苟不充之，不足以事父母。"①

从这段话里，可以更加明了孟子要求"充实"的内容究竟是什么，他所要求"充之"、"扩而充之"的就是人之固有心性——恻隐之心、羞恶之心、辞让之心、是非之心中包含着的人性"四端"，即仁、义、礼、智这四种仁善的萌芽。由此可见，孟子对美的界定与孔子本质上是一致的。但是，"充实之为美"作为一个单独的抽象理论命题来看，充实什么或用什么来充实没有确指，只有联系上下文才能理解，不如"里仁为美"的语义更为明确，故而本文还是愿意选择"里仁为美"作为先秦儒家美学的元理论问题。

三

将"里仁为美"作为先秦儒家具有元问题性质和阐发价值的美学表述，揭示了美的人学底蕴。

汉代许慎的《说文解字》对"仁"字的解释是："仁，亲也，从人从二。"宋代的徐铉注曰："仁者兼爱，故从二。"② 对"仁"字的这种解释是符合先秦儒家思想实际的。如前所述，儒家的思想体系是关于人生智慧的学说，或者说是一种人生哲学，而"仁"则是其思想的核心。在孔子和孟子那里，"仁"既是对人之应然本性的概括，也是关于人生和社会的道德规范和理想标准。

从人之应然本性角度来说，"仁"首先表示的是建立在血缘亲情基础上的亲属之爱。"樊迟问仁。子曰：'爱人。'"③ 孝顺父母，敬重兄长，都是这种爱的表现。但是，仁者之爱，不限于自己的亲属，还有一种推己及人之

---

① 《孟子·公孙丑章句上》。
② 许慎：《说文解字》，中华书局1963年版，第161页。
③ 《论语·颜渊篇》。

爱，所以孔子教导弟子要"泛爱众，而亲仁"①，孟子讲"人皆有不忍人之心"、有"恻隐之心"②，倡导"老吾老，以及人之老；幼吾幼，以及人之幼"③。"仁"不仅是人之为人应该具有的一种善良本性，同时这种本性又是易于被社会环境所污染、消泯的，所以人生还有一个如何"亲仁"、"依仁"、"守仁"、"为仁"、"成仁"、"求仁"，即在追求"仁"的过程中保持和发扬自己固有的仁爱本性以成为"仁人"的问题，这就使得"仁"又成为一种人生在世的道德修养和人格塑造的标准，而且是一个很高的标准。孔子轻易不许人以"仁人"，相反他总是强调求仁由己，强调人应该永远追求仁，向仁的精神境界提升。孔子说："为仁由己，而由人乎哉?"④，又说"君子去仁，恶乎成名? 君子无终食之间违仁，造次必于是，颠沛必于是。"⑤ 他甚至要求"当仁，不让于师"，强调"志士仁人，无求生以害仁，有杀身以成仁。"⑥ 孔子和孟子不仅要求一般人要培育和发扬自己的仁爱之心，求仁得仁，如孔子所言"我欲仁，斯仁至矣"⑦，而且期望将仁爱原则普及到全社会，特别是强调居上位的统治者要有仁心行仁政，《孟子》中的许多篇章都是记述孟子如何劝导统治者施行仁政的。按照仁爱原则来治理国家，教化人民，简言之以仁济世，是儒家的社会理想。

由于"仁"的上述这些涵义，致使以"里仁为美"为基础和原生思想的先秦儒家美学具有了如下一些特点：

其一，先秦儒家美学思想具有很强的人生意味。在孔子和孟子那里，美其实是人生追求或者说生命成长中的一种很高的生命境界。值得追求的人生境界包括善、信、美、大、圣、神六阶，这都是"仁"所具有的不同精神阶位。从这六阶精神阶位的关系上来看，后边的阶位以前边的阶位为前提和基础，具有包容关系，同时又是对前边的阶位的超越，是逐层提升的关系，越往后边越高。于是可见，儒家的人生目标和理想是超越性的，越是要达到

---

① 《论语·学而篇》。
② 《孟子·公孙丑章句上》。
③ 《孟子·梁惠王章句上》。
④ 《论语·颜渊篇》。
⑤ 《论语·里仁篇》。
⑥ 《论语·卫灵公篇》。
⑦ 《论语·述而篇》。

更高的目标和理想，越是要充实更多的仁善内容，作出更多的仁行努力。这其中，善、信、美三阶是一般的人生可以企及和追求的，而大、圣、神三阶就不是常人可以企及的了。孔子和孟子经常拿善、信、美来评价古今人物及其言行，但却不轻意用大、圣、神来评价人。孔子曾以"大哉"、"巍巍乎"、"荡荡乎"形容尧，盛赞他"巍巍乎其有成功也，焕乎其有文章"，也以'巍巍乎'称誉过舜、禹①，但是却认为"圣"的境界"尧舜其犹病乎"②，亦即尧舜都达不到，这就更不用说"神"的境界了。不过，大、圣、神的境界是以善、信、美的存在和追求为前提的，常人虽难企及却可想望，而且是导引人生和人性向上提升的更高理想与标准。就美而言，在这六种精神阶位中，它在常人世界中是人生所能达到的最高境界，又是大、圣、神三个更高阶位的起点，从孔子对"大"即崇高的形容中可见，"大"的境界中是发散着美的光辉的，由此可见美在常人生活世界中的作用是何其重要，在价值序列中的位置又是多么不可或缺。美是基于人生又超越人生的，人生的无限延伸，使美具有了无尽的绵延属性，哪里有人生，哪里就有美，同时美的超越性，又使得具体的人生具有了精神向上提升的不竭动力，从而使美成为人类终极性的价值追求。这是美的现实性人性底蕴所在，也是其形而上价值理念所在。

其二，先秦儒家美学思想虽然已经认识到美与善的区别，在不少情况下从事物和人类活动的形式、外观等等来论美，但是在大多数情况下依然偏重于从内容、内在性质方面来论美。由于儒家所言之美以仁为本根，需要用善与信来充实自身，所以其美论是人性化、社会化了的美论，而不是形式化、自然化的美论。也正由于偏重于从内容、内在性质方面来论美，所以在先秦儒家的言论中，美、善在语义上往往是一致的，可以相互训释。在孔子和孟子的美学言论中，致使他们谈到了自然事物方面的美、形式外观方面的美，通常情况下也都是要说明与人，即与人生修养或国家治理等等有关的问题。比如，《论语》中有两段话谈到宫室之美：

---

① 《论语·泰伯篇》。
② 《论语·雍也篇》。

子谓卫公子荆，"善居室。始有，曰；'苟合矣。'少有，曰：'苟完矣。'富有，曰：'苟美矣。'"①

叔孙武叔语大夫于朝曰："子贡贤于仲尼。"

子服景伯以告子贡。子贡曰："譬之宫墙，赐之墙也及肩，窥见室家之好。夫子之墙数仞，不得其门而入，不见宗庙之美，百官之富（官，本意指房舍——引者注）。得其门者或寡矣。夫子之云，不以宜乎？"②

前一段话是孔子用来夸赞卫公子荆会持家过日子，勤俭而不尚奢华，后一段话是子贡用建筑之美来形容孔子思想的博大精深。再比如，孔子对自然美也有很高的欣赏兴致，但面对自然，他通常想到的还是"知者乐水，仁者乐山"③，将自然的山水与主体的意志连接起来，从而把自然的欣赏高度人化。

其三，先秦儒家美学思想虽然已经将美列为一个与善（好，对"可欲"的追求）、信（实，确实具备的良善品德）、大以及义、礼、智、忠、恕、勇、恭等等有所区别的概念范畴，但是却并不把美的存在以及审美活动看成是与其他存在和活动相互绝缘的东西。这是因为所有这些概念都是涵盖在仁学思想之中的，人类所有的活动都应该是在仁性光辉的普照下展开的。"仁"字从人又从二，它实际上讲的就是人生世界人与人之间的关系问题，扩而言之又包括人与他人、人与社会、人与其所处的自然世界等等不同的关系，在这些不同的关系中都包含着善、信、礼、义、智等等的问题，也包含着审美的问题。孔子不仅以仁释礼，同样也以仁为善、信、美的本根。这些不同的概念，有时候标示的是有所区别相互不同的存在，而这些存在大多数情况下则是混然相处、难别你我的，处于你中有我我中有你的交叉、交融状态。这一点，还可以从孔子关于"成人"也就是全人的看法中得到证实。子路问孔子说，什么样的人才可以称为"成人"呢？孔子回答说，要有智

---

① 《论语·子路篇》。
② 《论语·子张篇》。
③ 《论语·雍也篇》。

慧，寡欲望，勇敢，多才艺，还要用礼乐来成就文雅风采，才可以称之为"成人"①。可见，艺术也就是审美的教养是人在求仁得仁的过程中成为全人的一个方面，而这一方面又是与其他方面相辅相成，不能截然分离的。这就是《论语》和《孟子》中的美字具有多种含义，可以不限于狭义的审美而作多种解释的原因所在。

四

　　基于前面的简要分析，我们可以得出两个基本的结论：第一，"里仁为美"的表述可以抽象提升为先秦儒家美学思想中一个具有元问题性质的理论命题。第二，这一命题包含着极为丰富深广的人学底蕴。因此，深入分析和研讨"里仁为美"这一理论命题，对我们把握中国古代儒家美学思想的丰富内容及其特点和精髓，具有提纲携领、纲举目张的作用，是我们藉以洞识先秦儒家美学思想的一个重要关键。

　　这里，还有一点需要特别加以点明，就是"里仁为美"思想产生的时代背景。我们知道，孔子和孟子处于一个社会制度和社会关系发生剧烈动荡与变革的时代，从整个国家政治层面上看，周王朝的统治基础严重动摇，统治能力渐趋式微，列国纷争，战乱不止；从社会关系、生活秩序上看，上下失序，纲常紊乱，统治者朝不保夕，奢侈腐化，骄贪暴虐，老百姓深陷水火，苦于苛政，民不聊生；从文化上看，则是礼崩乐坏，人心不古，礼仪传统遭到破坏，文学艺术流入淫靡，文饰之风盛行。正是基于这样一种时代和文化背景，孔子和孟子才以当仁不让的精神，以一个士人的济世情怀，奔走呼号地到处张扬仁义精神，推广礼乐文化，宣传仁政理想，为时代的政治法度、道德观念和思想文化而"正名"。子路曾经问孔子，假若卫国的国君招孔子去治理国政，他准备首先做什么？孔子的回答是"必也正名乎！"子路认为这是迂腐之举，孔子则反驳说：

　　　　野哉，由也！君子于其所不知，盖阙如也。名不正，则言不顺；言

---

① 《论语·宪问篇》。

不顺，则事不成；事不成，则礼乐不兴；礼乐不兴，则刑罚不中；刑罚不中，则民无所错手足。故君子名之必可言也，言之必可行也。君子于其言，无所苟而已矣。①

　　由孔子的这段话，可以见出他对于"正名"是多么看重，实际上他一生的努力就是在为当时的社会和人生走上正道，为文化的发展步入正轨而做"正名"的工作。他宣扬仁政反对苛政，是在为政治正名，季康子曾经向孔子问政治，孔子干脆明确地回答他说："政者，正也。子帅以正，孰敢不正？"② 他推崇仁爱忠恕厌弃下流不善，赞美君子人格，鄙视小人做派，是在为人性正名；而他授徒讲学，整理文献，崇雅乐，讲雅言，放郑声，恶巧言，如此等等，则是在为文化正名。可以说，"里仁为美"的美学表述正是他所做的这种"正名"大业的一个组成部分，是在为美正名。

　　如前所述，在春秋战国时代，美已经逐渐作为一种特殊的价值从一般或普泛意义上的好、善中独立出来。美的这种相对独立性的发展有其必然性与合理性，并在艺术活动尤其是在当时的音乐艺术中比较充分地表现出来。不过，这种独立性也表现出一些新的趋向和问题。如当时的音乐艺术已逐渐地脱离开礼的规范独立发展开来，不再完全作为统治阶级进行"礼治"的一种政治工具，这是一种进步，但当时的音乐在上层社会却逐渐沦落颓变成为"王公大人"追求享乐的一种重要形式，在下层社会则成为表达民众生活和心声的形式。墨家学派由于看到了当时音乐艺术的前一种表现形式给广大劳动人民带来的沉重负担，喊出了"上不厌其乐，下不堪其苦"③ 的不平之声，并发起了著名的"非乐"运动。墨子在阐明自己的"非乐"理由时明确指出："子墨子言曰：仁人之事者，必务求兴天下之利，除天下之害。将以为发乎天下，利人乎即为，不利人乎即止。且夫仁者之为天下度也，非为其目之所美，耳之所乐，口之所甘，身体之所安，以此亏夺民衣食之财，仁者弗为也。是故子墨子之所以非乐者，非以大钟、鸣鼓、琴瑟、竽笙之声以

① 《论语·子路篇》。
② 《论语·颜渊篇》。
③ 《墨子·七患》。引自吴毓江撰、孙启治点校《墨子校注》，中华书局2006年版。以下《墨子》引证同为此版，不注明页码，仅注明《墨子》篇章。

为不乐也，非以刻镂华文章之色以为不美也，非以犓豢、煎炙之味以为不甘也，非以高台、厚榭、邃野之居以为不安也。虽身知其安也，口知其甘也，目知其美也，耳知其乐也，然上考之不中圣王之事，下度之不中万民之利。是故子墨子曰：为乐非也。"又说："今王公大人惟毋为乐，亏夺民衣食之财以拊乐，如此多也。是故子墨子曰：为乐非也。"① 对音乐脱离礼的规范而变为一种享乐形式的发展趋向，孔子也是反对的，他对季氏"八佾舞于庭，是可忍也，孰不可忍也"② 的愤怒谴责即是一例。但孔子的愤怒不是因为过于排场靡费财力，加重了劳动人民的负担，而是因为季氏行八佾舞的逾于礼，僭越了一个臣子应该享受的礼乐的规定名分。同时，对当时音乐的后一种发展状况，孔子也不满意，这主要是因为许多的民间音乐内容不健康，不符合雅乐的标准，比如他在回答颜渊如何治理国家时要求"乐则韶舞（同武）"、"放郑声"，原因就在于"郑声淫"③，不符合善与美的标准。孔子对两种不同倾向的排斥，首先都是从内容方面着眼的，是由于它们都不符合仁的要求，逾越礼的规范。虽然如此，孔子却不像墨家学派那样一概反对音乐艺术的存在。他充分认识到音乐以及包括诗歌在内的各种艺术在人生和社会生活中的重要作用，其关于"志于道，据于德，依于仁，游于艺"④，"兴于诗，立于礼，成于乐"⑤ 等等的言论，一再表明了这一点。于是，他在文学艺术领域所作的工作，同样也是正名。孔子曾不无自得地说："吾自卫反鲁，然后乐正，雅、颂各得其所。"⑥ 这里的"正"是整理也是正名，整理的目的即在于正名。基于以上这些分析，可以说孔子对乐的整理或者说正名，正是其"里仁为美"思想在其艺术审美领域里的贯彻和体现。由此可见，"里仁为美"思想的形成相对孔子的时代和孔子的思想来说，都是有必然性的，是孔子从其仁学思想和仁政理想出发，对其时代的社会生活状况和审美文化状况的思想回应，这是我们应该给予历史的体察的。

此外，从古为今用的角度来说，"里仁为美"的思想也具有极为显明的

① 《墨子·非乐上》。
② 《论语·八佾篇》。
③ 《论语·卫灵公篇》。
④ 《论语·述而篇》。
⑤ 《论语·泰伯篇》。
⑥ 《论语·子罕篇》。

现代价值。这里，有两个方面值得特别加以指明：首先，我们今天所处的世界与孔子和孟子的时代在许多方面有相似之处，包括社会制度和生活的转型与动荡，人生观念和信仰的变革与迷茫等等，因而孔子对其时代状况的哲思当有许多可以为今人吸取的精神智慧。比喻，"里仁为美"思想所标举的仁爱精神，可以对当代人类欲望膨胀的物化人生起到一定的矫正作用，将之引入到一个向善向美的精神维度，同时这种仁爱精神所倡导的处事原则，如"己欲立而立人，己欲达而达人"①、"己所不欲，勿施于人"②、"老吾老，以及人之老；幼吾幼，以及人之幼"③ 等等，则能够给由于利益争夺而冲突不断的世界增添一副趋于和谐通往友爱的精神润滑剂。其次，当代的文化和审美状况与先秦时代也有不少相似的地方，如文化和艺术的政治取向的降低，传统精神价值的失落，以及艺术审美中对形式外观的重视并相应地对思想内容的淡化等等。由于受消费主义文化潮流的影响，当代人类的艺术审美活动趋向于追求消闲和娱乐，以致造成了内容空虚、情趣低俗的普遍性流行趋向。认真地吸取"里仁为美"思想的仁本精神，发扬传统艺术审美以善导美、美善并举的优秀传统，对于克服当下艺术潮流和审美趣味的种种弊端，也将发挥有益且有力的作用。

---

① 《论语·雍也篇》。
② 《论语·卫灵公篇》。
③ 《孟子·梁惠王章句上》。

二十世纪初叶美育新潮的
兴起及其当代意义

　　尽管从先秦时代起中国的传统教育即已包含了"诗教"与"乐教"的成分，但将美育或曰审美教育提升至完整的教育理念中，作为与德育、智育、体育并列的有机组成部分，却是清末民初才发生的事情。1903 年 8 月，王国维在清廷实施"新政"、全国兴办新式学堂之风日盛的背景下，于《教育世界》56 号上发表了《论教育之宗旨》一文，文中不仅较早使用了"美育"概念，而且将美育列为"完全之教育"之一部。其后他又发表了《孔子之美育主义》、《去毒篇》、《人间嗜好之研究》、《霍恩氏之美育说》等文若干，倡导美育。民国二年，时任教育总长的蔡元培在其奠定了民国教育理论基础的《对于教育方针之意见》中，把美育同军国民主义教育、实利主义教育、道德主义教育、世界观教育并列，作为"今日之教育所不可偏废者"之一，并界定美育为"美感之教育"，此后又力倡"以美育代宗教"说，主张"美育救国"。1913 年，时任教育部主管图书馆、博物馆、美术馆工作的鲁迅，不仅写下了《儗播布美术意见书》，就美术之目的与效用、播布美术之方等问题发表了意见，提出了建议，以呼应蔡元培的美育主张，并且为纠正当时某些人对美育的错误理解，翻译了日本心理学家上野阳一的两篇论文《艺术玩赏之教育》和《社会教育与趣味》，发表在教育部的《编纂处月刊》上。自五四新文化运动兴起，鲁迅更明确地提出以文艺改造国民性、疗救国民病根的主张。梁启超早在维新变法时期即鼓吹"小说界革

命"、"诗界革命"，希冀以此"改良群治"，达到"新民"之目的。20 世纪
20 年代初期，梁启超更是写下了一系列文章，大力倡行"情感教育"或曰
"趣味教育"，并视艺术为情感教育的利器，希图借艺术教育辟出一条改造
国民的大路，使之皆成为"美化"的国民。以上诸公皆一代文化伟人，由
他们所掀起的这股美育新潮，在世纪初叶的中国教育和学术文化领域展露出
一道亮丽的风景。值此又一个世纪交替之际，正当美育在面向未来的现代素
质教育中的地位和作用再次引起人们广泛关注与高度重视之时，回望世纪初
叶的这道美丽风景，重温先哲们的思想遗产，依然是那么清新怡人，回味
无穷。

一

从文化形态的时代蕴涵上来看，清末民初的美育新潮所推举出的思想观
念基本上属于近代启蒙思想的范畴，是在中国近代社会与文化的大背景下荡
激、孕生出来的。其兴起显示出此一时期社会与文化转型的历史必然，是当
时政治制度、教育体制、人生理想、审美观念等等新旧冲突、革故鼎新的产
物，而其中关系尤近、浸润尤深者是教育观念的剧变与西方美学的输入。

自 19 世纪中叶起，伴随着西方列强的隆隆入侵炮声，中华帝国国势日
下，渐趋崩溃。面对百孔千疮、危机四伏的千古未有之变局，中国的先进思
想家们觉醒起来，开始了救亡图存、保国保种的艰苦探索和奋发努力。先是
有龚自珍、林则徐、魏源等开明的封建官僚和知识分子发出了外抗强权、内
求变革的呼声，他们揭露封建"衰世"的腐朽，提倡师法"西学"，主张
"师夷之长技以制夷"；继之则有"同治中兴"时期的洋务运动，把学习和
移植西方的坚船利炮、声光化电作为求富致强的良方。自此以后，西方近代
科学技术、文化教育被作为"新学"，逐渐在古老的中华大地上传播开来。
至早期资产阶级改良派兴起，特别是维新运动时期，向西方的学习，又逐渐
由"器"向"道"提升，即由一味单纯学习西方的科学技术转向学习其民
主政治和思想文化。伴随着这一"西学东渐"的过程，中国社会也逐渐步
入了其近代化的历程。至此，中国的有觉悟的文化人、思想家们逐步认识
到，国家要富裕强大，民族要自立于世界民族之林，有赖于新的国民的出

现，而新的国民的出现则有赖于文化上的变革提供条件和制度上的变革提供保证。至于文化上的变革，首先是教育上的变革。换言之，新民与强国成为此一时期共识性的民族吁求与文化主题，而教育即成为此一文化主题能否实现于社会的一大关键。从严复的"开民智"到梁启超的"新民说"，传达出的都是这种时代性的共识。在论及变法之本原时，梁启超曾指出："吾今为一言以蔽之曰：变法之本，在育人才；人才之兴，在开学校；学校之立，在变科举；而一切要其大成，在变官制。"① 在这里，他把新民的关键首先归结到新式教育的兴办上来。正是在这种历史境遇之下，中国教育开始了由传统向现代的转折，而美育也伴随着这种转折登上了中国现代教育的历史舞台。

　　无论古今，教育的根本目的在于育人，在于培养国家所需的人才。但时代不同，对人才的需求和育人的内容也各不相同。在我国长期的封建时代里，以经、史（后来是"四书"、"五经"）为主要施教内容的传统教育基本上是一种修身教育或曰德性教育，这种教育以涵养人的德性为主，宗旨在于把社会性的礼教规范内化为人的理性自觉或道德人格，以培养统治者所需要的入仕之材。在这种教育体制下，虽有诗教、乐教的名分，但它们也被纳入了道德教化的范围，成为德性教育的辅助或者说附庸，自身并无独立的价值。此种情形，不独中国，西方亦然，回想一下古希腊柏拉图、亚里士多德等人的音乐教育理想，即可确信上述论断。降至近代，在西方随着以城市为中心的工业经济社会的来临，以"致知"为主要内容的知识教育兴起，教育成为普及科技知识，培养现代化工业生产所需人才的"供货仓库"。这种教育一方面突破了传统德性教育重德轻识的局限，适应了工业化生产的社会需求，有其积极的意义，但另一方面这同样不是建立在人的全面和谐发展基础上的教育，而是一种片面化的、将人异化为生产工具的教育。由于受现代化工业生产细致分工的限制，近代以来的教育对人的培养是建立在对某种技能和知识的片面训练和教育基础之上的，这种教育及其生产活动人为地培植人的某一方面的能力和技巧，而压抑了其他方面的志趣和能力，把人训练成

---

　　① 梁启超：《变法通议》，《梁启超全集》第 1 册，北京出版社 1999 年版，第 15 页。本文以下所引该书版本相同，不再一一注明。

了受限于某种分工的畸形存在物，成为某种局部劳动的自动的工具。正如席勒早就敏锐地指出过的，单个的近代人是不敢走出来一比一地与单个的雅典人比试人的价值的，因为希腊人所获得的形式是来自把一切联合起来的本性，而近代人所获得的形式是来自把一切分离开来的知性。给近代人造成了这种创伤的正是教育本身。"只要一方面积累起来的经验和更明晰的思维使科学更明确的划分成为必然，另一方面国家的越来越复杂的机构使等级和职业更严格的区别成为必然，那么人的本性的内在纽带也就断裂了，致命的冲突使人性的和谐力量分裂开来。直观的知性和思辩的知性现在敌对地占据着各自不同的领地，互相猜忌地守卫着各自的领域。人们的活动局限在某一个领域，这样人们就等于把自己交给了一个支配者，他往往把人们其余的素质都压制了下去。"因此之故，人的精神能力的全面和谐的发展便必然受到限制，"专业的人往往具有一颗狭隘的心，因为他的想象力限制在他的单调的职业圈子里，而不能扩大到陌生的表现方式中"①。席勒之后的许多思想家，包括科学社会主义的创始人马克思、恩格斯都曾以不同的著述形式表达了与席勒同样的观察与批判。马克思在其早期著作《1844 年经济学—哲学手稿》和后来的经典著作《资本论》中对现代条件下人性异化的分析是人所共知的。恩格斯也曾指出，异化的知识教育和生产分工，"为了训练某种单一的活动，其他一切肉体的和精神的能力都成了牺牲品"。不仅是工人，而且其他阶级和阶层的人，也都成为这种教育制度和社会分工的受害者，"精神空虚的资产者为他自己的资本和利润欲所奴役；律师为他的僵化的法律观念所奴役，这种观念作为独立的力量支配着他；一切'有教养的等级'都为各式各样的地方局限性和片面性所奴役，为他们自己的肉体上和精神上的近视所奴役，为他们的由于受专门教育和终身束缚于这一专门技能本身而造成的畸形发展所奴役"②。以席勒《美育书简》为代表的近代人道主义美育观念，就是在这样一种社会与文化教育背景上产生的，其主旨即在于借助美育，解决近代社会与文化上的种种矛盾，弥合片面的德性教育尤其是片面的知识教育所造成的人的理性与感性的内在分裂，实现人格、人性的全面发展，达致

---

① ［德］席勒：《美育书简》，徐恒醇译，中国文联出版公司 1984 年版，第 50、53 页。

② 《马克思恩格斯选集》第 3 卷，人民出版社 1972 年版，第 331 页。本文以下所引该书版本相同，不再一一注明。

人生自由、和谐的理想境界。

在我国的近代时期，虽然还没有走进工业革命的时代，但是强盛的西方实际上已经成为进步思想界心仪的理想，成为国家和民族走向繁荣富强之途的现实榜样。因之，在教育观念上，从早期地主阶级改良派主张"经世致用之学"，要求革除传统教育空疏腐朽的弊端，提倡学习西方先进科学技术开始，也开始了由传统德性教育向近代知识教育的转变。特别是洋务运动兴起以后，按西方教育模式兴办新式学堂，培育技艺人才，成为有忧患意识的政治家和实业家们追求安邦治国之策的急务。可以说，从19世纪末至20世纪初八股取士制度废止前后，按西方模式兴办新式教育，已被普遍地视为救国与强国之本。这样，在"洋务教育"哺育下成长起来的中国近代教育，经过早期资产阶级改良派的扶植和维新运动时期的新发展，无论是在教育观念、教育体制和课程设置上都已全然突破了传统教育的格局，而走向了近代知识教育的新历程，其中西学（尤其是西方自然科学）的课程化是这一历史转变的显明标志。取法于西方资本主义教育的中国近代知识教育，其基本目标指向人的现代化，并通过人自身素质的现代觉醒，来进一步促进整个社会的现代化进程。教育由古代向近代的这样一种转变，是符合历史规律的，也是切合时代需求的，其历史进步意义无需多言。然而，知识教育之在中国正如在西方一样，虽是对传统德性教育的超越，但同样因其对人的知性能力的片面训练而不足以解决人生与社会的全面和谐发展问题，不是一种理想化的教育形式。在《论教育之宗旨》中，王国维从一般教育史的角度指出，古代教育，如佛教之一派，及希腊罗马之斯多噶派，抑压人的感情而使其能力专发达于意志方面，而近代教育，如斯宾塞一派，则专重智育，就培养完全之人物而言，皆非完全之教育。为达致人生真善美之理想，德育、智育而外，还有赖美育的参与。在这里，王国维从对教育史的反思角度切入对教育规律的认识，引申出将美育作为理想教育之一部的必要性。他虽然主要是以西方教育为立论、言说的根据，但其中显然也隐含了他对当下中国教育的现实性思考。在新式学堂纷纷创办、知识教育方兴未艾之时，王国维著文倡导德、智、体、美四育并举方为"完全之教育"，这表明他对一味注重知识教育是有所保留的。

这里，更需指出的是，美育之进入王国维等人的视野，不纯是出于对于教育规律的认识，也是出于对教育的社会作用的关注。教育的作用在育人，育人的目的则在于解决人生与社会的问题，使人生和社会朝向更加美好的境界发展。王国维在《教育家之希尔列尔》（1906）中介绍席勒美育思想产生的时代指向时说："希尔列尔之美育论，盖鉴于当时之弊而发。十八世纪，宗教之抑情的教育犹跋扈于时。彼等不谋性情之圆满发达，而徒造成偏颇不自然之人物，其弊一也。一般学者惟知力之是尚，欲批评一切事实而破坏之，其弊二也。当时德国人民偏于实用的利己的，趣味甚卑，目光甚短，其弊三也。知此，则读彼之美育论者，思过半矣。"① 尽管地跨东西，时代不同，但18世纪与19世纪相交的德国与19世纪与20世纪相交的中国，在国势与民情上却有许多相似之处，由于同样处在从古代封建社会向近代资本主义社会转型的过程中，同样面对国势衰微、民心不振的局面，引发席勒美育论的上述"当时之弊"同样历历在目地显示于中国大地，因而中国近代的思想家们在倡导新的教育观念时也就不能不显露出祛除中国自身的"当时之弊"的用心或动机。王国维在《去毒篇》、《人间嗜好之研究》以及关于教育的系列感言中痛切地指陈中国人笃嗜鸦片和嗜于"利"与"官"等种种卑劣之嗜好，以及以此引生的精神空虚，欲借美育对这些"国民之精神上之疾病"施以"根本治疗"。梁启超不满于当时教育中的知、行割裂以及唯智主义的结构性失衡，希冀以情感教育来矫正之。而蔡元培则针对满清忠君、尊孔的钦定教育宗旨和五四时期的尊孔逆流，提出了德、智、体、美和世界观教育五育并举的思想和以美育代宗教的主张。如此等等，表明世纪初美育新潮的兴起与席勒美育思想的产生一样，也是有着很强的现实针对性的。而在这样一种现实指向性的背后，蕴含着的则是对于人的自由、和谐、全面发展的神往，是对国家富裕、文明、强大的渴望。所以，如果说以康德、席勒、叔本华、尼采等人为代表的德国哲学美学及其教育观念有其深刻的创生根源，它是近代以来追求人的自由与解放的人道理想和德国人特有的对国家统一和富强的民族渴望在文化领域里的理论折射和展现的话，那么要理解王国维等人何以要在世纪初叶引进德国的哲学美学及其教育观念，也必

---

① 《王国维文集》第3卷，中国文史出版社1997年版，第370页。本文以下所引该书版本相同，不再一一注明。

须回到引生这种文化移植动机的现实背景上来。可以说，在上一个世纪交替之际，王国维、蔡元培、鲁迅、梁启超等一代文化巨擘对于美育的看重，实际上是站在教育理想的目标高度对于中国教育走向的一种策略性筹划，或者说是基于对教育规律全面、完整的理性认识而对于教育的现实社会需求所作出的一种具有时代高度的理论回应。在美育新潮激扬的朵朵浪花中，隐含着历史进步的脚步声，其中既显示出对旧的时代、旧的人生观念和教育观念的痛切诀别，也蕴含着对一个新的时代、一种新的人生理想和教育理想的深情瞻望。正是这种新与旧、古代与现代二重组合的理论结构，赋予中国近代美育观念以丰富的社会内容与进步的历史价值。

二

如果说近代美育观念的兴起与中国教育由传统向现代转折的艰难探索有着紧密的联系，是教育规律历史显现的客观要求所致的话，那么西学、尤其是德国哲学美学和美育观念的东渐则起了直接的推波助澜作用。1931 年 5 月，蔡元培在发表于《寰球中国学生会二十五周年纪念刊》上的《二十五年来中国之美育》一文中说，"美育"的名词，为从前所未有，教育家亦未曾有过普及美育的计划，只是"最近二十五年，受欧洲美术教育的影响，始着手各方面的建设，虽成绩不甚昭著，而美育一名词，已与智育德育体育等同为教育家所注意"。在这里，蔡元培明确点明了世纪初中国美育新潮的外来催生动因，同时指出美育的兴起"不能不算是二十五年的特色"①。

如前所述，近代以来，"西学"的东渐经历了一个由引进器物并学习西方的"制器之法"到模拟西方的政治、法律制度再到文化输入这样一个层递演进的过程。诚如聂振斌先生所言："人们的认识，总是由浅到深，人们的眼光总是先见到形、质的力量（如机器、技术、制度），然后才认识到无形的精神力量（如人心、国民性、观念、理想）。随着前一种认识，'西学东渐'主要是应用科学和政治、法律；随着后一种认识，'西学东渐'主要

---

① 《蔡元培美学文选》，北京大学出版社 1983 年版，第 186 页。本文以下所引该书版本相同，不再一一注明。

是哲学、美学、文艺和理论科学。中国近代美学美育思想正是在后一个认识过程中诞生的。"① 文化上的输入主要是从维新运动时期才开始的，至五四运动时期达至高潮。因之中国近代美学美育思想也滥觞于此一时期。聂振斌先生认为，从19世纪40年代至19世纪末，这是前近代美学阶段，在这个阶段，新的美学观念尚未产生，近代美育也无从谈起。从19世纪末的戊戌变法到民国元年，才进入中国近代美学正式发端阶段，也是近代美育思想产生的阶段；而从民国元年至20年代末则是近代美学大发展的阶段，也是美育思想高扬的阶段。② 虽然是否一定要用民国元年作为后两个阶段划分的界标尚待研讨，但聂先生对三个大的不同阶段的划分和认识却是符合实际的。这里，需要进一步明确指出的是，中国近代美育是承受了西方包括日本近代以来多方面的思想文化思潮的影响而兴起的，但影响最深切、最直接的是以康德、席勒、叔本华、尼采等人为代表的德国哲学美学。这种影响首先表现在"美育"的概念即来自于席勒。王国维在《论教育之宗旨》、《孔子之美育主义》、《教育家之希尔列尔》等文中都指出，美育的观念由席勒"而大成其说"。蔡元培也在为商务印书馆出版的《教育大辞典》所撰写的《美育》（1930）条目中指出："及十八世纪，经包姆加敦与康德之研究，而美学成立。经席勒尔详论美育之作用，而美育之标识，始彰明较著矣。"蔡元培还于文中特别介绍说"席勒尔所著，多诗歌及剧本；而其关于美学之著作，惟 Brisfe über die ästhetische Erziehung，吾国'美育'之术语，即由德文之 Ästhetische Erziehung 译出者也。"③ 德国哲学美学对中国近代美育的影响还表现在对于美育的根源、性质与作用等基本理论问题的认识上，这里试——缕述之。

　　首先，关于美育的根源。康德哲学从近代心理学出发，把人的心意机能分为知（知力）、情（情感）、意（意志）三个方面，它们构成人类精神活动的不同心理根源，各自关乎不同的精神活动领域，知力关乎人类的理论认识活动，意志关乎人类的道德实践活动，愉快或不愉快的情感则关乎人类的审美活动，而三种活动又分别体现出人类对于真、善、美三种不同的精神价

---

① 聂振斌：《中国美育思想述要》，暨南大学出版社1993年版，第319—320页。
② 参见聂振斌《中国美育思想述要》第6章。
③ 《蔡元培美学文选》，第174—175、175页。

值的追求。中国近代的美育思想家们大都是以此作为论证美育根源及其合理
性的理论基础的。在《论教育之宗旨》（1903）中，王国维指出"教育之宗
旨""在使人为完全之人物而已"，完全之人物要有身体与精神两方面能力
的发达与协调，"而精神之中又分为三部：知力、感情及意志是也。对此三
者而有真善美之理想：'真'者知力之理想，'美'者感情之理想，'善'
者意志之理想也。完全之人物不可不备真善美之三德，欲达此理想，于是教
育之事起。教育之事亦分为三部：智育、德育（即意育）、美育（即情育）
是也。"① 在发表于同一年的《哲学辨惑》中，王国维又在阐释哲学与教育
学的关系时表述了同样的观点：

> 尤可异者，则我国上下日日言教育，而不喜言哲学。夫既言教育，
> 则不得不言教育学；教育学者实不过心理学、伦理学、美学之应用……
> 今夫人之心意，有知力，有意志，有感情；此三者之理想，曰真、曰
> 善、曰美。哲学实综合此三者而论其原理者也。教育之宗旨亦不外造就
> 真善美之人物，故谓教育学上之理想即哲学上之理想，无不可也。②

蔡元培也是在这样的理论前提下论定审美与美育的心理根源问题的。在
《哲学大纲》（1915）第四编"价值论"之第四节"美学观念"中，他
写道：

> 美学观念者，基于快与不快之感。与科学之属于知见，道德之发于
> 意志者，相为对待。科学在乎探究，故论理学之判断，所以别真伪。道
> 德在乎执行，故伦理学之判断，所以别善恶。美感在乎赏鉴，故美学之
> 判断，所以别美丑。是吾人意识发展之各方面也。人类开花之始，常以
> 美术品为巫祝之器具，或以供激情导欲之用。文化渐进，则择其雅驯
> 者，以为教育。如我国唐虞之典乐，希腊之美育，是也。其紬绎纯粹美
> 感之真相，发挥美学判断之关系者，始于近世哲学家，而尤以康德为

---

① 《王国维文集》第 3 卷，第 57 页。
② 《王国维文集》第 3 卷，第 4 页。

最著。①

在 1917 年 8 月载于《新青年》第 3 卷第 6 号的《以美育代宗教说》（1917 年在北京神州学会讲演词）中，蔡元培又明确指出："吾人精神上作用，普通分为三种，一曰知识；二曰意志；三曰感情。"② 他从这种区分出发说明人类各种精神活动的心理根源，论证了美育脱宗教而独立的历史进程和以美育代宗教的合理性。此外，梁启超 20 年代初期大力倡导情感教育，也是建立在人的心理包含知情意三个部分，三者必须完备并且发达至智仁勇的境界，一个人才算是具备了为人资格的认识基础之上的。

其次，关于美育的性质。美育是借助艺术和其他审美对象进行的美感教育活动，它体现着一般审美活动的性质和特点。德国哲学美学家，从康德到席勒到叔本华，基本上都是以无利害关系来界说审美活动的性质的。在这一方面，中国近代美育思想家所受影响尤深。他们认为美育的作用在于陶养情感，纯洁人格，使人的精神世界向美的境界提升，而美育之所以能够担承这样一种作用，在于美感活动的非功利性质。在作于 1915 年的《哲学大纲》之"美学观念"一节中，蔡元培介绍了康德对美感性质的四点界说：一曰超脱，谓全无利害之关系也。二曰普遍，谓人心所同然也。三曰有则，谓无鹄的之可指，而自由其赴的之作用也。四曰必然，谓人性所固有，而无待乎外铄也。蔡元培很重视这一界说中的超脱与普遍两点，他说："夫人类共同之鹄的，为今日所堪公认者，不外乎人道主义"，"而人道主义之最大阻力为专己性，美感之超脱而普遍，则专己性之良药也。"③ 在 1917 年的《以美育代宗教说》的讲演词中，他又写道："感激刺感情之弊，而专尚陶养感情之术，则莫如舍宗教而易以纯粹之美育。纯粹之美育，所以陶养吾人之感情，使有高尚纯洁之习惯，而使人我之见，利己损人之思念，以渐消沮者也。盖以美为普遍性，决无人我差别之见能参入其中。"而"美以普遍性之故，不复有人我之关系，遂亦不能有利害之关系。"④ 直到 30 年代，蔡元培

① 《蔡元培美学文选》，第 66 页。
② 《蔡元培美学文选》，第 68 页。
③ 《蔡元培美学文选》，第 66 页。
④ 《蔡元培美学文选》，第 70、71 页。

在谈到美育与人生的关系时，仍然把超脱与普遍视为美育能实现陶养感情作用的基础。他说："既有普遍性以打破人我之见，又有超脱性以透出利害的关系；所以当着重要关头，有'富贵不能淫、贫贱不能移、威死不能屈'的气概；甚至有'杀身以成仁'而不'杀身以害仁'的勇敢；这是完全不由于知识的计较，而由于感情的陶养，就是不源于智育，而源于美育。"① 可见，美育功能的实现是建立在美的对象和审美活动的无利害性及由此而带来的超脱与普遍的特性基础上的。

像蔡元培一样，王国维也是从无利害超功利角度理解美的对象和审美活动的性质。他化用康德"美是无一切利害关系的愉快的对象"的判断，说"美之性质，一言以蔽之曰：可爱玩而不可利用者是已"②。所不同者，王国维在他对于审美活动的心理根源和美育之作用等问题的阐发中，还接受了叔本华、尼采的唯意志论美学和席勒审美游戏说的影响，而叔本华的影响尤深。我们知道，康德、叔本华虽然都把审美与人的情感生活相连结，不过在康德那里，审美只与主体自由的愉快之情相关连，至于主体情感原本是一种怎样的状态并未加以深究，而对叔本华来说，人生本身充满了生存之欲，生存之欲所生成的唯有苦痛，艺术和审美所给予人的愉快只是对于人生苦痛的暂时的、有限的解脱。王国维在审美和美育的性质上是承续了康德的思想，而在审美和艺术的价值意义方面则更多地直接受到了叔本华的影响。从1903 年到 1907 年，王国维在《教育世界》杂志上发表了大量介绍西方哲学家、教育学、文学家相关事迹和思想的文章（他的大部分哲学、美学方面的论文也写于此一时期），其中关于康德与叔本华的介绍文字尤多，并皆给予极高评价。在刊于 1904 年 2 月《教育世界》69 号上的《孔子之美育主义》一文中，他先从叔本华的学说阐明社会所以需要美育的原因，认为人生而有欲求，有欲求则有得失淫戚，通常之人，皆都避苦而就乐，喜得而恶丧、怯让而勇争，于是内之发于人心则生苦痛，外之见于社会即为罪恶。欲除此利害之念，稍减社会罪恶、泯灭人心苦痛，惟有审美一途。继之，他又将康德与叔本华的学说合而论之，阐明了审美何以具有超越欲求、解脱苦痛

① 《蔡元培美学文选》，第 221 页。
② 《王国维文集》第 3 卷，第 31 页。

的原因。他写道：

> 美之为物，不关于吾人之利害者也。吾人观美时，亦不知有一己之利害。德意志之大哲人汗德，以美之快乐为不关利害之快乐。至叔本华而分析观美之状态为二原质：（一）被观之对象，非特别之物，而此物之种类之形式；（二）观者之意识，非特别之我，而纯粹无欲之我也。何则？由叔氏之说，人之根本在生活之欲，而欲常起于空乏。既偿此欲，则此欲以终；然欲之被偿者一，而不偿者十百；一欲既终，他欲随之：故究竟之慰藉终不可得。苟吾人之意识而充以嗜欲乎？吾人而为嗜欲之我乎？则亦长此辗转于空乏、希望与恐怖之中而已，欲求福祉与宁静，岂可得哉！然吾人一旦因他故，而脱此嗜欲之网，则吾人之知识已不为嗜欲之奴隶，于是得所谓无欲之我。无欲故无空乏，无希望，无恐怖；其视外物也，不以为与我有利害之关系，而但视为纯粹之外物。此境界唯观美时有之①。

同是在1904年连载于《教育世界》上的《红楼梦评论》中，王国维以更加概括的语句写道："呜呼，宇宙一生活之欲而已！而此生活之欲之罪过，即以生活之苦痛罚之：此即宇宙之永远的正义也。自犯罪，自加罚，自忏悔，自解脱。美术之务，在描写人生之苦痛与其解脱之道，而使吾侪冯生之徒，于此桎梏之世界中，离此生活之欲之争斗，而得其暂时之平和，此一切美术之目的也。"② 此外，王国维的《去毒篇》、《人间嗜好之研究》等文，其立论的思路也都显示出叔本华的深刻影响。

蔡元培、王国维之外，梁启超和鲁迅的美育观虽在总体上带有较强的功利性色彩，但在美育活动的性质上则基本上也是持审美无利害关系说。如鲁迅在《儗播布美术意见书》中就认为美术本有之目的，在与人以享乐。他说："言美术之目的者，为说至繁，而要以与人享乐为臬极。"又说："顾实则美术诚谛，固在发扬真美，以娱人情，比其见利致用，乃不期之成果。"

---

① 《王国维文集》第3卷，第155—156页。
② 《王国维文集》第1卷，第9页。

他甚至认为离开美术的本有目的而"沾沾于用，甚嫌执持"①。

其三，关于美育的津梁作用。康德在《纯粹理性批判》和《实践理性批判》两大著作中把世界分割成互不相联的现象界和物自体，前者是自然的、有限的、必然的世界，是理性认识可以到达的此岸世界，与之相对的主体认识能力是知性或曰悟性；后者是道德的、无限的、自由的世界，是知性不能到达而只能在实践上去信仰的彼岸世界，与之相对的主体认识能力是理性。这两个世界之间存在一道鸿沟。为了沟通这两个世界，弥合知性与理性、有限与无限、自然与道德、必然与自由、理论与实践之间的分裂，康德又著《判断力批判》一书，以介于知性与理性之间的判断力以及与判断力相关的审美活动作为连接两个彼此分离的世界的桥梁。康德的学说在席勒的审美教育理论中得到了进一步的发挥。他认为在人的自然天性里包含着两种冲动：感性冲动与形式冲动。感性冲动的对象是自然的物质生活的世界，形式冲动的对象是精神的道德生活的世界。人的两种冲动及其所面对的两个世界是分离甚至是对立的，而且各自都是片面的，是对自由的一种限制。在自然状态中人受到物质力量的限制，在道德状态中又受到道德意志的限制。只有借助于以美为对象的游戏活动，人的两种冲动才能统一起来，才能免去物质与道德的片面性的限制，成为完整的、社会的人，从感性自然的领域走向理性自由的领域。因此，席勒也是把审美视为人由自然走向自由的桥梁。在《孔子之美育主义》里，王国维直接引述了席勒《美育书简》的思想，说西方自古希腊亚里士多德以后，皆以美育为德育之助。至近代，谑夫志培利、赫启孙等皆从之。至席勒出，"而大成其说，谓人日与美相接，则其感情日益高，而暴慢鄙倍之心日益远。故美术者科学与道德之生产地也。又谓审美之境界乃不关利害之境界，故气质之欲灭，而道德之欲得由之以生。故审美之境界乃物质之境界与道德之境界之津梁也。"② 审美之所以能够起到这种津梁作用，在于审美不关利害，能够调和道德之欲与气质之欲各自的限制和彼此的内界争斗，而使卑劣之感跻于高尚之感觉，唯乐于守道德之法则。在1907 年 11 月至 l908 年 1 月刊载于《教育世界》l61 至 l65 号上的《孔子之

---

① 转引自郭绍虞主编《中国历代文论选》第 4 册，上海古籍出版社 1980 年版，第 496 页。

② 《王国维文集》第 3 卷，第 156 页。

学说》中，他又在论述孔子的教育思想时写道："德不可得而学。故学问不过欲得智识耳，从此智识以陶冶吾之情与意，始能得善良之品性，即德是也。孔子欲完成人格以使之有德，故于欲知情意融和之前，先涵养美情，渐与知情合而锻炼意志，以造作品性。于是始知所立，和气蔼然，其乐无极，是即达仁之理想，而人格完成矣。"① 在这里，涵养美情的审美教育成为沟通知与意，达致人格之完成即完全之人物的培养的桥梁。如果说王国维主要是借助于席勒的学说而又吸取了康德的思想来阐述审美的津梁作用，那么蔡元培则主要是以康德的理论为基础阐述之。在《对于教育方针之意见》中，蔡元培特别标举世界观教育与美感教育，并把后者视为前者的重要途径。他说："美感者，合美丽与尊严而言之，介乎现象世界与实体世界之间，而为之津梁。"② 美感教育何以具有此种作用呢？他认为这是由其本身的特点所决定的。现象与实体，本为一世界之两面，但常人由于受人我之差别和幸福之营求两种意识的障碍而不能由现象世界进入实体世界。有人我，则于现象中有种种之界画，而与实体违。有营求则当其未遂，为无已之苦痛。及其既遂，为过量之要索。循环于现象之中，而与实体隔。而美感教育由于其无利害的性质，能够化人我之见，泯营求之念。在审美状态里，人面对对象，没有了因现实利害而生的种种爱恶惊惧喜怒悲乐之情，自美感以外，一无杂念，除去了展玩欣赏的兴趣外，对对象无厌弃而亦无执著。一旦进入这种与造物为友的"浑然之美感"状态，人便脱离一切现象世界相对之感情，而已接触于实体世界之观念。"故教育家欲由现象世界而引以到达于实体世界之观念，不可不用美感之教育。"③ 由此可见，王国维和蔡元培对康德和席勒关于审美之津梁作用的见解深以为然，他们的具体阐述是富有哲学深度和理论根基的。

三

　　如前所述，新民与强国构成了中国近代文化建构与教育变革的基本目标

---

① 《王国维文集》第 3 卷，第 147 页。
② 《蔡元培美学文选》，第 4 页。
③ 《蔡元培美学文选》，第 5 页。

取向，而近代美育思想也是建立在这一基本目标取向基础之上，是围绕这一目标而展开的。在近代思想家们的认识逻辑中，国家要想强盛，关键在有人才，而人才的培养有赖于学校。故此，兴办新式教育便被提到首要的议事日程上来。如改良思想家郑观应认为："教育为立国之本，国运之盛衰系之，国步之消长视之。"① 洋务运动的主将张之洞说："人皆知外洋各国之强由于兵，而不知外洋之强由于学。夫立国由于人才，人才出于立学，此古今中外不易之理。"② 梁启超在 1897 年 11 月 15 日刊于《时务报》上的《倡设女学堂启》，更是慷慨激昂地将兴办新式教育提到"振二千年之颓风，拯二兆人之吁命"的高度，认为"兴国智民，靡不始此"。③ 梁启超还根据康有为提出的"公羊三世说"历史进化论思想，强调教育改革是政治改革的关键和根本。他说："吾闻之《春秋》三世之义，据乱世以力胜，升平世智、力互相胜，太平世以智胜……世界之运，由乱而进入平；胜败之原，由力而趋于智。故言自强于今日，以开民智为第一义。"④ 又说："亡而存之，废而举之，愚而智之，弱而强之，条理万端，皆归本于学校。"⑤ 甚至就连慈禧太后于 1901 年 9 月 14 日在西安颁发的兴学诏书中，也认识到"人才为政事之本"。然而仅仅认识到兴学的重要还是不够的，问题更在于确立什么样的人才教育观念。康有为在他第一次上书之后于 1891 年创办万木草堂的初衷，就在于他认识到，"以国民之愚，而人才之乏也，非别制造新国之才，不足以救国"⑥。这里，他把培养"新国之才"作为救国的根本之计。如上所述，梁启超在跟从康有为从事维新大业期间就把教育作为兴国智民的基础，维新运动失败后，梁启超进一步认识到，兴办教育必须确立正确的教育宗旨。1902 年，梁启超在《新民丛报》上发表了《论教育当定宗旨》一文，这是中国近代教育史上较早提出教育当定宗旨的文章。他反对以"升官发财"为教育宗旨，也对洋务派把教育归结为"培人才"、"育民智"持有异议，

---

① 转引自孙培青、李国钧主编《中国教育思想史》第 3 卷，华东师范大学出版社 1995 年版，第 78 页。本文以下所引该书版本相同，不再一一注明。

② 转引自孙培青、李国钧主编《中国教育思想史》第 3 卷，第 41 页。

③ 梁启超：《倡设女学堂启》，《梁启超全集》第 1 册，第 104 页。

④ 梁启超：《变法通议》，《梁启超全集》第 1 册，第 17 页。

⑤ 梁启超：《变法通议》，《梁启超全集》第 1 册，第 19 页。

⑥ 转引自孙培青、李国钧主编《中国教育思想史》第 3 卷，第 95 页。

认为"夫培养汉奸之才，亦何尝非人才！开奴隶之智，亦何尝非民智"①，人才的培养还有一个服务方向的问题，中国有学堂三十余年而国家不免于腐败，主要就是无教育宗旨和教育宗旨不当使然。他认为教育应以造就国民为目的，其宗旨"在养成一种特色之国民，使结团体，以自立竞存于列国之间，不徒为一人之才与智云也"②。同年2月至次年11月，他撰写了十余万言的《新民说》，论述了培养"新民"是今日中国的第一急务，是创生新制度、建立新政府、建设新国家的基础，并详细论述了"新民"应具有公德、国家思想、进取冒险、权利思想、自由、进步、自尊、生利分利、毅力、私德、尚武、合群、义务思想等18种品质。可见，梁启超所谓"新民"，就是具有自由、进步意识和现代人格的现代国家公民。正是从这种育人观念出发，梁启超认为现代教育应是知育、情育、意育三个方面的协调平衡发展。但在当时的学校里，智育还有一些，情、意二育简直可以说是没有，同时还存在着知、行割裂的情况，这种结构上的失衡不利于学生完满人格的培养。由此，梁启超便从早期笼统地倡导兴学主张"新民"转向于20年代初期大力提倡"情感教育"。王国维、蔡元培等人大力提倡美育，也是从同样的认识前提出发的。梁启超提出教育当定宗旨的第二年，王国维也发表了《论教育之宗旨》一文，把培养"完全之人物"定为教育宗旨，并由此而倡导体、智、德、美四育并举的"完全之教育"。蔡元培也把美育与现代教育体系的建构和现代人格的塑造联系了起来。他认为美育是共和时代的教育所必需，普通教育的宗旨就是"养成健全的人格"、"发展共和的精神"，而为了达到这一目的，则需体、智、德、美四育并重，"不可放松一项"③。他还针对从前的教育将美育包括在德育里，以及以宗教代美育和新文化运动中对美育的忽略，在不同时期里撰文强调美育为近代教育之骨干，论析了将美育作为独立的教育部类加以发展的必要性。由此观之，从建构现代教育体系以及新的育人观念出发倡导美育，是中国近代美育的一大特色。从新民与强国的现代教育观念出发，中国近代美育的倡导者们对一系列相关美育问题进行了广泛的、在某些方面也颇具深度的探讨，并就一些问题取得了基本的共识。

---

①　梁启超：《论教育当定宗旨》，《梁启超全集》第3册，第912页。
②　梁启超：《论教育当定宗旨》，《梁启超全集》第3册，第912页。
③　《蔡元培美学文选》，第107页。

　　首先，将美育从传统的伦理道德教育中独立出来，使其取得了与德育、智育、体育并列的地位，并对美育与其他各育之间的关系做了比较辩证的探讨。无论中、西，在古代的传统教育中，美育都是附丽于德性教育之内的，此种德性教育或因宗教荫翳而受原罪之累（如西方），或因政治钳制而受礼教压抑（如中国），皆不利于人类情感之发达。故近世美育观念的滋生，首先是针对古代的传统教育而起的。在《对于教育方针之意见》中，蔡元培把军国民主义教育、实利主义教育和道德教育作为隶属于政治之教育的三项内容，而把世界观教育和美育作为共和时代才有的"超轶政治之教育"，特别强调了美育之于现代教育的必要性；在他后来阐扬"以美育代宗教"的几篇文章里，则不仅从陶养感情的角度论证了美育从原始宗教中独立出来的历史必要性，而且从美育的自由、进步、普及与宗教的强制、保守、有界的对比中，论证了不能以宗教充美育而只能以美育代宗教的理由。[①] 此外，在《美术与科学的关系》（1921）、《与时代画报记者谈话》（1935）等文中，蔡元培还从科学与美术不可偏废的角度，阐明了智育与美育并举的理由。同样，王国维也是有感于古代教育对人之情感的压抑和近世教育对人之情感的漠视而提倡美育的。

　　那么，在完整的现代教育体系里美育与其他各育之间应是一种什么样的关系呢？王国维认为，在完整的教育体系中，"德育为中心点"，而美育"一面使人之感情发达，以达完美之域；一面又为德育与智育之手段，此又教育者所不可不留意也。"[②] 蔡元培也认为"教育之目的，在使人人有适当之行为，即以德育为中心是也。顾欲求行为之适当，必有两方面之准备：一方面，计较利害，考察因果，以冷静之头脑判定之；凡保身卫国之德，属于此类，赖智育之助者也。又一方面，不顾祸福，不计生死，以热烈之感情奔赴之；凡与人同乐、舍己为群之德，属于此类，赖美育之助者也。所以美育者，与智育相辅而行，以图德育之完成也。"[③] 在王国维、蔡元培等人看来，德育与美育一方面各自独立，有主辅之关系，另一方面美育与其他各育之间

---

　　① 参见蔡元培《以美育代宗教说》（1917）、《美育代宗教》（1932）、《以美育代宗教》（1930）、《居友学说评论·序》（1938）等文。

　　② 《王国维文集》第3卷，第59页。

　　③ 《蔡元培美学文选》，第174页。

又是相互渗透的。在《对于教育方针之意见》中，蔡元培从现象形态上罗列了各育之间相互渗透的情况。他指出，德育乃修身教育，其中也参有美育和世界观教育；实利主义教育是智的教育，但其中也可引生军国民主义和世界观教育，有美育之效。如历史、地理教育中"记美术家及美术沿革，写各地风景及所出美术品，美育也"；自然科学中的算学为纯然抽象者，"而几何学各种线体，可以资美育"；物理、化学的研究对象，"视官听官之所触，可以资美感者尤多"；博物学"在观感一方面，多为美感"。而美育也包含着其他各育的内容，如"图画，美育也，而其内容得包含多种主义：如实物画之于实利主义，历史画之于德育是也。其至美丽至尊严之对象，则可以得世界观"；"唱歌，美育也，而其内容，亦可以包含种种主义"；其他如军国民主义的体操、实利主义的手工和日常的游戏等等，都可以兴美感。① 相比较而言，王国维在这一方面的论述则更显学理深度。他认为，人心之知情意三者非各自独立，而是互相交错的。如人为一事时，知其当为者"知"也，欲为之者"意"也，而当其为之前后又有苦乐之"情"伴之，可见"此三者不可分离而论之也。故教育之时，亦不能加以区别。有一科而兼德育智育者，有一科而兼美育德育者，又有一科而兼此三者"。德、智、美三育并行且相互渗透，人生才得以渐达真善美之理想，再加以体育训练，"斯得为完全之人物，而教育之能事毕矣"②。在这里，王国维把各育之间的相互渗透追溯到其心理根源上来，并把这种相互渗透视为理想教育之得以实现的前提条件。

其次，从对美育心理根源和性质的探讨出发揭示了美育的特质。既然美育的心理根源存于人的情感机能中，美育的基本性质在于调适情感，使人的精神世界和谐平衡地发展，以达致人生、人性的完美之境，那么美育的特质也就在于它是诉诸情感的教育。王国维在《去毒篇》中指出美术可以用来疗救因人生苦痛而生的精神空虚，给人以感情上的慰藉。他说："感情上之疾病，固非干燥的科学与严肃的道德之所能疗也。感情上之疾病，非以感情治之不可。"③ 所以，审美教育必诉之于感情，方能达其施教目的。王国维

① 《蔡元培美学文选》，第6页。
② 《王国维文集》第3卷，第58、59页。
③ 《王国维文集》第3卷，第25页。

认为，美育活动的具体展开在要进入一种"观美之状态"，其形成一是要有被观之对象，一是要有观物之我。被观之对象有二：一曰"天然之美"，二曰"人工之美"。前者即自然之美，后者即建筑、雕刻、绘画、音乐、文学等各种美的艺术。无论是前者还是后者，皆是诉诸人的无私无欲的审美情感的，是"涵养其审美之情"的。因此之故，王国维直接把美育称为"情育"，并认为由于审美的无利害性质，美育能使人忘一己之利害而入于高尚纯洁之域，获最纯粹之快乐。蔡元培也把美育视为"专尚陶养感情之术"，在多处地方一再指出美育"以陶养感情为目的"[①]。在《美育与人生》中，他还特别从情感何以需要陶养的角度说明了什么是美育，他说："人人都有感情，而并非都有伟大而高尚的行为，这由于感情推动力的薄弱。要转弱而为强，转薄而为厚，有待于陶养。陶养的工具，为美的对象；陶养的作用，叫作美育。"[②] 这里，蔡元培说明了什么叫作美育，同时也揭示了美育的特点所在。

像王国维、蔡元培一样，梁启超也是从情感陶养的角度理解美育，但他没有运用"美育"这个概念，而是直接用了"情感教育"或"趣味教育"的提法。在梁启超看来，天下最神圣的莫过于情感，它"是人类一切动作的原动力"，具有提升人的生命境界的性质和力量。他说：

> 情感的性质是本能的，但他的力量，能引人到超本能的境界；情感的性质是现在的，但他的力量，能引人到超现在的境界。我们想入到生命之奥，把我的思想行为和我的生命迸合为一；把我的生命和宇宙和众生迸合为一；除却通过情感这一个关门，别无他路。所以情感是宇宙间一种大秘密。[③]

既然情感出自人们的本能，又有如此之性质和力量，为什么还需要情感教育呢？这是因为正如趣味有优劣好坏之别一样，情感亦有高下、善恶、美丑之分。恶的丑的情感会盲目地到处乱迸，产生可怕的后果。这就需要注意

① 《蔡元培美学文选》，第174页。
② 《蔡元培美学文选》，第220页。
③ 梁启超：《中国韵文里头所表现的情感》，《梁启超全集》第7册，第3921—3922页。

情感的陶养。"情感教育的目的，不外将情感善的美的方面尽量发挥，把那恶的丑的方面渐渐压伏淘汰下去。这种工夫做得一分，便是人类一分的进步。"① 人类之需要情感教育，还在于审美虽是人人皆具的本能，但感觉器官不常用或不会用，久而久之就会变得迟钝甚至麻木，失掉了趣味和爱美的胃口，使生活变得枯燥而无意义。通过情感教育或趣味教育，就会"把这种麻木状态恢复过来，令没趣变为有趣。换句话说，是把那渐渐坏掉了的爱美胃口，替他复原，令他常常吸受趣味的营养，以维持增进自己的生活康健。"② 为使全社会重视情感教育或趣味教育问题，梁启超还于1922年专门写下了《趣味教育与教育趣味》一文。可见，梁启超的美育论是处处着眼于一个"情"字的。此外，像鲁迅认为美术教育的诚谛在于发扬真美，以娱人情，李石岑说美育"不离乎审美心之养成"，进一步说"即为美的情操之陶冶"③，都点明了美育的情感特质。

再次，近代美育思想家们也提出了实施美育的手段和途径。美育是借助一定的审美对象实施的情感教育，在王国维、蔡元培等人看来，凡能够陶冶情感、生养美丽之心的对象都是审美的对象，蔡元培称为"陶养的工具"。如前所述，王国维认为构成美育对象的包括天然之美和人工之美，而人工之美又包括了工艺美和艺术美两个方面。蔡元培也在《美育代宗教》一文中针对一般人时常对美育与美术的混同，指出一般所谓美术，就视觉方面而言包括建筑、雕刻、图画三种，就听觉方面来说包括音乐。而美育的范围则要比美术大得多，包括一切音乐、文学、戏院、电影，公园以及小园林的布置，乃至繁华的都市、幽静的乡村等等，此外如个人的举动、社会的组织、学术团体、山水的利用，以及其他种种的社会现状，都有美化的问题。可见，作为美育对象的不仅是美术品，它的范围是极为广阔的，内容是多样的，凡一切可以促成人生美化的事物都可以构成美育的对象。然而，由于美育主要是在学校里进行的教育，所以美育最主要的工具是文艺作品。王国维、蔡元培讲美育的对象，谈论的多是艺术。蔡元培在《创办国立艺术大

---

① 梁启超：《中国韵文里头所表现的情感》，《梁启超全集》第7册，第3922页。
② 梁启超：《美术与生活》，《梁启超全集》第7册，第4018页。
③ 李石岑：《美育之原理》，载引自胡玉滋、张援编《中国近现代美育论文选》，上海教育出版社1999年版，第107页。

学之提案（摘要）》（1927）里，还明确指出："美育为近代教育之骨干，美育之实施，直以艺术为教育，培养美的创造及鉴赏的知识，而普及于社会。"① 梁启超更明确点明"情感教育最大的利器，就是艺术：音乐美术文学这三件法宝，把'情感秘密'的钥匙都掌住了"②。所以如此，是因为文艺的本质和作用，最主要的即在于它是趣味或情感的表现。文艺的价值在于把那霎时便过去的情感捉住，令他随时可以再现，同时也把文艺家自己个性的情感打进别人的情感阈里头，在若干期间内占领他人心灵的位置。因此，文艺家所担承的社会责任是很重的。文艺家应该"认清楚自己的地位"，"修养自己的情感，极力往高洁纯挚的方面，向上提挈，向里体验，自己腔子里那一团优美的情感养足了，再用美妙的技术把他表现出来，这才不辱没了艺术的价值。"③ 梁启超在《美术与生活》里还进一步指出，有三种不同类型的艺术美，这就是"描写自然之美"的、刻画心态的和构造理想境界的。由这三种不同类型的艺术美，人们可以进入三条通往审美境界的途径：即"对境之赏会与复现"、"心态之抽出与印契"和"他界之冥构与蓦进"。这三条途径也就是审美趣味或审美情感产生的源泉。

　　除了对艺术作为美育工具的强调之外，近代美育思想家们对美育的实施方法和途径也提出了许多具体的意见，其中以蔡元培所论最为系统、具体而又有可操作性，他不仅在《美育实施的方法》和《美育》二文中就此详述了己见，此外在《对于教育方针之意见》、《普通教育与职业教育》、《美术与科学的关系》、《对于学生的希望》、《创办国立艺术大学之提案（摘要）》、《三十五年来中国之新文化》、《二十五年来中国之美育》等一系列文章里也有论列。他根据现代教育之分为家庭教育、学校教育、社会教育的状况，阐明了一整套具体的美育实施方法，包括家庭美育、学校美育、社会美育诸方面，其中有不少精辟见解。如他关于学校智育教育中应含有美育的原素的观点，关于社会美育既要设立种种美育机关也要美化环境的观点，关于学校实施艺术教育要真正达到美育的效果而"不可成为机械的作用"的观点，至今仍不失其建设意义。

---

① 《蔡元培美学文选》，第 169 页。
② 梁启超：《中国韵文里头所表现的情感》，《梁启超全集》第 7 册，第 3922 页。
③ 梁启超：《中国韵文里头所表现的情感》，《梁启超全集》第 7 册，第 3922 页。

　　最后，需要指出的是，近代美育思想家一般都把美育作为情感陶养的工具，认为美育之宗旨在于立人，使人成为完全之人物，并且均接受了康德的知、情、意三分之说和审美无利害关系说，并在此基础上阐述自己对美与美育的看法。但由于各自的人生观、社会观、教育观、审美观及所由借鉴的西方思想资源各不相同，因而近代美育思想家们的美育观念又在整体性的时代特征和一致性中显示出个性色彩和差异性。相比较而言，王国维的美育观侧重于美育根源的心理分析，着眼于人生苦痛的解脱；梁启超也倾向于从心理上寻求美育的根据，但不认为美育是精神空虚而生成的人生苦痛的解脱，而是出自人的爱美的天性。王国维的美育观比较侧重于个体人格完善的角度，而梁启超、蔡元培、鲁迅等人则更倾向于审美效应的社会指向，着眼于群治和国民性的改造。梁启超发表于 1902 年的著名论文《论小说与群治之关系》是其早期艺术教育思想的代表作，20 年代他虽然倡导"趣味教育"，但由"新民"而达致"改良群治"的目的没有变化。同样，鲁迅早年发表《文化偏至论》（1907）、《摩罗诗力说》（1908）也是把"立人"作为艺术教育的基本目的。他认为中国欲立足于世，角逐列国，"其首在立人，人立而凡事举"，而立人的"道术"在于"尊个性而张精神"、"任个人而排众数"。[①] 为培养出这样的精神界之战士，鲁迅主张别求新声于异邦，引进西方近代以来张扬个性主义的文化和艺术精神，以改造中国文化和国民性的弱点。鲁迅虽然认为美术的本质在于使观听之人，为之兴感怡悦，把"涵养吾人之神思"作为文艺之职用，但他并没有否认文艺有"不期然而至"的效果，不否认文艺有"无用之用"。他认为"世界大文，无不能启人生之閟机"，而所谓"人生之閟机"即"人生之诚理"。正因为文艺能将人生之诚理"直笼其辞句中，使闻其声者，灵府朗然，与人生即会"，"故人若读鄂谟（Homeros）以降大文，则不徒近诗，且自与人生会，历历见其优胜缺陷之所存，更力自就于圆满。此其效力，有教示意；既为教示，斯益人生；而其教复非常教，自觉勇猛发扬精进，彼实示之。凡芩落颓唐之邦，无不以不耳此教示始。"[②] 鲁迅对近代以来西方"立意在反抗，旨归在动作"的"摩

　　① 鲁迅：《文化偏至论》，引自鲁迅《坟》，人民文学出版社 1951 年版，第 52、39 页。本文以下所引该书版本相同，不再一一注出。

　　② 鲁迅：《摩罗诗力说》，引自鲁迅《坟》，第 64 页。

罗诗人"如拜仑、雪莱、裴象飞等推崇有加，认为他们"其为品性言行思维，虽以种族有殊，外缘多别，因现种种状，而实统于一宗：无不刚健不挠，抱诚守真；不取媚于群，以随顺旧俗；发为雄声，以起其国人之新生，而大其国于天下。"① 可见，"起其国人之新生，而大其国于天下"，这正是鲁迅所期待于艺术教育的效用。此外，就美育与其他各育的关系来说，尽管近代美育各家都强调了美育作为现代教育一独立分支和部类的必要性，但王国维、蔡元培都以德育为中心，把美育视为德育之助，鲁迅也认为美术的"无用之用"之一是可以辅翼道德，而梁启超则把知、情、意三育并举以作为达到智仁勇之境界的途径，且具有比较明显的独尊美育的倾向。就对美育方法的具体论述来说，王国维和蔡元培把自然美和人工美（包括艺术美）均作为美育的对象或手段，梁启超和鲁迅着重的则是艺术；鲁迅讲审美教育着重的是"美术"教育，即以"美的艺术"施教，而蔡元培则对美育与美术的概念加以区分，对美育的途径和方法作了非常广泛的论述，如此等等，这诸多的差异使中国近代美育呈现出了多姿多彩的思想和理论风貌。

四

　　中国近代美育思想是历史转型过程中的时代要求和文化精神在教育和美学领域里的体现。今天，站在世纪末的历史高度重新审视先贤们给我们留下的这一笔丰厚的精神遗产，可以从两个方面获得有益的启示。

　　首先，从文化创生的角度来说，中国近代美育新潮给我们提供了学习、借鉴外来文化以及将古代文化赋予新的时代生机而进行创造性转化的范例。黄人在《清文汇·序》中说："中兴垂五十年，中外一家，梯航四达，欧和文化，灌输脑界，异质化合，乃孳新种，学术思想，大生变革。"② 中国近代美育就是在中西文化异质化合的基础上孕生出来的。中国近代美育的主要代表人物无不具有贯通中西的文化视野和学术气度，他们的许多思想和观点的提出都缘自西学，如王国维、蔡元培对德国哲学美学和美育观念的吸取，

梁启超所受英国经验主义美学和德国柏格森生命哲学的影响，鲁迅所受尼采等人思想的影响等等。但他们不是从纯学理的角度来引进西方美学和美育理论的，而是企图借此来解决中国社会发展中提出的人生和教育问题，有其现实指向性，而且由于具体国情之不同，他们对引进的理论观点又是有所转化和发展的。同时，他们也力求在新的思想文化背景上来反观中国传统文化，重新阐释古代的思想资料，以求为新的时代所用，如王国维以苏轼的"寓意于物"、邵雍的"以物观物"和陶渊明、谢灵运等的诗歌创作来阐释观美境界中物我之间的无利害关系，以孔子的"安而行之"比照席勒所谓由美育而达到的"唯乐于守道德之法则"的境界，梁启超把孔子的智仁勇的人生境界作为知情意三育所追求的人生理想，如此等等，虽未见得全都确切妥当，但这种力求在新的阐释中赋予古代思想资料以新的意义和生命的努力无疑是一种新的学术开拓。从这个意义上看，王国维的《孔子之美育主义》作为对中国古代美学和美育思想的第一次研究，也是第一次具有现代理论视界和意识的研究，特别值得关注。应该说，中国近代美育思想家们所做的上述"异质化合"的文化创建工作不仅是时代推力使然，也是他们自觉选择的一种文化创生策略。如鲁迅在《文化偏至论》中就指出，中国欲挽近于灭亡之命运，焕发精神，争存天下，"明哲之士，必洞达世界之大势，权衡较量，去其偏颇，得其神明，施之国中，翕合无间。外之既不后于世界之思潮，内之仍弗失固有之血脉，取今复古，别立新宗，人生意义，致之深邃，则国人之自觉至，个性张，沙聚之邦，由是转为人国。人国既建，乃始雄厉无前，屹然独见于天下，更何有于肤浅凡庸之事物哉？"① 在这里，鲁迅所提出的中国救亡之策，也正是中国文化建设和国民教育的策略，这种"取今复古，别立新宗"的策略不仅在当时具有时代的合理性，对其他时代的文化创生来说也具有普遍的方法论意义。

其次，从今天的美育建设实践角度来说，虽然历史境遇已有了很大的不同，但作为一场有意义的社会文化运动，世纪初的美育新潮不会因历史的距离而消隐了其涛声，仍然有现实的启示价值，这主要表现在如下几个方面：

其一，教育之宗旨在使人成为"完全之人物"，德、智、体、美四育缺

---

① 鲁迅：《文化偏至论》，引自鲁迅《坟》，第51页。

一不可。王国维等人所谓"完全之人物"即有着健全的人格，身体与心灵无不发达而调和的现代新人。新人的培养应着眼于人的各种能力和潜能全面综合的培育与开发，这是任何单一的教育形式都难以承担的。如前所述，无论是在席勒的时代还是在王国维、蔡元培的时代，美育之兴都在于补正传统的德性教育和近代的知识教育之偏颇。迄至今日，这种补正依然需要。最近几年，美育问题之所以又逐渐成为国内教育界与美育界关注的一个"热点"，除了因缘于知识经济时代的即将到来而对素质教育的时代吁求之外，与对极"左"政治泛滥时期片面强调思想品德教育和20世纪80年代以来愈演愈烈的应试教育种种弊端的反思也有直接的关联。片面地强调思想品德教育，甚至像"文化大革命"中那样以极"左"的政治成见改造古代的"修身"教育，其对人格、人性和人生的扭曲与戕害，人们是早已领教过了。而近20年来围绕高考指挥棒转动起来的应试教育对一代人的片面模塑，其负面影响也不容忽视。由应试教育培养起来的这一代人，或许在智力上有其相对发达的一面，然而在总体上看，其道德素质的下滑，人生情趣的萎顿，乃是不争的事实。这种状况，与人的全面和谐发展的宗旨自然是相距甚远的。德育之花缺了美育的滋润会走向枯萎，而智力教育若缺了美育的辅助也会走向畸形，使人成为人格残缺的"受教育的野蛮人"。完全之人物的培养有赖于完全之教育的实施。没有美育的教育是片面的教育，而不会是完全的教育。

其二，现代教育的育人方向是培养具有现代人格素质的新式人才。自德国古典美学提出"审美带有令人解放的性质"① 的命题，把艺术及一切行为和知识的根本和必然的起源归结为人的自由理性以来，无论是席勒为代表的近代美育观念还是19世纪末叶以来兴起的艺术教育思潮，都是把人的自由与解放，把人生、人性的全面和谐的发展，作为现代教育的育人理想。为达致这一理想，现代教育的总体趋势是朝向人与自然、人与社会、人与自我三重和谐关系的确立，而科学精神、民主意识、审美情怀则成为现代人所应具有的人格素质，美育对这种和谐关系的确立和人格素质的培养有着重要的、不可替代的作用。就客观方面言之，审美活动是建立在主客之间无利害关系

---

① ［德］黑格尔：《美学》第1卷，朱光潜译，商务印书馆1979年版，第147页。

基础之上的，主体以审美的态度对待自然，对待他人和社会，这就有利于建立起人与自然之间的亲和关系，也有助于建立和谐协调的人际关系，趋近人与人之间亲密和睦、仁者爱人的理想。就主体方面来说，审美活动是对于审美感情的涵养，这有助于心灵世界的净化，有助于保持各种心理能量的协调与平衡，从而使外显的人生活动与内在的自我追求都展露出一种"诗意"的状态和韵致。进而言之，由于真善美之间有内在的关联，美育与德育、智育、体育之间也是相互融通与渗透的，因而美育也可以对德、智、体三育起促进作用。需要特别指出的是，如果说王国维还只是一般地谈论美育因其与其他各育之间的相互渗透可以借以造作人的本性的话，那么梁启超、蔡元培、鲁迅等人则已把审美或艺术的教育与现代人格素质的培养联系了起来。以梁启超为例，如前所述，梁启超所谓"新民"是一种具有新精神的国民，从他对"新民"精神品格的界定来看，是建立在自由、民主、平等的近代价值观念和科学理性基础之上的。梁启超还从"真美合一"的命题出发，明确提出了以美求真、以美术培养科学精神的主张。他说："科学根本精神，全在养成观察力，养成观察力的法门，虽然很多，我想，没有比美术再直接了，因为美术家所以成功，全在观察'自然之美'，怎样才能看得出自然之美，最要紧是观察'自然之真'。能观察自然之真，不惟美术出来，连科学也出来了。所以美术可以算得科学的金锁匙。"① 再如蔡元培，他把美育的宗旨定为养成健全的人格，发展共和的精神，着意的显然也是现代国民人格的养成。他不仅在多处地方一再强调了美育与自由精神和自由人格的培养的关系，认为美育应该绝对的自由，以调养人的感情，要能独立而不要有界限，而且也多次从现代人格构成和人生意义的生成角度强调了"知识与感情不好偏枯"，"科学与美术，不可偏废"的道理，鼓励人们"求知识以外兼养感情"，"治科学以外，兼治美术"。② 显然，梁启超、蔡元培等人的上述育人观念已经脱离了古代教育的窠臼，显示出很强的近代价值取向。今天，我们的民族仍走在建设民主、富强的现代化国家的途程中，科学的精神、自由与民主的意识以及审美的情怀依然是我们所需要的。

---

① 梁启超：《美术与科学》，《梁启超全集》第 7 册，第 3962 页。
② 《蔡元培美学文选》，第 135、137 页。

　　其三，美育特别有利于涵养人的综合素质，培育人的创造精神和创新能力。随着知识经济时代的日渐临近，社会对人才教育提出了更高的要求：一是要具有更高的综合素质能力，以满足社会生活的多样发展对人才提出的多方面的需求；二是要具有更强的创新精神和实践能力，以使国家和民族的现代化建设事业向更高的阶段发展获得推动力。相比较而言，这后一方面显得尤为重要，因为知识经济是建立在知识和信息的生产、分配和使用之上的经济形态，其核心是创新，尤其是科学技术的创新。与此相适应，现代教育也必须转向以培养具有高度创新精神和实践能力的人才为目标的素质教育，这就为美育的发展带来了前所未有的机遇。由于美的领域是自由的领域，是人的创造精神和才情自由驰聘与挥洒的天地，因而美育对于提高人的感知力、想象力以及情感智慧和实践能力，对于培养人的创造精神、发挥人的创造潜能，有着其他教育无法代替的特殊作用。对美育的这种作用，蔡元培早就有了明确的认识，他说："美术所以为高尚的消遣，就是能提起创造精神。"创造的冲动是与功利论相反的，只有美术能养成它，"因为美术一方面有超脱利害的性质；一方面有发表个性的自由。所以沉浸其中，能把占有的冲动，逐渐减少；创造的冲动，逐渐扩展。"① 其他如梁启超认为美术有助于培养辨别事物特性的分析精神，养成透入事物深处的"锐入的观察法"，以为科学之助的观点，也从一个方面说明了美育对培养科学发展所需要的创造精神的作用。在中国近代美育的滥觞期，蔡元培、梁启超都谈到并十分看重美育对智育、美术对科学的促进作用及其相互间的促进作用，"认为文化进步的国民，既然实施科学教育，尤要普及美术教育"②，说"外人能进步如此的，在科学之外，更兼美术"，"科学愈发达美术也愈进步"。③ 可以想见，这种促进作用，在即将来临的知识经济时代将更显重要。

　　其四，美育有利于克服现代社会发展给人生、人性所带来的一些负面影响。前已指出，近代美育兴起的原因之一还在于弥合由片面的知识教育造成的感性与理性的内在分裂。在我国，从 20 世纪初期到 20 年代，王国维、蔡元培等人主要是从社会进步与现代人格塑造的角度谈论科学与美术、智育与

---

①　《蔡元培美学文选》，第 147、148 页。

②　《蔡元培美学文选》，第 83 页。

③　《蔡元培美学文选》，第 147 页。

美育的不可偏废，尤其是美育对智育、美术对科学的促进作用。而到了30年代中期，在与《时代画报》记者的一次谈话中，蔡元培则从科学发展的负面价值角度谈到了实施美育的必要性。他说：

> 我以为现在的世界，一天天往科学路上跑，盲目地崇尚物质，似乎人活在世上的意义只为了吃面包。以致增进了贪欲的劣性，从竞争而变成抢夺，我们竟可以说大战的酿成，完全是物质的罪恶。现在外面谈起第二次世界大战的议论很多，但是一大半只知裁兵与禁止制造军火；其实只仍不过是表面上的文章，根本办法仍在于人类的本身。要知科学与宗教是根本绝对相反的两件东西。科学崇尚的是物质，宗教注重的是情感。科学愈昌明，宗教愈没落；物质愈发达，情感愈衰颓；人类与人类便一天天隔膜起来，而且互相残杀。根本人类制造了机器，而自己反而变成了机器的奴隶，受了机器的指挥，不惜仇视同类。我的提倡美育，便是使人类能在音乐、雕刻、图画、文学里又找见他们遗失了的情感。[①]

他认为我们在艺术的欣赏中常会获得一种说不出的感觉，四周的空气会变得更温柔，眼前的对象会变得更甜密，似乎觉到自身在这个世界上负有一种伟大的使命。这种使命不仅仅是要使人人有饭吃，有衣穿，有屋住，还要使人人能在保持生存以外去更好地享受人生。知道了享受人生的乐趣，同时便知道了人生的可爱，人与人的感情便不期然而然地更加浓厚起来。那么，虽然不能说战争可以完全消灭，至少可以毁除不少起衅的秧苗了。美育是否能发挥这样一种抑止战争的功效，暂且不论，但蔡元培在这里对科学发展的负面效应的反思，以及关于美育可以补救人们遗忘了的情感的观点却是十分深刻而有触动力的。我们知道，因了两次世界大战的惨剧及现代工业发展弊端丛生的刺激，自四五十年代以来，西方的不少思想家尤其是"法兰克福学派"的思想家们，开始对近代以来科技理性的发展对人类生存和人性发展所造成的负面影响进行批判性反思，并且也是将艺术和审美作为现代社会

---

① 《蔡元培美学文选》，第215页。

人性解放的寄托。虽然蔡元培的思想与这类思想家之间并无什么直接的联系，但蔡元培的反思无疑是走在了时代前沿的，值得引起我们高度重视。随着知识经济时代的到来，知识经济对教育活动的影响，将更多地表现在科学理性或曰工具理性对人格结构的片面化模塑上，同时从社会的层面来看，随着科技高度发展所带来的物质文明的丰盈繁荣，法兰克福学派的思想家马尔库塞在其名著《单面人》中所分析的那种"虚假需求"的泛滥，将不可避免地加剧人生的单面性，生命存在的精神维度将备受挤压，人的全面和谐发展的理想将面临新的威胁。美育能够培养人以审美的态度对待自然、社会和人生，使人成为审美的人或生活的艺术家，这对工具理性的膨胀和虚假需求的泛滥所造成的单面化人格模塑将起到有益的制衡和调适作用。

其五，也是最后，近代美育新潮还给我们一个启示，即美育是一项系统工程，要建设好这项工程，需要全社会的关注和努力。由于美是无所不在的，因而美育的范围也是极为广阔的，渗透于社会生活的各个领域，显示于教育的各项内容和各个环节。作为一项系统工程，我们不仅应该一般地研究美育的性质、特点以及它在整个现代教育体系中的地位和作用等相关理论问题，更要研究实施美育的具体途径和措施。20 世纪初期的美育，虽经王国维、蔡元培、梁启超等人的大力倡导而引起社会的关注，并且在实施美育的途径和方法方面也有许多具体的探索和努力，但由于当时政局变乱，政府推动不力，并没有收到很大的成效。此后，在相当长一段时期内，虽然学校教育中有艺术教育的科目，但美育并没有作为与德、智、体各育并举的内容列入教育方针，这就使得我们的教育方针一直是不完整的，美育在实际教育中亦常处于可有可无的境地。今天，在美育再度被列入教育方针，美育的作用愈来愈受到人们关注的历史语境下，我们有必要从新的历史条件和历史要求出发，对美育的理论与实践两方面都作出具有时代特质的探索和努力，以迎接新的美育高峰的到来。而在进行这种探索和努力的时候，认真反思和总结20 世纪初美育新潮的成就和局限，以从中获得启示和借鉴，也是极有必要的。

中国现代美育的历史进程与目标取向

一

美育或曰审美教育，作为一种现实的教育活动和方式，无论中外都是古已有之的事情。在西方，古希腊人已开始用史诗、戏剧、音乐、雕塑等不同艺术形式对自由民施行艺术教育，大哲学家柏拉图和亚理士多德等人的政治学理论中都包含了丰富的艺术教育思想。在我国，自远古的三皇五帝时代起就留下了"先王之乐"的种种传说，比如《尚书·尧典》中就有舜命夔"典乐教胄子"的记载。周代之后，"制礼作乐"更是成为历代统治者治国教民的一件大事，而包含着文学和艺术教育在内的"六艺之教"（礼、乐、射、御、书、数）也成为中国古代教育的重要内容。与此同时，无论中外，施行艺术教育的目的都在于将人美化，使人"不知不觉地从小就培养起对于美的爱好，并且培养起融美于心灵的习惯"[1]，从而养成"自由而高尚的情操"[2]。简言之，就是将人从粗野而凡庸的生存之域提升至尽善尽美的理想之境。正是在这个意义上，有了"美育"一词的发生。据现存所考材料看，汉末魏初著名的"建安七子"之一、被魏文帝曹丕评为"时有齐气，然灿之匹也"的徐干可能是中外最早提出"美育"一词的人。徐干在其所

---

① ［古希腊］柏拉图：《文艺对话集》，人民文学出版社 1980 年版，第 62 页。
② 《亚里士多德全集》第 9 卷，中国人民大学出版社 1997 年版，第 275 页。

著《中论》一书的第七篇《艺纪》篇中写道："艺者，所以事成德者也；德者，以道率身者也。艺者，德之枝叶也；德者，人之根干也。斯二物者，不偏行，不独立。木无枝叶则不能丰其根干，故谓之瘣；人无艺则不能成其德，故谓之野。若欲为夫君子必兼之乎？先王之欲人之为君子也，故立保民（'民'，据《周礼》当作'氏'）掌教六艺：一曰五礼，二曰六乐，三曰五射，四曰五御，五曰六书，六曰九数；教六仪：一曰祭祀之容，二曰宾客之容，三曰朝廷之容，四曰丧纪之容，五曰军旅之容，六曰车马之容。大胥掌学士之版，春入学舍，辨合万舞，秋班学，合声讽诵，讲习不解于时。故诗曰：菁菁者莪，在彼中阿，既见君子，乐且有仪。美育群材，其犹人之于艺乎？"在这里，徐干不仅明确提出了"美育"一词，而且依据《周礼》的有关记载，说明了先王"美育群材"的途径和方法，也就是以"六艺"、"六仪"来造就"群材"。在这篇文章中，徐干发挥了传统儒家"文质彬彬，然后君子"的古训，认为德行是做人的根本，也是"礼乐之本"，同时礼乐又是修饰德行的枝叶，是"事成德者"。以"德音"为本的礼乐来"美育群材"的目的乃是君子人格的养成，他说："既修其质且加其文，文质著然后体全，体全然后可登乎清庙，可羞于王公。故君子非仁不立，非义不行，非艺不治，非容不庄，四者无愆而圣贤之器就矣。《易》曰：富有之谓大业。其斯之谓欤？君子者，表里称而本末度者也。故言貌称乎心志，艺能度乎德行。美在其中，而畅于四支，纯粹内实，光辉外著。"由此可见，"美育"在中国古代乃是养成"君子"人格的基本途径。

不过，尽管徐干很早就使用了"美育"一词，但该词在中国古代的文献中流传并不广泛，古人经常谈论的还是"礼乐教化"、"六艺之教"。此外，也没有证据表明，当20世纪初叶，美学和美育的概念与观念在中国学界广泛地传播起来的时候，是受到了徐干和其他什么古人的影响。事实上，现代的美学和美育之类的概念和观点不仅是西学东渐的产物，而且从其观念内蕴和思想取向上看还是对古代以道德伦理教化为目的的美育思想体系的一种历史的反动。具体言之，中国现代美育观念的滥觞，首先不是缘于对古代美育思想的继承和发扬，而是基于中国社会由传统的封建社会向现代化社会转型的历史动因，起于救亡图存、教育救国的时代局势，同时也得益于西学东渐的学术背景。就中国现代美育思想的具体观念和内容而言，首先是西方相关思想的移植和汲取，其次才是基于中国自身特殊的历史境遇和教育背景以及美学和艺术研究状况的改造、转化与创新。换言之，美育在中国是作为一项自觉设计的"现代性"工程浮出历史地平线的。从社会语境上看，它与中国社会的现代转型和现代化追求相匹配；从思想文化背景上看，它以对现代思想和学术的知识诉求为精神支撑。

从 1840 年鸦片战争以后，中华帝国在外国列强坚船利炮的击打下，愈加显出了其落后、腐败的实相，面对着国权沦丧、种将不保的危急局势，惊醒起来的中国人开始了以富国强兵、重振国威为目的的艰难探索，中国社会也从此开始了由传统的封建的农业社会向现代的民主的工业社会的历史转型。19 世纪中叶，面对江河日下的国势，封建士大夫中一部分关心国家命运的有识之士如龚自珍、林则徐、魏源等人最早惊醒过来，发出了外抗强权、内求变革的强烈呼声。他们揭露封建"衰世"的腐朽，主张用"经世致用之学"来改革旧的传统教育，从而改良政治、改变学风，提倡学习西方的科学技术，以达到抵御外侮、"师夷之长技以制夷"之目的。其后，以李鸿章、张之洞为代表的"洋务派"更是秉持着"中学为体，西学为用"的教育理念，把兴办新式学堂、造就懂得西方现代科学技术的人才视为中国富国强兵的根本和当务之急。再之后，从 19 世纪 70 年代出现的资产阶级改良主义到甲午中日战争之后变法图强的维新运动，有识的中国人已经系统地形成了这样的认识：中国之国势颓委、积弱积贫的根源在于"民力已茶，民智已卑，民德已薄"①。要改变这种局面，根本的办法在于通过变法来"新民"。新民是变法之本，也是国家强盛之本。而要新民，首要的在于开民智、伸民权。开民智，就要兴办新式教育；伸民权，就要改革国家政治制度。兹举三人为例：一是清末洋务派重要代表人物郑观应以及他的《盛世危言》一书。在该书的《学校》（1892）一文中，郑观应明确指出："学校者，造就人才之地，治天下之大本也。"② 在《西学》（1892）一文中又说："国于天地，必有与立。盛衰兴废，固各有所以致此之由。学校者，人才所

---

① 严复：《原强》，转引自陈学恂主编《中国近代教育文选》，人民教育出版社 2001 年版，第 175 页。本文以下转引该书版本相同，不再一一注明。

② 郑观应：《盛世危言》，转引自陈学恂主编《中国近代教育文选》，第 47 页。

由出；人才者，国势所由强。"① 二是严复及其 1895 年 3 月刊于天津《直报》上的《原强》一文。在这篇文章里，严复依据达尔文的生物进化论和斯宾塞的社会学理论，论述了中国通往富强之途、跻身于世界强国之林的根本在于"鼓民力"、"开民智"、"新民德"。他说："盖生民之大要三，而强弱存亡莫不视此：一曰血气体力之强，二曰聪明智虑之强，三曰德行仁义之强。是以西洋观化言治之家，莫不以民力、民智、民德三者断民种之高下。未有三者备而民生不优，亦未有三者备而国威不奋者也。"基于这个普世通则，故中国"今日要政，统于三端：一曰鼓民力，二曰开民智，三曰新民德。夫为一弱于群强之间，政之所施，固常有标本缓急之可论。惟是使三者诚进，则其治标而标立；三者不进，则其标虽治，终亦无功"②。严复所谓"鼓民力"，就是要通过禁绝和改革吸食鸦片、女子缠足这样一些不良礼俗，以培养人民健康的身体；他所谓"开民智"，就是要废除八股取士，开办新学，学习西方的科学技术；他所谓"新民德"，就是要废除专制政治，实行君主立宪，用资产阶级的民主、自由、平等来代替中国的封建宗法制度和伦理道德。严复认为上述"三者乃强国之本"，而其中，他又特别强调民智者为"富强之原"。第三位代表人物是梁启超。梁氏在其作于 1896 年的《变法通议》一书的第二节"论变法不知本原之害"中，以更为清晰的理路和更为简洁的语言总结说："吾今为一言以蔽之曰：变法之本，在育人才；人才之兴，在开学校；学校之立，在变科举；而一切要其大成，在变官制。"③在该书的第三节"学校总论"中，他又把兴学校、开民智作为变法的首务，强调中国之衰乱由于教之末善，"故言自强于今日，以开民智为第一义"。甚至说："亡而存之，废而举之，愚而智之，弱而强之，条理万端，皆归本于学校。""今国家而不欲自强则已，苟欲自强，则悠悠万事，惟此为大，虽百举未遑，犹先图之。"④ 这与严复的上述观点是一致的。循此思路，在同作于 1902 年的《新民说》和《论教育当定宗旨》等论著中，梁启超又依

---

① 郑观应：《盛世危言》，转引自陈学恂主编《中国近代教育文选》，第 54 页。
② 严复：《原强》，转引自陈学恂主编《中国近代教育文选》，第 173、175 页。
③ 《梁启超全集》第 1 册，北京出版社 1999 年版，第 15 页。本文以下所引该书版本相同，不再一一注明。
④ 《梁启超全集》第 1 册，第 17、19、20 页。

据天演物竞之理指出，当今的时代乃民族帝国主义崛起与盛行的时代，"今日欲抵当列强之民族帝国主义，以挽浩劫而拯生灵，惟有我行我民族主义之一策。而欲实行民族主义于中国，舍新民未由。"① 这是从"外治"即外患方面着眼，而从"内治"即祛除国家内部的腐败堕落达至除旧布新的局面来说，也惟有新民一途。"苟有新民，何患无新制度？无新政府？无新国家？"② 苟如此，国家又何患之有？而欲新民，则非改革旧的教育制度、兴办新学不能为也。他强调说："一国之有公教育也，所以养成一种特色之国民，使之结为团体，以自立竞存于优胜劣败之场也……故有志于教育之业者，先不可不认清教育二字之界说，知其为制造国民之具。"③ 由以上诸多的引证可见，中国现代教育是在国势危急、在中国社会由传统走向现代的转型过程中发生的；换言之，它是富国强兵的追求，是社会现代化之时代需求的产物。而中国现代美育，就是在这样的时代境况和教育背景中孕育并展开的，这是我们研究中国现代美育首先必须明了的一个历史前提。

此外，与这种中西交汇、社会转型的时代境况相关联，中国现代美育的发生也与西学东渐的学术气候密切相关。自 19 世纪中叶中国人自觉地学习西方的科学技术开始，至 19 世纪末 20 世纪初，西方的文学艺术与社会科学也相继大量被译介过来，从而相应地促成了中国传统的文学艺术与学术文化向现代的转型，文学界、艺术界和人文社会科学界的"革命"相继发生。其中，与美育关系最为密切者，一是西方文学艺术尤其是具有创新意识的现代文学艺术的传播，为学校艺术教育的实施提供了与中国传统流传的文学艺术不同的审美对象；二是西方现代心理学、伦理学、教育学特别是哲学和美学的引进与介绍，给国人自己的美育研究提供了可资借鉴与借用的思想观念与研究方法。可以想见，没有对国外特别是西方文学的了解，就不会有梁启超倡导的"诗界革命"和"小说界革命"，也就不会有《论小说与群治之关系》这样欲以小说新一国之民的文学教育新论，当然也不会有鲁迅先生倡导"摩罗诗力"，以求培育"精神界之战士"，从而"起其国人之新生，而大其国于天下"的《摩罗诗力说》。同样，没有康德、席勒、叔本华等西方

① 《梁启超全集》第 2 册，第 657 页。
② 《梁启超全集》第 2 册，第 655 页。
③ 《梁启超全集》第 2 册，第 911—912 页。

近现代哲学、美学的译介与传播，也就不会有王国维的《论教育之宗旨》和蔡元培的《对于教育方针之意见》，这两篇中国现代美育史上的经典性文献，对于艺术和审美的社会作用的看法皆取之于以康德为代表的德国古典美学，而"美育"一词也直接承之于席勒的《美育书简》。王国维在《论教育之宗旨》中论及美育之必要时，特别点明了近世席勒"之重美育学，实非偶然"①，后来又专门写作《教育家之希尔列尔》一文，介绍了席勒的《美育书简》的基本观点与成书背景。蔡元培在发表于 1935 年的《二十五年来中国之美育》一文中，也坦承"美育"一词，是他从德文的 "Asthetische Erziehung" 直接译过来的。王国维在刊于 1903 年 7 月《教育世界》55 号上的《哲学辨惑》一文中特别点明了西方学术特别是哲学的传播与教育学的关系："尤可异者，则我国上下日日言教育，而不喜言哲学。夫既言教育，则不得不言教育学；教育学实不过心理学、伦理学、美学之应用。心理学之为自然科学而与哲学分离，仅曩日之事耳；若伦理学与美学则尚俨然为哲学中之二大部。今夫人之心意，有知力，有意志，有感情；此三者之理想，曰真、曰善、曰美。哲学实综合此三者而论其原理者也。教育之宗旨亦不外造就真善美之人物，故谓教育学上之理想即哲学上之理想，无不可也。"② 为明此理，他又于翌年的《教育世界》128、129 号上发表了《述近世教育思想与哲学之关系》的长文。对于中国现代美育学的这样一个知识发生学的背景，我们也不可不加细察。

那么，承载着现代思想内蕴的中国现代美育究竟起于何时呢？蔡元培在《二十五年来中国之美育》一文中说："美育的名词，是民国元年我从德文的 Asthetiche Erziehung 译出，为从前所未有。"③ 蔡元培之外，舒新城在 1929 年由上海中华书局印行的《近代中国教育思想史》中也认为："美感教育的倡议，要以民国元年为始，首倡者为蔡元培……中国十余年来的美感教育思想，实以他为唯一的中坚人物。"④ 由这些说法来看，美育之列为教育

---

① 《王国维文集》第 3 卷，中国文史出版社 1997 年版，第 58 页。本文以下所引该书版本相同，不再一一注明。

② 《王国维文集》第 3 卷，第 4 页。

③ 《蔡元培美学文选》，第 186 页。

④ 转引自俞玉滋、张援编《中国近现代美育论文选》，上海教育出版社 1999 年版，第 184 页。以下所引该书版本相同，不再一一注明。

一科，美育观念之深入人心，实是与蔡元培的倡导鼓吹分不开的。但"美育"一词的使用，进而美育思想的传播却并不始于民国初年。现在学界一般认为，王国维刊于 1903 年 8 月《教育世界》56 号上的《论教育之宗旨》一文不仅明确使用了"美育"一词，而且也是最早的一篇系统阐述美育之价值与功用的历史文献。此文之外，从 1903 年至 1907 年，王国维还写下了《去毒篇》、《人间嗜好之研究》、《古雅之在美学上之位置》、《教育偶感四则》、《奏定经学科大学文学科大学章程书后》、《论小学校唱歌科之材料》、《孔子之美育主义》、《叔本华之哲学及其教育说》、《教育家之希尔列尔》、《霍恩氏之美育说》等一系列文章倡论美育，由这些材料来看，王国维堪称中国现代思想史上蔡元培之前系统阐述现代美育问题的第一位思想家。不过，若仅以"美育"一词的引用和"美育"学科的介绍来说，王国维还抢不得头功，真正的头功仍属蔡元培。蔡元培早在其作于 1901 年 10 月—12 月的《哲学总论》中论析各种学术之关系时指出，人类生存其间的宇宙由物、心、神三者成立，而其研究之学问，则分别有理学、哲学、神学。哲学论究无形之心性，为心性之学，而心性有外显之心象，由作为哲学之一部的心理学研究之。心象又有情感、智力、意志之三种，相应又有审美、论理、伦理之三学。"伦理学说心象之意志之应用；论理学示智力之应用；审美学论情感之应用。故此三学者，为适用心理学之理论于实地，而称应用学也。其他有教育学之一科，则亦心理之应用，即教育学中，智育者教智力之应用，德育者教意志之应用，美育者教情感之应用是也。"① 于文杰博士在其《中国美育现代性研究》中认为，"在中国，最早传播西方美学并在哲学话语中探讨美育问题的是蔡元培 1901 年的《哲学总论》"②。就现有能够见到的材料来看，这个论断可能是比较符合实际的。在以上所引的这段文字中，蔡元培不仅使用了"美育"的概念，且将美育列为教育学中与德育、智育并列的一个独立学科，同时还依据康德哲学和美学的基本观念将美育的本质界定为情感教育，从而使美育的学科建构一开始就置于现代教育的总体框架之中和现代哲学与美学以及心理学、教育学的知识水准之上。此后，王国维

① 《蔡元培全集》第 1 卷，浙江教育出版社 1997 年版，第 357 页。本文以下所引该书版本相同，不再一一注明。

② 参见南京大学于文杰博士研究生毕业论文《中国美育现代性研究》"导论"第 1 页注①。

1903—1907 年期间的美育研究，蔡元培自己在民国元年之后的美育研究以及其他学者随后的相关研究，都是沿袭着蔡元培 1901 年对美育的基本定位，在现代性的历史规定性和思想文化的精神支点上加以展开的。

二

由于中国自 1901 年来的百多年间历经数次革命，两次更改国号，在不同的时期，国家的现代化大业和教育的社会功能有着不同的目标和社会需求，因而百多年来中国现代美育的发展在不同的时期在理念上的追求和具体的实践状况也是不尽相同的，即使是在同一个历史阶段，不同的美育家由于对社会、人生、教育以及艺术的理念不同，所持的美育观念以及对于美育实践的关注也是各有侧重和不同的。这使得中国现代的美育思想和实践显示出了其丰富性、多样性，同时也显出其复杂性。尽管如此，我们还是可以就百多年来中国现代美育的发展作一个大致的历史描述。概括起来说，发端于 20 世纪初叶的中国现代美育至今大致上以中华人民共和国成立为界分为前后两个大的阶段。从 1901 年蔡元培在《哲学大纲》中提出美育概念起始到新中国成立近 50 年时间，可以说是中国现代美育的倡导、确立与探索时期，具有现代性的美育观念的确立以及与现代教育要求相适应的审美教育实践体系尤其是学校美育实践系统的建构，是美育理论的倡导者和实践家们关注的重点；从新中国成立至今的 50 多年，则是中国现代美育的沉寂与再度恢复和繁荣发展时期，特别是上世纪 80 年代以来，美育学的研究除去传统上的理论资源之外，西方当代哲学、心理学和艺术教育等的最新成果也成为学界借鉴、吸取的重要思想资料，成为催生新观念与新思路的动力因子，从而使中国新时期的美育研究具有了更多的当代性甚至"后现代"的色彩。

如前所述，在 20 世纪初叶，美育是作为中国社会现代化和教育现代化之宏伟工程的一个有机而合理的部分进入思想家和教育界的自觉选择与设计理念中的。1912 年 7 月，在北京召开的全国临时教育会议上，根据蔡元培同年 2 月在《民立报》所发表的《对于教育方针之意见》一文所提出的军国民教育、实利主义教育、公民道德教育、世界观教育和美感教育"五育"并举的教育方针，讨论通过了民国教育方针："注重道德教育，以实利教育、军国民教育辅之，更以美感教育完成其道德。"① 从此，美育作为中华民国的教育方针被确定下来。1919 年冬，由上海艺术专科师范学校和爱国女校的教职员工发起、以全国各地学校艺术教师为主体而成立的"中华美育会"，以及该会 1920 年 4 月所出版的《美育》研究月刊，更是标志着由王国维和蔡元培等前驱所倡导的美育已在学术组织和学术研究上结出了初步的果实。到 20 年代初期，美育作为现代教育之一部的必要性已经在思想界和教育界得到了比较广泛的认同。1922 年 6 月，蔡元培在其发表于《教育杂志》第 14 卷第 6 期上的《美育实施的方法》一文中写道："我国初办新式教育的时候，只提出体育智育德育三条件，称为三育。十年来，渐渐的提到美育；现在教育界已经公认了。"② 1925 年，著名美学家吕澂在其为雷家骏编的《艺术教育学》所作序言中指出："入世之教，不可废美育。顺人所习，畅适其生，道在斯也。"③ 1927 年蔡元培任大学院院长（大学院是当时全国最高学术教育行政机关）之后，为了推行"以美育代宗教"的主张，"谋全国艺术之普及"，还在大学院下特设"全国艺术教育委员会"，来整顿和推行全国的艺术教育工作。可以说，20 世纪的头 20 年左右主要是现代美育观念的确立期，而美育的观念一旦确定，随着教育体制上的容纳，随着更多的艺术专门学校的建立以及综合学校内艺术系、科的设立和艺术课程的设置，学术界研究的更多的就不再是为什么必须实施美育的问题，而是如何更好地实施美育问题了。

中国 20 世纪上半叶现代美育的倡导确立与实践上的探索，取得了诸多值得引起后学重视的成果。其有形可见的最主要成果是大量国立与私立艺术院校的建立，而且艺术教育列入了普通的中、小学以至大学教育的课程设置之中。其次，则是产生了数量可观的研究成果和不少的美育研究家。像王国维、蔡元培、梁启超、鲁迅、丰子恺、王统照、李石岑、张竞生、舒新城等思想界、文学界、教育界和艺术界的大家都是当时重要的美育人物。仅就研究成果来说，其理论成就也是特别值得注意的。首先，这些研究确立了以"立人"即培养"完全之人物"为基本宗旨的现代教育理念，同时确立了

---

① 陈学恂：《中国近代教育大事记》，上海教育出版社 1981 年版，第 229 页。
② 《蔡元培美学文选》，第 154 页。
③ 雷家骏编：《艺术教育学》"序二"，上海商务印书馆 1925 年版，第 2 页。

"美育"在培养"完全之人物"的现代教育中不可或缺的地位与不可代替的独特作用。其次，从现代教育学、心理学尤其现代哲学和美学的角度论证了实施美育的合理性。如前所引，王国维在《哲学辨惑》中论证说，人类教育之所以需要德育、知育和美育，从人的心理根源看乃在于有知、情、意的分野，从哲学之理想上看乃在于有真善美三种价值之追求。其他如蔡元培、梁启超等人关于美育合理性的论述基本上也都沿袭了王国维的这一思想理路，这种论证思路就使得中国现代美育观念的建构从一开始就摆脱了经验性的束缚，而深入到了学理的深处，达到了现代知识学的最高水准。再次，从美育学发生的上述知识学谱系出发，王国维、蔡元培等人对美育活动的性质作出了界定。从康德审美是无利害关系的自由的愉快的基本观点出发，王国维、蔡元培等人一般都把美育界定为情感教育。王国维在《论教育之宗旨》中直接将"美育"注解为"情育"。蔡元培也明确地说："美育者，应用美学之理论于教育，以陶养感情为目的者也。"① 美育诉之于人的情感，且能陶养人的情感，乃是在于审美的情感是无利害感的自由之情感，因其自由而具有超脱性、普遍性，也因此而使美育能为德育之助、智育之辅。第四，对美育实施的对象和工具、范围和途径等做了大量的研究和实践探索，取得了许多共识性见解。其一，美育的对象和工具是广泛的，凡一切能陶冶情感、生养美丽之心的对象都是审美的对象，但美育的主要对象和工具是艺术，艺术是情感教育的利器。正是从这个意义上，不少论者常常把艺术教育等同于美育，或者把美育等同于艺术教育。前者如天民1921年刊发于《教育杂志》第10卷第1、2号上的《艺术教育学的思潮与批判》一文在解说艺术教育学的由来时直接说"艺术教育一名美育"②。陆其清在1940年发表于《音乐与美术》第5期上的《艺术教育的效能》一文中也说："艺术教育这名词……简单的说就是'美育'。"③ 雷家骏在其《艺术教育学》中也明确地说："艺术就是美术；艺术人生就是美的人生；所以艺术教育简单的名称，又叫做'美育'。本书专门研究艺术教育，同样可以说是研究美育。艺

　① 《蔡元培美学文选》，第174页。
　② 转引自俞玉滋、张援编《中国近现代美育论文选》，第81页。
　③ 转引自俞玉滋、张援编《中国近现代美育论文选》，第242页。

术教育一名美育，读者不要把它们认做是两椿事啊！"① 而中华美育会所办《美育》月刊第一期的"本志宣言"中也明确地宣示，创办中华美育会并发刊《美育》杂志的考虑即在于推动艺术教育的发展："本志是我国美育界同志公开的言论机关，亦就是鼓吹艺术教育，改造枯寂的学校和社会，使各人都能够得到美的享乐之一种利器。"② 可见，在中华美育会的同人看来，美育也就是艺术教育。至于美育实施的范围和途径，当时的学者们认为美育实施的范围包括家庭美育、学校美育、社会美育三个方面，其中尤以学校美育为主要的途径。而关于学校美育，人们对于小学、中学、大学的美育以及艺术职业教育与非艺术职业教育的美育实施方法均做了大量的设计和探索，对学校美育的推广与普及产生了积极的作用。

　　谈到 20 世纪上半叶中国美育的发展，还应该提到那些于鼓吹美育有功的杂志。中国现代最早倡导美育的杂志当属 20 世纪初由罗振玉、王国维在上海创办的中国最早的教育刊物《教育世界》，王氏有关教育和美育的文章大多发表在这份杂志上。其后鼓吹美育最为有力的当属 20 世纪 20 年代初由吴梦非主编的《美育》杂志和 20、30 年代由李金发主编的《美育》杂志。前一份美育杂志融美育理论的研讨、艺术知识的介绍、艺术的创作与欣赏以及美育教育方法的探索为一体，是五四之后宣扬美育的一个主要阵地；后一份美育杂志则以美术知识的普及和欣赏为主，以其对于艺术趣味的坚守为现代中国美术教育的普及起了一份推动的力量。此外，20 年代由李石岑主编、上海商务印书馆发刊的《教育杂志》也在美育的倡导和研究上作出了重要的贡献。俞玉滋等人所编的《中国近现代美育论文选》中的许多文章就是刊于这份杂志，有人甚至称这份杂志"更以提倡美育为唯一的职责"③。其他一些更为专业的杂志如《音乐与美术》等，除去一般专业性艺术问题的研究之外，在美育研究方面也多有创获。这些杂志，不仅在当时为美育的倡导和研究提供了舆论阵地和平台，功莫大焉，而且从今天的研究角度来说，这些杂志为中国现代美育的发展留下了珍贵的资料库存，整理这些资料库存可以使我们发见当时美育研究的声势、状况、学术成就和发展轨迹，值得特

---

① 雷家骏：《艺术教育学》，上海商务印书馆 1925 年版，第 6 页。
② 吴梦非主编《美育》第 1 期，上海商务印书馆 1920 年版，第 2 页。
③ 舒新城语，转引自《中国近现代美育论文选》，第 188 页。

别加以珍视。

　　尽管从民国元年起实施美育就列入了国家的教育方针，尽管无论在学理研究层面还是在实践操作层面上美育界均作出了很大的努力，但由于先后接连不断的军阀混战、八年抗战和三年解放战争，国家一直处于风雨飘摇、民不聊生的境地，美育在20世纪上半叶施行的广度和深入的程度以及实际的效力究竟如何还是不能令人特别乐观的。中华人民共和国成立之后，人民生活进入到了相对和平与安定的发展时期，国民教育也开始步入正轨。1951年3月，教育部召开的第一次全国中等教育会议提出："普通中学的宗旨和培养目标是使青年一代在智育、德育、体育、美育各方面获得发展，成为新民主主义社会自觉的积极的成员。"1952年3月，教育部颁发了《小学暂行规程（草案）》和《中学暂行规程（草案）》，均规定对学生"实施智育、德育、体育、美育全面发展的教育"。1955年5月，国务院召开的全国文化教育工作会议重申，必须贯彻全面发展的方针，使学生在智育、德育、体育、美育诸方面全面发展。① 这些重要的全国性教育会议和规程均把美育明确地列为学校教育的一个组成部分，从而使艺术教育在新中国的学校教育中占有一席之地，也保持了学校艺术教育工作能够比较顺利地开展起来。然而好景不长，1957年2月27日，毛泽东在最高国务会议第11次（扩大）会议上的讲话中指出："我们的教育方针，应该使受教育者在德育、智育、体育几方面都得到发展，成为有社会主义觉悟的有文化的劳动者。"② 从此之后，在极"左"思潮愈演愈烈、政治运动频仍不断的形势之下，在德育挂帅实乃政治挂帅的教育观念支配之下，美育在长达20余年的时间内被打入冷宫，学校艺术教育工作陷入沉寂，遭受严重摧残。在"文革"期间，美育甚至被当作封资修的黑货而遭到彻底否定。在这种情况之下，美育学的研究当然也就无从谈起了。以国家图书馆美育类图书收藏为例，从新中国成立以后到1980年，国内学者所著的美育类图书仅有两种，一是1951年温肇桐撰写的《新美术与新美育》，二是1954年蔡迪出版的《美育与体育》。此后的四分之一个世纪中，只收录了一本蔡元培的《美育代宗教说》，还是海外

<hr/>

① 以上引述参见郭声健著《艺术教育论》附录二"新中国艺术教育大事记（1949—1999）"，上海教育出版社1999年版，第256—257页。
② 《毛泽东选集》第5卷，人民出版社1977年版，第385页。

出版的中文图书，大陆学者自己新著的美育图书竟然一本没有。

　　党的十一届三中全会召开之后，随着教育事业的恢复和发展，学校美育也逐渐地恢复和发展起来，中国美育迎来了又一个新的春天。1981 年 1 月，教育部、文化部联合下发了《关于当前艺术教育事业若干问题的意见》，要求各级文化教育部门必须把艺术教育放在应有的地位，既要重视培养专门艺术人才，也要注意普通教育中的美育。1986 年 4 月国务院制定的《中华人民共和国国民经济和社会发展第七个五年计划（1986—1990）》中规定："各级各类学校都要加强思想政治工作，贯彻德育、智育、体育、美育全面发展的方针，把学生培养成为有理想、有道德、有文化、有纪律的社会主义建设人才。"1989 年 11 月，国家教委颁发的《全国学校艺术教育总体规划（1989—2000 年）》，明确规定了我国学校艺术教育的方针和任务。1992 年 3 月 14 日由教育部发布的《中华人民共和国义务教育法实施细则》第四章第 19 条规定："实施义务教育必须贯彻国家的教育方针，坚持社会主义方向，实行教育与生产劳动相结合，对学生进行德育、智育、体育、美育和劳动教育。"1993 年 2 月，中共中央、国务院印发《中国教育改革和发展纲要》，《纲要》第 35 条提出："美育对于培养学生健康的审美观念和审美能力，陶冶高尚的道德情操，培养全面发展的人才，具有重要作用。要提高认识，发挥美育在教育教学中的作用，根据各级各类学校的不同情况，开展形式多样的美育活动。"1999 年 6 月 13 日，由中共中央国务院正式颁发的《关于深化教育改革全面推进素质教育的决定》又规定："实施素质教育，必须把德育、智育、体育、美育等有机地统一在教育活动的各个环节。学校教育不仅要抓好智育，更要重视德育，还要加强体育、美育、劳动技术教育和社会实践，使诸方面教育相互渗透、协调发展，促进学生的全面发展和健康成长。"《决定》还提出要尽快改变学校美育工作薄弱的状况，将美育融入学校教育全过程。2002 年 6 月，教育部在认真总结《全国学校艺术教育总体规划（1989—2000）》实施的基础上，制定并印发了《全国学校艺术教育发展规划（2001—2010）》，《发展规划》中指出："切实加强学校美育工作，是当前全面推进素质教育，促进学生全面发展和健康成长的一项迫切任务。学校艺术教育是学校实施美育的主要途径和内容。"据此，《发展规划》中对新世纪第一个 10 年学校艺术教育的指导思想、发展目标、主要任务做了明确规定。与该发展规划相匹配，同年 7 月，教育部第 13 号令还颁发了《学校艺术教育工作规程》。这些政策、法规的颁布和施行，表明在长期的沉寂之后，美育作为中国当代教育的一个热点重新受到人们的关注和重视，美育被一步一步地重新纳入了党和国家的教育方针。同时，由于有了这些政策、法规，美育的倡导与实施重新获得了国家公权力的强有力支持，这就使美育学研究和美育实践的恢复与繁荣发展有了一个有利的外部条件和保证。

　　由于学界的强烈呼吁、政府的高度重视和教育界的积极参与和行动，新时期以来尤其是近 10 多年来，中国当代学校美育的普及广度和推进深度是中国美育发展的前一个时期所不可比拟的，从总体上看，可以说是由恢复而逐渐形成了一个繁荣发展的局面。这有如下几个突出的标志：一是政府教育主管部门与学术界高度重视。除上述政策、法规的制定与实施外，为了贯彻德育、智育、体育、美育、劳动教育全面发展的方针，加强对美育工作特别是学校艺术教育工作的宏观规划与指导，国家教委于 1986 年 9 月成立了第一个主管普通学校艺术教育工作的专门机构——艺术教育处（1989 年成立社会科学研究与艺术教育司，1993 年成立体育卫生与艺术教育司），并于同年 12 月成立了国家教委艺术教育委员会，后改名为教育部艺术教育委员会。目前，教育部艺术教育委员会改换四届，办公室设在教育部体育卫生与艺术教育司，委员会秘书长直接由该司司长兼任。教育部直属的高等学校社会科学发展研究中心还成立了专门的美育理论研究室。与教育部的这一组织架构相对应，各省市教育厅一般都设有体育卫生与艺术教育处，许多地方并由官方牵头成立了推行艺术教育或美育的相关机构。另外，许多民间学术团体如中国音乐家协会、中国高等教育学会和中华美学学会等都成立了美育或艺术教育的专业分会。这些官方与民间的行政领导和学术组织机构，在全国美育工作的开展方面发挥了重要的组织与推动作用。二是教育界逐渐形成了美育是学校教育不可缺少的组成部分，没有美育的教育是不完全的教育的教育理念，提高了对学校美育和艺术教育工作的重视程度，加大了支持力度。尽管因应试制度所造成的片面追求智育的问题仍相当普遍地存在着，但总体上看，全国中、小学艺术教育在按照国家的有关规定逐步走向正轨。高等院校中除专业艺术教育获得了空前长足的发展外，综合性高校也纷纷设立艺术院系、开设艺术课程、组织校园艺术活动，以增强学校的艺术氛围，加强综合素质教育，同时几乎所有的综合性重点大学如清华、北大、复旦、山大特别是师范类高校如北师大、南京师大、西南师大、浙江师大等都成立了美育研究中心或艺术教育中心，以推动学校美育工作的施行和研究。而伴随着文化的普及和人民生活水平的提高，社会美育的开展更是达到了空前的规模和水平，人们生活、工作和休闲娱乐场所的审美化成为当下社会生活的一个新的景观，审美成为人们日常生活的一部分，美育终于从学校一隅大踏步地走进了家庭和社会的各个层面，从而在整个社会呈现出蔡元培早年所期待的家庭美育、学校美育和社会美育同时并举、争相斗艳的局面。第三就是美育理论的研究工作乘时而进，获得了空前的发展，在很多方面比上一历史阶段有了新的拓展，为推进新时期美育工作的具体实施从而也为新时期的教育改革提供了理论观念上的支撑。

新时期美育的研究工作是从 1981 年《美育》杂志的创刊开始的。该刊由湖南人民出版社（后改为湖南文艺出版社）美育编辑部编辑，至 1988 年终刊共出版 46 期，是中国 20 世纪出版期数最多的美育专刊，在新时期伊始，为审美生活领域里的拨乱反正，为普及美学知识、推进审美教育作出了重要贡献。与该刊的出版相连动，从 1982 年起，有关美育类的学术专著也开始陆续出版，而且出版量呈连年递增的趋势。还是以国家图书馆的美育类出版图书收藏为例，从 1982 年起，截至 2005 年 9 月，共计 550 余种（从检索到的内容看，国家图书馆图书分类不是很准确，有些不属于美育类图书也列在目录中），其中从 1982 年至 1989 年 90 余种，从 1990 年至 1999 年 290 余种，从 2000 年至 2005 年 9 月 160 余种，平均计算 20 世纪 80 年代每年 10种，而从 1990 年以来每年达到 30 种左右。这还只是仅以美育命名的图书，若加上各种以艺术教育命名的几百种美育类图书在内，数量将更为可观。仅从图书出版这一个角度来看，新时期以来特别是 20 世纪 90 年代以来中国美育研究的盛况是此前任何一个时期都不能比的。就观念建构的层面而言，新时期以来的美育研究也比 20 世纪上半叶的美育研究有了一些新的不同的特点。其一，尽管此一时期与前一时期在推行美育的基本宗旨——即培养"完全之人物"或曰实施完人教育上并没有根本的变化，但王国维、蔡元培等人倡导美育更多地是着眼于现代教育的完整性，希图以美育作为德育和智育的辅助，而新时期以来的美育理念则更多地立足于个人的全面发展，即受教者之个性自由而协调的发展，特别强调美育在素质教育中不可替代的重要作用。其二，在王国维、蔡元培一辈人那里，美育的本质与作用大致是定位在通过艺术而进行的情感教育上，这种观点在新时期的美育研究中虽然仍为很多人所坚持，但又产生了一些新的理论言说，诸如审美教育的感性教育学、生命说、人道主义说、娱乐休闲说以及伴随着素质教育的提倡而兴起的美育发展论①和大美育说②等，这些新说作为对情感教育说的超越与突破，大大丰富和扩展了人们对美育本质与作用的认识，为新时期以来多样化的美育实践和创新性探索提供了理论支持和指导。其三，前一个时期的美育研究虽然也注意到了美育与家庭、社会、政治、教育以及实业等等的关系③，但是主流的看法还是认为美育是通过艺术而施行的情感教育，所以论者大都特别地注重学校美育的研究；而新时期以来，人们虽然仍把学校艺术教育作为实施美育的主要场所和途径，但对学校美育开始越出艺术教育的层面来加以思考，学校美育之外对推行社会美育以提高全民族的素质也给予了越来越多的关注。其四，就美育研究的理论资源和支撑来说，前一时期的美育理念基本上直接来源于西方近现代的哲学、美学和教育学理论，尤其是以康德、席勒、叔本华等人为代表的德国古典美学和美育理论；而新时期以来的美育研究，除去这些资源之外，还大量地汲取了西方 20 世纪以来的学术成果，尤其是各种人本主义哲学、心理学和教育学的理论观点以及生理学、脑科学发展的最新成果。此外，还有一个更大的区别，就是王国维、蔡元培、鲁迅等中国 20 世纪思想文化大家甚至朱光潜、宗白华、蒋孔阳、李泽厚等现当代美学大家的相关理论成果也成为美育研究者的理论借取资源和思想催生酵

---

① 美育发展论由杜卫提出。此论认为美育应以个体感性能力的开发为基点，又面向个体整体人格的建构，强调美育以人为目的的人文性和美育理论与实践变革的生活化。参见杜卫《美育论》，教育科学出版社 2000 年版。

② 所谓"大美育"是"八五"规划期间两项有代表性的美育课程——即原国家教委"审美教育对学生素质全面发展影响的实验研究"和中央教科所"中国儿童大美育实验研究"的联合概称。"大美育"说的基本观点是认为长期以来将美育简单地等同于艺术知识和艺术技能方面的教育是对美育的偏狭理解。美育是立美的教育活动，应该在学校教育的各个方面和环节上都充分发挥美育的立美功能，以美育促进学生德、智、体、美、劳素质全面和谐发展。

③ 参见周玲荪《新文化运动和美育》，《美育》第 3 期，1920 年 6 月；蔡元培：《美育实施的方法》，载《教育杂志》第 14 卷第 6 号，1922 年 6 月。

母，这是前一时期所没有过的。最后，在前一时期，除去王国维的《孔子之美育主义》这样个别的篇章之外，对中外美育思想的系统研究还未曾有过；而新时期以来则出现了很多这方面的研究专著，像聂振斌的《中国美育思想述要》、《中国古代美育思想史纲》，涂途的《欧洲美育思想简史》，姚全兴的《中国现代美育思想述评》、《审美教育的历程》，许有为编著的《中国美育简史》，陈育德的《西方美育思想简史》，祁海文的《礼乐教化——先秦美育思想研究》，袁济喜的《传统美育与当代人格》，杨平的《多维视野中的美育》，孙世哲的《蔡元培鲁迅的美育思想》等，都在中外美育思想史的耙梳整理方面作出了努力，为美育学的理论研究提供了思想史料。更值得一提的是，近些年来，中国现当代的美育思想发展成为高校博士、硕士论文的一个重要选题来源，像于文杰的《中国美育现代性研究》、杜卫的《中国现代美育理论现代性研究》、宫承波的《蔡元培美育思想研究》、刘向信的《中国现代人本主义美育思想研究》、吴东胜的《从历史传统的现代转型看当代美育的使命》、刘彦顺的《论新时期美育学的学术进程》等，分别从现代性反思的角度对中国现代美学的历史进程、代表人物和重要理论观点作了具有学理深度并富于启示价值的深入研讨，从而开启了当代美育学研究的一个新的思维空间。

三

如前所述，从晚清以来，实现中国社会的现代化，以自强于世界各民族之林，一直是一切进步的、忧国忧民的志士仁人的追求与梦想。所不同的是，在清朝末年，中国是在落后挨打的危急局势之下被动地走上由古老的封建社会向现代社会的历史转型，而到辛亥革命之后尤其是五四新文化运动之后，走向现代已成为中国人义无反顾的自觉历史选择。尽管一个世纪的历史岁月中，在中国社会究竟往何处去、究竟如何才能找到一条通往国富民强的现代化之路问题上也有歧义、斗争与挫折、困顿，但走向现代的脚步从未止息过。新时期之后，党和国家确立了实现农业、工业、国防和科学技术领域四个现代化的国家发展战略，而教育则被逐渐地提到基础与优先发展的地位上。早在 1977 年，邓小平就在一次谈话中指出："我们要实现现代化，关键是科学技术要能上去。发展科学技术，不抓教育不行。靠空讲不能实现现代化，必须有知识，有人才。没有知识，没有人才，怎么上得去?"① 这种说法与前述清末维新派对教育地位的认识思路是具有一致性的。有趣的是，邓小平在这次谈话中不仅比较了中国与发达国家如美国、苏联在科学技术和教育上的差距，而且提到了维新派人士加以效法的日本明治维新的历史经验，说日本人从明治维新就开始注意科技，注意教育，花了很大力量。明治维新是新兴资产阶级干的现代化，我们是无产阶级，应该也可能干得比他们好。如果说清末维新派开民智、兴教育的言论主要是建立在鸦片战争以来中国落后挨打的惨痛历史教训基础之上的，那么，邓小平的这番谈话则不仅是在深刻总结中国社会百多年来落后挨打的历史教训，也是在放眼世界，认真总结了世界各国现代化的经验基础上得出的科学认识和结论。这个科学的认识和结论为新时期以来中国教育的现代化发展确定了地位，指明了方向。1985年5月27日发布的《中共中央关于教育体制改革的决定》明确指出："教育必须为社会主义建设服务，社会主义建设必须依靠教育。"1995年3月18日第八届全国人民代表大会第三次会议通过的《中华人民共和国教育法》又在总则中明确提出："教育是社会主义现代化建设的基础，国家保障教育事业优先发展。"由此可见，从19世纪至20世纪的世纪之交到20世纪至21世纪又一个世纪之交，百多年来，中华民族，先是从她的有识之士开始直到国家的高层决策者，已经牢牢地确立了这样一个基于历史经验和教训的科学认识：中华民族要改变近代以来落后挨打的被动局面，自强于世界民族之林，就必须走现代化发展之路→国家的现代化大业必须有现代化的人才来实现→现代化的人才又必须依靠现代的教育来培养。包括美育在内的中国现代教育就是在这样的历史规定性与认识逻辑的基础上孕育和发展起来的。自王国维、蔡元培一辈开始直到今日，为民族的现代复兴和国家的现代化大业服务，为现代化人才的培养服务，始终是中国现代教育界也是中国现代美育界坚守的一个基本宗旨。换言之，为兴业的目的而立人，是中国现代教育同时也是中国现代美育的目标和使命所在。

　　不过，由于历史境遇的不同，触发机缘的不同以及研究主体意识取向和

---

① 《邓小平文选（1975—1982年）》，人民出版社1983年版，第37页。

理论借鉴的不同，立人这一基本的教育宗旨在不同的美育家那里会有不同的理论切入角度和理论呈现形式，在不同的美育发展阶段也会有强调重点的不同。以不同的美育家而言，王国维之倡导美育乃是为了培养身体与精神之能力无不发达且调和的完全之人物，梁启超之倡导情感教育、趣味教育是在于培养有特色的国民即达成"新民"之目的，而朱光潜、宗白华以及新时期的许多美学家如蒋孔阳、曾繁仁等倡导美育则更多地着眼于人生的艺术化或审美化。而就美育发展的阶段性言之，20世纪上半叶的美育家论美育更多的是着眼于现代教育的完整性和理想性，着眼于社会的现代改造和民族的振兴；而新时期以来的美育研究则更多着眼于素质教育与人的个性的全面、协调的自由发展之关系。这种变化究其原因还是由于历史境遇的不同造成的。在前一个历史阶段，中国社会的现代转型尚在进行之中，现代教育也正在初创中，所以言美育者关注教育的完整性和理想性，关注社会的改造是势所必然的；而到了新时期以来，现代的社会制度已经建立起来，中国已经走上了实现现代化的快车道，现代国民教育体系也已基本建成，因而谈美育者更加关注受教育者个人的人生幸福和全面发展，也是符合情理之事。

然而，无论不同的美育家们的具体理论言说有多少不同，也无论现代美育的前后两个阶段在理论重心上有何差别，但各种美育话语都必然会或隐或现地涉及三个方面的关系：即美育与社会的关系、美育与教育的关系、美育与人生的关系。中国现代美育是作为中国社会现代化进程的产物而发生的，是"现代性"社会工程的一个有机组成部分，这一点前面已多有论述，不再赘言。这里，仅就后两个关系再略作一点铺陈。

先谈美育与整个教育的关系。教育的基本职能是育人，这是中外、古今皆然的事情。但是从总体上看，中外古代的教育都是德性教育，以涵养人的德性为主，宗旨是把个体化的人培养成符合国家所倡导的理性规范的道德化的人，而知的教育、美的教育都要隶属于道德意志的教育。古希腊的柏拉图之所以在其理想国的政治设计中驱除摹仿诗人，就是因为摹仿的作品在内容上有这样那样的缺陷，不利于接受者养成至善的人格和坚强的意志力，他所能接受的只是那些颂扬神明，又有利于形成城邦保卫者善的人格与坚强意志力的文艺作品。同样，中国传统的教育是培养堪为国家所用的入世之材，圣贤之器，其理想是君子人格的养成。虽然说"文质彬彬，然后君子"，质与文都需要，但文只是修饰质的枝叶，质比起文来更为重要。这在前引徐干的言论中已有明确的体现。君子虽然要"既修其质且加其文"，但毕竟德才是"人之根干"、"礼乐之本"，而艺不过是"德之枝叶"，艺的作用在"事成德"。正如有的学者在分析徐干的"美育群材"理论时指出的，"徐干强调用以'德音'为本的礼乐来'美育群材'，主要目的就是进行道德伦理教化，也就是说，礼乐教育的基本目的是人的道德伦理之修养。"① 其实这也正是中、西传统教育的共同特点。近代以来，随着城市工业经济的发展，社会分工越来越细，社会对人才的需求越来越专门化，传统的德性教育便渐渐地衰落，代之而起的是以培养专门人才为主、以"致知"为主要内容的现代知性教育。重知的现代教育的发展虽然适应了现代社会分工精细化的需要，却也带来了一个严重的弊端，就是某种知识与技能的片面发展对人的整体的割裂，对人的其他素质和能力的极度压抑。对这种状况，席勒在《美育书简》中作了深刻的反思与批判，他指出："只要一方面积累起来的经验和更明晰的思维使科学更明确的划分成为必然，另一方面国家的越来越复杂的机构使等级和职业更严格的区别成为必然，那么人的本性的内在纽带也就断裂了，致命的冲突使人性的和谐力量分裂开来……人们的活动局限在某一个领域，这样人们就等于把自己交给了一个支配者，他往往把人们其余的素质都压制了下去。"席勒明确地指出："为了培养个别能力而必须牺牲它的整体，这样做肯定是错误的。"② 在我国，传统的德性教育在 19 世纪末 20世纪初已走向了其末路，而自洋务运动起学习西方逐步建立起来的西式学堂教育虽然方兴未艾，却也显露出在西方已有过的弊端。美育之论，正是在这种教育背景上适时而起的。王国维在《论教育之宗旨》中倡导体育之外，人的精神能力的培养必须智育、德育、美育三育并举，即着眼于教育史的反思。他说："完全之人物不可不具备真善美之三德，欲达此理想，于是教育之事起。教育之事亦分为三部：智育、德育（即意育）、美育（即情育）是也。如佛教之一派，及希腊罗马之斯多噶派，抑压人之感情而使其能力未发达于意志之方面；又如近世斯宾塞尔之专重智育，虽非不切中一时之利弊，

---

① 祁海文：《礼乐教化——先秦美育思想研究》，齐鲁书社 2001 年版，第 3 页。
② ［德］席勒：《美育书简》，徐恒醇译，中国文联出版公司 1984 年版，第 50、56 页。本文以下所引该书版本相同，不再一一注明。

皆非完全之教育也。完全之教育，不可不备此三者。"① 其他如蔡元培提出德、智、体、美育和世界观教育五育并列的思想并主张"以美育代宗教"，所针对的正是晚清忠君、尊孔的钦定教育宗旨和袁世凯篡权期间的尊孔逆流，而梁启超倡导情感教育则是针对当时教育中的知、行割裂以及唯智主义的结构性失衡的现状。可见，这些现代美育的先驱人物倡导美育都是从现代教育的完整性着眼的，同时他们都在自己的相关论述中对德、智、体、美各育不可替代的特殊作用以及美育与其他各育之间的相互渗透与作用做了多方面的、深入的分析。

像这些美育先驱人物一样，新时期以来的种种美育言说，从大的方面来看，同样也是着眼于教育完整性的。新中国成立以后，由于受苏联教育模式的影响再加上当时中国特殊的政治局势的干扰，美育逐渐被取消了其独立的教育地位，成为政治化的德育的附庸，所以新时期初期也就是 20 世纪 80 年代初期，美育的倡导者先是呼吁美育作为教育一维之地位的回归，希冀美育从德育的遮蔽中解放出来。而随着现代化建设事业的迅猛发展对专门人才的需求和教育事业尤其是高等教育的快速发展，中国教育一度又走向了另一个偏差，就是以应试教育为基本模式的知识教育的片面发展。因而近十多年来的美育研究，大多又转向知识教育与美育的关系上来，在知识经济时代的背景之下来研讨美育在提升人的综合素质，在培养人的创新性思维和能力中的作用。从美育与教育关系的上述变迁大势可以看出，美育在近百年来的历史进程中，其实一直扮演着校正器的作用，就美育本位看起来似乎是在不断地为自己在教育领域争取一席之地，实则是为了中国的现代教育能够有一个合理而协调的结构，并使之沿着最优化的道路走下去。

再说美育与人生的关系。王国维将教育的宗旨与他对美育的大力提倡归结为"在使人为完全之人物"，而所谓"完全之人物"即人之身体能力和精神能力无不发达且调和。这是对美育与人生关系的一个极为精辟的概括，直到今天，美育在人生之完美幸福、人格之和谐发展中的作用仍然是人们最为钟爱的学术话题。不过，对美育与人生关系的论说，在中国现代美育的两个不同阶段又是建立在不同的时代规定和理论认识逻辑基础之上的。在 20 世

---

① 《王国维文集》第 3 卷，第 57 页。

纪上半叶，美育像中国整个教育事业的发展一样，是服务于鼓民力、开民智、新民德的时代要求的，是为"新民"这一中国当时的第一急务服务的。梁启超在其作于 1902 年的《论教育当定宗旨》一文中，从其"新民"理论出发，认为"教育之意义，在养成一种特色之国民，使结团体，以自立竞存于列国之间，不徒为一人之才与智云也。"又说，教育的宗旨"要之，使其民备有人格（谓成为人之资格也。品行、知识、体力皆全于是），享有人权；能自动而非木偶，能自主而非傀儡，能自治而非土蛮，能自立而非附庸。为本国之民，而非他国之民；为现今之民，而非陈古之民；为世界之民，而非隅谷之民。此则普天下文明国教育宗旨之所同，而吾国亦无以易之者也。"① 可见，梁启超所谓"特色之国民"，就是具有独立自主的个人品格、自由意识和进取精神的现代国家公民。这样的特色国民是建立新制度、新国家的基础。也是基于同样的认识思路，鲁迅先生在《文化偏至论》中指出，当时的中国，只有张扬人的个性，使人人皆能发扬踔厉，国家才能真正兴盛强大起来。他说："欧美之强，莫不以是炫天下者，则根柢在人……是故将生存两间，角逐列国是务，其首在立人，人立而后凡事举；若其道术，乃必尊个性而张精神。"② 也正是出于这种"尊个性而张精神"的"立人"理念，鲁迅才在《摩罗诗力说》中满腔热情地讴歌以拜伦为代表的浪漫派诗人，希图借"摩罗诗力"之声，呼唤"精神界之战士"的出现，通过改造个性不张的国民性最终达到改造国家的目的。1920 年，在新加坡南洋华侨中学的演说中，蔡元培也是把美育与教育的"立人"宗旨联系起来。他说普通教育的宗旨就是"养成健全的人格"、"发展共和的精神"，而要养成健全的人格，则需德、智、体、美四育并举，"这四育是一样重要，不可放松一项"③。所谓"养成健全的人格"、"培养共和的精神"，其实也就是梁启超早先的"新民"理论在共和时代的一种新的发展。如果说上述"新民"、"立人"之说更多的体现的是时代的历史规定性的话，那么这一时期对美育必要性的论证则主要是基于康德对人类心意机能的知、情、意三分之说。如前所述，蔡元培早在 1901 年的《哲学总论》中就明确提出，人类的

---

① 《梁启超全集》第 2 册，第 912、915 页。
② 鲁迅：《坟》，人民文学出版社 1951 年版，第 52 页。
③ 《蔡元培美学文选》，第 107 页。

心象有情感、智力、意志之三种，落实于教育学中，则"智育者教智力之应用，德育者教意志之应用，美育者教情感之应用是也"①。可见，美育对于人类教育的必要性乃是建立在人类心理本体有情感的存在这一事实基础之上的。这之后，王国维、梁启超等人的美育论无不沿袭了这一论证思路。

应该说，新时期以来的美育研究，在美育与人生的关系问题上的认识，对前一个时期有一定的承续性，但也有相当的拓展。从美育之必要性的理论认识逻辑上看，康德的知、情、意三分学说已不再是唯一的理论资源，席勒《美育书简》中对片面化的社会分工和现代知识教育之弊端的分析，经典马克思主义和现当代西方马克思主义对资本主义社会异化现象及其根源的揭示和批判，以及以存在主义哲学为代表的西方人本主义哲学对技术理性的分析和批判等等，都成为美育研究者立论言说的理论借鉴，甚至成为主要的理论资源。美育存在的必要性的认识已从较为抽象的心理本质转向了更为现实的社会领域。由于这个转变，美育在新时期以来的发展进程中不仅承担着建构合理的教育结构和发挥特殊的育人功能的作用，而且具有了更强的现实人生关怀的意识，在一定程度上担当起了社会文化批判和精神人格重建的职能。在近十多年来的中国教育界，美育界对于片面的知识教育、对应试教育所造成的种种严重后果揭示最多，抨击尤甚，对中国教育的发展起到了很好的内部制衡与调节作用。而就历史的规定性来看，中国的现代教育在经历了曲曲折折的发展之后，至上世纪末期以来，已经超越了简单地学习和移植西方的教育学制与课程体系的阶段，而逐渐走出了一条符合中国自身现代化建设需求的以义务教育为基础、以高等教育扩张式发展为牵引、普通教育与职业教育相结合、学历教育与终身教育相衔接、专业艺术教育与非专业艺术教育并举的教育之路，而无论是哪一类教育，为提升国家的综合国力，提高国民素质而推行素质教育，贯彻德、智、体、美、劳相结合的教育方针都是共同的，美育在教育方针和教育体制、课程体系中的地位已经牢牢地占有了不可替代的一席之地。1999年6月发布的《中共中央国务院关于深化教育改革全面推进素质教育的决定》中根据中国教育变化了的新形势，做出了全面推进素质教育，培养适应21世纪现代化建设需要的社会主义新人的要求和

---

① 《蔡元培全集》第1卷，第357页。

决定。决定中指出："实施素质教育，就是全面贯彻党的教育方针，以提高国民素质为根本宗旨，以培养学生的创新精神和实践能力为重点，造就'有理想、有道德、有文化、有纪律'的、德智体美等全面发展的社会主义事业建设者和接班人。"这一决定凝聚了中国教育界的共识，是对中国教育与人的全面发展关系的一个科学的表述，美育也由此而获得了其新的历史规定与功能。决定指出："美育不仅能陶冶情操，提高素养，而且有助于开发智力，对于促进学生全面发展具有不可替代的作用。"把美育与促进受教育者的全面发展联系起来，这既是新的时代形势、新的人才观念对于教育发展的客观需要，也是对于王国维以来中国美育思想家们关于培养"完全之人物"教育理念的继承与发展。正是从促进人的全面发展的角度，中国美育界近年来在美育功能的认识上，已逐渐地超越了以往的美育为德育之助、智育之辅的附属论或工具论，超越了将美育仅仅局限于艺术知识与技能教育以及情感教育的狭义美育论，而提出了如前所述的种种新说。应该说，强调人的感性能力的开发的发展论、主张以立美为美育的基本功能的大美育说，甚至主张美育在人的休闲娱乐中的价值的娱乐说，都是基于受教育者素质能力的提高和人的全面发展而提出来的。杜卫在阐述其发展论的美育观念时写道："把培养人作为目的体现了教育的人文性，这是古今中外优秀教育传统的精华所在，人的全面发展思想是教育人文性的集中体现。当代素质教育思想把发展每一个受教育者的综合潜能、提高全民族的综合素质作为教育的根本目的，这正是教育人文精神在当代中国的独特体现。现代美育是以教育的人文性为指归的……所以，只有在素质教育思想的映照下，美育的性质、功能和意义才可能被真正认识清楚，美育的重要性才能够被确认；反过来，现代美育思想对于形成、发展和完善素质教育思想也有积极作用。"① 应该说，这段话基本上代表了当前美育界的主流看法。可以想见，正确地处理素质教育、人的全面发展与美育的关系当会成为落实科学的教育发展观的一项重要内容，而这也应成为美育界必须积极面对并予以科学回答和解决的一个重要的理论课题和实践问题。

---

① 杜卫：《美育论》，科学出版社 2000 年版，第 61—62 页。

二十世纪五六十年代
美学大讨论的学术意义

　　回顾和反思新中国 60 年的美学研究，不能不提到 20 世纪五六十年代的美学大讨论。1956 年第 12 期的《文艺报》上，著名美学家朱光潜先生发表了题为《我的文艺思想的反动性》的自我清算文章，此文一经刊出，即获得学界的极大关注和批评反应，由此引发了一场绵延十年之久的美学大讨论，直到"文革"发生方告结束。这场大讨论起先围绕对朱光潜先生唯心主义美学思想的批评而展开，随后参与讨论的各家各派之间又展开了相互之间的辩难，到后期相当数量的批判火力又指向了周谷城先生。翻检十年美学大讨论之中的诸多文章，尽管在热烈的讨论、辩难和批评、批判的众声喧哗之中，不乏打棍子、扣帽子的情况，但总体上看其学术含量以及所达到的学术水准都是不容忽视和小觑的。从学术史的角度审视这次美学大讨论，无论其历史贡献还是后续影响以及当代启示，均有其值得深入思考和总结的价值与意义。

一

　　美学大讨论最为引人注目之处，是它对于当代中国美学建构的历史贡献，而其历史贡献首先即表现在对于认识论美学研究范式的确立，以及与此相关的四派美学观点的形成方面。

作为学科形态的中国现代性美学是从 20 世纪初叶开始经由对西方近现代美学的移植传播而逐渐发展起来的，直到中华人民共和国成立为止的整个 20 世纪上半叶即通常概括称谓的中国现代美学，其主要理论资源均是来自西方，而在哲学观念上，从早期的王国维、蔡元培到后来的吕澂、朱光潜等人，则大都属于哲学唯心主义。尽管自 20 世纪 20 年代后期马克思主义文艺理论逐渐在中国传播开来之后，马克思主义美学的诸多相关思想观念也相应地发展起来，并对在学界占据显赫地位的唯心主义美学思想形成了挑战和冲击，但是依据马克思主义的哲学理论而建构起来的系统形态的美学理论体系还没有形成并被学界广泛认可。毛泽东 1942 年的《在延安文艺座谈会上的讲话》可以视为一个马克思主义的经典理论文本，但其主要的理论内容和影响还是限于文艺方面。蔡仪于 1947 年由群益出版社出版的《新美学》诚如其书名所标示的，是企图以唯物论哲学为基础建构一种新的美学理论体系以挑战和取代朱光潜等人为代表的旧的唯心主义美学理论体系的最初尝试，但是这种挑战没有经历理论界内部的相互争鸣和折冲，其影响也尚未形成，很快就因为新中国成立所带来的历史大转折而成为被翻过去的一页。新中国成立之后，一个新的时代开始了，美学家们也满怀新的理想和信念，试图创造一种与新的政治、经济、文化和艺术发展的时代特点相应的美学理论体系，美学大讨论就是在这样的背景中应运而生。在美学大讨论的展开过程中，从朱光潜先生的自我清算开始，到参与讨论的各位学者，都有一个共同的主观愿望，那就是要以马克思主义的科学理论和方法为基础和指导，来创造出一种科学正确的美学理论。而当时大家所理解的马克思主义科学理论和方法首先就是辨证唯物主义的哲学认识论或反映论，虽然有的学者如朱光潜、李泽厚等人也在某些论文和论题的展开中提出或是涉及了马克思主义的实践观点，却都还是将实践观点置于认识论的范围之内和框架之中加以引用和论述。由于仅在哲学认识论的理论框架内思考问题，因而便自然而然地形成了认识论美学研究范式。认识论美学研究范式关注的是美在哪里、什么是美、人的美感何以形成、美感的内容来自哪里等基本问题，由此还引生出美与物的关系、美与人的关系、自然美的根源、自然美与社会美的关系、美与艺术的关系等其他相关理论问题。由于对马克思主义哲学认识论的理论内容和方法论把握和理解上各有不同，因而在美学基本问题上便有了不同的认识思路和结论：有人认为美是一种意识形态性的主观评价，是人的一种观念，美在主观；有人认为美与主观评价无关，而与事物存在的客观属性和条件有关，美在客观；有人强调美既与客观存在条件有关，又跟人的主观心意状态有关，是主客观的统一；有人认为美既是客观的，又必须具有社会性，是客观性与社会性的统一。吕荧、蔡仪、朱光潜、李泽厚分别是这四种基本观点的公认代表。由于这四种观点都各有其追随着，便历史地形成了后来人们经常所讲的四大美学学派。

美学四派围绕美学基本问题和相关派生问题，既畅言己论，又相互辩难，在同一个理论研究范式内掀起了长达十年之久的多家争鸣。在五六十年代的政治与意识形态语境中，形成这一学术景观在当时来说殊为不易，从中国美学学术史和中外美学关系史的角度看也分外令人瞩目。从中国现代性美学学术史角度来看，这场美学讨论既是对 20 世纪上半叶主流美学形态和观念的超越和告别，又是对一个新的美学研究时代和主流观念的召唤和开启，从此之后，中国当代的美学研究虽然在学术研究和理论资源借鉴上还常回溯到现代时期，但在观念演进层面上却是以此一时期的讨论成果为实际起点了。进而言之，此前时期的美学研究所用的理论语汇，所谈论和阐发的美学观念，都是来自西方，那时的所谓中国美学研究实际上不过是西方美学在中国的理论旅行或巡回演出，在观念层面上还较少属于自己的创造，更谈不上什么学派的创立了。而美学大讨论却突破了先前的状况和格局，不仅有了属于自己的观念创造，而且在不同的观念创新基础上形成了立场相异、特色有别的美学派别，这就从根本上改变了中、外美学关系，在观念层面上将中国美学研究置于和西方美学并行发展的世界性关联之中，在世界美学发展中写下了属于中国的一页，使中国美学由西方美学的小跟班变成为与西方美学同台演出的一个重要角色。换言之，就是在美学观念的演进中，将先前中、外美学所具有的历时性从属关系或主从包含关系，变成为共时性并列关系或主体间性关系。美学大讨论的这样一个历史性贡献，是值得学术史的回眸多看几眼，多写几笔的。

与新的美学研究范式以及不同美学学派的形成紧密相连的另一个重要历史贡献，就是美学大讨论汇聚和培养起了一支阵容壮大、势力雄厚的研究队伍。任何学科的发展都需要有一支研究队伍来支撑，研究队伍的势力和水平决定了学科研究的水平和持续发展的潜力。美学大讨论中，在现代时期已然成名的诸多美学大家、名家和学界人物如朱光潜、宗白华、蔡仪、吕荧、洪毅然、贺麟、黄药眠、周谷城、王朝闻、王子野、冯契等人纷纷登场，而新中国自己培养出来的新一代美学研究生力军也大量涌现，客观性与社会性统一派的代表李泽厚和主观派两位代表人物之一的高尔泰，以及汝信、蒋孔阳、敏泽、叶秀山、施昌东、陆梅林、程代熙、杨辛、甘霖、曹景元、刘纲纪、鲍昌、肖平、马奇、朱彤、胡经之、周来祥、庞安福、孙潜、吴汉亭、吴调公、佛雏、吴火、李醒尘、钱中文、吴元迈、陈辽、刘宁、王先霈、陈鸣树、郑国铨、陆一帆等等都是在美学大讨论中走上学术舞台并逐渐成名成家的。老中青不同年代的学者在大致相同的思想框架和思维模式之内，围绕基本相同的美学问题同场竞秀、各呈辩才，展现出一派热闹非凡的学术盛况。其参与人数之众多，讨论问题之深入，是此前的美学研究从未有过的，相比较而言，或许只有上世纪 70 年代末 80 年代上半期的"美学热"时期，其学术热度和参与人数之多可以与美学大讨论相媲美，但是美学热时期的学术热点和理论参照相对较多，没有相同的问题阈限和范式规范，所积淀下来的理论研究成果不像美学大讨论那样集中，也不具有美学大讨论那样的历史开启意义。能够整合起一支较为庞大的学术研究队伍，是美学大讨论得以持续进行的基础，而讨论的持续进行又使得这支队伍得到锻炼和培养，进一步为中国当代美学的后续发展储备了人才，这也应该视为美学大讨论的重要成果之一。

二

从总结经验和教训的角度来看，美学大讨论对中国当代美学研究的后续影响也是应予认真考察和分析的。大致而言，其后续影响既有积极的方面，也有消极的方面。

与上述历史贡献相对应，美学大讨论对此后中国美学研究的积极影响主要有二：其一，美学大讨论所积聚和培养起来的学术队伍，在"文革"结束之后改革开放 30 年的前半段——从 20 世纪 70 年代末至 90 年代初，继续成为美学研究的主力军。这批主力军的历史贡献体现为两个方面：一是由他们为主体，在美学大讨论所积淀的理论成果的基础上，再次掀起了当代美学研究中的第二次浪潮即学界通常所谓的"美学热"，在"美学热"时期，他们一方面在拨乱反正中重新确立审美的社会和人生价值，继续思考什么是美、什么是美感之类此前已经思考过的理论问题，同时又基于现实的历史需求和对西方美学新的发展态势、趋向的了解，顺应时势地提出了"共同美"、艺术审美与人道主义的关系、审美和艺术思维的特殊性、美学研究方法的特殊性与普遍性等新的研究问题与课题，不仅为美学也为整个社会的思想解放和社会进步作出了美学学人应有的理论贡献。在"美学热"之后的美学转型问题讨论时期，也就是 20 世纪 80 年代后半期和 90 年代初，他们又在与美学新生代的论战和应对中，或继续完善或进一步发展了自己的美学观点；二是这批美学研究的主力军成为更加年轻一代学子的美学导师和学术引路人，在改革开放时期成长起来的新一代美学学人基本上是在读着他们的书，思考着他们思考过的问题，认同、继承或是反叛、超越他们的学术观点的基础上跨入美学研究大门的，试问当今活跃于美学论坛上的中青年一代，有哪位没有读过朱光潜、蔡仪、宗白华、李泽厚等人的论著？不仅仅是读过，这些人有的简直就是青年一代心中的理论偶像。如果说美学大讨论为此后的美学发展培养储备了人才的话，那么可以说美学大讨论所培养储备的人才又为改革开放新时期后半段即 20 世纪 90 年代中期以来以及中国美学研究未来一段时期的发展培养储备了人才，就此意义而言，近 30 年来新生代美学群体的崛起同样是拜美学大讨论所赐。

美学大讨论的后续积极影响之二在于当时所形成的认识论美学研究范式在此后相当长时期内得以延续，迄今为止尚无另外一种研究范式能够完全取而代之，并得到这种范式在当时所得到的那种广泛认同。仅就现象形态而言，认识论美学研究范式的延续主要体现于两个方面：一是认识论美学研究范式侧重于从主客体关系角度研讨美与美感的基本问题的理论思路，直到 20 世纪 80 年代后期开始的美学转型问题讨论之前仍然基本上是美学研究界自觉不自觉遵守的共同规范，就是在美学转型问题讨论之后直到今天，也还为相当一部分学者所遵循；二是认识论美学研究范式的理论思路和相关理论研究成果在高校美学原理教材建设中得到了相对集中的体现。在美学大讨论的晚期，具体说是从 1961 年开始有关部门成立了《美学概论》教材编写组，该书作为周扬负责组织的高校文科教材编写项目之一，由著名文艺理论家和美学家王朝闻任主编，先后有 20 余人参与写作，1981 年由人民出版社正式出版，迄今为止，该书仍然是许多高校美学原理课程的正选教材，也是研究生考试推荐的主要参考书目。20 世纪八九十年代相继编写的美学理论教材大多也是以这本教材为蓝本编撰而成的。与此同时，同样组编于 20 世纪 60 年代初期的两本文学理论教材即在北方由蔡仪主编的《文学概论》和在南方由以群主编的《文学的基本原理》，在基本的理论建构思路上也与王朝闻主编的《美学概论》有着同构关系。而从深层哲学基础和思维方法上来看，从美学大讨论时期开始到新时期各种认识论美学研究范式的正统继承者和理论变体，均以哲学认识论或反映论为基础，在思维方式上以心与物的二元分离为特色，其间虽会在具体内容的组合、阐发上有诸多修修补补的更改变化，但基本的哲学理念和思维方式并无根本性的变化。与研究范式的延续相联系，基于认识论美学研究范式所形成的诸派美学观点也都在此后的时期中得到了不同程度的完善和发展。在新时期美学的进一步发展历程中，客观派的代表蔡仪在修改并出版先前主编的高校文科教材《文学概论》之后又主编了《美学原理》，他所主编的这本《美学原理》在哲学基础上与其主编的《文学概论》是一脉相承的。其他三派的代表朱光潜、李泽厚、高尔泰以及参与过美学大讨论的其他各位尚健在的学者也都沿袭先前形成的研究思路，在新时期做了不同程度的努力，取得了新的相关成果。这其中，蔡仪借对美的规律的研究进一步阐发了美在客观、美是典型的主张，具有最为鲜明的哲学反映论色彩；朱光潜虽然努力吸取马克思《1844 年经济学—哲学手稿》中的美学思想来丰富、深化自己对于美学基本问题的看法，认识论的理论思路依然比较明显；高尔泰在新时期把美的哲学视为一种人的哲学，主张美是自由的象征，但他仍然坚持把美作为人的一种感受，还是带有反映论的印记；李泽厚虽然后来逐渐走向了实践本体论的美学研究之途，但他并没有完全抛开哲学认识论，其新时期的美学代表作《美的历程》和其著名的"积淀说"可以为证，而在李泽厚的客观性与社会性统一说基础上发展起来的新时期实践美学学派总体上也是吸取并包容了认识论美学的合理内容于自身的。此外，自 20 世纪 80 年代后期美学转型问题的讨论开始之后，认识论美学研究范式成为新一代年轻美学研究者挑战和超越的对象，这也事实上使之在与生命美学、超越美学、否定美学等等美学新潮的结构性对立中，被动地成为新时期美学发展的一个刺激因素和动力。

当然，美学大讨论限于其特殊的政治、社会条件和意识形态语境，也有其历史局限和消极影响，这同样是学术史的反思所不容忽视的。其局限和消极影响也主要有两个方面：一是将美学研究的马克思主义哲学基础窄化为认识论或反映论一个方面，这就既排除了对马克思主义哲学丰富多维的理论内容和方法的资源利用，又在美学基本理论的研究上设置了较为狭窄和封闭的问题框架，虽然在统一的研究范式和问题框架中对相关问题的争鸣十分热烈，讨论也相对深入，但视野受限，问题有限，学术空间局促，总不免给人在划定的圈子里跳舞的感觉；二是当时的美学大讨论带有较为明显的形而上特点，讨论的主要为什么是美、什么是美感之类极为抽象的纯理论问题，而与现实生活中的审美现象以及艺术审美活动的实际结合不够，有脱离实践和实际而凌空蹈虚、自说自话的倾向，纯粹理性或知识理性有余，实践理性或价值理性不足。正如蒋孔阳在一篇总结大讨论的综述文章中所指出的："随着讨论的深入，许多同志都感到只是在概念中兜圈子不解决问题，于是要求联系实际来讨论。"① 尽管有人呼吁改变这种状况，也有人在美学对象问题的讨论中主张美学应当联系艺术的实际来进行研究，美学是关于艺术的科学，但总体上这种倾向没有得到根本性的改变。这种倾向在新时期早期阶段依然存在，即以当时实践派美学为例，该派美学其实并不特别关注生活现实中的具体审美实践现象和相关问题，而是把实践作为一个抽象范畴，作为说明审美发生学并解决审美主、客体关系构成问题的一个中介。直到20世纪80年代中期，在解决抽象的美学问题时，研究者一般并不特别地涉及艺术审美现象，即使涉及也只是用来作为说明理论问题的例子，而且涉及的艺术现象也仅限于著名作家和经典文本范围，不涉及更不是为了解决现实艺术审美实践中涌现出的新情况新问题。这种美学研究状况致使思想交流仅仅停留在美学研究队伍内部，而不能使美学研究真正走向社会和人生，使美学创新的智慧之光散播、照耀到广大民众的生活天空，从而也就大大地降低和弱化

---

① 蒋孔阳：《建国以来我国关于美学问题的讨论》，原载《复旦学报》1979年第5期。见《蒋孔阳全集》第三卷，安徽教育出版社1999年版，第571页。

了美学研究可能具有的更大社会效应。应该说，新时期早期"美学热"时关于人性、人道主义与艺术审美和人生关系的讨论，中期美学研究转型时关于审美与生命自由和生存超越关系的讨论，后期围绕日常生活审美化问题展开的大众审美文化与当代人类生存关联问题的争鸣，都有以实践理性矫正以往过多偏重于知识理性之不足的用意。

三

美学大讨论的学术史意义还在于它能够给予当代的美学研究以启示，这种启示既来自于其可资借鉴的经验，也来自于其应予吸取的教训。

美学大讨论的经验和启示首先在于：学术的发展必须有一个相对宽松和具有包容性的社会与意识形态环境，百家争鸣是推动学术进步的动力。美学大讨论发生之前，知识界面临的社会政治和意识形态环境并不特别宽松：1951、1952年开展了知识分子的思想改造运动，1954年由《红楼梦》研究掀起了对胡适派唯心主义错误的批判运动，1955年1月起开展了对胡风资产阶级唯心主义文艺思想的批判，后来这一批判升级为对胡风反革命集团的斗争和审判，同年1月中共中央发出《关于在干部和知识分子中组织宣传唯物主义思想批判资产阶级唯心主义思想的演讲工作的通知》，3月中共中央又发出《关于宣传唯物主义思想和批判资产阶级唯心主义文艺思想的指示》。由于有这一系列运动，所以尽管从1949年新中国成立至1955年，茅盾、蔡仪、吕荧、殷涵等人已经在报刊上发表了一些美学研究文章，有的文章还带有批评和争鸣性质，如吕荧在《文艺报》1953年第16、17期上发表的《美学问题——兼评蔡仪教授的〈新美学〉》一文即是如此，但却没有发生大规模的争鸣和讨论。而到了1956年，情况发生了较大的变化，先是1月份在中共中央召开的关于知识分子问题的会议上，周恩来所作《关于知识分子问题的报告》中指出进行社会主义建设必须依靠工人、农民、知识分子的兄弟联盟，宣布中国知识分子的绝大部分已经是工人阶级的一部分，此后4月16日国务院发出《关于改善高级知识分子工作条件通知》，接着4月28日毛泽东在中共中央政治局扩大会议上的总结讲话中提出了百花齐放、百家争鸣的"双百方针"，说："艺术问题上的百花齐放，学术问题上的百家争鸣,我看应该成为我们的方针。"① 仅隔数日,5 月 2 日毛泽东在最高国务会议上宣布:中国共产党主张在文艺上百花齐放、在学术上百家争鸣,艺术问题上百花齐放,学术问题上百家争鸣。次年 2 月 27 日毛泽东又在最高国务扩大会议上所作《关于正确处理人民内部矛盾的问题》的重要讲话中重申:"百花齐放、百家争鸣的方针,是促进艺术发展和科学进步的方针,是促进我国的社会主义文化繁荣的方针。艺术上不同的形式和风格可以自由发展,科学上不同的学派可以自由争论。"② 由这样一个背景情况来看,朱光潜的自我批判文章发表于 1956 年 6 月 30 日出版的《文艺报》第 12 期上,而且随后引起了那么大的争鸣和讨论热度,绝不是偶然的。当时的相互论争由朱光潜的自我批评、黄药眠与贺麟等对朱的批判以及蔡仪对黄药眠的批评为开端,随后的讨论和争鸣或是相互之间捉对厮杀,或是一人对多人、多人对一人地轮番寻找对手论战,你来我往地展开批评和反批评,看起来有些个人性、偶然性的因素和成分,但实际上与当时较为宽松的大背景是绝对分不开的,偶然性之中有其历史现实性的必然。当时的美学争鸣和讨论文章不仅发在《文艺报》、《哲学研究》、《新建设》、《学术月刊》这样一些专业学术刊物上,而且也能在最高级别的党报《人民日报》上发表,如贺麟批评朱光潜的《朱光潜文艺思想的哲学根源》,蔡仪批评黄药眠的《评"论食利者的美学"》和对李泽厚的反批评《批评不要歪曲》,朱光潜批评蔡仪的《美学怎样才能既是唯物的又是辩证的》,李泽厚批评朱光潜和蔡仪的《美的客观性和社会性》,以及吕荧涉及批评蔡仪观点的《美是什么》等,都是发表在《人民日报》上。主流媒体、特别是党报能够如此参与纯学术问题的讨论,这本身就很能说明问题。论及当时的主流媒体对这次大讨论的态度,《文艺报》在刊发《我的文艺思想的反动性》一文时所加的编者按语很有代表性,按语在肯定了朱光潜"抛弃旧观点,获取新观点的努力"和态度的诚恳之后写道:"为了展开学术思想的自由讨论,我们将在本刊继续发表关于美学问题的文章,其中包括批评朱光潜先生的美学观点及其他讨论美学问题的文章。我们认为,只有充分地、自由地、认真地互相探讨和批判,真正

① 《毛泽东文集》第七卷,人民出版社 1999 年版,第 54 页。
② 《毛泽东论文艺》(增订本),人民文学出版社 1992 年版,第 101 页。

科学的、根据马克思列宁主义原则的美学才能逐步地建设起来。"① 美学大讨论的参与者敢于放言畅论，既自我批评，又相互驳难，与"双百方针"的推行和意识形态领导层的鼓励、宽容是分不开的。

其次，知识学人具有追求创新的自觉意识，敢于在观念上标新立异，并且具有捍卫真理的勇气和容忍批评的气度，是学术进步不可缺少的主体条件，也是美学大讨论留给当代学人的一个重要经验和启示。朱光潜在 20 世纪二三十年代即已成为著名学者，在美学界享有很高的声誉，但是他却毫不顾及自己的身份和声誉，率先对自己的唯心主义美学思想展开自我批判，而且态度十分真诚，反思极为认真，体现了一个知识学人对学术真理的追求和对自我的超越，他之所以在新中国成立之后能在美学研究中继续取得那么大的成就，与这种真诚和追求是极有关系的。朱光潜在晚年为了给学界对艺术思维的研究提供思想资源不辞劳苦坚持翻译了维柯的《新科学》，为了弄清马克思美学思想的原意又亲自翻译了《1844 年经济学—哲学手稿》的重要篇章，其执著精神令人肃然起敬。其他像蔡仪，其学术上的认真、执著，与朱光潜比分毫不差，他不仅在大讨论中努力坚持唯物论的立场、内涵激情富于理性地与他人论辩并张扬己见，而且在新时期认真研读被李泽厚等实践美学学派奉为经典的《1844 年经济学—哲学手稿》和马克思的其他相关论著，在艺术地掌握世界的方式和美的规律的阐释方面表达了深入系统的独立见解，同时不顾年事已高，以常人少见的毅力主编《美学原理》，重新修改《新美学》，出版了《新美学》改写本（三卷），进一步完善、丰富了自己的理论体系。可以说，这些美学前辈以自己令人敬佩的学者人格，为参与讨论的较为年轻的一代、更为我们这些后来人树立了如何做一个知识学人的榜样。另一方面，当时年轻一代的学人不惧权威，敢于观念创新，敢于标新立异，充满了学术探索的热情、激情和勇气，也是这场大讨论能够热闹起来并长期延续下去的一个重要原因。尽管由于特殊的历史原因，当时参与讨论的学者特别是早期对于朱光潜和后期对于周谷城的批判，相当一批文章带有政治批判的味道，但从追求学术真理出发而坦诚地进行说理性批评的文章也不在少数。此外，当时参与讨论的学者面对他人的批评虽不是都能接受，但大

---

① 转引自文艺报编辑部编《美学问题讨论集》，作家出版社 1957 年版，第 1 页。

多还是具有容忍他人批评气度的，这也是讨论能够轮番展开的原因。像当时那样，不仅同辈学人之间相互论战不休，而且老一代学者与晚辈学人也能平等地你来我往相互争鸣，在当今时代已是很少见到的学术景观了。仅此一点，就颇值得当代学人反躬自省，深加回味。

　　最后，美学大讨论所存在的局限和缺憾也给予我们以启示。由于美学大讨论中对哲学基础的选择过于狭窄，这就使得当时的讨论一方面论题集中、较为深入，另一方面与同一时期世界美学的发展状况相比又显得哲学资源相对贫困、理论内容比较单薄。新时期美学研究对马克思主义哲学基础的多向探索和西方哲学资源的多方吸取正是对这一局限的一个合理而又有益的反拨。此外，20 世纪 80 年代中期之后，面对大众审美文化的崛起、艺术生产和消费格局的变化，以及人民大众多方面审美需求的萌动，美学界先是发出了美学转型的吁求，后来又展开了关于日常生活审美化问题的理论研讨，这些新的理论动态的一个基本指向，就是要求美学研究面向艺术的当代发展和人民大众的审美生活现实，在现实关怀中寻找美学的理论生长点，开拓美学研究的新天地。应该说当代美学研究中现实感的不断增强，也与对美学大讨论之形上倾向的反思和超越具有一定的关系，是从美学大讨论的负面问题中获得的一个重要学术启示。对此，笔者已有文章另加论析，这里就不赘述了。①

---

　　①　关于新中国成立以来中国美学研究的演变格局和演变缘由，特别是新时期美学研究对五六十年代美学研究格局的转变和超越，请参见拙作《从局部性理论替代到整体性范式转换——对新世纪美学研究困境与转型问题的思考》，载《江西社会科学》2007 年第 11 期；《转向现实关怀——新时期美学研究的一个基本特征》，载《文艺争鸣》2008 年第 9 期；《从形上思辨到现实关怀——中国新时期美学的历史转型与时代特征》，载《山东社会科学》2008 年第 11 期。

吕荧先生的人格精神与文艺美学思想

  在百余年来山东大学人文学术的天幕上，闪耀着众多明亮的星辰，吕荧先生是其中令人仰望而又难以忘怀的一颗。先生 1915 年 11 月 25 日生于安徽省天长县新何庄一个书香之家，原名何佶，曾用名何云圃，笔名倪平、吕荧等。1935 年考入北京大学史学系，读书时积极参加抗日爱国的一二·九运动，七七事变后流亡武汉，1939 年赴昆明西南联大复学，1941 年毕业后任中学教师。1946 年至 1949 年初先后执教于贵州大学与台湾师范学院。1949 年 4 月离开台湾经香港到达北平，7 月出席中华全国文学艺术工作者代表大会，并加入全国文协。1950 年 10 月受聘山东大学中文系教授，11 月接替调任山东省文化局局长的王统照兼文史系主任，1951 年 3 月担任文史分开后的中文系主任。1952 年春末因文艺学教学风波中无端受到批判而离开山大。1954 年 3 月加入中国作家协会。1955 年，经胡乔木建议聘为《人民日报》文艺部顾问。1955 年 6 月受胡风集团案牵连被隔离审查长达一年之久，此后长期在家养病。1966 年"文化大革命"爆发后，被以"反革命分子"影响社会治安罪名收容强制劳动，1969 年 3 月 5 日在冻饿中含冤病亡于北京清河劳改农场。吕荧先生是著名的左翼文艺理论家、翻译家和美学家，一生多病、多难，却始终不改"真"而"纯"的艺术理想和求真爱美的人生操守，纯正做人，倾心治学，在动荡困顿的岁月里留下了大量文学翻译、文艺理论和美学研究论著。其至真至纯的人格精神、成就斐然的文学译著和独树一帜的美学探求，已成为当代学术薪火相传中一份重要思想遗产。

一、至真至纯的人格精神

中国学术历来崇尚学问与道德的统一，主张文品即人品，但是由于种种历史的原因和人性分裂所致，无论古今，学问与道德、文品与人品不相统一的情况不胜枚举，非常多见。1949 年之后至"文化大革命"结束这段时期内，由于极"左"政治思潮愈演愈烈，正直为人者往往难以自保，文人的精神人格急剧萎缩与颓败的情况便越发普遍，以至于"文革"结束后许多良心未泯的文人一直在被是否应该自我忏悔的精神苦恼所纠缠。然而，吕荧先生不存在这种情况，假如能够活到"文革"之后，他也不会有此苦恼。他是一个文艺追求与人生追求高度统一，从而在当代文坛上显示出卓尔不群的精神气质与个性的人物。在《人的花朵》里论诗的本质时，吕荧先生指出："诗，人的生活与情感底融合的交流，人的理知与想象底凝结的晶体；人底真挚，人底单纯。"① 在《诗的真实》一文中论述荷马史诗时，他又写道："在他的时代，这个诗人完成了巨大的真实"，"在这样的真实背后站立着的，是一个和这真实同样巨大的，山一样的人。这个人把真实提高到诗。"② "真"与"纯"是吕荧先生的文艺理想，也是他的人生追求，至真至纯就是其人格精神的最好概括。

吕荧先生做人的"真"与"纯"体现于他的真诚真率，重友情重义气，也体现于他的爱憎分明，刚正不阿。他不虚伪不矫情，不投机取巧，不圆滑世故，他磊落正直，清纯如水。他 5 岁丧母，由乳母张氏抚养。由于自小失去母爱，且年轻时起就患上胃病、肺病、神经衰弱等多种疾病，身体清瘦虚弱，生活自理能力差，养成孤僻孤傲的个性，一生爱情生活和家庭生活迭经挫折。但也正因如此，他一生都渴望着真爱真情，在家庭破离亲情不再之后，而特别地看重了与朋友们的友情，他与胡风、冯雪峰、聂绀弩、楼适宜、骆宾基、邵荃麟、萧军、碧野等诸多大家名家保持终生的友谊，无论风雨如何变幻，甚至自己被强制收容劳动改造期间，还经常念叨着冯雪峰等朋

---

① 　吕荧：《人的花朵》，新新出版社 1948 年版，第 1 页。本文以下所引该书版本相同，不再一一注明。
② 　吕荧：《文学的倾向》，上海书报杂志联合发行所 1950 年版，第 168 页。本文以下所引该书版本相同，不再一一注明。

友们的名字，挂念着他们的安危。这其中与胡风的关系更是一个显证。他从1937 年因向胡风主编的著名文学杂志《七月》投稿而开始与其建立联系，此后在学术上、生活上得到胡风多方的提携、帮助和指导，与其结为终生的朋友。在胡风"反革命集团"冤案事发前后，他没有像当时许多的人那样迎合政治潮流，对之横加批判、无情打击，也没有像有的胡风曾经的朋友那样为求自保，对之反戈一击、落井下石，而是继续保持与胡风的联系，经常去看望胡风和他的家人，送去一个朋友的关心和温暖。1954 年，先生翻译的普希金名著《叶甫盖尼·奥涅金》校改本由人民文学出版社出版，当时胡风的政治处境已经非常不好，初译本中本有胡风译的三节诗，有人在背后猜测，这次他一定会把那几节删去，然而先生不仅没有删去，还特别在《校改后记》里交代说："初译本中胡风同志译的三节诗（第六章十五节、十六节、三十八节），仍然保存，这使我的粗劣的译文添了光彩。"胡风夫人梅志曾就此写道："在当时的情况下，他如果删去那几节，是完全可以谅解的。而他敢于留下它，敢于写上这几句话，倒使我们吃惊和感动了。胡风看后，手里捧着书，轻声地叹气：'唉！这个吕荧，真是……'后面没说出的话一定是'真傻，真太认真，真太重情义……'"① 不仅如此，吕荧先生甚至"不识时务"地试图公开为胡风进行辩护。1955 年 5 月 25 日，全国文联主席团和作协主席团在北京举行七百余人参加的扩大会议，声讨"胡风反革命集团"，在滔滔批判声浪之中，他竟主动向主持会议的郭沫若要求发言，当众提出胡风的问题不是政治问题，而是思想认识问题，胡风不是反革命，结果遭到斥责围攻，在一片嘘声中被赶下台。为此，他一度被定性为胡风集团的反动分子，并经最高人民检察院批准进行隔离审查。经长达一年之久的审查之后，其大脑神经受到严重摧残，健康状况恶化，随后长期养病在家。虽然如此，解除审查之后的吕荧先生仍不断关心着胡风的命运，常去看望梅志，盼望胡风能早日从狱中出来。在那严酷恶劣的政治环境之下，在那灾难当头人人避之惟恐不及的时刻，吕荧先生的所作所为，显示出弥足珍贵的人性良知和朋友情谊。

---

① 梅志：《人的花朵——记吕荧与胡风》，见晓风主编《我与胡风》（上），宁夏人民出版社 2004年版，第 92 页。本文以下所引该书版本相同，不再一一注明。

　　能够体现吕荧先生个性气质的另一个典型事例是他供职山大时发生的一场关于文艺学教学问题的风波。吕荧先生的美学和文艺理论素养高，理论概括力强，对中外历史、文化与文学尤其是俄苏文学与中国现代文学有较深研究，授课内容理论联系实际，再加上表达能力也很好，对培养学生很用心，在大学讲课一直甚受好评。他在贵州大学历史系任副教授时，讲授《西洋通史》、《西洋文化史》、《从文艺复兴到法国革命》，同时兼教英语系的课程，学生们称赞听他的课是"一清如水，学习上的享受"。在山东大学任教时，他主讲《文艺学》、《俄罗斯文学》、《俄罗斯文学史》等课程。他的一位学生赵淮青后来这样追述其讲课风采："记得那天，吕先生穿了一身深灰色凡尔丁中山装，面庞清癯、白皙，戴一副深褐色近视眼镜，让人一看就想起瞿秋白的容貌来。他显得有点羸弱，春暖时节，那双黑色高筒布棉鞋还未能脱下来。他微微颔首向大家致意，并不开口，转身在黑板上写下"文艺学"三个大字，苍劲有力……几堂课下来，同学们发现，吕先生讲课实在非同寻常，内容丰富，条理井然，分析透彻，见解精辟，他有自己的理论系统，有扎实的文史哲功底，且能深入浅出地表达，教学水平堪称一流。同学们还发现，这位先生讲课不苟言笑，庄重沉稳，自有一种风度翩翩的动人处。消息很快传开了，文学院的历史系、外文系的学生也来听课，教室内外人挤得满满当当，只好迁到理学院一个大教室去上课。"① 当年的许多山大毕业生都曾讲过听吕荧先生讲课要提前去争抢座位的经历。然而，可能是由于个性较强，工作中敢想敢干、勇于负责得罪了人，而且对当时学生过多地参与政治活动影响正常学习表露过担忧，对有些领导的"左"的做法有看法，对有关领导说过"我们可不能误人子弟啊"之类的话，在山大仅一年多一点他就被卷进了一场深受伤害的教学风波。1951 年 11 月，突然在《文艺报》5 卷 2 期（11 月 10 日）上《关于高等学校文艺教学中的偏向问题》通栏标题下，发表了山东大学中文系办公室干事张祺《离开毛主席的文艺思想是无法进行文艺教学的》来信。这封据说"是有人背后指使并经过有关领导研究和过目的"② 的"来信"，揭发吕荧先生在《文艺学》教学中有

----

① 赵淮青：《吕荧：他没有坟墓，更没有碑》，载 2004 年 9 月 30 日《山东大学报》。
② 许志杰：《美学家吕荧之死》，载 2005 年 12 月 31 日《齐鲁晚报》。

严重偏离实际和教条主义的倾向，不重视《在延安文艺座谈会上的讲话》的指导作用，看不起来自解放区的新文学作品，盲目崇拜西欧和俄罗斯名著等等。这封"来信"在学校内引起了极大震动。"来信"一发表，"时任山东大学副教务长的一位领导要求吕荧检查，要中文系学生对吕荧开展批判，系党支部书记积极到各班进行动员，要求同学写小字报，开小组讨论会。甚至有人在班上提出：谁不参加批判吕荧，是对党的号召的态度问题，党团员要受到批评甚至受到严厉处分的。"① 为此，吕荧先生在校内与有关领导就文艺学教学应该如何开展做过一些交谈和解释，并在次年1月25日的《文艺报》上刊出了给编辑部的自我辩护信，说张祺没去听过文艺学的课，他所引的课堂上的有些话与原意正好相反，还有一些话自己根本没有讲过，表明自己的文艺学教学不是采取"教条主义态度"，而是尽力运用马克思主义的立场和方法来解释文艺现象，尽管在运用过程中不是那么熟练和全面。此外，一些有正义感的学生有的"出于气愤，将那期《文艺报》撕得粉碎"，有的"联名写信给《文艺报》，指出张祺的信纯属道听途说，捕风捉影，断章取义，片面歪曲，要求澄清事实"②。但是，这一切都无济于事。《文艺报》在刊登吕荧辩护信的"编辑的话"中，批评他"缺乏自我批评的精神"，采取了"不正确的态度"。经过一番准备，学校还在大礼堂召开了一次文学院全体师生参加的批判大会。尽管在华岗校长的干预下，会场横幅上的"批判"二字被取消，改成"文艺学教学思想讨论会"，但基调仍然是批判，发言的师生明显地站在《文艺报》和张祺一边。随后，在2月25日的《文艺报》上，发表了由这次讨论会形成的4篇批评文章③。这种上纲上线、根本不听解释的无理、武断批评，致使先生极为愤慨，痛苦无奈之下，拂袖而去，先到上海新文艺出版社，后受冯雪峰邀请到北京人民文学出版社从事译著工作，虽经求贤若渴、对之极为赏识的华岗校长亲笔致函挽留规劝，终

① 田钢：《吕荧先生离开山东大学的前前后后》，载2012年4月25日《山东大学报》。
② 田钢：《吕荧先生离开山东大学的前前后后》，载2012年4月25日《山东大学报》。
③ 4篇文章包括被认为"中毒"较深的两位《文艺学》课代表李希凡、吕家乡在压力下写的两篇自我检讨性批评文章，《文艺报》根据张祺几次通讯整理的一篇短文，文学院吴富恒院长的一篇讨论稿。李、吕的两篇检讨文章，还发表在1952年《文史哲》第8期上，题目分别为《批判我的教条主义脱离实际文艺学习》、《我在文艺学习中走了弯路》，同期还发表了《逃兵赶快归队》的短文，把吕荧去上海称为逃兵。

未归来。从此，山大失去了一位好老师。

在那个经常黑白颠倒的特殊历史时期，吕荧先生的至真至纯使之显得很另类。由于其"真"和"纯"，他在一些人眼里倔强孤傲、特立独行，在另一些人眼里不谙世情、不懂屈伸。其实，从他主动地卷进胡风集团事件和被动地成为教学风波的主角来看，常人眼中的这些看法却正体现出他刚强正直、宁折不弯的品格与风骨，其坚守学术真理、维护人格尊严的人生勇气和浩然正气，在当代中国文坛上投射出一道令人震颤的光芒！正如有的论者指出的，吕荧先生关于胡风的公开发言，表明在一个病态的语境中，还有知识分子发出了属于自己的声音。在某种意义上说，这一个人的声音是对那个时代知识分子集体荣誉的一种挽回。又如有的学者所言，在那个知识分子自相践踏、一败涂地的年代，他的存在，为这个苦难的民族挽回了一点点尊严。梅志先生在其纪念文章中曾深情地说"他是一个好人，一个一生追求真善美的人，人的花朵"①，著名作家骆宾基也称他是"我们民族的花朵"②。以花喻人，真是贴切中肯的感念和评价。的确，吕荧先生就是一朵由至真至纯的人格精神养育出的不朽的人的花朵、民族的花朵！

二、成就斐然的文学译著

吕荧先生中学期间即开始学写诗歌和散文，1935 年考入北京大学史学系后曾参加进步文艺团体"浪花社"，1938 年流亡武汉时参加了"中华全国文艺界抗敌协会"成立大会。大学毕业后，他虽然主要在学校和出版社等部门工作，但其一生的命运却与文学结下不解之缘。1938 年他在《七月》杂志上发表小说《北中国的炬火》（署笔名倪平），1949 年由上海书报杂志联合发行所出版诗集《火的云霞》，其中收录了他 1934—1943 年间的诗作 24 首，由此可见其文学创作的起步时间是比较早的。在刚刚踏入文坛之初，他也在另外的方面爆发着自己的文学潜力，这就是文学评论和翻译。早在 1936 年 10 月，他就写好了《论艺术方法上的鲁迅》，1937 年 3 月又写了

---

① 梅志：《人的花朵——记吕荧与胡风》，见晓风主编《我与胡风》（上），第 105 页。
② 转引自《吕荧文艺与美学论集》，上海文艺出版社 1984 年版，第 539 页。本文以下所引该书版本相同，不再一一注明。

《田间与抒情诗》，1937年4月他把这两篇文章寄给胡风征求批评意见，根据胡风的意见前一篇在1940年改写成《鲁迅的艺术方法》，后一篇即是《人的花朵》（艾青、田间合论）中论及田间诗的那部分的雏形。据梅志回忆，当时胡风曾经认为，吕荧自己写诗是成不了大诗人的，因为他要不热情过火，要不又写得太冷。他自己也承认不会控制感情。或许是受这个评价的影响，再加上其最初的几篇翻译和评论文章得到胡风的指导并顺利发表所获得的鼓励，其文学之路此后主要转向了评论、翻译和美学研究。1940年，他在《七月》杂志上先后连续发表了文论译文《叙述与描写》（G. 卢卡契作）和《普世庚论草稿》（M. 高尔基作），以及文学评论《人的花朵》（艾青、田间合论）和《鲁迅的艺术方法》等文，这年秋天还开始翻译普世庚即普希金的《叶甫盖尼·奥涅金》。这些译、著使之在翻译和诗论方面崭露头角，从此奠定了其左翼翻译家和文艺理论家的地位。

　　自《叙述与描写》的译文发表开始，先生开始在著述中署名吕荧，取荧字"有一分热，发一分光"的意思。诚如其名字一样，为了在新文学的事业中发出人生的热和光，即使是在厄运当头以至身陷囹圄、被敌视所包围被恐怖撕裂着内心的时候，他也矢志不渝，不改初衷。梅志回忆说，胡风事件后相见时，"每次都听他说道：'我要修改我的文章'，'我要写美学方面的文章'，'我要翻译普列汉诺夫'，'我要翻译莎士比亚'。"[①] 在劳改农场时的难友姜葆琛在他写的那篇描述先生强制劳改时期悲惨境况的令人寒颤的回忆文章中也写道："吕荧只有一个箱子，虽不大，却很沉。有一次，他打开来，取出了一包包的蜡烛和一架旧的英文打字机，除此，箱内什么都没有了。后来我们相处日久，互相取得了信任，吕荧说：'坐牢也要工作的，带点蜡烛准备夜间写文章……'他甚至还肯于告诉我，箱子夹层里藏着他的美学著作和尚未刊印的《莎士比亚十四行诗集》的译稿。"[②] 这就是吕荧先生，他分明就是一个文学殉道者，一个不屈的精神战士。可叹的是，即使这样一点微薄的希望，也被严酷的现实所毁灭了。他在农场被视为"疯子"，从"队长"到歹徒都拿他开心：凌辱、漫骂，甚至殴打，几乎天天发生。

---

① 梅志：《人的花朵——记吕荧与胡风》，见晓风主编《我与胡风》（上），第103页。
② 姜葆琛：《冬天的回忆——记美学家吕荧之死》，载1983年5月27日《人民日报》。

有些小流氓骗走了他的蜡烛，扒手偷走了他的夹鼻眼镜，"队长"则把他的打字机"存"起来，他想要写作的愿望终于化为泡影，已译好的莎士比亚十四行诗集手稿也遗失了。虽然有此不堪回首的一幕，令人感到欣慰的是吕荧先生在 30 余年动荡困顿的岁月里还是留下了众多的文学著述。先生在外语学习上用力甚劲，精通俄语、英语、德语，文学译著颇丰，从 1943 年至1957 年先后共出版文学作品和文学理论译著 8 部，包括：卢那卡尔斯基著《普世庚论》、普希金著《叶甫盖尼·奥涅金》、吉尔波丁著《普世庚传》、卢卡契著《叙述与描写》、列宁著《列宁论作家》、列宁著《列宁与文学问题》、莎士比亚著《仲夏夜之梦》、普列汉诺夫著《论西欧文学》。有的译著多次再版。先生于文学翻译一丝不苟，精益求精。比如他在翻译《叙述与描写》时不仅参考了许多书，还拜托胡风找资料，在半年多长的时间内多次与胡风通信讨论，最后托人对照英文原文才定稿。胡风在将该文刊发于《七月》所写的《校完小记》中写道："在译者的意思是要我校对原文看一遍，但因为忙乱，也因为英语程度实在不高明，只好拜托了 W 君。他看了以后说对译文很佩服，虽然有几处觉得应加商酌，但也想不出更好的译法。译者的认真是可以看得出来的，但就那注释，也就花了不少的工夫。"[1] 此后吕荧先生还曾为翻译《叶甫盖尼·奥涅金》而积劳成疾。他的这些译著，属于现代新文学先驱鲁迅等人早就在做的那种"盗取天火"的工作，意在为中国新文学的建设提供借鉴和营养，且有两个明显的特点：一是作品翻译注重经典名著；二是文论翻译聚焦于马克思主义文论，列宁、普列汉诺夫的经典地位自不必说，卢卡契是 20 世纪马克思主义文论的代表人物之一，曾被美国当代文论史学大家威勒克誉为 20 世纪四大文艺理论名家之一，卢那卡尔斯基和高尔基是苏联十月革命前后的著名革命文学家也是著名的马克思主义文论家。因此，这些译著对于优秀文学经典的继承和传播，对于中国现代文艺理论的建设，其意义是不言自明的。

　　文学翻译之外，吕荧先生在文艺理论方面所取得的成绩也不可小看。在这一方面，他先后出版论文集四部：《人的花朵》，1945 年以"泥土社"名义在重庆自费出版，同年由重庆星火出版社出版，1947 年由上海新新出版

---

① 转引自梅志《人的花朵——记吕荧与胡风》，见晓风主编《我与胡风》（上），第 103 页。

社再行出版，次年再版；《关于工人文艺》，1952年上海新文艺出版社出版；《文学的倾向性》，1950年上海书报杂志联合发行所出版；《艺术的理解》，1958年作家出版社出版。这些论文集所收录的文章都是结合中外文学创作的实际和具体作品而展开的，其中的许多文章，如《人的花朵》中对鲁迅、艾青、田间、雷雨的评论，《文学的倾向性》里对文学与真实、文学与政治、现实主义与自然主义及其关系的论述，《关于工人文艺》对解放后新兴工人文艺的成就与问题的分析，《艺术的理解》中对革命新文艺创作中公式主义、概念化有害倾向的关注，以及各文集中对欧洲经典作家和文学的研究，都从不同视角不同层面上点画出了中国新文学前行的印记，也体现出了一个具有创作经验和深厚马克思主义文艺理论造诣的研究者对于文艺的真知卓见。李希凡在回忆与悼念文章中曾经写道："吕先生是使我对文艺理论产生浓烈兴趣的启蒙的导师。他那深邃而优美的文论，他的知识广博、逻辑严谨的文艺理论教学，在解放初期偏处青岛的山东大学，曾经怎样吸引了我们这些求知如渴的青年呵！"又评价他的讲课说："他讲授的文艺学，在那时就已经有了系统的理论体系，贯穿着鲜明的马克思主义观点，例证、分析，都出自他自己的研究心得和体会，这些都是我们从当时已有的一些文艺理论教材中难得见到的。"① 其实，这也正是先生文章写作的一个特点。那么，吕荧先生"系统的理论体系"以及这个体系的核心主导观念又是什么呢？简要回答的话，这个体系就是现实主义。在其现实主义理论体系中，包含着对文艺社会本质与作用的思考，包含着对文艺与现实的关系、文艺与政治的关系、文艺中的现实主义与自然主义的关系、文艺中的继承与创新的关系、现实主义创作与世界观的关系以及新文艺发展方向等众多基本理论问题的论析，而贯穿这所有问题的核心主导文艺观念即是真实。前面已经指出，在其评论艾青和田间诗歌创作的成名作《人的花朵》（1940）一文中，就把"真"与"纯"作为诗（文学）的本质；稍后，在《曹禺的道路》（1943）中又说："戏剧的诗也正如真正哲学的诗，它必须真实，无比的真实。""诗由真实而来，失去了真（原版有"的"字，作者后来修改时去掉——引

---

① 引见《吕荧文艺与美学论集》，第546、546—547页。

者），也失去了诗。"① 在《艺术与政治》（1946）里他又写道："只有通过真实，血肉的真实，艺术家才能表现人物，社会，历史，时代，表现思想，精神，力，真理。艺术也才能获得生命。"② 可以说，吕荧先生是现实主义文艺真实性观念的坚定捍卫者和深刻阐发者。

　　吕荧先生捍卫和阐发的艺术真实，有其充实的思想内容在内。这个"真"包含着作家主观情感上的真诚、真挚，更包括——确切地说首先是指作家对客观生活现实理智认识上的真实。他说："具现着现实的'真'与'纯'，获得了个性的风格与艺术的完成的诗人，他的诗篇将为人们所传诵，他的诗中所抒写的个人的感情和事象，正反映着某一时代某一社会某一阶层的智慧者底情感与理知：这一切与他的诗篇一同，永生在诗的世界与人的世界里面。在这一意义上说，诗人是人的花朵。"③ 这种真实，也和基于某种生物学或抽象的社会观念而客观描摹生活事象之偶然性的自然主义文学不同，要求深入事物的内部，"透过事物的表象把握本质，创造'典型环境中的典型人物'，因为不这样就不能够表现真实的现实"④。在把握本质的同时，现实主义的艺术真实还要求在理知和情感深深地透入现实的运动过程中，揭示出现实的运动和发展，以实践的姿态介入现实的战斗，既表现现实，又变革现实，"这也是为什么新现实主义必须结合革命的浪漫主义的原因"⑤。而艺术的真实性也不排斥艺术的想象活动，想象之于艺术，不但容许，而且是必要的。不过，有真实的想象，也有空虚的想象，前者是现实的抽象，后者只是观念的抽象。"真实的想象深化而且提高现实，空虚的想象浮华而且模糊现实。我们只有经过前面一种想象，才能达到一切方生和未生的事物。"⑥ 可见，艺术的真实性，包含着艺术精神上的现实主义属性，也包含着思想内容和艺术思维上的规定。事实上，真实不仅是吕荧先生的文艺观念，也是其开展文艺研究和评论的标准。比如，谈到 25000 年前冰鹿人的

---

① 吕荧：《人的花朵》，第 144、151 页。
② 吕荧：《文学的倾向》，第 25 页。
③ 吕荧：《人的花朵》，第 2 页。
④ 吕荧：《论现实主义》，见《文学的倾向》，第 125 页。
⑤ 吕荧：《论现实主义》，见《文学的倾向》，第 115 页。
⑥ 吕荧：《关于表现新事物》，原收《文学的理解》，引见《吕荧文艺与美学论集》，第 14 页。

艺术时他写道："我们可以想一想在这些作品里，令我们觉得灿然惊人的，那是什么？是古？不是。是美？不是。是什么？——那是真实。"① 原始艺术如此，后来时代一切伟大的艺术，荷马的史诗，莎士比亚的戏剧，等等，其魅力之源首先都在于真实。基于这种认识，他在《论〈奥涅金〉》里由衷地赞颂"普希金的纯朴、真实、深刻的诗"具有"诗的真实"，是"在人的真实，诗人的现实生活中完成"② 的诗，又热情地赞扬新中国的工人文艺创作"完全摆脱了形式主义自然主义的老套……真实具体地表现出了生活和劳动的内容的本质"，并由其"爽直、质朴、真实"而预感到"创作真的文艺的时候到了"③。也正是基于同样的认识，他在《曹禺的道路》里赞扬曹禺的戏剧具有戏剧的动作和紧张，有卓越的精思、才力和技巧，又批评其观念化的创作倾向，导致其创作缺乏现实的真实，因而缺乏诗的素质。可见，吕荧先生的文艺观念建构和他的文艺研究与评论是一体两面、相生共进的，从不同的侧面彰显出其作为文艺理论家的丰厚与沉实。如前所述，先生对马克思主义文艺理论翻译用力甚多，对马克思主义经典文论家的相关思想是非常熟悉的。恩格斯在1888年4月写给英国女作家玛·哈克奈斯的信中，曾夸赞女作者的小说具有"现实主义的真实性"，并明确地提出"现实主义的意思是，除细节的真实外，还要真实地再现典型环境中的典型人物"；该信还将现实主义作家巴尔扎克与自然主义作家左拉相对比，认为巴尔扎克"是比过去、现在和未来的一切左拉都要伟大得多的现实主义大师"，也谈到巴尔扎克的现实主义创作方法使其违反自己的阶级同情和政治偏见，"是现实主义的最伟大胜利之一"④ 等等。在《叙述与描写》中，卢卡契根据恩格斯的思想，从叙述与描写两种创作方法的角度进一步论析了现实主义与自然主义的分野，认为现实主义具有"表现生活过程的真实运动的能力"，而自然主义的观察与描写的方法丧失了这种能力，"削弱并缩小了、因而不适当地反映了资本主义的现实"⑤。从以上引证和其他大量文章中，不难看出

① 吕荧：《艺术散记》，原收《文学的理解》，引见《吕荧文艺与美学论集》，第56页。
② 吕荧：《论〈奥涅金〉》，原收《文学的理解》，引见《吕荧文艺与美学论集》，第337页。
③ 吕荧：《关于工人文艺》，新文艺出版社1952年版，第11、5页。
④ 《马克思恩格斯选集》第四卷，人民出版社1995年版，第682、683页。
⑤ 《卢卡契文学论文集》（一），中国社会科学出版社1980年版，第77页。

先生的文艺观与这些经典论著的思想联系。再譬如，他较早发表的研究托尔斯泰《战争与和平》的论文结语写道："托尔斯泰的艺术——真实，否定了他的哲学。这是现实主义底伟大的胜利之一。"① 论文的研究方法甚至用语就分明受到恩格斯致玛·哈克奈斯信的明显影响。此外，对真实性的强调也是中国新文学运动的一个传统。五四文学革命运动时期，鲁迅先生就曾期望中国作家中能出几个睁了眼睛看人生的勇猛闯将，冲出"瞒和骗的大泽"，"取下假面，真诚地，深入地，大胆地看取人生并且写出他的血和肉来"，从而开辟出"一片崭新的文场"。② 所以，先生对艺术真实性问题的理论建构和批评实践，不仅是对马克思主义文艺理论同时也是对现代新文学传统的现代传承和发展。

三、独树一帜的美学探求

由于秉持真实论的文艺观，吕荧先生论文艺通常将内容的了解置于形式的了解之先，把真放在美之前，这却并不表明他忽视文艺的形式，不讲艺术的美，而只是表明她在内容与形式、真与美的关系上有自己的理解，正如他在《艺术散记》里所论："原始的现实主义创作，单纯而且朴素的表现着艺术生命与社会生活的关系，艺术的真和美的根源。在艺术上，美的境界源于真实的境界，源于生活的境界。"又说："只有善的艺术和真的艺术，为人民大众的幸福而战斗，以表现现实为内容的艺术，才能完成美的创造，获得它的光辉的生命。"③ 诚如梅志所言，他是懂诗的。不单是诗，他也懂小说、懂戏剧、懂艺术，分外爱美。这从他对艾青和田间的诗歌创作、曹禺的戏剧创作以及莎士比亚、托尔斯泰、普希金等等经典作品的艺术分析中即可看出。他平素讲究穿着，很有风度。即使身处惨境，依然不忘美的欣赏。姜葆琛在回忆中写道："记得我们的囚室门前是一片苗圃和稻田。田畦上有株盛开白花的茨菇，他的任务是看苗，他就绕着那株白花转，一转就是几小时，有时和花讲话，不断地称赞着：'真美啊！真美！'傍晚时候，微风吹拂着

---

① 吕荧：《论〈战争与和平〉的艺术·历史·哲学》，见《人的花朵》，第190页。
② 鲁迅：《坟·论睁了眼看》，《鲁迅全集》第一卷，人民文学出版社2005年版，第255页。
③ 吕荧：《艺术散记》，原收《文学的理解》，引见《吕荧文艺与美学论集》，第58、65页。

他那零散的衣衫，他挂着一根柳条，远处逆光看去，俨然是一幅当代的'屈子行吟图'。"① 不仅懂得艺术中的美，珍惜生活中的美，而且他还将对美的理性思考凝聚为美学的探讨，在当代美学研究中成就了一家之言、一派之说。

新中国成立后的五六十年代，美学研究曾经掀起过一个热潮，被学界称之为美学大讨论。在美学大讨论中，形成了四派有代表性的观点：或认为美是一种意识形态性的主观评价，是人的一种观念；或坚持美与主观评价无关，而与事物存在的客观属性和条件有关，美在物本身；或主张美既与客观存在条件有关，又跟人的主观心意状态有关，是主观与客观的统一；或强调美既是客观的，又必须具有社会性，是客观性与社会性的统一。吕荧、蔡仪、朱光潜、李泽厚分别是这四派观点的公认代表。相比于其他三派的代表人物，吕荧先生的美学论文不多，总共只有5篇，按发表时间分别为：《美学问题——兼评蔡仪教授的〈新美学〉》，1953年《文艺报》16、17期；《美是什么》，1957年12月3日《人民日报》；《美学论原——答朱光潜教授》，《哲学研究》1958年第3期；《再论美学问题——答蔡仪教授》，1958年11月完稿，没有单独发表；《关于"美"与"好"》，1962年9月16日《人民日报》。其中，前4篇结为一集，1959年8月以《美学书怀》为名由作家出版社出版。5篇文章后来全部收入《吕荧文艺与美学论集》。吕荧先生的美学研究是美学大讨论的产物，具有很强的"讨论"特点，也就是论辩性，收入《美学书怀》中的4篇文章都是在与其他各派代表人物的论战、辩难中写就的。虽然文章不多，而且由于过早病亡，没有机会使自己的观点在"文革"结束之后的新时期得到进一步的发展，更没有形成系统的专著，但是他的文章观点鲜明，逻辑自洽，独树一帜，无愧于一派之代表的学界评价。吕荧先生的美学研究着重于解决美的社会本质问题。在《美学问题》里他首次提出："美是物在人的主观中的反映，是一种观念。"由于观念都是社会性的，所以说美是一种观念，就是说美是一种社会观念，一种社会意识。"美是人的一种观念，而任何精神生活的观念，都是以现实生活为基础

---

① 姜葆琛：《冬天的回忆——记美学家吕荧之死》，载1983年5月27日《人民日报》。

而形成的，都是社会的产物，社会的观念。"① 在《美学论原》里他又说："无论是美的概念或美的观念，都不是人'先天的'具有的，都是人在现实生活中形成的，都是客观现实的反映，都是社会存在决定的社会意识，所以美也是社会意识之一。"② 对美的本质的这种界定，首先肯定了美的观念本身就是一种客观存在的社会现象。"作为社会意识形态之一的美的观念，它是客观的存在的现象；但是是在一定的社会生活中和历史条件下的客观的存在的现象……美的观念因时代、因社会、因人、因人的生活所决定的思想意识而不同。"③ 其次是肯定了美的生活属性，这一点下面再论。再次，美的观念虽以主观反映的形式存在，但并非纯主观的，具有客观性，"人的观念是主观的，但是它是客观决定的主观，人的社会生活，社会存在决定的社会意识。在这一意义上它也有客观性。"④ 基于这些认识，他明确指出："美的本质是它的现实性，社会性。"⑤ 比较来看，在强调美的本质的客观性与社会性方面，吕荧先生其实与李泽厚为代表的一派是相同的，只不过李泽厚的言说常以"美"而论，吕荧先生的言说常以"美的观念"而论罢了。而且，在美学大讨论四派代表人物中，吕荧先生与李泽厚都极为推崇"美是生活"的命题，不是没有原因的。李泽厚 1958 年所作《论美是生活及其他》中写道："美是什么？'美是生活'车尔尼雪夫斯基这一观点，恐怕仍是迄今较好的看法。这个看法鲜明地反对了唯心主义，坚持了唯物主义；它肯定美存在于现实生活之中，艺术只是现实生活的反映和复制。其实，我们以前所一再强调的所谓美的客观性、美是客观存在，主要的意思，也就在此。"⑥ 实际上，吕荧先生也正是在同样的意义上肯定这一命题的。

　　如果撇开参与讨论的各方在概念使用、观念解释和逻辑论证等等一些具体问题上的差异和纠缠不论，从宏观层面上分析与其他各派代表人物的理论差异，美是人的观念说有三个方面最可值得注意：首先，与当时大多数参与

---

① 《吕荧文艺与美学论集》，第 416 页。
② 《吕荧文艺与美学论集》，第 454 页。
③ 《吕荧文艺与美学论集》，第 416 页。
④ 《吕荧文艺与美学论集》，第 495 页。
⑤ 《吕荧文艺与美学论集》，第 513 页。
⑥ 李泽厚：《美学论集》，上海文艺出版社 1980 年版，第 100 页。

讨论者仅仅从认识论角度论述美学问题不同，吕荧先生敏锐而又明确地认识到美的本质的探讨不能囿于哲学认识论一隅，指出"美作为一种社会意识，要明确美是什么，需要从本质论、认识论、实践论三方面进行研讨"①。基于三者之间的区分，他依据马克思《政治经济学批判序言》里所表述的社会存在决定社会意识、经济基础决定上层建筑的历史唯物论观点，从社会生活的客观性、现实性角度论证了美的本质；依据列宁的哲学反映论关于人的观念是客观世界的反映的思想，提出并论证了美的认识须由感性认识（美感）上升为理性认识（美的概念、观念），在人的认识中美的感觉和美的概念、观念是同一的，而这种上升和统一的过程全部是在现实的个人生活和社会生活中实现的；依据马克思的《1844年经济学—哲学手稿》（以下简称《手稿》）、《政治经济学批判导言》，恩格斯的《自然辩证法》和列宁的《哲学笔记》等著作中有关的"实践论"观点，从人类生活实践的角度探讨了美的意识的起源和发展，证明从狩猎时代到农耕时代再到此后的阶级社会，人类的审美意识、审美观念以及对于客观存在事物美与丑的评价是历史地形成与变化着的，并强调马克思《手稿》中关于"人也按照美的规律来塑造物体"的话"是在实践论的意义上而言的"②。吕荧先生很重视这三论之间的区分。他从美学史的角度指出，康德的哲学只有认识论和实践论而没有本质论，普列汉诺夫仅限于美的本质论，克罗齐、朱光潜都用认识论代替本质论。在与蔡仪论争时，他明确指出："在马克思主义理论中，马克思的意识论是本质论，列宁的反映论是认识论。此为两大基本论点，互相关联，但是不能混同。"并说"我在《美学问题》中云：'美是物在人的主观中的反映，是一种观念。'这里包含着两个论点，列宁的反映论（认识论）和马克思的意识论（本质论）。'美是物在人的主观中的反映'为认识论的论点，'美是一种观念'为本质论的论点。"③ 可惜，由于当时背景下强大的认识论视域的遮蔽，这些富有卓见的观点并没有得到论战对手的重视。其次，与前一个方面相连，吕荧先生从对美的本质的现实性、社会性规定出发，在大讨论中首先重新阐发了车尔尼雪夫斯基"美是生活"的命题。他认为"美是

① 《吕荧文艺与美学论集》，第456页。
② 《吕荧文艺与美学论集》，第510页。
③ 《吕荧文艺与美学论集》，第485、486页。

生活"的观点到今天仍具有活生生的意义，是我们更向前进的起点，并进
一步论证说："美是生活本身的产物，美的决定者，美的标准，就是生活。
凡是合于人的生活概念的东西，能够丰富提高人的生活，增进人的幸福的东
西，就是美的东西。美不是超现实的，超功利的，无所为而为的。美随历史
和社会生活本身的变化和发展而变化发展，并且反作用于人的生活和意
识。"① 从美是生活的观点出发，他还一再说明美和善一样，都是社会的观
念，有其基于生活功利的内在联系。为此，他还专门写了《关于"美"与
"好"》一文，阐明美与好（善）是生活中的问题，不是推理上的问题，
"离开了人的生活而谈美与好的人，是无法说明美与好的"，并指出人们在
社会生活里通常是把美与好当作同义语使用的，二者有很密切的关系，"平
常所说的'美'，显然是从'好'（'善'）发展而来的"②。可以说，对
"美是生活"命题的这种阐发，是建立在社会生活本体论基础之上的，是对
当时侧重于概念推理，也就是抽象地谈论问题的研究倾向的反拨。再次，吕
荧先生尝试在人类社会生活实践中论证美和美的观念的历史生成，打破由于
纠缠于唯物论和唯心论的哲学立场的分野而在心与物、美感与美的人为二分
上所造成的种种理论困境。在《美是什么》中，他以恩格斯《自然辩证法》
和显然来自于马克思《手稿》的"人化的自然"说证明人化的自然是人的
劳动和历史社会的产物，"自然美本身有它一定的社会内容，自然美也就是
一种社会美"③，美的观念是社会历史的产物；在《再论美学问题》中他又
大段引证《手稿》里的话，由"人化的自然之结果"来证明"辩证唯物论
者不仅认为美的意识，美的观念具有社会历史的内容，而且认为美的感觉，
美感或快感也是如此。因为人的感官和感觉本身就是社会的历史的产物"④。
在当代，吕荧先生是较早从《手稿》寻找理论依据从事美学探讨的学人之
一。他引证和阐发《手稿》的思想，实质上是想在社会生活本体论的基础
上，以实践为中介证明美的观念与对事物美与丑的评价其实是历史进程中的
一体两面，从历史维度来看，并不是先有一个客观的审美对象摆在那里，然

---

① 《吕荧文艺与美学论集》，第 436—437 页。
② 《吕荧文艺与美学论集》，第 531、534 页。
③ 《吕荧文艺与美学论集》，第 404 页。
④ 《吕荧文艺与美学论集》，第 505 页。

后才产生审美意识和观念。当时的论战对手批评他不讲美的客观性只讲主观因而是唯心主义的，这本身就是囿于认识论立场而不是从本质论或社会生活本体论看问题所致。正是基于对美的本质问题的上述理解和自己解决这一问题的特殊思路和理论立场，他批评朱光潜先生建立在物甲（物本身）、物乙（物的形象）区分基础上的"美是主观与客观的统一"说仍然不脱克罗齐的"形相直觉"说，来源于康德主观唯心主义的哲学和美学；他尤其批评蔡仪先生的"美在客观说"脱离人的社会生活，从抽象的事物属性条件寻找美的本质，走向了机械唯物主义的形而上学，在唯物论的前提下发展了唯心论的美学，其"美是典型"的观点排除了马克思的意识论，其美的观念是客观事物的美的映象之反映的观点修正了列宁的反映论。这些论辩性的批评论文，既抓住了对方的理论弱点，也从人、己观点的对比中凸显了论者自己的观点和立场，闪现着思想活力和论辩智慧，读之畅快淋漓，思之启示良多。

　　历史有情，岁月不老。吕荧先生人格纯真刚正，其为人也值得缅怀，而其学术嘉会学林，其成就亦足以沾溉后学。于今观之，吕荧先生的文艺学思想和美学探索虽然不可否认地带有时代的局限性，比如其文艺学思想过于专注于现实主义，其美学研究的理论资源主要来自于马克思主义经典思想家和俄国 19 世纪的革命民主主义美学，但是其中的许多观点在今天看来不仅有其超越时人之处，有其理论独特性，在当下和今后的文艺学、美学研究和观念建构中仍然具有重要的启示价值。他的现实主义文艺观反对作家以漠不关心的超然态度对待现实，强调文艺家要在理知和情感上深深地透入现实的运动过程中，以实践的姿态介入现实生活的战斗，做现实的变革者、创造者，这不仅是对当时的机械反映论文艺观的超越，对当下那些沉湎小我之中、缺乏历史责任的作家来说也不啻为当头棒喝。他强调美的本质的思考不能囿于哲学认识论一隅，需要从本质论、认识论、实践论三方面进行探讨，特别是他通过对车尔尼雪夫斯基"美是生活"命题的再阐发，试图以马克思《1844 年经济学—哲学手稿》中的自然人化观念为依据，在社会生活本体论的基础上，从人类社会生活实践论证美和美的观念的历史生成，打破由于唯物论和唯心论的哲学分野而在心与物、美感与美的二元分离上所造成的种种理论困境，敏锐地认识和触及到了 20 世纪五六十年代美学大讨论中的理论误区以及走出误区的可能路径，这在当时还是不被人所理解的另类理论观点和声音，而新时期以来的许多美学研究者却正是沿着这样的认识思路和努力方向走过来的。可以说，吕荧先生不仅是当代美学大讨论富有建树的积极参与者和新时期美学人不在场而思想在场的实际影响者，而且他将审美问题与人类的社会生活和实践历史地连结起来，从而使美学永远葆有人类生活气息亦即人学意蕴的学术理路和研究取向，在今后的美学研究中也是不会过时的。

1985 年前后美学研究方法论热的学术史反思

回顾中国当代美学 60 年发展历程，一个不能绕过而且意义深远的问题是 1985 年前后美学研究方法论热的大潮涌动。这一学术思潮究竟何以发生，其历史的逻辑合理性何在？贡献何在？为什么这一热潮进入 90 年代后日渐消退最终归于沉寂，其自我迷失或曰缺陷又在何处？这场热潮留给当今学界何种学术启示？这些问题都必须给予认真严肃的理性分析和回答。不分析和回答这些问题，既难以全面正确地总结和评价当代美学 60 年，也不能使新世纪的中国美学研究从对经验与教训的反思中获得向前发展的学理和心理势能。

开放与科学：美学研究方法论热的背景和贡献

自 1981 年开始，美学文艺学界的方法论意识开始萌动，至 1985 年达到高潮，以至于 1985 年被学界称之为美学文艺学研究的方法论年。当时的美学文艺学界几乎人人热衷于谈论方法，有大量的论文发表，许多著作出版，多次全国性学术会议集体造势，热度空前。这一现象的发生有其合乎历史发展需要的逻辑性，并非空穴来风。新时期中国社会巨变的动力源泉在于改革开放，美学学科的通变因革亦根源于此。首先，随着经济上的对外开放和文化上的对外交流的快速展开，西方文化包括文学艺术和美学理论大量涌入中国，对新中国成立后一个较长时期内在相对封闭状态下形成的某些主流和主导的文艺和美学观念形成了强劲冲击，使中国文艺和美学的发展重新获得了充分的西学资源和理论参照，也使学术界逐步确立起了开放的视野和心态。其次，随着"实践是检验真理的唯一标准"问题的大讨论，实事求是的思想路线得以重新确立。"实践是检验真理的唯一标准"的哲学论断和实事求是的思想路线隐含着对科学的尊崇。科学主义成为政治倡明的标志和经济发展的动力，自然科学被迅速提高到至高无上的地位。这样，在知识界，不仅国外的人文社会科学，而且其自然科学理论，也成为开放背景中需要被捕捉、学习与引进的重要对象，甚至是主要对象。再次，改革开放也带来了政治意识形态的开放与松动，长期以来一直受到政治强力压抑的人性、人道，以"文学是人学"和"美是人的本质力量的对象化"两大理论命题的形式在新时期之初被提上学术研究的层面，僵化的意识形态和日常生活伦理对人性的遮蔽随着 20 世纪 70 年代末 80 年代初的美学研究热而被突破，美学热应该说是"人"得到解放后的第一次情感抒张和学术联动，而紧随其后的方法论热则是其进一步的理论变革形态。如果说新时期之初的美学热是借学术研究所表现出来的人性觉醒和人道呼唤，那么方法论热则体现了"人"的解放之后学术意识的觉醒和方法论的自觉，而这一切无疑首先拜改革开放的时代大背景所赐。当然，方法论热的形成，除去当下背景之外，也与此前中国现当代美学研究中方法意识的阙如相关。

　　大致而言，方法论的探索经历了从自然科学方法向人文社会科学方法的自然移转。20 世纪 80 年代前半期，学界多热衷于将自然科学的理论和方法移植到美学文艺学研究之中，"老三论"即信息论、控制论、系统论甫一潮去，"新三论"即突变论、协同论、耗散结构论迅即潮来，各种来自于自然科学领域里的理论和方法竞相登场，轮番表演，对延续自传统的美学研究产生了强大冲击力，在方法论的追求中，把中国美学研究推进到一个学术自觉的新阶段。但是，自然科学方法的运用一方面拓展了文艺和美学研究的视野和空间，为美学研究带来新的刺激和活力，另一方面诸多的研究者一味搬弄自然科学的理论和概念、术语，反而离文艺审美的本质和特性越来越远。这是因为自然科学的方法有其适用的界限，当人们用信息、反馈、系统、突变、耗散等概念去界定文艺和美学问题时，艺术的价值性、审美性、历史性、创造性等等人文、社会内涵往往就被忽视和遮蔽了，文艺与美学问题成为冷冰冰的计量对象，成为机械、公式、结构、信息，这显然是不能令人满意的。自然科学方法虽然可以在某些局部打开一个文艺透视的新角度，但它的触角无法伸进文艺本体之中，艺术必须找到自己独特的思的源头和存在方式。于是，1986 年以降，方法论的探索迅速从自然科学方法向人文社会科学方法异动。西方的现代人文社会科学方法论，如弗洛伊德的精神分析方法、荣格、弗莱的神话原型批评方法、现象学方法、结构主义方法、解释学方法以及西方马克思主义和女权主义等等的理论和方法纷至沓来。研究者运用这些新方法，分析解剖文艺作品的内在要素，揭示阐发中国人的审美心理结构，呈现文艺创作的深层无意识，挖掘意识形态的权力运作模式，将方法论的探索推向了一个更加贴合美学文艺学学科属性和其研究对象固有特点的阶段。

美学文艺学研究方法论热的形成有其多方面的历史贡献，其最为重要者有二：首先，方法论热的形成改变了新中国成立以来当代美学研究重观念轻方法以至于完全没有方法论自觉的缺陷。由于政治意识形态长期的体制性控制和干预，新中国成立之后的美学研究虽然有过 1956 年至 1965 年长达 10 年之久的美学大讨论，但是在唯物主义和唯心主义之间只能择一而从，实际上就是只能择唯物而弃唯心、批唯心一种选择的历史语境之下，辩证唯物主义作为哲学的指导和反映论美学作为美学的主流，因其与政治意识形态合拍而获得不可替代和无可争议的崇高地位。在当时，辩证唯物主义哲学——特别是经列宁所阐发的唯物主义的哲学反映论，成为唯一的世界观和方法论，除此之外没有别的选择。不仅如此，那时的学术界基本上都是以世界观替代方法论，其不容争辩的理论逻辑是：只能有一种正确的哲学，一种哲学当然就只有一种观念，而一种观念就只能有一种方法论。于是，无论老一代还是新一代美学家们便都是将唯物主义的基本哲学观念直接套用到美学研究中来，从反映论哲学关于心与物、存在和意识的二分观念中直接得出诸如美是不依赖于人的主观意识而存在的客观对象，美感是对客观存在的美的反映，艺术是反映社会生活的意识形态之类美学观念。像这样把基本哲学观念毫无任何中介地直接就转化为和等同于方法论，而且是唯一的方法论，成为中国当代美学研究方法论缺失的主要原因。实际上在这样的研究中基本上没有方法论的自觉，更没有具体研究方法的多样化选择。可以说，正是方法论的长久缺失直接导致方法论热的异峰突起。在改革开放的时代，在思想解放的浪潮中，在崇尚科学因而必须讲究方法的历史语境下，在人文科学陡然获得松动之后开始努力谋求新空间与新思维向度之时，美学研究充满填补方法论缺失的渴望。而行动的出发点，必然就是各种科学方法的引入与借鉴，也就是以所谓"科学"的名义，寻找美学转型的契机，并进而在科学方法论中，获得美学研究思想创新的可能性。

其次，方法论热直接造成了美学研究的活跃态势，推动了美学研究多元化格局的形成。来自于自然科学和人文社会科学领域里的诸多理论和方法的移植、运用和借鉴，一方面造成了美学文艺学研究中新名词、新概念的"术语大爆炸"，对理论研究者的阅读经验和接受心理形成强烈的冲击；另一方面这些新名词、新概念携带其原生学科的理论观念和研究方法意气风发地突入美学文艺学研究，对美学文艺学研究领域和学科形态的多样性拓展以及学术思想和价值理想的多维度生成发挥了推动作用。其时，美学文艺学研究者开始以一种清醒、自觉的姿态寻找方法系统的建构，争先恐后地创造新概念，使用新方法，扩大学术研究的话语领域，从各个不同的角度、不同的领域对艺术和审美问题进行了多层次、多维度、既广泛又深入的研究，不仅使美学文艺学研究跨入方法变革的时代，也将其逐步推向了观念更新和变革的新境界，致使方法的多样性与观念的多元化逐渐成为新时期美学文艺学研究的常态格局。这一时期，学界还先后推出了多种关于美学文艺学研究和其他学科科学研究方法论的著作，其中既有国外学者的著作，也有国内学者编辑的文选和出版的专著，光是 1985 年出版的就有法国著名现象学美学家杜夫海纳主编的《美学文艺学方法论》，中国艺术研究院《马克思主义文艺理论研究》编辑部选编的《美学文艺学方法论》，江西省文联文艺理论研究室编的《文学研究新方法论》和《外国现代文艺批评方法论》等。此后还相继出版了多种此类著作，如中国人民大学中文系编的《文艺学方法论讲演集》，陈鸣树的《文艺学方法论》，赵宪章的《文艺学方法通论》，胡经之和王岳川主编的《文艺学美学方法论》，以及日本著名美学家今道友信编的《美学的方法》等。除此之外，1985 年前后各种报刊上尚有大量有关美学方法论的研究和介绍论文发表。这些相关研究论著的出版和发表，不仅对美学文艺学方法论热的形成和发展起到了推波助澜的作用，也为其后学界对美学文艺学方法论的研究积累了较为充分的理论资料。

关系与层次：方法论热中观念与方法的等同与混乱

进入 20 世纪 90 年代，方法论研究逐渐失去了 80 年代中期那种夺人的气势，美学文艺学方法论热风光不再。近一二十年来，美学文艺学界依然还有热点，但与方法论问题已无大关系，方法论研究已经不属于最新潮的前沿。若是从积极一面看待这种变化，可以说，80 年代前期自然科学方法和后期人文社会科学方法的整体引进与研究的成果，已经下潜沉入学术研究的深处，成为经常性的自觉，这时，研究方法不是不重要了，而是被放入观念创新和理论体系建构的系统内部，作为其伴随物而存在，而不是离开具体的艺术审美实践和理论体系本身，架空了实际，纯粹地为方法而方法。换言之，方法论热的成果已经积淀进随后的美学进程之中，方法依然存在，只是人们不再刻意谈论和追求它了。不过，从学术反思角度来看，不能不予以正视的是，方法论热之所以不能始终维持其高热度，转向消退和沉寂，也与方法论热时期美学研究中存在着的某些缺陷和问题有着直接的关联。

方法论热中美学研究的自我迷失和缺陷之一是将方法出新等同于观念创新，没有摆正二者的正确关系。如前所述，新中国成立后相当长时期内的美学研究是以哲学观念统贯美学研究，存在以观念代替方法的倾向，其实这种倾向并非为当代所独有，历史地来看，其在现代时期即已如此。现代意义上的美学是从西方移植而来，与中国古典美学不同，现代意义上的美学学科一直被置于哲学的学科建制之内。应该说，这种学科结构有其一定的合理性，美学与哲学结合较为紧密是一个客观事实。但是，这种结构的一个直接后果是，美学研究成了哲学研究的附属品，美学研究的方法没有独立性，没有具体的、属于自我的方法论与方法体系。美学的研究方法作为哲学方法的全面移植，导致在具体操作上，美学研究者们总是把观念形态的东西，直接转化为方法论使用，把观念论等同于方法论。在西方，由于哲学观念和体系是多样多元的，因而由之产生的美学研究在方法上也是多样多元的，就美学研究的总体而言方法并不单一。然而在中国当代，由于学术研究只能以一种哲学为指导，而且这种哲学又常被简化为反映论，观念论与方法论的等同则必然造成方法的单一和方法意识的淡化，也可以说是方法论的匮乏与缺失。尽管1956年后的美学大讨论在美学观念上形成了四派学说，在方法论上却无甚创新，直到20世纪70年代末期美学热兴起，虽然在文艺的人性内蕴和美学的人文取向方面多有突破，但是依然缺乏方法论的自觉。美学研究方法论热产生之后，这种状况发生了根本性变化。美学界正确地认识到：观念并不能代替方法，观念的创新需要方法的支撑。但是，当新方法的接受、运用和研究大潮涌动之时，相当一部分研究者却又走向了另一个极端：以方法出新代替观念创新，以至于陷进为方法而方法的方法游戏冲动之中而不能自拔。人们热衷于谈论以新、老三论为代表的自然科学方法和各种新近传播进来的人文与社会科学理论和方法，以为只要谈谈新术语、玩玩新方法就是创新，就可以解决思维方式和学术观念陈旧僵化的问题。当时有不少人醉心于以生物学、物理学、数学包括模糊数学等等的自然科学理论和方法解决玄妙复杂的艺术和审美问题，比如说用模糊数学的方法来解决春秋、北朝和唐代究竟哪个时代的美人更美的问题，用统计学的方法来解决《红楼梦》前80回与后40回的语言风格差异和作者是否同一个人的问题，如此等等，不一而足。应该讲这类研究不能说全无意思，但总体上对推进观念创新助益不大却也是不争的事实。学术界有1985年是方法论年，1986年是观念论年的说法，正说明方法的出新不等于观念的创新，人们要求由方法的自觉走向观念上的创造。当时，学术界对那些一味玩弄新名词、在方法游戏中娱乐自己炫示他人的学术炒作甚至抱有极度的不信任和反感，也从一个侧面反映出方法论热中存在的一些问题。如果说方法论热兴起之前中国当代美学研究以观念代方法有失偏颇的话，那么方法论热中以方法出新代替观念创新同样是有失偏颇的，两种倾向存在的问题都是观念与方法的混淆与混一，都没能正确地理解和处理观念创新和方法出新的关系。

与前一个迷失相联系，方法论热中存在的第二个缺陷是混乱了方法的层次秩序与相应规范，忽视美学研究方法的特殊性。方法是多样的、多元的，同时方法也有其系统存在的层次结构，其层次性不可随意打破或逾越。一般而言，方法的系统存在分为三个层次：哲学方法层次、一般方法层次和特殊方法层次。哲学方法是方法论的最高层次，解决的是学术研究的思想基础和研究对象的普遍本质问题，是科学的方法论建构和任何学科的学术研究都不可或缺的；一般方法层次是方法论的中间环节，包括来自于自然科学和人文社会科学各个研究领域的致思方式和方法，是一个多学科、跨学科的泛方法论层次，这一层次对于研究对象的多维度关照来说是很有必要的，方法的多样性和开拓创新更多地体现于此；特殊方法是一个研究学科基于对象的特殊性而惯常使用的有别于其他学科的独特方法，为特定学科所独有。在学术研究中，对不同的层次应该有不同的认识，并能够在不同的领域、以不同的态度和方式运用之，否则，就会造成方法层次的混乱，造成学科研究的迷误，也形成方法论本身的混乱与迷误。正如有的学者已经指出过的："这些处于不同层次上的方法论具有特定的内容和功能，构成了一个既相互联系又相互区别的框架体系。他们是相互补充的，既不能彼此孤立，也不容相互取代。他们只能胜任与之相适应的特定的任务，实现其力所能及的职能。如果随意破坏方法论的格局，打乱方法论的层次结构，超越各种方法论所能承担的范围和界限，势必会出现文艺研究的混乱局面。"① 同样，美学文艺学方法论也是一个具有不同层面的结构组合体。其中，哲学层次的方法论是吸收当代哲学的理论资源，面对种种文艺和审美现象，所进行的具有观念统一性和逻辑自洽性的理性探索与思考；一般方法多是来自于美学文艺学研究领域之外其他学术领域的理论和方法，如社会学的方法、心理学的方法、人类学的方法、语言学的方法、各种自然科学的方法等等，它们虽非产生于美学文艺学研究之中，却又能够在一定程度上为之所用，但不具备哲学方法的普遍性和特殊方法的专门针对性；特殊方法则是美学文艺学研究通常所使用的方法，如审美心理学、艺术鉴赏学、印象批评等等通常所使用的方法。在各层次方法的使用中，还可以因其对象的不同要求、理论资源的不同借鉴以及研究、观察角度的不同出现各种具体的研究方法。这种方法论体系的层次性和各层次方法的特点，要求人们在具体的研究中，应该根据研究的对象、目的、内容的具体性和自身的主体价值设定，选择不同层次的研究方法，而不能任意在方法的不同层次之间穿梭，如不能以一般的方法代替特殊的方法，更不能

---

① 陆贵山：《论文艺学方法论的层次结构及其相互关系》，引见《文艺学方法论讲演集》，中国人民大学出版社 1987 年版，第 43 页。

以一般方法去研究只有哲学层次的方法才能完成的研究任务，这是方法的层次秩序与相应学术规范所要求的。然而美学研究方法论热中的一个突出问题恰恰就是，不少研究者混乱了方法的层次秩序与相应规范，企图用某种一般层次的方法一劳永逸地解决诸多复杂的美学和艺术问题，尤其是很多人迷信自然科学方法的万能性，以自然科学的研究方法取代人文科学的研究方法，极端忽视美学文艺学方法的特殊性，对方法的适用范围缺乏必要的自觉和自律，致使方法的运用超越了应有的边界。不少标以新方法的研究仅仅满足于运用一些新名词、新术语、新范畴，或单纯对文艺作品和审美现象进行数量化精确分析，而忘却了对对象独特的艺术属性和审美价值进行美学审思和评价，将美学文艺学研究等同于一般社会科学或自然科学，使文艺和审美对象仅仅作为哲学、心理学、社会学、语言学甚至自然科学理论观点的一个例证而存在。这样的所谓方法"出新"，不仅难以从新的角度更深入全面地理解文艺和审美现象，反而丧失了美学研究的独特性，对对象的阐释效能大大降低，甚至走向科学解释的反面，正所谓"真理越出一步就是谬误"，而这一步往往就是方法选择错误或是方法逾越适用范围造成的。

以上两个方面的迷失和缺陷，是在研究方法方面所显示出来的 20 世纪 80 年代美学研究的一个历史局限。这个历史局限，既表明了中国美学研究界美学方法论研究和方法运用的不成熟性，也为此后方法论热渐次降温种下了因子。

反思与镜鉴：美学研究方法论热的当代启示

对面向新世纪的中国美学研究来说，1985 年前后的方法论热既以其不能抹杀的理论贡献也以其难以回避的历史局限给予当今学界以有益的启示。

首先，面向新世纪的美学研究必须重视研究方法问题，同时又要正确认识和处理观念与方法的辩证关系，将观念创新与方法创新有机地统一起来。一方面，美学研究的根本在于观念的创新，观念决定方法的选择和使用，一种观念一旦萌生，就需要相应的方法对之进行论证与说明。所以有了观念论，就会相应地产生方法论。不能把方法凌驾于观念之上，或游离于观念之外，为方法而方法。脱离观念创新，迷恋方法游戏，只能是不结果实的花朵，虽然好看却终无收获。另一方面，方法也绝非观念的附属物，而有其相对独立性。这种相对独立性首先表现在一种观念可以有不同的研究方法，一个对象也可以有多种研究方法和角度，反之，一种方法也可以在多种观念的创造和多种对象的研究中加以使用。这一方面是艺术和审美对象本身的复杂性、多面性对于理论思维提出的客观要求，另一方面也是不同研究主体的思维个性和追新求异心理的主观表现。可以说，在美学文艺学研究中，观念应该是多元的，同一种观念支配下的研究方法也应该是多元的。其次，研究方法的相对独立性还表现在方法选择的正确与否，对学术研究的成败有其反作用，只有正确的方法选择才会有助于正确思想的产生，才能够推进观念创新，而错误或不适当的选择则不然。历史地来看，新中国成立后五六十年代的美学研究将哲学反映论的理论和方法作为美学研究的唯一基础，不仅没有宽容地给其他不同的研究方法留有生存余地，而且对他者的压抑与话语权的剥夺恰恰也是对自身的内容和价值深度的一种损害，匮乏的方法难以产生丰富而有深度的思想观念。而方法热时期的美学研究中有人又在方法多样性和多元化的吁求中走向了为方法而方法的另一个极端，同样忘却和无视了思想观念的创新。这两种倾向都是应予克服的。因此，面向新世纪的美学研究必须在研究方法的选择上持有开放的、多样性与多元化的态度和立场，而不应该执著一端、偏于一隅；同时在研究方法的选择运用上又不能随意和失误，应该根据研究对象的特点和观念创新的目标设定作出恰当正确的选择。

其次，面向新世纪的美学研究在方法论研究和方法选择中应该注意研究方法的层次性、互补性、差异性，在加强哲学层次和一般层次方法研究的同时，特别要重视美学文艺学特殊方法的运用。如上所论，方法论有其严格的层次要求，彼此之间不能随意取代或越界使用。但是，不同的方法、不同层次的方法，却应该相互补充。从总体上看，美学和文艺学的研究对象都是一个有机整体的存在系统，往往不是一种方法即可揭开奥秘的，而是需要多种研究方法的协同攻关。以文学研究为例，文学作为一个有机整体，需要从作家、作品、读者、社会文化多个维度上对其进行全面把握。任何一种单一的方法要想担任整个文学系统研究的全职都是不可能的，重要的是要揭示各层次的相互关系，揭示文学活动系统的结构、规律和个体感悟中的独特意向与认知价值，从而对文学获得既全面而又本真的认识。在注意研究方法的层次性和互补性的同时，还应注意方法的差异性，也就是各层次方法的适用范围和特殊功效。比较起来，哲学方法更具有形而上学的气质，在总体把握中具有高屋建瓴的气势，严密、严整而又具有深度和高度，但是容易为了自我体系的完整性随意宰割文艺与审美现象的丰富性，造成阐释的玄虚空泛；一般方法能够拓展研究视野，多方面地揭示和阐发研究对象的社会和人学属性，但执著于某一种方法时也易于只计一点不顾其余，有时也会流入泛化；特殊的、具体的研究方法能够切入研究对象的自身特点，但往往拘泥于对象，视野不够宏阔，导致思维心态的相对封闭，缺乏一般方法的广度和哲学方法的高度。新中国成立后的美学研究把理论观念系统等同于方法，以哲学观念取代具体方法，导致美学研究观念上的哲学化和方法上的单一化，压抑了美学的思维空间和创新活力。80年代的方法论热具有纠偏的作用，认识到美学研究不能纯粹袭用哲学研究的方法，更不能以观念取代方法，从而开始了方法的自觉。这种新气象打破了过去研究视野狭窄、研究方法单一的格局，拓展了美学研究的自由空间。但是，方法论热又忽视了不同层次方法的差异性，认识不到方法的界限和局限，不同的方法体系和层次之间的界限被打破，似乎任何方法都可以拿来研究美学，甚至把自然科学方法作为美学研究方法的救星和主力，从而产生了一些严重问题。由于无视美学研究方法的特殊性，不能对研究对象形成真正属于美学的认识，并相应地在审美观念的变革与创新方面取得人们预期的理论收获，致使研究方法上追先恐后的努力往往流于纯粹的热情和盲动，研究者越是采用新的研究方法，运用新的理论从新的角度进行研究，就离文艺与审美的本质特性越远，理论阐释的有效性就越低，最终便导致人们对此作出应然反应，从对方法论的极端热忱褪变为对方法论的相对冷淡。新世纪的美学研究应该深刻吸取这一教训。美学研究应该拥有属于自己特有的研究对象和致思方法，诚如马克思所指出过的，在科学的认识活动中，"真理探讨本身应当是合乎真理的"，"探讨的方式""应当随着对象改变"。① 在美学研究中，哲学方法的贯通是需要的，一般方法的拓展是有益的，而属于美学自身的特殊致思方法更是必不可少的。建构起属于自己的研究对象，并根据研究对象的自身特点与客观要求寻找到、运用

----

　① 《马克思恩格斯全集》第1卷，人民出版社1956年版，第8—9页。

好属于自己的研究方法，是美学学科存在和发展的基础。美学的学科未来，美学的观念创新，存在于美学研究的特殊方法与其他方法的有效协同和完美发挥之中。

从局部性理论替代到整体性范式转换

——对新世纪美学研究困境与转型问题的思考

一

进入新世纪以来，美学转型问题再度成为学界的热门话题之一。美学为什么需要转型？这直接源于美学研究所面临的当下困境。从直观的层面上来看，当前的美学研究已经不再如上世纪五六十年代和 80 年代那样风光无限了，美学研究已经由热门学科逐渐变为冷门学科，以往曾经有过的那种名家辈出、堪称显学的学术盛况难以再现了。这种不景气的学科发展状况当然不能使美学界感到满足，于是便需要面对困境分析成因，寻求出路。在这里，直面困境成为美学研究难以超脱的致思语境。

那么，中国当代美学研究所面临的困境究竟何在呢？对此，学术界必定各有各的看法。在我看来，最大的困境乃是在于从西方近现代美学的移植和改造基础上建构起来的美学研究范式已经不再能够适应变化了的新的审美现实，在新的审美现实面前，既有的美学理论逐渐失去了往日具有的解释力度和干预效能。当美学理论不再能够有效地解释并作用于审美现实，与之形成富有活力的互动的时候，其在时代的学术研究大格局中被边缘化也就成为势所必然的事情了。直面困境，在困境中思考以往美学研究的不足，分析造成不足的原因，并在此基础上探讨与规划美学转型的可行之路，当是新世纪美学再现往日繁盛局面的正确因应之道。

　　历史地来看，中国当代美学转型问题自 20 世纪 80 年代中期即已提出来了。从知识谱系上来说，中国现代美学是近代以来西学东渐的产物。自 20 世纪初叶蔡元培、王国维等人在移植西方近现代学术的过程中引入美学以来，中国美学的主流话语历来都是以西方现代美学思想大家为圭臬的。而西方现代美学有两个极为显著的特点：一是作为知识形态的美学是作为哲学的一个分支学科而存在的，因而具有较强的思辩特性和形而上学意味，对具体审美现实关注不够；二是对美的抽象思辩以艺术美尤其是经典艺术之美为理想范型，不仅漠视现实生活中的美学问题，而且对通俗艺术特别是伴随着现代媒体发展起来的大众流行艺术持拒斥和藐视的态度。这两个特点也在中国现代美学的发展中突出地表现出来。20 世纪五六十年代以后在美学大讨论中脱颖而出的诸家美学理论包括 80 年代占据美学主导地位的实践美学学派，探讨美学问题，无不热衷于美的本质、审美意识的本质、艺术的本质这样一些抽象的形上问题，对于现实生活中实际发生的各种审美问题基本上不感兴趣。而对美的界定，也无一例外地都是以经典艺术为言说依据。当改革开放的历史进程使大众审美文化堂而皇之地登上 80 年代以后的文化舞台的时候，当建立在个人自由选择基础上的审美文化行为逐渐从以往由政治权利和意识形态权威主导的群体性审美行为规范的压抑和桎梏中解放出来的时候，先前所形成的那些美学理论包括实践美学在内便逐渐显出了其与新的审美现实的疏离，规范日渐实效，美学转型的呼声由之而起。但当时的所谓美学转型，主要是针对实践美学提出来的，超越美学、生命美学等等还不过是试图用一种新的形上思辩美学代替先前的实践美学，就美学的言说根据而言则不过是由经典艺术向大众流行艺术拓展，或者说是向大众流行艺术开放，其论域仍限于艺术而并没有进入到非艺术的现实生活层面。因此，当时的美学转型还只是局部性的，是对原有美学理论的替代性置换。虽然从 20 世纪 80 年代后期提出美学转型以来美学研究的确取得了一些新的成就，但总体上来看美学研究在当时所面临的困境并没有从根本上予以改观，而且随着时间的推移，美学研究的困境可以说是愈演愈烈了，以至于进入新世纪以来美学界不得不再度提出美学转型的问题。我认为，新世纪的美学转型不能再度重复先前美学转型的旧有套路，必须由局部性的转型进入到整体性的转型，由替代性的理论置换转向范式性的理论革命。而这种整体性的理论范式的革命首先要在三个方面实现理论认识和思维惯性上的重大突破，这就是实现美学研究对象、美学基本问题和美学学科性质的重新认识和科学定位。

二

纵观人类学术的发展史，一门学科得以生成并能够趋于成熟的前提是具有相对确定的研究对象，没有自己的研究对象的学科是不存在的。因而对象意识是任何一门学科的研究者都必须具有的。但是，学术发展史同时表明，一门学科的研究对象往往又不是先验存在的，而是历史地建构起来的，这就意味着研究对象并不是一成不变的，它能够随着历史的发展被不断地加以建构，从而不断地发生变化。相对确定性与历史变异性的统一，构成了一门学科的研究对象的内在矛盾，而这一矛盾又是构成学科发展变化的内在动力因素之一。美学学科的发展与其研究对象之间的关系很好地诠释了这一点。

在西方 18 世纪之前，美学问题的思考由于受本体论哲学的囿限，一直沉滞于美的自性规定方面，美的本体及其与美的现象的关系成为美学研究的基本对象。而在美学学科正式创始之后，受近代以来的主体性哲学的规约，美学研究对象则日渐转向文学艺术这一人的主体认识和能动创造领域。黑格尔将美学称为"艺术哲学"或"美的艺术的哲学"即典型地体现了美学研究的这一历史转型。他明确地提出"（美学的）对象就是广大的美的领域，说得更精确一点，它的范围就是艺术，或则毋宁说，就是美的艺术"①。黑格尔一方面继承了西方美学的古典传统，仍然认为美学研究对象是美的领域，另一方面又大大缩小了美学研究对象的范围，将其仅仅局限于艺术领域。黑格尔对美学研究对象的界定对后世产生了深远影响，20 世纪以来西方美学在学科意义上几乎与文艺理论研究完全合流，以至于被人称为发生了"美学的艺术哲学化"。中国现代美学在其发展过程中对美学研究对象问题的设定，基本上没有超出它在西方的既有状况。总体而言，熔铸着近现代精神血脉的中、西方近现代美学都是把艺术或美的艺术作为自己的研究对象的，至少是把它作为主要研究对象的。这种设定，既为美学研究区别于一般

---

① ［德］黑格尔：《美学》（第一卷），朱光潜译，商务印书馆 1979 年版，第 3 页。

的美的哲学的研究圈定了自己的园地，同时也在艺术活动的特殊本性及其在人类活动中的特殊价值的认识上取得了丰硕的成果，这一历史的功绩是应该予以充分肯定的。西方古典美学将美学研究一开始就置于价值追求这一人类思维的最高层次，凸现了美学研究与人类的基本价值追求之间的紧密联系，但是其缺陷也是显而易见的，这就是易于将美学研究导入形而上学的纯抽象思辩，而涉及审美现象时又流入空泛，使美学研究缺少一个置放思想追问的确切现实平台。近代以来的美学研究以美的艺术为研究对象有助于克服上述缺陷，但是又在理论和实践上带来一些新的难以解决的问题。其最为显著的问题在于，这种规定将美学研究领域大大地窄化了，一是不利于对艺术丰富性的全面认识，因为艺术活动中不仅有一个美的问题，还有真与善的问题，进一步讲美也并非是评价艺术问题的唯一标准，仅仅从美的角度认识和评价艺术往往不具有真正的说服力；二是依然保留了古典美学偏好抽象思辩的癖性，因为美在西方文化传统中是一种超验性价值，是一种只有诉诸抽象思辩方可企及的对象，因而将美的艺术作为美学研究对象，依然易使美学研究流入什么是美以及什么是艺术美的本质这样一些古典美学所倾心的传统问题之中；三是在保持对美的超验性解释的同时，往往对艺术采取精英主义的立场，仅仅认同经典艺术、高雅艺术，而忽视以至轻视和排斥当下的艺术，尤其是与大众审美趣味相关的流行艺术，从而使美学研究与艺术审美的当下鲜活形态相疏离；第四，最重要的一点是将非艺术领域、尤其是日常生活领域排除在美学研究之外，美学研究成为与现实的审美活动毫无关联的东西，也就成为与现实的生存体验毫不相关、对社会精神价值的塑造毫无作为的摆设。现代美学的这样一些缺陷，在中国20世纪80年代以来的美学研究中无不得到清晰的显露。

如前所述，正是上述理论上的缺陷造成了20世纪80年代以来美学研究的困境。而欲突破这种困境首先需要在美学研究对象问题上实现一种新的转换。20世纪五六十年代以来，中国美学界在关于美学研究对象问题的争鸣中，曾提出过一种极有理论见识的主张，认为应该将美学界定为研究人对现实的审美关系的科学。从当前的审美状况来看，这一主张其实是很有理论超越性和包容性的。这种主张超越了美学只是研究美的艺术的狭窄规定，首先有利于将以往美学研究所排斥的非艺术领域尤其是广大的日常生活领域纳入美学思考的范围。在美已经不是作为一种超验性价值而存在，而是作为日常生活的一个构成要素的当今时代，在日常生活的审美化成为人人可感可见的生活现实的语境之下，美学研究对象包括日常生活现实中的审美现象当是自然而然、顺理成章的事情。在"文化大革命"前的美学大讨论中，当时尚未爬上政治高位的姚文元曾提出"照相馆里出美学"一说，被有的学者批为将美学问题庸俗化，其实这个提法本身并没有什么错。照相是一门艺术，当然有美学问题需要研究。即使不为艺术目的而照相的行为当中，也包含了很多美学问题。在今天，可以说在人们的衣、食、住、行的各个生活领域和生活的每时每刻中，都包含着需要加以思考和研究的美学问题。正是基于这一变化了的审美现实，德国当代著名美学家韦尔施提出要"重构美学"①，而美学的重构其实是需要从美学研究对象的重构开始的。其次，从人对现实的审美关系角度研究美学，不仅依然包含了艺术问题的研究，而且能够在艺术与人生和现实的多方面关联中彰显艺术活动的丰富人性意蕴和艺术价值的多样性，打破传统上将艺术美定位于高于现实的超验性价值从而人为设定艺术与现实的二元对立，同时在经典艺术与大众流行艺术之间截然划分优劣等级的精英主义倾向。为了从根本上扭转传统的研究定位给美学研究带来的种种弊端，在今天我们不仅应该一般性地强调美学研究对象转向人对现实的审美关系，而且还应进一步强调从艺术领域转向现实生活领域，从传统的经典艺术转向当代大众流行艺术，借助于这种矫枉过正的策略最终实现美学研究中艺术审美研究和日常生活审美研究、传统经典艺术研究和当代大众流行艺术研究的协调平衡。

三

与美学研究对象的转型相伴而行的，是要实现美学研究基本问题和架构重心的转换。像任何学术门类的发展一样，美学研究也是在不断提出问题和解决问题中向前推进的。美学研究中的问题既有因特殊的历史文化境遇而提出来的时代性较强的具体性问题，也有在这些具体性问题背后隐藏着的、超

---

① 参见［德］沃尔夫冈·韦尔施著《重构美学》，陆扬、张岩冰译，上海译文出版社 2002 年版。

越了一时一地的殊相而以哲学形式展开的普遍性问题。在近代之前的古典时期，人与自然的关系、世界的统一性问题占据了人类思维的中心位置，于是便有了占主导地位的哲学本体论以及在此基础上形成的本体论美学研究，审美本体的自规定性以及审美本体与审美现象之间的关系问题便构成了最基本的美学问题。近代以来，随着现代生产关系的发展和人文主义的崛起，人的主体性和人对世界的认识问题逐渐占据了人类思维的中心位置，于是便有了主体性（或称认识论）哲学以及在此基础上形成的主体性（或认识论）美学。美学不再把客观的美本体与美的现象的关系，而是把主体审美认识能力中的感性与理性的关系作为最基本的美学问题。

美学研究基本问题的这种转型有其深刻的历史根源。美在近代以来是作为现代性工程的一个特殊部类有意识地发展起来的，具体说是作为对在现代生活的各个领域中日益占据支配地位的理性主义尤其是科技理性或曰工具理性的制衡力量而培植起来的。自鲍姆加通用"感性学"为美学学科命名，将美定义为感性认识的圆满之后，感性与理性的关系问题就成为现代美学的问题轴心，而在这一轴心中，感性又成为支撑问题的基点或美学问题汇聚的焦点。黑格尔将美定义为理念的感性显现，是从美的认识出发对现代美学基本问题的简要呈示。应该说以感性为重心而提出感性与理性的关系问题是对于古典美学的一个超越。按照古典美学的学术思路，美的本体是只有人的理性能力才能加以认识和把握的，而美的现象则只与人的感性能力相关，相对于由理性所把握的美的本体或美的理念世界来说，人的感性认识能力对于美的现象的认识实质上是无关紧要的。换言之，就美的本体与美的对象的关系而体现出来的理性与感性的关系而言，美的本体以及与之相关的理性能力是更为关键的。近现代以来由感性入手研究美学、把握审美活动的特性，这种转向使美学研究回到了经验的可以感知的领域，从而避免了古典美学易于流入形而上学和陷于独断论的偏颇。同时这种转向为近代以来由于理性在社会生活各个领域极度膨胀的霸权而对现实人生的压抑、对生活的片面化和人性的异化，起到了舒缓和制衡的作用。感性审美尤其是与审美相关的艺术活动成为逃避理性压抑的避风港，成为克服社会压抑、人性异化，恢复人的自由本性和促成人的自由发展的乌托邦。也就是说，近代以来，审美在其感性的烂漫中，包蕴了丰富深刻的社会内容，而美学则在对感性的张扬中，在对审美活动包括艺术活动的自律性的大声辩护中，成为肩负历史责任、干预生活进程的审美意识形态。

　　当然，作为审美意识形态的现代美学并非一味地排斥普遍理性的作用，正如伊格尔顿所指出的："美学既是早期资本主义社会里人类主体性的秘密原型，同时又是人类能量的幻像，作为人类的根本目的，这种幻像是所有支配性思想或工具主义思想的死敌。美学标志着向感性肉体的创造性转移，也标志着以细腻的强制性法则来雕凿肉体；美学一方面表达了对具体的特殊性的解放者的关注，另一方面又表达了一种似是而非的普遍性。"① 尽管现代美学存在着这种矛盾性，但相对于古典美学而言，它向感性、特殊性的转移则是显而易见的，其积极意义是不能抹煞的。但是，近现代美学的基本问题转向感性一端，其积极意义只能历史地来看待，而不能抽象地加以评说，当代美学所面临的时代背景已经与鲍姆加通、黑格尔们所面临的时代境况大为不同。20 世纪中叶以来，随着社会生产力的极大发展和大众传媒的全面扩张，西方发达资本主义国家先后进入到了后现代工业时期，人类生活逐渐由生产支配消费的生产性社会进入到由消费引导生产的消费型社会，伴随着由消费引爆的个人欲望的暴涨和由大众媒体所推波助澜的日常生活审美化景观的无限度泛滥，感性其实已经不再成为被压抑被排斥的东西。相反，许多情况下感性的泛滥几乎到了令人难以忍受的地步。即使在发展中的中国，在日益蓬勃繁荣的城市生活中，从日常生活领域到文化领域，从街道两边各式各样的户外广告到各电视频道中没完没了的滥情影视剧和让人变得疯疯傻傻的选秀节目，以至于互联网上铺天盖地的声像俱全的情色娱乐内容，理性的欠缺所造成的感性泛滥都已到了每一个有社会良知的人文研究者所不能无视不能无动于衷的地步。在此情形之下，美学研究所应该做的，恐怕不是进一步倡导感性的解放，而是关注理性的缺失问题，不是以感性制约理性而是以理性规约感性的问题。如果说古典美学重理性而轻感性、近现代美学重感性而抑理性，始终没有解决好感性与理性关系的话，那末在当下的历史文化境遇之下，我们似乎有必要再一次提出感性与理性的关系问题，而且有必要在感

―――――――――
　　① ［英］特里·伊格尔顿：《美学意识形态》（导言），王杰等译，广西师范大学出版社 1997 年版，第 10 页。

性泛滥的时代景观和理论认知前提之下重新思考审美理性的价值和作用问题，强调理性对于感性的合理规约与制衡。只有这样来提出问题，才是具有时代指向性的，才能够切中当代审美现实的问题所在，从而具有理论的针对性和有效性。

四

新世纪美学转型的第三个关键点是在对于美学学科性质的再定位。如前所述，美学学科在 18 世纪中叶以后是作为现代性工程之一浮出历史地平线的，对社会与人生异化的抵抗，对人的自由与解放的张扬，历来都是美学学科自觉承担的学术使命。无论是包姆加通以感性学来为美学命名、康德以判断力来调和认识理性与实践理性、席勒将美学研究导向实践层面的审美教育，还是黑格尔将艺术审美问题置于人的自由理性基础之上，明言"审美带有令人解放的性质"①，审美与人的自由的关系问题一直是德国古典美学的基本理论主题。在现代西方美学中，无论是弗洛伊德的欲望升华说，还是萨特的艺术干预现实说，无论是海德格尔建立在天地神人四方和谐基础上的诗意栖居说，还是马尔库塞从对单维度异化现实的激烈社会批判出发对审美和艺术的解放功能的张扬，德国古典美学的上述理论主题始终得以阐扬，而阐扬这一理论主题的美学研究也从来都不是与人类生存无关的纯书斋学术。在我国，当 20 世纪初叶蔡元培、王国维、梁启超等现代学术宗师移植美学、倡导审美教育的时候，无不赋予美学研究以极为明确的现实功利，他们之所以身体力行地研究美学、提倡审美教育，乃是因为他们认为审美和艺术教育能够起到新民救国的作用。梁启超借诗界革命、小说界革命和审美教育（它称之为情感教育、趣味教育）来贯彻其新民理论自不必说，即使像王国维虽然被有的学者称为现代唯美主义的代表人物，其实他是一点也不唯美的。王国维倡导美育，意在培养"完全之人物"，也就是德智体美各种素质得到均衡发展的人物，借"完全之人物"的培养提供改造社会的人才。而他大力提倡美育，其直接的原因乃是在于他认为当时的中国人有吸食鸦片的

---

① ［德］黑格尔：《美学》（第一卷），朱光潜译，商务印书馆 1979 年版，第 147 页。

不良嗜好，以致成为身体孱弱不堪、精神萎靡不振的东亚病夫，而实施美育能使人养成良好的趣味与嗜好，造成精神上有高尚的追求、并辅之以健康体魄的人生，以有利于民族的振兴，国家的强盛。可见，在美学研究、美育倡导的背后是有其极为现实的社会改造与人生救赎的目的和价值取向的。

但是，这样一种价值取向在新中国成立以来的中国美学研究中逐渐丧失了，代之而起的是一种躲在小楼成一统的纯书斋性学术研究，一种为美学而美学的纯知识论追求。美学研究成为一种纯学术的知识探求活动，构筑一种自我圆满的美学知识体系成为美学家们的学术理想。人们在美学研究中为了什么是美的本质、审美意识的本质、自然美何以生成等问题而争鸣争吵、相互笔战，一派热闹非凡的景象，但是对美学研究之外的社会、人生以及文艺发展状况却少有关注，或者说根本不敢越雷池一步去加以关注。20 世纪 50年代中期之后，在极"左"思潮愈演愈烈的情况下，中国的政治环境和学术环境并不理想，压制学术和艺术创作的自由、漠视人的价值和尊严以至斯害人的生命的事情屡有发生，但没有哪一派哪一家美学研究能够真正触及当时的社会与文化现实，没有一点点敢于干预现实进程的意愿和勇气，反而能心安理得地埋头书斋，在玄言空论中构想各自的体系大厦，成就一时的学术繁荣，这种极度的反差本身恐怕就很能说明问题。这种为美学而美学的研究倾向尽管自 20 世纪 80 年代中期以来受到一定冲击，但至今并未从根本上得到扭转。在许多美学家的意识中，美学既然要成为一门科学，它就应该是纯知识性的，而且其知识内容越客观越好，不应该让美学学科负载太多的功利性，有的学者甚至明确主张，美学研究也应该像西方有些学者所鼓吹的那样是价值中立或曰价值无涉的。这种看法实在是对于美学学科性质之认识上的一种偏执之见，对于美学学科的健康发展是极为不利的。美学学科像其他人文社会科学一样，不仅负有对于现实对象的认识和解释功能，同时也负有对于现实对象的批评与改造功能，因而在学科内容上便必然既包括了对于研究对象的客观性认识、反应和阐释的层面，有相关的知识内容，具有一定的科学性，同时又必然包含了对于研究对象的主体性选择和功利性评价，显示主体的价值取向，具有一定的人文特性。客观的知识内容与主观的价值取向的统一，科学性与人文性的统一，构成了人文科学，其中也包括美学在内不同于自然科学研究的学科特性。为知识而知识，只把建构知识论大厦作为目的，是背离了美学的学科特性的，事实上也是难以创造出具有思想分量和现实生命活力的美学来的。新中国成立以来的中国美学虽然经过了半个多世纪的发展，却并没有取得多少像样的理论成果，不能说与对美学学科认识上的偏颇毫无关系。美学研究无关于现实，这是新中国成立以来美学研究的通病，即使是最为学界所推崇的实践美学学派除了对美的根源与本质这样一些抽象的哲学问题的思考尚有一定的学术成就和价值之外，其理论内容事实上与真正的"实践"，无论是现实的人生实践还是文化艺术实践，都是毫无干系的。80 年代中期以后的诸种后实践美学之所以欲超越之，与实践美学自身的这种缺陷有很大关系。正是因为这个缘故，所以我们今天阅读新中国成立以来的诸家诸派的美学论著反倒不如阅读中国现代美学发轫期代表人物王国维、蔡元培、梁启超们早期的美学论著更有兴味，这其中的玄机就在于新中国成立以来的许多美学研究丧失了那种对于人生、社会的现实关怀，价值取向的阙如使其纯知识论的建构消泯了人文学术应有的精神气质和思想活力。

　　基于对美学学科特性的上述理解，我认为新世纪的美学研究在继续重视美学学科的知识论建构的同时，应更加关注其价值论诉求的问题。知识论的建构扩展人们对于美的认识，丰富人们的知识结构，为人们的审美创造和审美接受提供学理基础；而价值论的诉求则使美学成为社会批评和人生批评的艺术，纯化人们的审美趣味，提升人们的精神境界，为人生理想和社会理想的实现提供情感动力和思想导引。现实发展进程中的许多问题仅仅从知识论的角度加以解释是不够的，还需要从价值论的立场加以评判。比如近几年来学界关于日常生活审美化问题的讨论之所以引发较大的理论分歧，既有属于客观认识、事实解释方面的原因，而更多的则是基于不同价值诉求而引发的主观评判造成的。问题的解决绝不在于消除这种价值上的评判，而在于这种价值评判在多大程度上有助于对客观事实的真实性的认定，更在多大程度上关涉到人性解放和人生自由，从现实真实、特别是从人性解放和人生自由的角度着眼，不同的价值诉求也并非公说公有理，也是可以加以评判的。同样，对当前人们所面临的诸多其他现实审美问题，如由媒体推波助澜的消费性影像文化的泛滥问题，由互联网所造成的文艺创作和文艺接受中的世俗化、恶俗化问题，仅仅从知识论的角度对现象加以描述和解释是远远不够的，美学研究若不能保持和发扬人文学术的本色，对之作出应有的思想情感上的价值评判，其对审美文化和审美活动的现实发展就是无所作为的。而这样的美学研究就必然会被广大读者所疏远，被其他学术话语边缘化，从而在整个时代的社会、文化发展进程中成为无足轻重、可有可无的东西。这肯定不是美学界希望看到的结果。

从形上思辨到现实关怀

—— 中国新时期美学的历史转型与时代特征

一

对改革开放新时期以来近三十年中国美学研究进行学术反思，无论是就总结既往还是展望未来而言，都是具有必要性的。但是，这种总结和反思不能仅就 30 年自身来言说，这样有许多问题是难以说清的。近 30 年中国美学是 20 世纪初叶西方美学东渐以来中国现代性美学历史建构进程中的一个特殊时期，其特殊性固然主要由近 30 年的社会文化情势赋性，但也以先前阶段的发展为前提和因缘，与先前阶段有着或直接或潜在的历史关联和思想渊源，因而只有放在与此前阶段的比较中，其特殊性方能彰显得更加清晰。以此而论，历史意识与比较视野，是对近 30 年中国美学进行反思所不可缺少的。

这里，可以借用马克思关于人类科学研究方法的认识对中国现代性美学的发展作一个比喻性的历史划分。马克思认为，科学的研究工作有两条道路或方法，一条道路或方法是从生动的具体到简单的抽象，另一条道路或方法是从一般的抽象到综合性的具体。在前一条道路上是完整的表象蒸发为抽象的规定，在后一条道路上是抽象的规定在思维行程中导致具体的再现。马克思还认为，第一条道路是一门学术在它产生时期的历史上走过的道路，属于前科学研究的阶段，后一条道路和方法才是科学上正确的道路和方法，是科学的研究工作所采取的。依照这个划分来看，一百多年来的中国现代性美学历史建构进程，20 世纪上半叶可以视为一个从具体到抽象的阶段，新中国成立至今可以说是一个从抽象到具体的阶段。20 世纪上半叶，美学刚刚从西方传入中土，美学家们试图从历史、人生、文化、艺术的现实语境出发，参照西方美学的观念和方法，对本土自身的传统美学施以现代性的改造，对本土自身的美学问题作出适应时代需求的理论提升，于是便有了王国维以使人成为"完全之人物"为宗旨的审美教育论、梁启超以矫正唯知识教育之偏颇为指向的情感教育论、朱光潜以克罗齐美学为范型的文艺心理学研究、蔡仪以唯物主义反映论为基础的现实主义文艺美学研究、宗白华以人生艺术化为旨归的中国古典美学研究，如此等等。这些各不相同的美学研究和观点从其价值指向性来看，是现代性的，是中国由传统的古典型社会向现代的现代化社会转型的社会历史变动在思想文化领域里的理论表征。但是由于中国的现代化工程在当时并没有一个确定的历史指向，所以表现在美学研究上也多是个人性的理论探索，一体性的话语建构尚缺乏一统化的社会体制作客观支撑。也是基于这个历史原因，20 世纪上半叶中国美学的这些言说虽然已经具有了相当的理论层次，在从具体到抽象的道路上付出了一定的努力，取得了不少的收获，但这些理论抽象依然是片面的简单的，用马克思的话说还是"稀薄的抽象"，没有上升到体系性建构和普遍化抽象的层面。

中国现代性美学真正走上从抽象到具体的道路，是从新中国成立之后。具体来说，新中国成立之后的美学研究又可再细分为两个时期：新中国成立后的五六十年代是中国美学真正走上理论抽象的时期，改革开放新时期以来则是逐渐走向具体的再现或综合性具体化的时期。新中国成立后的五六十年代，是中国美学追求学科化、体系化的时期，什么是美、美感和艺术，美、美感和艺术的本质何在，美在主观还是在客观，诸如此类的问题成为此一时期美学家们倾心关注的基本问题。由于人们所关心的这样一些问题与哲学观念的选择和哲学派别的立场定位密切相关，因而此一时期的美学研究基本上囿于哲学美学的范围，具有很强的形而上学性和理论思辨倾向。无论哪一派乃至哪一位美学家，都试图用他们或他自己所理解的最为正宗的马克思主义哲学观念和方法，对当时处于争论焦点中的美学基本问题给出唯一正确的解释和回答，从而为学院化、学科化的美学体系建构奠定理论基础，提供主导性的思想观念和话语规范。这种具有形上思辨倾向的美学研究，与新中国成立后高度一体化的国家政治生活和意识形态格局相契合，同时也是中国美学在经历了 20 世纪前半叶的发展之后必然具有的一种学术走向。不进入这样一个形上思辨的时期，中国美学的学科化、体系化就无从谈起，其科学研究的学术品格也难以建立起来。正是在经历了这样一个时期之后，美学才结束了它在中国的学术旅行，才有了真正意义上的现代中国美学。以吕荧、蔡仪、朱光潜、李泽厚等人为代表的中国现代美学四大理论派别——主观派、客观牌、主客观统一派、客观—社会学派——都是通过形上思辨建立起自己的美学体系和学术地位的。新中国成立后五六十年代的这些形上思辨的理论成果在中国美学的发展史上具有里程碑式的意义，它们真正实现了中国美学由古典范式向现代范式的转型，同时又成为此后美学研究与发展的一个直接起点，一个在场的理论存在，新时期以来近 30 年的美学研究首先即与这个最为贴近的美学传统有着直接的因缘与关联。

　　在经历了"文革"的中断之后，中国美学研究在 20 世纪 70 年代末 80年代初曾有一个重续美学前缘、重温思辨欢娱的短暂时期。由于五六十年代形成的四大美学派别的代表人物除吕荧先生之外都还健在，而且依然是美学界的领军人物，所以在新时期最初的一段时期内，四大美学派别都借助于新的历史机遇重整旗鼓，重提、重温或重新阐发了先前业已形成的理论学说，并将自己派别的理论成果体现在美学教材的写作中，这其中，由李泽厚的客观—社会说发展而来的实践派与蔡仪为代表的客观自然学派的表现最为突出。但是，这种状况很快就成为明日黄花，自 20 世纪 80 年代后期以来，四大美学派别包括其中最有影响的实践派美学都逐渐失去了早先具有的权威性光环，成为被批评、超越和改造的对象，范式的转换、美学的转型日渐成为美学界的强烈吁求。美学转型向哪里转？一般认为应该转向现实关怀，借助于现实关怀实现美学研究范式的转换。那么，为什么美学界会形成这样一种吁求，这不能不说首先肇因于先前五六十年代中国美学研究的一个基本缺陷。形上思辨的美学研究致力于美学问题的抽象，这本身就有可能为了自身学理的圆满或逻辑的自洽性而舍弃和忽略了审美现象的丰富性、多样性，从而在逻辑的抽象和演绎中遗忘了审美感性的生动具体性。同时，由于当时特殊的政治环境，美学家们只能躲在小楼成一统，在书斋里、在纯学术研究里追求和成就审美与人生的理想，而对现实生活当中的审美和人生问题则不敢涉及也不能涉及，这种历史情形加剧了美学研究与现实的疏离。因此，在学理层面上抽象地谈论美学问题，而与现实的审美问题却不发生任何实际上的关联，就成为那个时代美学研究的一个奇特的历史景观。可以想见，这样的美学研究所达到的理论抽象，即使用来解释那个时代的审美现实也未必说得通，而当这些理论抽象面对新时期急剧变化了的审美文化现实，欲求解释的有效性并保有学术的权威性，肯定就愈加困难了。改革开放的历史进程与社会境遇，使不同于既往的大量新的艺术、审美与人生问题涌现出来，而先前形成的美学观念和研究范式又不能对之作出切实有效的解释，致使旧有的理论在新的现实面前日渐显示出其空疏不实的缺陷和无能为力的尴尬，因而转向现实本身，从对现实的时代思考中检验和发展旧有的理论，并在超越和改造旧有理论的基础上提出新的理论观点和学说，便成为近30年中国美学研究的一种必然选择。这种选择不是又回到了20世纪上半叶那个从具体到抽象的前科学阶段，而是在经历了抽象阶段之后从抽象到更为丰富、综合之具体的迈进。在这一阶段，转向现实，意味着美学研究面向具体，面向艺术与审美的经验现实及其问题，但这个转向也不意味着它会完全抛弃先前形成的理论成果，而是在先前研究的基础上带着既有的理论抽象进入到丰富的感性具体的思考与把握之中，既有的理论成果与现实的审美经验之间形成一种有益的互动，在互动中修正、超越着旧有的理论，生成和发展着新的理论。这与20世纪上半叶的美学研究旨在将外来的理论观念与中国现实之间作初陋的理论对接不同，也与新中国成立后五六十年代只停留在空疏不实的学理层面抽象地谈论美学问题不同。

二

概括起来看，近30年中国美学由形上思辨到现实关怀的转向，主要体现在三个方面。首先一个方面，是转向对文艺问题特别是大众流行艺术的理论观照。新中国成立后五六十年代的美学研究当然也不是完全不注意文艺问题，但通常情况下美学家们谈到文艺问题只是作为一种例证，来形象地说明自己在美的本质之类问题上的观点和见解，目的并不在于回答和解决现实文艺实践中提出来的有关问题。事实上，相对于美学家们力求具有逻辑自洽性的理论观点的抽象演绎来说，其所提及到的文艺作品和创作实例是可有可无的。同时，即便是提到文艺，一般也是那些写在了文艺史上的经典作家和作品，而那些与普通民众相关的通俗流行艺术往往入不了美学家们的法眼。这样一种研究状况，使得当时的美学研究虽然在圈子内看来很热闹，有建树，有流派，有争论，但是对现实的文艺实践则几乎毫无实际影响。正是在反思以往美学研究此种缺陷的基础上，20 世纪 80 年代以来，经胡经之等先生的大力倡导，文艺美学学科应运而生，并异军突起，在很短的时期内即发展成为一门与传统哲学美学双水分流、并峙争雄的新兴学科。文艺美学致力于传统哲学美学与文艺学研究的交叉、综合与融通，强调从美学的角度研究文学和艺术中的审美问题，这本身即是对沉醉于形上思辨而不关心文艺实践的美学研究倾向的一个矫正和反拨。进而言之，新时期的美学研究不仅重视文艺实践问题，而且将对文艺的美学观照视点由经典艺术逐渐下移，20 世纪 80 年代以来又借助于文化研究的理论与方法进一步转向了对电影、电视、通俗文学、流行音乐等大众流行艺术的重视和研究，这种转变也是有其积极意义的。以当代大众媒体为载体和媒介的大众流行艺术已经构成了当代艺术生产与消费的主要形式，也成为与大众关系最为密切的审美事实，在对经典艺术保持必要的尊重并作出新的美学阐释之外，同时又保有对大众流行艺术的亲近感，并对之作出科学的阐释和有效的规范与引导，这不仅有利于当代大众流行艺术的健康发展，而且有利于我们对于文艺的多面像、多样性的把握和理解，从而加深对于文艺的丰富性及多样化美学阐释的认识。近 30 年来中国美学界在文艺美学的基本理论、部门文艺美学特别是大众流行艺术的研究中取得了一系列成果，实实在在地显示出了新时期的美学研究与 20 世纪五六十年代美学研究的差异和不同，以及所达到的实际性理论拓展和超越。同时，中国美学的这样一个转向，也是与世界美学的发展潮流相一致的。19世纪中叶以来，在实证主义和历史主义思潮及分析哲学的影响与冲击之下，西方传统的哲学美学进一步衰落，美学研究越来越远离或抛弃了抽象的形而上学问题，而转向对具体艺术审美活动和审美问题的探讨，从而与文艺理论合流。美学的这种发展趋向被学界称之为"美学的艺术哲学化"。有西方学者指出："现代美学已逐渐被等同于艺术哲学或艺术批评的理论，……许多熟悉的美学问题现在都已证明它们涉及的是和艺术作品的解释和价值相关的'关联性问题'。"① 由于和世界美学的发展潮流相一致，也使得当代中国美学更易于扩展其世界性视野，更易于加强与国际美学界的交流与对话，从而参与到世界美学的互动与共建之中。

　　近 30 年中国美学研究变化突出的第二个方面，是开始重视日常生活中的审美问题的理论研讨。新中国成立后五六十年代的美学研究，不单是不太关注具体的文艺实践问题，更加不关心日常生活中的审美现实和审美问题。在当时的那些美学研究者的意识中，美学作为哲学的一个分支，就是研究有关形而上的问题的，而不应该过多地将高贵的心智停留在或者说是浪费在形而下的问题上，将学术视野和理论思维下降到"器"的层面而减弱和忽略了对"道"的沉思，与美学的学科性质是不相称的，或者说是相背离的。而当时的美学研究者之所以有时还要讲到艺术，那是因为他们认为艺术是人对现实的审美关系的集中体现，所以艺术实例能够较为典型地说明抽象思辨中的美学道理，而日常生活中的审美现实是个别的、零碎的，不具有艺术所具有的那种典型性，因此是不值得为之花费研究力气的。所以在当时的美学研究中，学者们很少探讨日常生活中的审美问题，甚至批评将"照相馆里出美学"这样的命题引进美学研究是把严肃、高深的美学科学庸俗化、浅薄化了。但是，美毕竟是人们日常生活中的一个现实因素，审美也构成了人们日常生活追求的一个特殊的精神维度。在新中国成立之初的五六十年代，由于物质的短缺、精神生活的匮乏还是日常生活的一个常态，所以生活的美化和审美的追求在当时的现实生活中似乎还是一种奢侈，一种超常规的东西。相应地，现实所要求于美学研究的理论回应也不是那么强烈。改革开放以来，人民群众的物质生活一步一步得到改善，在有些地区和有些社会阶层中甚至得到了极大的改善，物质的富裕、丰盈已经不再是一种奢望，同时精神文化生活的要求和质量也相应地大大提高。在此种新的历史情形之下，生活的美化或曰日常生活的审美化成为现实生活的一种可以感觉得到的构成因素。审美不再是超迈于日常生活之上的纯精神追求，而成为现实的基础条件

---

　　① ［英］玛丽·玛瑟西尔：《美的复归》，转引自朱狄《当代西方艺术哲学》，人民出版社 1994 年版，第 3 页。

的性质。正如德国学者沃尔夫冈·韦尔施在其《重构美学》一书中所指出的："现实一次又一次证明，其构成不是'现实的'，而是'审美的'。迄至今日，这见解几乎是无处不在，影响所及，使美学丧失了它作为一门特殊学科、专同艺术结盟的特征，而成为理解现实的一个更广泛、也更普遍的媒介。"因此，现实本身的变化要求美学这门学科必须加以改变或曰重构，从而成为一门超越传统美学的美学。这种重构的美学必须"探讨美学的新问题、新建构和新使命"，在艺术的研究之外，还要"涵盖日常生活、感知态度、传媒文化，以及审美和反审美体验的矛盾"① 这样一些传统美学研究所不涉及的领域和问题。美学研究必须超越传统，涵盖日常生活领域，这是社会生活的发展对美学研究提出的客观历史要求，也是美学研究求得自身存在的合法性与获取现实发展动力应该作出的自觉调整。新时期以来审美文化研究的兴起正是这种调整的一个突出体现。审美文化研究将学术视野从传统的思想、文化和文艺领域转向日常生活的衣食住行、日用起居和生活方式等，大大地拓展了美学研究的对象和领域，也极大地拓展、深化了美学研究的问题视域。此外，前几年由陶东风、王德胜等几位北京学者引发的"日常生活审美化"问题的学术讨论，可以说也是美学研究面对变化了的审美现实所激起的一次"内爆式"反应，这次讨论进一步在美学自身变革的要求中为新的美学研究范式张目，在新、旧美学研究范式的对垒中加剧了传统形上思辨美学的式微。

　　转向对审美与人生关系问题的人文思考与批评是近30年美学研究的第三个明显变化。美学本是一门非常富有人性蕴含的学科。当康德、黑格尔等德国古典哲学的思想家们将美学学科规划进他们现代性工程的思想大厦之中的时候，美学研究凭借其对人类情感和艺术之美的特有研究专权，直接切入到对于人类的精神自由、生存理想和终极解放这样一些宏大主题的追思之中。在中国，20世纪初叶王国维、蔡元培等人自西方引入美学和审美教育理念，其基本主旨也是在于人性和社会的批评与改造，后来朱光潜、宗白华等人倡扬"人生的艺术化"和"艺术的人生观"，依然紧紧抓住了审美的人生维度不放。然而在新中国成立后五六十年代的美学研究中，学者们关注的

① ［德］沃尔夫冈·韦尔施：《重构美学》，陆扬、张岩冰译，上海译文出版社2002年版，第1、2页。

却是美在主观还是在客观，在心还是在物，自然物为什么会是美的，在没有人类之前自然界中有没有美这样一些逻辑性极强而人生关怀意识极弱的问题。在诸如此类的讨论中，美学研究只剩下知性思维能力的竞赛与思想立场的比较，而自现代美学诞生以来所具有的人生指向和人性维度却几乎荡然无存了。自然，这种状况的发生也不能全怪当时的美学家们，因为在个人自由不能得到保证甚至连人格尊严都难以维护，以至于像朱光潜这样的学术大家还要以《我的文艺思想的反动性》之类的题目清算自己的学说对青年读者的"有害影响"，借坦白自己的"罪孽的感觉"①　来争取学术发声的权利的年头，人生、人性问题绝对不是好招惹的词语和话题。因而当时美学研究中人生、人性问题的缺失，正是那个特定时代特有的理论病症，今天的我们不应过于苛求那个时代的研究者。但是，作为一门人文性的研究学科，这种缺失毕竟不应也不能在学术史的反思中获得正面的评价。有意思的是，在经历了"文革"的停滞之后，新时期美学再度上路之初，美学研究最初焕发出来的一个理论亮点就是积极而有力地参与了人情、人性、人道主义问题的大讨论，与其他人文社会科学一道合力为中国的人道主义补了理论上的一课，这可以视为对五六十年代美学研究中人性维度缺失的一个反拨与补救。自此之后，审美与人生的关联问题就成为美学研究中的一个极为重要的问题视域。新时期自始至终美学界都在大力倡导审美教育，致使审美教育的理论研究和具体实践都得到了勃兴式发展，这从一个侧面反映了美学研究欲借美育的中介而加强与人生对接的努力。此外，20 世纪 80 年代中期之后生命美学、超越美学的崛起，近十多年来生存论美学包括生态美学、生态存在论美学的提出，以及他们对传统美学特别是实践派美学所发起的挑战与冲击、超越与改造，从表面上看是学说、学派与话语权之争，其实从精神实际上来看，正是出于对此前的美学研究人性缺失的不满，正是由先前的美学包括实践派美学在内没有将美学思考的重心落实于人生、落实于人的现实的感性的生存实践和生存困境。这些新崛起新提出的美学观点，虽然未必像实践美学那样具有成型、宏大的理论建构，并且在言说中往往还有将生命、生存本体化的倾向，但却以其对于现实人生的深度切入而获得了人性的有力支撑，在

---

①　《朱光潜美学文集》第三卷，上海文艺出版社 1983 年版，第 3 页。

一定程度上拉近了美学研究与人生的距离，具有了一定的人间烟火味道，同时它们也促使实践派美学走上自我反思与自我改造的新路，在实践观点的重新阐释中引进生存的维度，增强了人生与人性思考的力度。美学研究中的这样一种趋向翻转了以往美学研究中呈现出的那种严肃冷漠的"科学化"脸孔，恢复了其作为一个人文性学科应该具有的"人性化"光亮，致使美学研究有可能成为一种人生与社会批评的艺术，作为这样一种艺术，美学研究在我们的生活进程中将成为一种批评性、建构型的思想介入活动，而不是游离于生活进程之外的一种纯学术性、纯知识性的话语自娱活动。

三

　　从上述分析可见，近30年美学研究从形上思辨到现实关怀的转向，造成了新对象的发现，新领域的拓展，新观点的提出，新理论的建构，使美学研究再度恢复了生机与活力，在整个时代的思想话语建构中占有了越来越重要的地位，拥有了越来越沉实的分量。对这样一个历史性的变化，应该予以充分的评价和肯定。

　　但是，事情往往都有其两面性。在这里同时也应该指出，中国当代美学依然走在范式转换和历史转型的路上，向现实关怀的转向虽然带来了美学研究的新气象，同时审美现实的发展和美学研究本身也将一些新滋生的问题和矛盾推到研究者面前。比如说美学研究的理想是追求绝对的科学性还是应该具有一定的价值取向，美学话语的构成是否只是对于已然发生的审美事实作客观的中立性的归纳和描述，其中应不应该包含对于审美现实主观的、批判性的价值分析与评判，科学性与价值取向是否可以统一在一个体系性的话语系统中？又比如说今天的美学研究应该怎样看待经典艺术与大众流行艺术的关系，大众流行艺术的消费主义文化品性应该如何加以评判，究竟应该怎样来认识和评价大众流行艺术的社会功能？再比如说，在传统的美学研究中美是一种超越性甚至超验性的价值，是作为对匮乏的现实生活的一种补偿性因素和批判性力量、作为艺术和人生的理想而存在的，而在日常生活审美化的当代现实之中美是否还具有这种超越性乃至超验性，传统美学研究中审美与反审美的矛盾在日常生活审美化的现实中又有着怎样不同既往的表现？此外，当在我们的日常生活和艺术创作中感性不再成为被理性压抑与禁忌的东西而畅行无阻地泛滥无边的时候，我们又应该如何在当今的美学研究中重新阐发审美感性与理性的关系，有无必要在一定的程度上再来倡导道德理性对自然感性的合理节制与规约？诸如此类的问题已经从变化了的审美现实中历史地浮现出来，也是美学研究应该历史地给予回应和解决的，范式转换能否成功，历史转型能否实现，最终将取决于对此类问题的理论回应究竟能够达到何种历史的广度与思想的深度。

论黑格尔美学中实践观点的萌芽

将实践观点引进美学领域，得出"劳动创造了美"① 这一光辉论断，从而确立了美学的历史唯物主义基础，这是马克思对于美学发展的一大贡献。然而，马克思主义的实践美学，是在对黑格尔美学中实践观点的批判、继承与改造中产生并形成的。实践观点，在黑格尔美学中已经显露了它的萌芽，并开过几朵娇嫩孱弱但却清新艳丽的小花。

一

在马克思主义以前，黑格尔是唯一将历史和辩证的方法统一运用于历史生活和意识现象（包括哲学、宗教与艺术等）研究的哲学家。这种方法的运用，就为他一系列天才猜测和深刻思想的提出奠定了基础。早在 1806 年成书的《精神现象学》中，黑格尔就得出了人的自我产生是一个过程，人是其自身劳动结果的结论。青年马克思对于黑格尔这一巨大的历史功绩给予了高度评价，他说："黑格尔《现象学》……的伟大之处就在于，黑格尔把人的自我创造看作一个过程，……因而，他抓住了劳动的本质，把对象性的人、真正的因而是现实的人理解为他自己的劳动的结果。"② 同时，马克思

① 马克思：《1844 年经济学—哲学手稿》，刘丕坤译，人民出版社 1979 年版，第 46 页。本文以下所引该书版本相同，不再注明。
② 马克思：《1844 年经济学—哲学手稿》，第 116 页。

也指出了《精神现象学》中劳动实践观的片面性和局限性，就是"只知道并承认一种劳动，即抽象的精神的劳动"①。黑格尔的这种劳动实践观在其美学思想主要是《美学》中得到了进一步的发挥和运用，并且常常将实践观点从抽象的精神领域引向现实的物质领域，屡次提到并论述了改造现实的物质性实践和体力劳动。

在《美学》中，黑格尔指出，人首先是一种自然物，其次他又是具有自我意识，能在自然对象中复现自己的自在而又自为的心灵。他说："自然界事物只是直接的，一次的，而人作为心灵却复现他自己，因为他首先作为自然物而存在，其次他还为自己而存在，观照自己，认识自己，思考自己，只有通过这种自为的存在，人才是心灵。人以两种方式获得这种对自己的意识：第一是以认识的方式，……其次，人还通过实践的活动来达到为自己（认识自己），因为人有一种冲动，要在直接呈现于他面前的外在事物之中实现他自己，而且就在这实践过程中认识他自己。"② 人"首先作为自然物而存在"，这个观点极为重要。正因为人也是一种自然物，所以他才能凭借自己所具有的自然力改变自身以外的事物，通过对外在事物的改变，消除人与自然的对立状态，从而在实践对象、实践手段和实践过程中认识自己、复现自己。在这里，黑格尔已不自觉地或者说偶然地接近了马克思所建立的以自然、客观存在作为第一性的唯物主义观点：人作为具有对象性的本质力量的活动主体"所以能创造或创立对象，只是因为它本身是为对象所创立的，因为它本来就是自然界"③。

那么，什么是黑格尔所理解的"实践"和"通过实践的活动来达到为自己"呢？从《美学》里我们看到，所谓"实践"就是人通过改变外在事物来达到自己的目的这样一种活动。在这种活动中，人们"在这些外在事物上面刻下他自己内心生活的烙印，而且发现他自己的性格在这些外在事物中复现了"④。而"通过实践，使外在事物服从自己，利用它们，吸收它们

---

① 马克思：《1844 年经济学—哲学手稿》，第 117 页。
② ［德］黑格尔：《美学》第 1 卷，朱光潜译，商务印书馆 1979 年版，第 38—39 页。本文以下所引该书版本相同，不再注明。
③ 马克思：《1844 年经济学—哲学手稿》，第 120 页。
④ ［德］黑格尔：《美学》第 1 卷，第 39 页。

来营养自己，因此经常地在它的另一体里再现自己"①，这就是通过实践认识自己。通过这种活动，人一方面把他的心灵的定性纳入自然事物里，把他的意志贯穿到外在世界里，"把他的环境人化了"②，改变了自然界单纯的粗糙的形态，使外在自然失去了对人独立自在的力量和顽强的疏远性，使人感到自己改造过的环境对自己是亲切的现实，觉得那个环境是自己可以安居的家；另一方面，由于人在人化他的自然环境的过程中，把自己的能力、理想和意志、情感烙印到外在事物中，使自己得到了实现、发展和肯定，这样人也不复为单纯的抽象的不自由的人，而是与自然结为统一体的人了。用今天的术语来说，前一种情形就叫"自然的人化"或"对象的人化"，后一种情形就是"人的对象化"或"人的本质力量的对象化"。在这里，黑格尔抓住实践这一人与自然的联系中介，辩证地阐述了人在改造客观世界的同时也改造了自身的道理。

有的同志认为，黑格尔在《美学》里所谈的实践同《精神现象学》中的一样，仍只是一种抽象的精神的活动，这是不符合实际情况的。显然，黑格尔《美学》里对实践的界说是以改变外在事物为特征的，指的是物质性的创造活动，这种活动是在一定目的导引下通过体力进行的。对此，还可以从他关于"主体与客体的第二种协调一致"关系的论述中得到证明。所谓第二种协调一致，是与"主体与自然的单纯的自在的统一"不同的另一种主客体关系。这另一种主客体关系是指由人的活动和技能产生的主体与客体之间的统一或契合。黑格尔写道："主客两方面的这种契合可以从两种出发点来实现。第一，从自然方面来说，它和善地供给人的需要，对人的旨趣和目的不但不阻挠，并且还自动地促成它们实现，一路顺从着人。第二，人还有些需要和愿望是自然不能直接满足的。在这种情形之下，人就必须凭他自己的活动去满足他的需要；他就必须把自然事物占领住，修改它，改变它的形状，用自己学习来的技能排除一切障碍，因此把外在事物变成他的手段，来实现他的目的。"③ 由于自然的和善和人的技能及创造活动密切配合，因而主客体之间便呈现出完全的和谐状态。

---

① ［德］黑格尔：《美学》第 1 卷，第 159 页。
② ［德］黑格尔：《美学》第 1 卷，第 326 页。
③ ［德］黑格尔：《美学》第 1 卷，第 327 页。

黑格尔关于实践活动的这些论述是深刻的。人的实践造成了人与现实的和谐关系这样一种思想的提出，是马克思《1844 年经济学—哲学手稿》中关于人和自然的实践关系与理论关系的历史唯物主义论述的前夜。由于黑格尔突破了他自己关于人与动物的区别仅在于思想及人的劳动仅是精神性活动的局限，在一定程度上将人与外在自然界的本质性统一关系建立在人也是一种自然物和人的物质性实践活动的基础上，这就不能不给美学的研究带来一些新的富有生气的东西。

二

在黑格尔美学中，我们首先看到的是物质性实践观点在美与美感的产生及艺术起源问题上的闪光。

如前所述，黑格尔十分重视由人的实践活动所造成的人与自然的和谐关系。由于人通过自己的活动改造了外在自然和环境，在外在世界中打上了自己意志的烙印，消除了外在自然物对人的疏远性，因而主体便能够以自由人的身份在自己人化了的环境中、在刻下了自己内心生活烙印和性质的事物中进行自我观照，从事物的形状中愉快地欣赏自己的外在现实，这就是审美关系即美与美感产生的根源。对此，黑格尔明确说过："因为人利用外界事物来满足他的需要，由于需要得到了满足，就把他自己和这种外在事物摆在和谐的关系上。"又说："如果主客双方携手合作，自然的和善和人的心灵的技巧密切结合在一起，始终显现出完全的和谐，不再有互相斗争的严酷情况和依存情况，这就算达到了主客两方面的最纯粹的关系。"① 所谓"和谐的关系"、"最纯粹的关系"，就是主体与客体融合为一的审美关系，而这正是由人自己的实践活动造成的。从这里，我们不是听到了马克思劳动创造了美也相应地创造了美感、美的本质是人的本质力量的对象化的先声吗？

美与美感的产生是如此，人类的其他一切创造亦无不如此。因为人类的实践欲望（创造的冲动和需要）是普遍的，它不仅表现在人与外在自然环境和事物的关系中，而且也表现在对人自身外在自然形态的改变中，诸如野

---

① 〔德〕黑格尔：《美学》第 1 卷，第 326、327 页。

蛮人穿耳穿唇之类的装饰打扮的动机都在此。而艺术，这种人类改变外在事
物的冲动与需要的表现的最高审美形态，也不例外。黑格尔举过一个极为有
名的例子。他说，一个小男孩把石头投向河水后，便会以一种惊奇的神色去
看水中激起的涟漪，觉得这是一个作品，在这作品中他看出了他自己活动的
结果。由这个例子，黑格尔进一步断言："这种需要（指创造的需要即实践
的欲望——引者按）贯穿在各种各样的现象里，一直到艺术作品里的那种
样式的在外在事物中进行自我创造（或创造自己）。"① 显然，黑格尔把艺术
看作是外部世界的人化，是人在外界事物中的"自我创造"，是人和世界关
系的一种形式。艺术不是现成的作品，而是人的本质力量的对象化，是一种
物化了的劳动。这个思想是极为可贵的。将艺术的根源和人的改造世界从而
改造自己的实践过程联系在一起，这在美学和文艺理论史上是第一次。黑格
尔见出了美与艺术的孪生关系，它们同是实践的产儿；同时他也天才地猜测
到了艺术创造这种精神劳动在其初始阶段与改造自然的物质性生产劳动的同
一性。后来，恩格斯在《自然辩证法》中论到劳动与艺术的关系时，继承并
发展了这种思想。恩格斯指出，正是也只是由于劳动，使人的手变得自由了，
能够不断地获得新的技巧和较大的灵活性，在这个基础上，才"仿佛凭着魔
力似地产生了拉斐尔的绘画、托尔瓦德森的雕刻以及帕格尼尼的音乐"②。

　　黑格尔关于人的实践活动在审美关系的诞生及艺术起源中的作用的论
述，对于全面理解其美学思想体系是一个很重要的关键。在这些有关的论述
中他不仅"已经说明了艺术创作理论的基本观点"③，而且也说明了艺术美
为什么高于自然美以及他为什么要贬低自然美。因为在黑格尔看来，只有人
创造的东西才是美的，艺术作品正是人的自我创造的结果，人在其中能够认
识到自己的"我"，使自己双重化；而自然则见不出这种创造性，它是自在
的，只有对人、对人的观念才显得是美的。所以，见出心灵创造性的艺术永
远比自然为美，和艺术相比，自然只是一个含有不完备的美的低级的阶段和
形态。

　　从实践观点出发，黑格尔还正确地揭示了先有人类改造现实的丰富的实

---

① ［德］黑格尔：《美学》第 1 卷，第 39 页。
② 《马克思恩格斯选集》第 3 卷，人民出版社 1972 年版，第 510 页。
③ ［苏］阿尔森·古留加：《黑格尔小传》，商务印书馆 1978 年版，第 130 页。

践活动，而后才有了美的艺术的产生。在《历史哲学》中，他说人类首先
创造了美的自然物（包括美的人自身），而后方有美的艺术表现之要求和实
现此要求之可能："这便是希腊艺术的主观的开始——在那里边人类修饰他
的身体，在自由美丽的动作、有力量的伶俐中，做成一件艺术作品。希腊人
首先锻炼他们的身材为美丽的形态，然后把它表现在大理石和绘画中间。"①
在《美学》里，黑格尔更为明确地阐发了这种思想。在他看来，风俗画这
种体裁，在荷兰画家的手中达到了高度的完美。那么，是什么原因使荷兰走
上风俗画之路呢？这些小画何以能具有那样大的艺术魅力呢？他回答说，这
完全是由荷兰绘画所表现的崇高内容即现实生活所决定的。荷兰人所居住的
土地大部分是他们自己创造的，而且必须经常地防御海水的侵袭。荷兰的市
民和农民以他们的忍耐和英勇推翻了西班牙的暴虐统治，经过斗争获得了政
治上的独立和宗教上的自由。正是这种在无论大事小事上，无论在国内还是
海外所表现出来的积极进取的市民精神，这种由奋发自强所获得的繁荣生
活，这种凭仗自己的活动而获取一切的快慰与傲慢，组成了荷兰画的一般内
容。也正是基于这种现实生活和高尚的民族自豪感，产生了伦勃朗的《守
夜》、梵·达伊克的许多画像以及乌沃曼的《骑兵战》等杰作。政治上的独
立、宗教上的自由、生活上的欣欣向荣，这一切使荷兰人民的日常生活充满
了自由欢乐的感觉，画家们掌握住并描绘出了这种新唤醒的心灵的自由活
泼，于是便产生了荷兰风俗画浓烈的崇高精神、独特的艺术韵致与极大的感
染力量。毫无疑问，这种观点是黑格尔对艺术美与生活美的关系、对一种重
要而又新颖的风格特征所做的正确的社会历史的解释。因而，这段论述历来
为进步的文艺理论家们所看重和赞赏，法国的泰纳在其《艺术哲学》中关
于"尼德兰的绘画"一章直接继承了这种观点，普列汉诺夫对此也曾给予
过高度评价。

三

　　在马克思主义看来，艺术是建立在一定经济基础之上的社会意识形态，

---

　　① ［德］黑格尔：《历史哲学》，三联书店 1956 年版，第 287 页。

其发展离不开一定的社会条件。黑格尔以他天才的敏感意识到了这一点。他在凭着巨大的历史感把艺术的不同类型和各个具体艺术门类的盛衰与社会发展的特定阶段在唯心主义的基础上结合起来的同时，又在人的物质实践活动实现了主客体之间的和谐关系的基础上揭示了审美与艺术产生的物质基础。他指出，审美和艺术的产生需要一个"理想的艺术环境"。在理想的环境中，一方面须有一个最基本的人的物质生活条件，因为要进行艺术一类活动，"人必须先摆脱生活的穷困。财富和优裕的境遇既然可以使人不仅暂时而且完全摆脱需要和工作，就不仅不违反美感，而且可以促成理想的实现。"① 另一方面艺术又不应抛开吃、穿、住、行之类人的外在生活，因为人的内在精神只有借这些外在的实践领域方能得到实现，而最符合这种理想的就是英雄时代即荷马史诗所描写的时代。

　　为什么说英雄时代是最理想的艺术环境呢？因为在那个时代人与现实的结合是紧密的、和谐的。从道德伦理（社会关系）上看，英雄时代的个人是按照自己的本质和意志在社会中行动的，社会的伦理道德与个人的意志与本质处于统一体中，个人的主体自由不会遭到社会伦理道德的破坏和摧残，受到法律的约束和抑制。从人与自然的关系方面看，这是更为重要的一个方面，那个时代的劳动纯然是对象化而非疏远化的，个人的最近的环境是他自己工作的成果，人们用自己亲手制造的一切来满足自己直接的生活需要。在英雄时代，黑格尔写道："英雄们都亲手宰牲畜、亲手去烧烤，亲自训练自己所骑的马，他们所用的器具也或多或少是亲手制造出来的；犁，防御武器，盔甲，盾，刀，矛都是他们自己的作品，或是他们都熟悉这些器具的制造方法。在这种情况之下，人见到他所利用的摆在自己周围的一切东西，就感觉到它们都是由他自己创造的，因而感觉到所要应付的这些外在事物就是他自己的事物，而不是在他主宰范围之外的异化了的事物。在材料上加工和制作的活动当然显得不是一种劳苦，而是一种轻松愉快的工作，没有什么障碍也没有什么挫折横在这种工作的路上。"② 古希腊的文学艺术就是在这种弥漫着种种和谐气氛的土壤上展露枝叶、舒放花朵的。黑格尔关于英雄时代

---

① ［德］黑格尔：《美学》第 1 卷，第 327 页。
② ［德］黑格尔：《美学》第 1 卷，第 332 页。

的论述十分卓越，从中我们至少可以得到四点启示：第一，英雄时代的劳动是未异化的轻松愉快的工作和个人需要。由于劳动过程充满了欢欣喜悦，就使人们在劳动对象中不仅获得了实用的感觉，而且获得了审美的感觉，能够在自己创造和利用的一切最亲切的创造品和事物中得到精神享受。这不就是说劳动为美和美感的产生提供了永不枯竭的源泉吗？第二，这个时代的劳动是为满足人们个人的需要而进行的，消费资料的生产在他们那里虽然简单但却并不困难也不具有异化的性质，所以人们就有可能关心比生存斗争更为重要的目的，由此便产生了他们对艺术的兴趣。这不就是承认劳动为艺术的产生和发展提供了可能性吗？第三，由于这个时代的劳动具有创造的、独立的性质，而且人们丰富的想象力、灵巧性、头脑的聪敏和非凡的技能也随着劳动过程发展起来了，这就为艺术创作提供了丰富而生动的内容和相应于这种内容的表现力。例如荷马史诗就充满了并非常精于对事物及其状态诸如宝杖、笏、床、武器、衣着甚至营帐门环等等的生动描写，而且在史诗中"到处都可见出新发明所产生的最初欢乐，占领事物的新鲜感觉和欣赏事物的胜利感觉，一切都是家常的，在一切上面人都可以看出他的筋力，他的双手的伶巧，他的心灵的智慧和英勇的结果。"[1] 最后，艺术表现的中心是人，由于英雄时代的艺术建立在未异化的劳动基础之上，这就使它能够表现出全面而和谐发展的、还未因劳动分工而被割裂和歪曲的整体的人。在这种和谐的人身上，肉体和心灵的特征、个性和社会的特点构成不可分割的有机整体。例如在荷马的作品里，每一个英雄都是许多性格特征的充满生气的总和，阿喀琉斯、俄底修斯、阿雅斯、阿伽门农、赫克忒、安竺罗玛克等等，"每个人都是一个整体，本身就是一个世界，每个人都是一个完满的有生气的人，而不是某种孤立的性格特征的寓言式的抽象品。"[2]

　　在肯定英雄时代的社会条件最有利于理想的艺术产生的同时，黑格尔否定了两种不利于艺术的社会情况。一种是所谓黄金时代或牧歌式的社会情况。在这种社会情况下，人不是凭自己的辛勤劳动满足自己的希求，而是满足于与自然相处相安，满足于自然的直接产品，这样就见不出人的内在能力

---

① ［德］黑格尔：《美学》第 1 卷，第 332 页。
② ［德］黑格尔：《美学》第 1 卷，第 303 页。

和创造性。因而牧歌体的艺术往往只是一种消愁解闷的玩艺，其朴素风味，其乡村家庭气氛中谈恋爱或是在田野里喝一杯好咖啡之类的情感和人生一切意义丰富深刻的复杂的事业和关系都失去了广泛的联系，不能引起人们多大的兴趣。另一种是与牧歌式相对应的近代市民社会的情况。在这种情况下，一方面产生了最酷毒状态的贫穷，一方面滋生了一批饱食终日的富人。贫穷的受生活的熬煎，为了饥饱从事着丧失乐趣的机械生产；富有的从大仓库里取来别人创造的产品享用，由于凡是他拿来摆在自己周围的东西都不是自己工作的产品，因而他也就在自己最近的环境里不能觉得自由自在。总之，穷人与富人——即《精神现象学》中之奴隶与主人——的需要与工作、兴趣与满足以及工作与整个人格都是脱节的，主体"作为一个个人，不管他向哪一方转动，他都隶属于一种固定的社会秩序，显得不是这个社会本身的一种独立自足的既完整而又是个别的有生命的形象，而只是这个社会中的一个受局限的成员。"① 由于人丧失了他的个性，个人丧失了他有实体性的内容，变成既已形成的法律道德和政治关系的无足轻重的附带现象，个人自作决定的独立自足性只能在极狭小的领域或范围中自由发挥效用，因之，这种情形下的艺术，主要的题材只有当家主的品质、诚实以及良夫贤妻的理想，这样的艺术自然也没有什么深刻的意蕴，更谈不上繁荣云云。

　　黑格尔关于审美和艺术产生的物质基础的论述是其实践观点表露得最为充分的地方之一，具有极重要的理论价值。马克思恩格斯关于希腊艺术与希腊社会之关系的论述，关于物质生产与艺术生产发展不平衡的论述，关于异化劳动使人们丧失了工作的愉快造成劳动者身心畸形的论述，关于资本主义敌视艺术的论述，以及关于共产主义最能全面地和谐地发展人的个性和那时人人都是劳动者又都是艺术家的论述等等，毫无疑问都与黑格尔的上述思想有着理论上的渊源关系。当然，由于黑格尔的美学理想是复古的，他把艺术的理想界定于"静穆和喜悦"的古典风格上，再加上其哲学体系的限制，他不是将真正的艺术繁荣放在生产力高度发达的未来时代，而是放在过去社会生产力发展的低级阶段，眼睛朝后看。他见出了资本主义社会与艺术发展相抵触，故对于近代市民社会的工业文化评价甚低，对其前途亦持悲观态

---

① ［德］黑格尔：《美学》第1卷，第247页。

度，但却未能进一步发挥和运用他在《精神现象学》中提出的"奴隶与主人"的思想，真正把资本主义社会艺术衰败的病根症结为阶级剥削和压迫，当然他更不会预见到社会主义时代个人与社会的统一、人人当家作主的自由境界以及艺术发展繁荣的灿烂远景。

四

由于黑格尔把艺术作品看作人的自我意识对象化的结果，把创作活动看作是人在外在事物中进行的一种自我创造，因之，在黑格尔的创作论中也处处"渗透了行动的热情"①，渗透着实践观点或实践观点的影响。他强调作家艺术家必须有丰厚的生活经验即"生活的富裕"，有艺术的思考能力和"实践性的感觉力"；他揭祛了"神灵附凭说"和"感官刺激说"等流行观念笼罩在"灵感"这一古老的美学命题上的神秘烟雾，从艺术家活跃地进行构造形象的情况本身——即构思和传达的过程——对灵感做了比较正确的界定；他强调艺术的创造性，强调艺术表现的中心应是生活中、斗争中的人；他主张艺术应该是时代精神的反映，提倡文艺家们为自己的民族和时代而创造，以自己的创作对现实生活起意志作用……凡此种种，可以说都在一定程度上与其实践观点有着或隐或显的联系。而这种联系，这种实践观点的影响和渗透，尤为突出地表现在下述两点上：

一是黑格尔见出艺术作为观念形态的东西，"是一种制作出来的东西，是由人产生出来的"②。艺术思维的特点即在于创造的想像，因之非常强调艺术的创造性。在他看来，被描绘被反映的事物和日常生活中的人物都是有局限性的，如黄金、宝石在现实中毕竟是珍贵稀少的东西，不是用之不竭的财富，而人一刹那间的一个美妙的姿势、动作、眼神和微笑等等也是稍纵即逝永不复返的。然而人在艺术创造者的地位却是一个内容极其丰富的世界，他很简单地自由地取用这些财富，无须假道于在实在界所必需的那些条件和准备，"凡是人和自然在自然存在中须费大力才可以达到的东西，观念可以

---

① ［苏］阿尔森·古留加：《黑格尔小传》，第130页。
② ［德］黑格尔：《美学》第1卷，第208页。

轻易地随方就圆地从它的内在世界中取出来。"① 艺术就凭着这种观念性来征服自然，把本来没有价值的事物提高，给自然中本来消逝无常的东西以永久性，甚至创造出自然中原不存在的东西。从这种认识出发，黑格尔强调说，艺术对自然表现得"正确"，并非简单地逼肖自然，而是在创造性的想象中制作或创造一种比现实本身更高的东西；艺术的真实性既要反对主观任意性，又要摒弃"自然的真实"即对自然毫厘不差的翻版。文艺创作，必须充分发挥创造性想象这种最为杰出的艺术才能，唯其如此，才能达到艺术表现的主客观的统一，即艺术家的主观性（理性）和对象特征的客观性（感性）的融合，才能显出艺术的制作性，显出心灵对自然的征服。

　　二是黑格尔强调艺术表现的中心应该是生活中、斗争中的人。他说："理想（即艺术理想——引者按）的完整中心是人，而人是生活着的，按照他的本质，他是存在于这时间、这地点的，他是现在的，既个别而又无限的。属于生活的主要地是周围外在自然那个对立面，因而也就是和自然的关系以及在自然中的活动。"② 这种外在自然是一个广不可测的相对世界，其中交织着无限错综复杂的物质方面和精神方面的关系网，而艺术理想的内容就是这种关系网和活动于其中的人物。基于此，黑格尔特别推崇那种具有勇气和力量，去对现实起意志，去掌握现实的人物性格，并把它称为真正的人物性格；同时，他又十分注重矛盾冲突在人物性格形成中的推动作用。他的著名观点是："人格的伟大和刚强只有借矛盾对立的伟大和刚强才能衡量出来"，"环境的互相冲突愈众多，愈艰巨，矛盾的破坏力愈大而心灵仍能坚持自己的性格，也就愈显出主体性格的深厚和坚强"③。而在人与外在世界的对立冲突中，黑格尔又特别看重人与人之间即伦理力量与伦理力量之间的矛盾冲突，轻视人与物理自然的矛盾，认为只有在前一种矛盾冲突中，才能见出人物性格的深刻旨趣来。

　　仅从以上两个方面就不难看出，黑格尔的创作论确实渗透了实践观点的影响，充满了"行动的热情"。因此，我们在探讨黑格尔美学中实践观点的时候，绝不应该忽视了创作论这一领域。当然，他的创作论虽说出了一些深

---

① ［德］黑格尔：《美学》第1卷，第209页。
② ［德］黑格尔：《美学》第1卷，第313页。
③ ［德］黑格尔：《美学》第1卷，第227—228页。

刻的思想，不乏真知灼见，但反映的却又不能不是资产阶级对艺术的要求。他所谓理想的完整中心的人是资产阶级的人，具有人道主义理想的人；他看到了人物性格只有在社会斗争实践中才能见出刚强与伟大，但他又把矛盾对立的双方说成都是正义的又都是片面的，只有矛盾双方的既互相克服又互相保留才有所谓永恒公理或永恒正义的胜利，同时始终未见出受压迫者为争取自己命运的自由和个性的解放而进行的阶级斗争带有更为深刻的、玄远的旨趣。这种局限性表明黑格尔在美学上同样带有自己哲学上的特点——既有革命的进步的一面，也有妥协的保守的一面，正如恩格斯所比喻过的，这个马克思主义以前美学领域里奥林帕斯山上的宙斯，仍然没有完全脱去德国庸人的气味，仍然拖着一根庸人的辫子。

五

在谈到黑格尔的思想体系时，恩格斯曾公正地指出，尽管在其思想体系中包含了保守的、矛盾的因素，"但是这一切并没有妨碍黑格尔的体系包括了以前的任何体系所不可比拟的巨大领域，而且没有妨碍它在这一领域中发展了现在还令人惊奇的思想。精神现象学（……）、逻辑学、自然哲学、精神哲学，而精神哲学又分成各个历史部门来研究，如历史哲学、法哲学、宗教哲学、哲学史、美学等等，——在所有这些不同的历史领域中，黑格尔都力求找出并指出贯穿这些领域的发展线索；同时他不仅是一个富于创造性的天才，而且是一个学识渊博的人物，所以他在每一个领域中都起了划时代的作用。当然，由于'体系'的需要，他在这里常常不得不求教于强制性的结构，这些结构直到现在还引起他的渺小的敌人如此可怕的喊叫。但是这些结构仅仅是他的建筑物的骨架和脚手架；人们只要不是无谓地停留在它们面前，而是深入到大厦里面去，那就会发现无数的珍宝，这些珍宝就是在今天也还具有充分的价值。"① 这段话应作为我们分析、对待黑格尔的思想包括其美学思想的一个基本原则。

我们应该看到，黑格尔的美学不是研究人对现实的审美关系，而是构筑

---

① 《马克思恩格斯选集》第4卷，人民出版社1972年版，第215页。

其客观唯心主义哲学体系的一个环节，他在一系列美学根本问题上的观点都是生发于理念又复归于理念的。在《美学》里，黑格尔虽然在很大程度上突破了自己把劳动仅仅理解为精神劳动的片面性和局限性，但终究没有逾出其苦心经营的唯心主义体系的樊篱，没有将物质性实践的观点贯穿到美学的各个方面，并作为美学研究的出发点；而且即使对实践观点本身的阐发也常常是削足适履，为其唯心主义体系服务的。

　　然而，尽管如此，黑格尔美学中实践观点的萌芽以及它所绽放出的花朵却又是光彩夺目、不容忽视的。从上面的论述中，人们已不难看出黑格尔的美学中包含了多少丰富而深刻的思想，而这些思想对于我们更好地历史地理解马克思主义的实践美学乃至于今天进一步发展马克思主义美学又具有何等重要的价值和意义。因此，对待黑格尔的美学思想尤其是其《美学》这样一部"稍微读进去，就会赞叹不已"① 的伟大著作，我们必须以历史唯物主义的态度加以认真地研究和总结，剔除糟粕，吸取精华，从唯心主义的封闭形式中发见出蕴含着唯物主义新内容的具有充分价值的"珍宝"来！

---

① 《马克思恩格斯选集》第 4 卷，人民出版社 1972 年版，第 494 页。

艺术哲学的革命

——论马克思恩格斯艺术哲学的体系特征和审美理想

　　马克思恩格斯在他们毕生的革命活动中，为无产阶级留下了人类有史以来最为光辉灿烂的精神文化遗产，其中包括我们称之为艺术哲学的美学、文艺学思想。从 19 世纪 40 年代初马克思主义创始至今，历史的年轮已经转动了一个半世纪。在这 150 年间，马克思主义思想体系以其无可辩驳的真理性和鲜明强烈的革命性，不仅为世界劳动群众所信奉和掌握，而且在西欧和美洲的学界赢得愈来愈广泛的传播和研究，出现了所谓"西方马克思主义"和现代"马克思学"。美国学者罗·海尔布隆纳在《马克思主义：赞成和反对》的导言中说："马克思主义是现代世界中一个令人时刻感到惊悸的精灵，是激起人们最热切的希望和恐惧、使人产生种种大相径庭的见解的根源。"① 英国牛津大学教授休·劳埃德—琼斯在评论希·萨·柏拉威尔的《马克思和世界文学》一书时说："不仅在历史、政治、经济和社会各门学科中，而且在美学和文学批评领域中，马克思主义都是每个有学识的读者必须与之打交道的一种学说。"② 马克思主义的巨大影响，连一些与马克思主义相去甚远的西方美学家也不得不承认，例如哥伦比亚大学教授 M. 夏皮罗写道："马克思主义著作家属于那些为数不多的试图制定艺术的一般理论的

---

　　① 引自陆梅林选编《西方马克思主义美学文选》，漓江出版社 1988 年版，第 177 页。
　　② 引自〔英〕希·萨·柏拉威尔著《马克思和世界文学》中译本附录"马克思读过的书"，三联书店 1980 年版，第 580 页。

研究者之列……马克思主义的方法不仅对于从社会发展的一般观点出发来解释艺术与经济生活之间的历史变化的相互关系有着重大的意义，而且对于论证社会集团内部的差别和冲突也有重大的意义。而这种差别和冲突是发展的源泉，并对世界观、宗教、道德和哲学思想发生影响。"① 在我们社会主义革命取得胜利的国家，马克思恩格斯的美学、文艺学思想已经成为国家制订文艺政策的基本依据，成为广大理论工作者和文艺家进行理论研究和艺术实践的指针。认真研究和继承马克思恩格斯的艺术哲学遗产，在今天仍然具有迫切的现实意义。

一

我们知道，马克思恩格斯青年时期都从事过诗歌、戏剧、小说、散文等等的写作。尽管他们的精神发展后来转向了哲学、经济等理论研究领域，但却始终对文学艺术的实践和理论给予极大的关注和持久的兴趣。他们不仅广泛涉猎古典文学名著，对古往今来数以百计的文艺家发表过精湛的见解，而且与同时代的一些著名作家保持着友谊和联系，关注着进步文艺运动和文艺人才的发展。在马克思恩格斯有关论述艺术哲学问题的丰富材料中，不仅阐明了文学艺术的一般性质和普遍性规律，而且对艺术本身的特殊规律和有关问题作出了马克思主义的深刻感悟和独特分析。他们将新的科学世界观和方法论与对文艺创作中具体问题的研究相结合，在创建无产阶级自己的美学和文艺理论体系方面揭开了崭新的一页。1890 年 8 月 5 日，恩格斯在致康·施米特的信中提出："必须重新研究全部历史，必须详细研究各种社会形态存在的条件，然后设法从这些条件中找出相应的政治、私法、美学、哲学、宗教等等的观点。在这方面，到现在为止只做出了很少的一点成绩，因为只有很少的人认真地这样做过。"② 在艺术哲学的研究领域中，马克思和恩格斯就是按照这一要求重新研究全部历史、详细研究各种社会形态存在条件，然后建立自己艺术哲学的新学说、新观点的。马克思恩格斯艺术哲学的创新

---

　① 引自陆梅林选编《西方马克思主义美学文选》，第 191 页。
　② 《马克思恩格斯选集》第 4 卷，人民出版社 1972 年版，第 475 页。

意义，正是这种新的研究方法和世界观的必然结果。

　　然而，对马恩有关艺术哲学的巨大理论贡献，存在着种种偏见和估计不足的情况。国际上有一些资产阶级学者不承认马恩创建了自成体系的艺术哲学，认为他们给后人留下的不过是一些零散的感想和评点，是一些"碎片和补丁"。另一些人则断言马恩的艺术哲学只是论述艺术与现实关系的社会学理论，并不是概括艺术本身规律和问题的艺术理论。在国内也有人持类似看法，认为马恩的美学、文艺学观点只是"断简残篇"，只是在他们关于哲学、政治经济学和科学社会主义等理论著作中顺便提到的，而且这些文艺观点只涉及了文艺的"外部规律"，"对文艺的内部规律，他们无暇作深入细致的理论探讨"。①

　　这些偏见，显然是对马克思恩格斯艺术哲学理论缺乏真正的了解和研究。的确，马恩并没有写出一本类似于黑格尔的《美学》那种系统研究艺术哲学问题的专著，他们对文艺问题的见解，除去为数不多的几篇评论文章外，大多散见于书信、谈话和哲学、经济学著述中，他们的美学、文艺学观点在表述形式上确是分散的、片断的、非系统性的，但我们不能肤浅地仅从表述形式上来判断它的理论性质。早在 1945 年卢卡契在《马克思恩格斯美学论文集》序言中就指出，马恩的美学和文艺理论是有着很特别的形式的，是以片断的形式存在的，但决不能认为这些片断就没有形成一个有机的、系统的思想体系。② 实际上，马恩的艺术理论虽分散为对各个艺术问题的格言式的论述，但各个观点之间却有着内在统一性，它们集中起来明显地体现出一个新的艺术哲学体系，它以一个统一的新的理论对审美和艺术活动的诸多问题作出了根本性的解释。马恩的艺术哲学是他们创建的以辩证唯物主义和历史唯物主义为核心的马克思主义世界观的一个组成部分，是归属于马克思主义的理论体系的。从马恩艺术哲学自身考察，它是辩证唯物主义和历史唯物主义在审美和艺术中的具体体现，辩证唯物论和唯物史观的原则精神贯穿其中，凝结成深层结构的内在统一，从而形成崭新独特的艺术哲学体系。这是马恩艺术哲学体系上的特点。不了解和掌握这个特点，就无法对马恩艺术

---

① 刘梦溪：《关于发展马克思主义文艺学的几点意见》，《文学评论》1980 年第 1 期。

② 《卢卡契文学论文集》（1），中国社会科学出版社 1980 年版，第 273 页。

哲学作出公允的正确的判断和评价，就会认为马恩没有建树什么艺术哲学体系，只是留存下一些偶然的零散的有关艺术的意见而已。这种偏见只看到马恩艺术哲学在理论表述形式上的非系统性，而看不到这种非系统性的理论形式存在着深刻的内在统一性，是自成一体的艺术哲学理论。

　　一般说来，作为一种艺术哲学理论，应该有结构形式上的完整性。但是，一种艺术哲学理论是否形成体系，其根本条件并不在结构形式的完整，而决定于其艺术理论的内在统一，正是这种理论的内在统一性构成理论的体系，标志出理论的深度和创见。一种艺术哲学理论，只要它内在统一，自成体系，即使结构上还不够完整，也应该确定其理论价值；相反，尽管在结构形式上很完整，但如果理论观点上东拼西凑，没有内在统一性，那么这种艺术哲学理论也就难以形成自己的理论品格，就算不上一种理论体系。对马恩艺术哲学理论的上述偏见，就来自看待理论体系问题上的形式主义。

　　辩证唯物主义和历史唯物主义是马克思主义的科学世界观和方法论。从辩证唯物主义和历史唯物主义出发，马恩把世界看成是一个普遍联系和永恒发展着的整体，自然、社会、思维是这一整体的不同方面。人类的任何活动都不能超脱这个整体，都不能不受这个整体的各个方面的制约。审美和艺术活动，只是人类社会活动的一部分，它不能脱离其他活动孤立存在，不能不受其他活动尤其是经济和政治活动的制约。因此，必须把它们放在社会的整体结构中，放在与社会的物质和精神的种种活动的相互联系、相互影响中来考察和研究。由于马恩是在社会的普遍联系中考察和研究审美和文艺现象的，因而马恩的艺术哲学理论在学科形态上也就不是封闭孤立的体系，它不只要与整个社会实践活动发生必然的联系，而且要与其他学科，尤其是政治经济学、哲学和伦理学，发生不可分割的联系。资产阶级的纯美学、纯艺术理论体系把审美和艺术活动禁锢在精神领域里，割断它与外在世界的一切联系，作孤立绝缘的考察和研究，并把美学和艺术理论与其他学科对立起来，这种唯心主义和形而上学的体系与方法，当然是马克思恩格斯所不屑采取的。用这种纯美学、纯艺术理论的体系观点来看马恩的艺术哲学理论，当然也就不只不承认它成什么体系，而且会指责它没有触及"艺术本身"的问题，没有触及艺术的"内部规律"，从而对这种艺术哲学的存在也表疑惑和否定了。

　　艺术哲学的研究对象是艺术，它要解决的就是艺术本身的问题。然而什么才是艺术本身的问题呢？诸如艺术与经济、艺术与政治、艺术与道德、艺术与宗教的关系等问题，难道是经济问题、政治问题、道德问题、宗教问题，而不是艺术本身的问题？只有持纯艺术观点的人，才会把诸如此类的问题排除在艺术本身之外。把艺术本身的规律分成内部规律和外部规律，并不科学。实际上，艺术的内部和外部是好划分的，而艺术的内部规律和外部规律却不好划分。因为艺术规律，既不能离开艺术到外部去找，也不能局限于艺术从内部寻找。正如马克思恩格斯所确定的，艺术是人类的一种精神实践活动，是人类掌握世界的一种特殊方式，因此艺术的本质和规律就在这种特殊的活动方式中，在艺术主体和客体的审美创造关系中，在艺术构成的外部规定和内在结构的交流中，最后凝结在艺术作品的主客体统一、内容形式的统一中。所谓艺术的内部规律，不就是艺术这种特殊活动方式的规律？所谓艺术本身的问题，不就是凝结为艺术作品的艺术活动方式本身的问题？所以，说马克思恩格斯没有探讨文艺的内部规律和艺术本身的问题是没有说服力的。马恩艺术哲学理论对艺术活动方式的特殊性是给予了应有的论定的，是作为艺术本质方面来把握的，马克思在论定艺术是人类掌握现实世界的一种方式的同时，论定了它与其他方式不同的特殊性。马恩艺术哲学是充分注意到了艺术的审美性、形象性、情感性特征的，马恩对诸如艺术中的现实主义与浪漫主义、艺术的典型创造、艺术的内容与形式、真实性与倾向性、创作方法与世界观、语言与风格等问题的阐明，无不着眼于艺术的特殊性，都是从艺术创造本身分析和探讨其中的规律性问题的。

二

　　作为一种艺术哲学的理论体系，马克思恩格斯的艺术哲学理论所以能够统一成一个体系，不仅是由于贯穿了辩证唯物论和历史唯物论的精神原则，而且还由于理论体系中形成了统摄一切的核心观念。马克思早年在其博士论文的准备材料中曾经说过："哲学史应该找出每个体系的规定的动因和贯穿整个体系的真正的精华，并把它们同那些以对话形式出现的证明和论证区别开来，同哲学家们对它们的阐述区别开来，因为哲学家是了解他们自己的。

哲学史应该把那种像田鼠一样不声不响地前进的真正的哲学认识同那种滔滔不绝的、公开的、具有多种形式的现象学的主体意识区别开来。这种主体意识是那些哲学论述的容器和动力。在把这种意识区别开来时应该彻底研究的正是它的统一性，相互制约性。"① 这段话具有方法论的意义。在这里，马克思指出，一个理论体系的统一性不是由理论家的论证方式和主体意识决定的，而是由规定体系的动因和贯穿其中的精华决定的。那么，构成马恩艺术哲学理论体系的真正的精华是什么呢？我们认为就是贯穿在马恩艺术哲学体系的核心观念：审美理想。马恩的艺术哲学理论主要包括四大方面：一是关于审美和艺术的根源和一般本性的理论；二是关于艺术掌握现实的特殊性的理论；三是关于艺术的社会性质和功能的理论；四是关于艺术的创作规律和创作理想的理论。其中每一个方面，又包含了许多具体的理论内容和理论观点。贯穿这众多方面内容和观点的主线，就是马恩的审美理想。审美理想是马恩艺术哲学理论的核心观念或灵魂，它构成和显示出理论的整体统一性和逻辑连贯性。

　　审美理想是人们对社会审美经验的概括和升华，同时也是对社会审美需要和审美利益的反映。因此，审美理想与社会的各种理想和价值观念是相互关联相互影响而存在的。审美理想存在于人们的主观意识之中，具有审美的普遍性，是人们在审美活动中鉴别和创造的最高尺度、最高标准。同时，它又深深植根于社会生活中，是社会历史实践的产物，并在社会历史实践的影响下不断发展。因此，审美理想不是绝对的永恒不变的东西，不是任何历史时期、任何社会集团和阶级都存在着统一的审美理想，不仅不同时代的人们具有不同的审美理想，而且同一时代不同阶级、不同集团的人们在审美理想上也往往存在着很大的差异。由于在现实生活中人们很难能像在艺术的创造与欣赏中那样充分地表现出和感受到审美理想，因而在审美理想的对象化、现实化过程中，艺术便起着重要作用。审美理想和现实的统一，首先在艺术中充分表现了出来。从历史上看，马克思主义以前的审美理想大多数仅仅停留在、表现在艺术阶段，艺术被视为审美理想的一种物化形态，是进行审美教育的最重要的工具。这一点，在德国古典美学中表现得尤为充分。德国古

---

① 《马克思恩格斯全集》第 40 卷，人民出版社 1982 年版，第 170 页。

典美学家们都认为"审美带有令人解放的性质"①。然而不论是康德、席勒、谢林还是黑格尔都是将审美圃限于或主要局限于艺术领域。在他们的逻辑中，审美的解放性质基于审美的自由性，而审美的自由性又是以审美活动与科学认识活动、道德实践活动相分离为基础和条件的。但是，马克思恩格斯没有像从前的美学家那样把人类的审美活动局限于艺术活动或者是精神劳动，而是认为审美涉及人类的一切活动，按照美的规律来建造物体是人类活动的根本标志之一。因此，马恩的审美理想就不是一般的艺术理想，也不是建立在精神太空中的美学理想，而是将审美看成是人类历史的产物，审美活动是整个人类活动的一个组成部分。也就是说，马恩的审美理想是与他们的社会理想紧密相联的。把审美理想和社会理想联结起来的纽带就是理想的实践性质，即在社会实践中，审美理想具有社会意义，社会理想具有审美意义，社会意义与审美意义辩证统一。

在空想社会主义所描绘的各种各样的理想社会里，人和人的关系、人的生活条件、人的活动环境、人的个性发展都是和谐自由的，充满审美意味的，但都是空幻的、无法实现的善良愿望，是一种脱离现实的乌托邦空想。马克思恩格斯则把共产主义学说由空想变成科学，共产主义理想的实现，被科学地证明为历史发展的必然结果。马恩的审美理想和社会理想来自革命实践，来自对于社会矛盾的历史与现状的深刻分析，是反映现实的科学预想，也是对现实矛盾的规律性把握。马恩审美理论的实践性质就在这里，就在于马恩不仅能以马克思主义的实践观点来分析和解说审美现象和历史，而且他们所提出的审美理想是可以予以实践的，能在共产主义运动的革命实践中最终得以实现。

马克思恩格斯为之奋斗的共产主义理想就是实现全人类的解放。在共产主义的自由王国中，"每个人的自由发展是一切人的自由发展的条件"②，人类将进入一个自由和谐、全面完整发展的理想境界。这是人的理想，也是审美理想。在马克思主义的思想体系中，社会理想、人的理想和审美理想，在历史发展和社会实践的基础上最终统一起来了。在人类思想史上曾有过种种

---

① ［德］黑格尔：《美学》第 1 卷，朱光潜译，商务印书馆 1979 年版，第 147 页。
② 《马克思恩格斯选集》第 1 卷，人民出版社 1972 年版，第 273 页。

关于理想人的设想，这些设想中的人，他们的全面完整的发展，大都只是人类性格、能力、心理功能的全面完整的抽象综合，完全是脱离现实的空想。马恩是从社会发展条件的基础上来理解人的理想，在他们看来，人性发展与社会发展是一致的，社会发展决定人性发展，人性发展也体现着并推动着社会发展，二者互为因果。离开了客观条件、客观关系就没有办法理解人的本质及其发展，因而对全面发展的完整的人的规定也必须与客观条件、客观的人与人之间的关系以及客观活动的全面完整性结合起来。据此，马克思在《经济学手稿》（1857—1858）等著作中，把社会发展的三大阶段与人性发展的三种形态联系了起来。马恩认为只有在共产主义条件下，人类才能从异化状态中解放出来，不再受私有制及其上层建筑的钳制和奴役；只有在那时，人类才能成为真正自由的人，成为能够驾驭自然、社会和自己命运的人。也只有这样的人才是全面发展的、丰富完整的人，是人的理想。这种全面完整发展的人并不是什么人的本质或人性的复归，而是全部社会历史条件发展的产物。从前的美学家们将古代人即狭隘的小生产者美化为全面发展的自由的人，来与资本主义时代片面的异化的人相对立。马恩指出，古代人比起现代人确实显得崇高、全面，因为在古代宗法制度生产中，人是生产目的，而不是生产手段。但古代人的崇高与全面只是一种低水平上的崇高和全面，是由当时低水平的生产条件和比较简单的生产关系决定的。因此，理想的人不是古代人，也不是资本主义生产中的现代人，而是在未来共产主义条件下能够以全面的方式占有自己的全面本质的人。作为劳动果实的社会财富是人的本质的物化、外化、对象化，占有自己的本质也就是占有自己创造的财富，占有自己全面的本质也就是占有公共的全部的社会财富，即全部的物质文明和精神文明。这样的人，就不只是用个人的全部的官能——视觉、听觉、嗅觉、味觉、触觉、思维、直观、感觉、愿望等——占有对象，而且用社会的器官来占有，即别人的享受与感觉也成为自己的享受与感觉，因而是以全面的方式的占有。这种全面的占有正是共产主义条件、人与社会的一致、人的全面发展的表现。

所以，在马克思恩格斯看来，共产主义时代的人是全面发展的人，也是具有高度审美意义的人。这不仅是由于在共产主义时代随着生产力的提高，必要劳动时间缩短，人们可以自由支配的时间大大增加，再加上分工的限制消除了，使人们有可能按其天性自由地选择他们所喜爱的审美创造活动，自由地发挥他们的审美创造潜力，而且也是由于共产主义时代的劳动本身已不再是谋生手段，而成为人的本性的需要，人的劳动本身将越来越多地恢复它在现代资本主义条件下已经失去的艺术意味，从而显示出物质创造与精神创造的高度统一，显示出人与自然、人与社会、人与人之间的自由和谐关系。简言之，社会理想、人的理想和审美理想在马恩艺术哲学里是有机统一着的。因此，马恩的审美理想是具有丰富深刻的社会历史内涵的，是具有实践性质的，这使马克思恩格斯的艺术哲学理论充满活力，并在理论体系上独树一帜。

当然，马克思恩格斯的审美理想、人的理想、社会理想三者的统一，决不意味着其审美理想的实现只有在共产主义理想实现后才谈得上。马恩审美理想的实现既是人类应该为之奋斗的远大目标，也是一种动态的趋进过程。全面发展的人及其高度自由的审美创造只有在共产主义自由王国中才能真正实现，但是它们的产生并非突如其来。正如共产主义理想孕育于现实之中，理想的全面发展的人的因素也是在世世代代连续不断的革命斗争和创造活动中逐渐积累和扩大的，审美创造的高度自由与发达必须以人类审美经验的积累和丰富为前提。马恩指出，19 世纪的无产阶级革命必须从未来汲取自己的诗情。反过来说，富有诗情的未来也必须以现代无产阶级的创造与斗争和由此推动着的社会条件的进步与发展为历史前导。所以，马克思恩格斯审美理想的科学性和革命性不仅仅在于它产生于对社会历史条件的分析基础上而具有实践性，还在于审美理想的实现本身既是历史发展的结果又是一个现实的运动过程。

三

马克思主义的诞生是人类文化思想领域里的一场革命。马克思主义艺术哲学的诞生也具有同样的意义。

应该说，马克思恩格斯艺术哲学理论的创立，其意义是多方面的。从阶级属性上看，马恩的艺术哲学是无产阶级的思想体系，它是无产阶级在审美和艺术领域进行社会斗争的理论武器，也是无产阶级从艺术上、审美上掌握现实的世界观；从艺术实践角度讲，马恩的艺术哲学是对历史和现实中的各种艺术和审美现象的科学总结，它对于无产阶级在艺术和审美领域的革命实践具有方法论的意义，它所包含的一系列理论原则和艺术分析方法不仅适用于对旧的艺术和审美现象的分析和理解，也适用于对新的艺术和审美实践的批评与指导。这些，都体现了马恩艺术哲学理论的变革意义。这里，我们着重从一个最根本性的问题上来说明它的意义。

我们知道，对人类能力的颂扬和对人的命运的关注一直是西方思想界源远流长的传统。当西方文明在古希腊初露曙光之时，哲学家们便响亮地提出了"人是万物的尺度"这一原则。此后，当资本主义文明冲破中世纪封建制度的羁绊和宗教神学的迷雾，将人类推向新的生命舞台之初，早期的人文主义者又自豪地唱出了人为万物灵长的颂歌。然而，资本主义的进一步发展，打破了关于人的能力和自由的这类传统幻想。资本主义生产的发展，既带给现代人以空前的物质文明，同时又带来摧残人性的劳动、精神的空虚和苦闷以及社会冲突的愈演愈烈。人们对社会环境的不满与日俱增。这种生存境况反映到文化思想领域，就是个人与社会的矛盾和冲突日益成为急需探讨和解决的理论问题，于是各门学科都探讨起感性与理性、义务与权利、利己与利他、自我与非我、理智与情感、审美与实用等等的对立来。资产阶级的理论家们认为社会矛盾和冲突的产生，根源于人性的分裂和对立，只有求得人性的和谐，才能出现一种没有冲突的和谐社会。因此，他们认为人性的改造是解决社会冲突的根本办法。而欲达到人性的和谐，则需要借助于审美和艺术。企图在审美和艺术的探讨中找到改造人性从而改造社会的良方，是马克思主义以前一些美学和艺术理论的共同特征。

"美是和谐"的观念，在古希腊就已经被提出来了。将审美和艺术活动视为自由和谐状态、无差别境界，这也是西方美学的一种传统观念。在社会动乱和对抗、人性分裂与堕落的时代，人们很自然地就向往这种美的自由和谐状态。他们以这种自由和谐的美的观念构想理想的社会、理想的人性和理想的艺术。18世纪的启蒙主义者爱尔维修、狄德罗认为历史上曾出现过一种幸福的社会状态，这种状态在远古的野蛮状态和近代的文明状态之间，是一种中间状态。这种中间状态既没有野蛮状态的物质匮乏，也没有文明状态的精神空虚，是一种物质和精神和谐统一的状态。他们认为这种中间状态应该是建立理想社会的模式。在德国古典美学的奠基人康德的批判哲学体系里，启蒙主义者所追求的历史上的这种中间状态化为哲学的抽象思考，化为人性的主观功能。在他的三大批判中，判断力批判（美学）成为界于纯粹理性批判（哲学）和实践理性批判（伦理学）中间的桥梁。他认为人类的情感审美活动，界于认识活动和实践活动之间，是一种中间状态的活动，它能沟通认识和实践之间的隔绝，调和现象界与物自体即自然领域与自由领域的对立。因为审美这种中间状态的活动既含理性又含感性，既具认识性质又具意志性质，既合于自然又合于自由。在康德的哲学体系里，审美活动被赋予了一种调和矛盾对立的特殊功能。这种特殊性质的审美活动，在席勒的美学中，又具体化为一种改造人性和建立理想社会的手段。他认为只有审美活动才能在人身上培育出和谐的人性，才能给社会带来和谐，因此，屈从自然力的被动的"感性的人"要变为控制自然力的主动的"理性的人"，恐惧的"自然的王国"要变成神圣的"法律的王国"，必须经过一个中介环节："感性的人"先变成"审美的人"，"自然的王国"先变成"审美的王国"。席勒认为通过中间状态的审美活动、审美教育，可以改造人性的分裂和调和社会的冲突。这样的美学观点，在客观唯心主义美学家谢林与黑格尔的美学中，也以不同形式反映出来。这些美学和艺术理想，反映了当时的历史状况和现实矛盾，同时也反映了资产阶级思想家对社会矛盾冲突的逃避。他们提出了美的理想、人的理想与社会理想三者之间应该是一致的，但是却没有认识到或回避造成了三者之间不一致的社会根源。他们不是从社会冲突的现实本身，而是企图从精神领域，从审美和艺术教育中寻找解决社会冲突、达到人性理想的办法，结果必然既片面理解了审美和艺术的性质，又无限夸大了它们的职能，赋予审美和艺术活动一种超现实的神秘的力量，企图让它完成不可能的事情。

与以往这些走进唯心主义死胡同的美学和艺术理论相反，马克思恩格斯从对资本主义生产方式的具体分析中找到了造成近代社会冲突的根本原因。他们认为，造成近代社会种种矛盾和比例失调的原因不是人性的分裂，而在于经济制度，在于资本主义生产方式的内在矛盾。资本主义生产摧残人性，与个性的自由发展相矛盾，也摧残艺术，与艺术的和谐繁荣相敌对。因此，解决或消除个人与社会等社会矛盾和冲突，不能仅仅通过艺术和审美教育，不能只着眼于人性的改造，最根本的办法是要进行社会革命，彻底铲除私有制，实现共产主义。唯其如此，方能解决矛盾、恢复人性、解放艺术。在资本主义条件下，作为一种社会意识形态的艺术，它的使命不可能是作为中介或工具去调和、解决社会矛盾和社会对抗，而只能去揭示社会矛盾和社会对抗，加深人们对资本主义制度永世长存的怀疑，从而促进人们社会意识的变革，推动改造社会的革命实践的发展。艺术不可能超乎社会之上，独立的"审美王国"只是虚假的意识；艺术只是社会的有机组成部分之一，是社会上层建筑内的一种特殊形式的意识形态。因而，艺术的真正解放与人自身的解放是一致的，都是以社会生活的一定历史发展条件为基础的；艺术的自由和理想以及在审美和艺术中所体现和描述的人的理想和社会理想不是在过去，而是在未来。这样，马克思恩格斯就把艺术从资产阶级思想家的虚幻的美学梦想中拉回到社会的现实关系中来，使之耸立在历史和社会的经济基础之上，从而对艺术的本质、职能和发展规律等重大艺术理论问题作出了科学的论证，打破了资产阶级的虚假意识编织的美学迷宫。这是美学和艺术理论发展史上的一场革命，意义之伟大，是不言而喻的。

　　当然，说马克思恩格斯的艺术哲学成体系、有特点、在艺术理论和美学史上具有变革性意义，这并不意味着马恩创建的艺术哲学理论体系已经完美无瑕，无需发展。由于历史条件的局限，马恩未能写出艺术哲学理论的专著，他们的艺术哲学理论虽有内在的统一性、自成体系，但形式结构上还未完整，内容上也不够完善，因而，正如列宁所说："我们决不把马克思的理论看作某种一成不变的和神圣不可侵犯的东西；恰恰相反，我们深信：它只是给一种科学奠定了基础，社会主义者如果不愿落后于实际生活，就应当在各方面把这门科学向前推进。"① 今天，在坚持马克思恩格斯艺术哲学理论的基础上，进一步完善和发展它，仍是摆在马克思主义艺术哲学理论工作者面前的一项十分艰巨的任务。

---

① 《列宁选集》第1卷，人民出版社1972年版，第203页。

超越形式禁忌与形式崇拜

——马尔库塞"美学形式"论探讨

作为"新马克思主义美学"的代表人物之一，马尔库塞声称自己的美学思想也是以马克思主义为根据的，因为他也是从现有社会关系的来龙去脉中观察艺术，并肯定艺术具有一种政治职能和政治潜能。但与"正统"马克思主义美学不同的是，他认为"艺术的政治潜能在艺术本身之中，在作为艺术的美学形式之中"①。因此，对"美学形式"的论述和强调就构成了其美学思想的主要内容和突出特点，而对他的"美学形式"论的认识和评价则成为把握其美学思想的一个重要关节点。

美学形式：审美乌托邦的"上层建筑"

马尔库塞美学思想的基本主题是建立在艺术与现实关系之上的艺术功能观。从批判哲学和否定的辩证法出发，他把艺术所具有的基本政治职能确定为对既存社会的批判与否定。他认为在被技术理性、文化工业和虚假需要强化了的社会一体化条件下，任何被动地反映社会生活的作品都有可能被社会所同化，丧失对社会的批判意识，走上为现实辩护的道路。文艺创作只有放

---

① ［美］赫伯特·马尔库塞：《美学方面》，见《现代美学析疑》，绿原译，文化艺术出版社 1987 年版，第 1 页。本文以下所引该书版本相同，不再注明。

弃现实原则，借助想象与幻像展现出与现实不同的新景象，建立起与现实世界并行且与之对抗的艺术世界，才能打破人们对社会生活的单向度意识，从而发挥一种否定性的社会作用。而艺术在发挥着否定性社会职能的同时，也就相应地承担起了一种肯定性社会职能。因为它在抗议和控诉既定现实的罪恶的同时，便内在地蕴含了对于自由、幸福和解放的向往和允诺。

那么，艺术何以能够作为现实和理想之间的一种调节观念而进入改造世界的苦斗之中呢？马尔库塞回答说，在于艺术的自主性或自律性。艺术自主性指的是艺术独立自在的性质，艺术凭借其自主性，既反对了既定社会关系，同时又超脱了它们，从而成为既定社会的公诉状和解放形象的显现。在马尔库塞看来，自主性的艺术是一个审美的乌托邦，而作为审美的乌托邦，它有着自己的"基础"与"上层建筑"。艺术的基础就是永恒的人类本性或人的自然本性，艺术所具有的能够超出特定时代和阶级限制的普遍性美学品质即源于此。快乐与悲哀、希望与绝望、爱情与死亡等等就是构成人性的基本内容，它们赋予艺术以真实的内容和诱人的魅力，赋予艺术以自由和解放的性质。在艺术里，男男女女讲话和行动，都不像在日常生活的重压下那样受到抑制，而是在本能欲望的驱使下，过着完全自主的因而也更激发人的兴趣的生活。因此，与现实世界相比，艺术世界是"疏隔"的或"陌生化"的世界。这种"疏隔"或"陌生化"效果，拉开了艺术与现实之间的距离，这一距离显露出了现实的荒谬，打破了人们感觉和意识上的单向度性，从而就起到了批判和否定现实的作用。

如果说从深层结构上看艺术自主性植根于人的主体性和人的自然本性之中的话，那么从其表层结构上看艺术自主性则有赖于"美学形式"的建构。人性深处的本能冲动为艺术自主性提供了不同于现实经验的真实内容，而本能冲动的形式化则确立了艺术自主性的感性存在形态，使艺术在实际上成为与现实向度不同的另一个审美向度。因此，"美学形式"就是艺术乌托邦的"上层建筑"。

在马尔库塞那里，所谓"美学形式"就是指那种使得艺术虽历经时代变迁却仍能保持一贯同一性的东西。讲述故事的方式，诗和散文的结构和选择性，那些未说出来未描述出来但却已表现出来的东西，各种线条、色彩和特征之间的相互联系等等，都是形式的各个方面。形式的作用就在于使素材或原材料的直接的未被制服的力量得以被制约，从而把艺术作品从所给予的现实中转移、分离和异化出来，并使之进入它自己的自主性美学天地。因此，马尔库塞说："由于具有美学形式，艺术对于既定社会关系大都是自主的，""美学形式构成了艺术对于'既定'事物的自主性。"① 也正是在这个意义上，他才认为形式就是艺术固有的现实，就是问题本身。

马尔库塞指出，美学形式不是生活材料或艺术内容的派生物，而是经验内容的"升华"。他从弗洛伊德学派借用了"升华"这一术语，赋予它"风格化"和"美学转化"的含义。所谓风格化就是现实的材料或直接的生活内容按照艺术形式规律的要求被赋予新的形式和新的秩序，与形式化为一体。这同时也就是既定内容向具体文艺作品的转化，所以他也称之为美学转化。而美学转化的成功，则是通过对语言、感觉和理解力的改造达到的，其结果是使它们在强化了的"歪曲事物"的表现方式中显示现象的本质：人与自然的被压抑的潜能。基于这种理解，马尔库塞对现代西方某些"反艺术"流派企图消弭艺术与现实之间的距离、拼命使艺术成为生活的直接表现甚为不满，认为一味地造形式的反，结果只会丧失艺术的性质，从而失去反抗现实的依据和基础。

总之，既然艺术的自主性使艺术借以抗拒和超越现实，而自主性又依赖美学形式来建构，那么，十分显然，艺术的革命性政治潜能只能存在于美学形式之中，这在马尔库塞看来就是合乎逻辑的结论了。这样，从艺术的否定性到自主性再到美学形式，马尔库塞就完成了其艺术哲学体系由社会功能论向存在本体论的转换。

补偏：对形式禁忌的超越

马尔库塞"美学形式"论的提出不仅仅出自否定现实和构筑体系的需要，同时也有着现实的理论背景。它是在对"正统"马克思主义美学和现代形式主义美学的双重反驳和超越中提出来的。

我们知道，马克思主义美学的创始人马克思和恩格斯并没有忽视形式对

---

① ［美］赫伯特·马尔库塞：《美学方面》，见《现代美学析疑》，第1、8页。

于艺术所具有的意义。在恩格斯对德国"真正的社会主义"作家们的批评中，在马、恩写给拉萨尔谈《济金根》剧本的信中，都对艺术形式问题给予了相应的重视。恩格斯还把艺术形式的完美作为"三融合"戏剧理想的一个方面提了出来。但是，毋庸讳言，马、恩在艺术内容与形式的关系上基本上是继承了黑格尔的观点。黑格尔虽然强调艺术是内容与形式的统一，但却翻转了亚里士多德形式是事物的动因和目的、形式高于质料的观点，认为内容高于形式、派生形式，形式只是服务于内容的工具。在他的美学天地中，形式不是积极主动的构成力量，而只具有被动从属的意义。由于在哲学和美学上继承了黑格尔的传统，再加上革命实践的现实需要使马、恩由政治上的现实主义相应地转向艺术上的现实主义，因而他们的美学遗产相对来说对艺术形式问题论述就不够充分。不仅如此，马、恩还时常表现出对于形式技巧的淡漠和对于形式主义倾向的不满。这一点突出地表现在他们 40 年代早期所写的一些报刊文章中。

　　虽然马、恩对艺术形式的"淡漠"和对形式主义倾向的"不满"并没有导致他们走向完全排斥和否定形式的地步，但他们的"淡漠"和"不满"却大大影响了后来那些被称为"正统"马克思主义的文艺批评家们。特里·伊格尔顿在其《马克思主义与文学批评》中指出："一则，马克思主义批评传统地反对一切文学上的形式主义，抨击它惯于把注意力转向纯技巧性问题，剥夺了文学的历史意义，将文学降低成为一类审美游戏……；二则，大量的马克思主义批评在实践中不够重视艺术形式方面的问题，将这个问题搁置一边，一味探索政治内容。"① 这一概括是比较切合实际的。像托洛茨基、普列汉诺夫、卢卡契这样一些公认的马克思主义文艺理论家，都曾从"艺术作品的价值归根结蒂取决于它的内容的比重"② 这种观点出发，对现代派的"形式主义"大加挞伐。在他们看来，艺术形式并没有自身的价值，不仅如此，它还往往与反动阶级结盟。这样一种对待艺术形式的态度，被庸俗马克思主义文艺批评推波助澜地加以强化之后，最终便造成了对于形式的某种禁忌。长期以来，在某些所谓的"马克思主义文艺批评"中，"形式"、

---

① 〔英〕特里·伊格尔顿：《马克思主义与文学批评》，人民文学出版社 1980 年版，第 24 页。
② 《普列汉诺夫哲学著作选集》第 5 卷，三联书店 1984 年版，第 836 页。

"形式主义"经常被视为资产阶级艺术、颓废派艺术的代用语，成为一根打人的棍棒，是人所共知的。

马尔库塞的"美学形式"论就是针对这种"正统"的尤其是庸俗的社会学文艺批评提出来的。"正统"的尤其是庸俗的社会学文艺批评简单地对待政治与艺术、内容与形式的关系，以政治质量衡量艺术质量，以题材性的思想内容替代审美形式的创造，从而将艺术贬低为政治的奴婢，使形式沦为内容的附庸。马尔库塞则认为艺术的特质不在于内容，而在于内容变成了形式；艺术的手段不是顺世从俗地反映现实的直接性和即时性，而是形式对于既定现实内容的疏隔效果和超越作用。因此，艺术的政治性、革命性也就不在于它能够作为政治观点的宣传品和革命实践工具，而在于由审美形式所构筑起来的艺术世界能对既成传统社会的经验、意识、感觉起破坏作用。

马尔库塞认为，艺术的革命性可以从两个层面来看。从狭义上说，艺术要是表示了一种风格上和技巧上的根本变革，它可能就是革命的。这种变革往往显示了一个真正先锋派的成就，预示或反映了整个社会的实际变革。但仅从技巧角度来看艺术的革命性作用，还说明不了艺术的真实性和质量。从深刻的意义上讲，如果一件艺术品能够借助于美学改造即美学形式，在个人的典型命运中表现出普遍的压抑和反抗，从而突破被凝固化、一体化了的单向度社会现实，打开变革和解放的前景，这种艺术品才是能够显示质量和真实性的革命艺术。可见，不论从哪种意义上看，美学形式对于艺术品的社会职能都是至关重要的，革命性与艺术品的美学形式有着不解之缘。美学形式之所以能够产生革命性作用，在马尔库塞看来，就在于"形式的专横"压制了表现的直接性，从而压制了虚假的现实。艺术形式赋予了熟悉的生活内容和人生经验以疏隔的或陌生化的面目，便阻碍了经验的自动性和直接性，同时也促成了一种新意识和新感觉的出现，而破坏经验的自动性和直接性，培养对生活的新经验和新感性，正是社会改造和社会革命的必要起点。

救弊：对形式崇拜的超越

如果说马尔库塞的"美学形式"论对"正统"的和庸俗的马克思主义美学主要是起了一种补偏作用的话，那么它对于风靡欧美的形式主义美学则主要是起了一种救弊的作用。

现代形式主义美学产生于一部分人对艺术自治性或自律性的捍卫，和对他治性或他律性的拒斥。伴随着现代派艺术的产生和发展，尤其是后印象派抽象艺术在 20 世纪初的出现，形式主义美学也以英国和俄苏为基地发展起来。形式主义理论主张艺术遗世独立，脱离社会斗争的迫切问题和任务，宣扬艺术的无思想性和无内容性，否认内容与形式的辩证统一关系，把艺术归结为纯形式。在英国，弗莱和贝尔两位艺术评论家同时提出了"审美形式"的概念，把"审美形式"或"有意味的形式"规定为艺术的共同性质。在俄国，彼得堡和莫斯科的形式主义文论家们则把文学性作为文艺科学的唯一研究对象，而在他们那里，文学性即形式，形式又是以艺术手法（技巧）和结构为主要因素的。因此，形式崇拜或形式拜物教便构成了形式主义美学的基本特征。

形式主义美学在欧美有着比较深广的影响，马尔库塞的"美学形式"论显然也吸取了它的一些基本观点。形式主义者强调艺术的自主性，认为艺术首先应该是艺术，这种看待艺术的基本观点是马尔库塞所赞同的。形式主义者认为，艺术作为审美形式，其基本功能在于更新人们对生活和经验的感觉，马尔库塞也接受了这一见解，并在此基础上提出了其"新感性"理论。他指出，为了摆脱异化现实对人的物质上的和精神上的控制，建设一个自由的新型社会，人类除了应在理智上建立起新的世界观之外，还必须在感情上、在审美趣味上培养与传统文化培育出来的感受力完全相反的"新的感受性"或"新感性"。艺术在建立"新感性"上能够发挥几乎是难以替代的作用。他摧毁了司空见惯的感觉方式，使人们学会用新的眼光来观察世界，从而揭掉了通常感觉的帷幕。这是艺术所具有的颠覆性政治潜力所在。此外，形式主义者认为，为了创造出能够更新感觉的艺术形式就必须运用一定的艺术技巧，这种技巧就是"陌生化"的处理方式，即通过艺术语言的"抽象"和"变形"，将日常经验的熟悉对象变得生疏起来，调离经验的自动性，使艺术作品具有新颖别致、出奇翻新的效果。对此，马尔库塞也具有同识。他指出："因为人和自然是由一个不自由的社会构成的，它们被压抑、被歪曲的潜能只能以一种具有疏隔作用的形式表现出来。艺术的世界是另一种现实原则的世界，是疏隔的世界——而且艺术只有作为疏隔，才能履行一种认识的职能：它传达不能以其他任何语言传达的真实；它反其道而行之。"① 形式主义者强调陌生化对于艺术的普遍性意义，声称"凡是有形式的地方几乎都有陌生化"②。马尔库塞也强调了艺术形式与陌生化的普遍联系，并且指出当代艺术的激进主义之所以一败涂地，原因即在于它们废除了"疏隔效果"。

　　尽管马尔库塞吸取了形式主义美学的一些基本观点，但是其"美学形式"论与形式主义者的形式崇拜却有着根本性的区别。首先，马尔库塞并没有像形式主义者那样，走向否定和取消艺术内容的地步。形式主义者翻转了内容高于形式这一近代观念，专注于形式而不顾其他。在他们看来，艺术是靠自己技巧的理性发展起来的，文艺作品就是纯粹形式的王国。为了突出形式架空内容，他们常用手法和材料的概念偷换形式与内容的概念，实际上是用手法冲掉材料。他们把现实存在的东西以及艺术中表现的思想、观念和意义称为材料或素材，在构成文学时，材料只起次要的和从属的作用，而技巧或手法才是艺术的主角。形式主义者有时也谈论艺术的内容，但他们所谓的内容就是形式技巧的总和呈现出来的某种审美意味。什克洛夫斯基就明确说过："一部文学作品的内容（因而是'灵魂'）是它文体技巧的总和。"③ 同样，贝尔所津津乐道的"意味"也并非来自内容，而是由形式关系产生出来的。所以，形式主义者就是从形式到形式，内容在他们的视野中是没有特殊意义的，其价值等于零。但是，马尔库塞却明确肯定了内容在艺术中的合法地位，他说过："我们不妨把'美学形式'解作一个既定内容（现有的或历史的、个人的或社会的事实）转化为一个独立自足的整体（如一首诗、一篇剧作、一部小说等等）的结果……一件艺术品真实与否，不看它的内容（即社会条件的'正确'表现），也不看它的'纯'形式，而要看内容是否已经变成了形式。"④ 可见，马尔库塞是坚持艺术有来自于生活现实的内容的。不仅如此，他还对内容与形式之间的关系作了辩证的理解，他写

---

① ［美］赫伯特·马尔库塞：《美学方面》，见《现代美学析疑》，第9页。

② 转引自（英）安纳·杰弗逊等《西方现代文学理论概述与比较》，湖南文艺出版社1986年版，第7页。

③ 转引自［荷］佛克马、易布思《二十世纪文学理论》，三联书店1988年版，第20页。

④ ［美］赫伯特·马尔库塞：《美学方面》，见《现代美学析疑》，第8页。

道："美学形式并不同内容相对立，甚至并不辩证地相对立。在艺术品中，形式变成了内容，而内容则变成了形式。"①

其次，形式主义者专注于艺术形式，把艺术作为纯审美的领域，有意识地割断了艺术与现实生活的联系，使文学脱离了意识形态的范围，以一种超然的态度对待生活以及进入艺术中的生活材料。什克洛夫斯基在《共产主义与未来艺术》一文中断言："艺术总是离开生活而保持自由，在它的色彩中从来也没有反映出那飘扬在城市堡垒上空的旗子的颜色。"② 雅各布逊也声称："诗对待它所陈述的对象是漠不关心的。"③ 与此相反，马尔库塞虽然也注重艺术的美学形式，反对艺术直接镜映现实生活，却坚决反对文艺家对生活持超然的漠不关心的态度，而是主张艺术借着疏隔的形式以否定性姿态介入现实。

结论：超越的意义与局限

在现代"西方马克思主义"美学家中，明确提出艺术形式在马克思主义美学结构中的地位问题并对此作出详细阐明的，要首推马尔库塞。实事求是地说，其"美学形式"论的确包含着富有价值的理论内容。

马尔库塞的"美学形式"论重新思考了艺术与革命的关系。"正统"的尤其是庸俗的马克思主义美学以题材性的质量和"革命性"解释艺术的质量和革命性，抹煞了艺术活动的特殊性。马尔库塞则认为艺术的进步性，它对解放斗争的贡献，不能按照文艺家的出身，也不能按照他们阶级的思想水平来衡量，同时也不能由被压迫阶级出现或不出现在作品中来决定，艺术的进步性或革命性只能来自于作品本身，来自于作品的审美表现力。如果文艺作品还没有把对现实的抗议和对幸福的允诺的内容变为形式，即不是变为形式的内容，那就不能在深远的意义上被称为革命的。如果削弱了艺术形式的疏隔力量，使艺术品带上直接的政治性，把文艺变成说教或宣传的工具，那么艺术就会缩小了根本的、超越的变革目标，丧失了它本可能具有的政治潜

① ［美］赫伯特·马尔库塞：《美学方面》，见《现代美学析疑》，第28页。
② 转引自［苏］阿·梅特钦科《继往开来》，中国社会科学出版社1983年版，第157页。
③ 转引自《世界艺术与美学》第七辑，文化艺术出版社1986年版，第9页。

能。马尔库塞把文艺的独立自在性看作文艺的生命，把美学形式视为文艺区别于其他文化领域的标志，这无疑显示了他比那些庸俗的马克思主义研究学派的高明之处。同时，形式主义美学的代表人物否定文艺的革命性，把文艺视为超然于现实生活的纯审美领域，而马尔库塞则把文艺的审美形式与政治潜能联系起来，这无疑又与形式主义划清了界限。

马尔库塞的"美学形式"论还对艺术内容与形式的关系作了比较辩证的理解。传统的历史主义、社会学和心理学文艺批评，包括正统的和庸俗的马克思主义美学在内，只注重艺术内容而忽视艺术形式的价值，相反，形式主义又只注重形式而贬抑艺术内容的意义。马尔库塞则认为，但有内容，或只有纯形式，都还不是艺术。艺术就是内容变成了形式，形式变成了内容，而革命艺术实际上应是审美形式与审美内容有机结合的产物。

此外，马尔库塞"美学形式"论对"升华"、"风格化"、"美学转化"、"疏隔"或"陌生化"等等的论述，以及从"美学形式"的革命性角度对现代先锋派艺术的肯定和对作为文化工业的大众艺术的否定，也都不乏真知灼见。

当然，超越总是与局限相联系的。如前所述，马尔库塞为之钟情的"美学方面"或"美学向度"实际上不过是一个审美的乌托邦。这个审美的乌托邦既不愿与既存社会同流合污，又企图独立于激烈的革命政治实践之外。这种乌托邦性质蕴含了马尔库塞"美学形式"论的矛盾。他赋予了艺术形式以激进的政治功能，把艺术视为进行文化革命和心理本能革命的手段，同时却又极力反对艺术与政治的直接联系，反对将艺术隶属于无产阶级的革命斗争事业，认为"艺术与政治实践的冲突不可避免"①，并断言"艺术并不服从革命策略的规律"②。他反对将艺术降为政治的奴婢，把艺术创作置于"任务文学"之中，这自然有其合理之处。但他从反对以政治代替艺术的庸俗马克思主义观点出发，得出了艺术游离于政治之外的结论，这就不免由一种片面性走向了另一种片面性。他将艺术自律绝对化，用艺术形式本身代替了政治，这在实际上就取消了艺术与政治的现实联系，从而取消了

---

① ［美］赫伯特·马尔库塞：《美学方面》，见《现代美学析疑》，第26页。
② ［美］赫伯特·马尔库塞：《美学方面》，见《现代美学析疑》，第17页。

艺术有效地为人类解放服务的可能性，尽管这种结果是与其初衷相违背的。此外，他以内容与形式辩证统一的观点克服了重内容轻形式与重形式轻内容两种文艺观点的片面性，但是他对艺术内容的解释却又是不能令人满意的。虽然他说过任何历史现实都可以成为艺术模拟的"舞台"，但他却常常把艺术内容归结为以性爱、幻想、非侵略性欲望为基础的个人的主观经验，这显然将艺术内容狭窄化了。同时他对美学形式不绝于耳的礼赞性论述，也使人不能不感觉到他在内容与形式的关系上仍然有"倾斜"，他更多地表达了对形式的钟爱。

然而，尽管马尔库塞的"美学形式"论有着上述不尽人意之处，但由此就将它归之于反马克思主义美学之列，断言它是以"形式主义对抗现实主义"却有失公允。因为马尔库塞对于当代资本主义社会现实不妥协的敌对与批判态度，以及对于艺术政治潜能或革命性的呼唤，依然使其"美学形式"论保持着可以辩认的马克思主义存在风貌。应该承认，其"美学形式"论中包含着极有价值的艺术观点和理论命题，这些观点和命题对已有的马克思主义美学体系确实在一定程度上起到了补充或充实的作用。

后经典时期马克思主义
文艺美学的形态与主题

　　如果将德国古典美学解体之后直到今天这一历史时段称为现代文艺美学的发展时期的话，那么一个毋庸置疑的事实是，马克思主义文艺美学理论是构成这一现代发展期的重要一翼，确切地说，是最重要的一翼。说它最重要，是因为在现代文艺美学发展史上，还没有另外一种文艺美学有比马克思主义文艺美学更为久远的历时年代、有比它更为庞大的理论队伍、有比它更为阔大的影响空间。马克思主义文艺美学理论在现代文艺美学领域里的地位，正如整体的马克思主义在现代思想和社会领域里的崇高地位一样，是任何其他的理论都难以比肩的。前苏联著名美学家卡冈主编的《马克思主义美学史》一书开篇便指出："马克思主义美学的形成与发展可以有充分理由地称作全部世界美学思想史的最高阶段。"① 甚至有见识的西方学者也公正地认为："不仅在历史、政治、经济和社会各门学科中，而且在美学和文学领域中，马克思主义都是每个有学识的读者必须与之打交道的一种学说。对它一窍不通，就不可能看懂卢卡契、瓦尔特·本杰明或卢西安·戈德曼这些重要文学批评家的作品。"②

---

　　① ［苏］M. C. 卡冈主编：《马克思主义美学史》，汤侠生译，北京大学出版社 1987 年版，第 1 页。
　　② 牛津大学休·劳埃德·琼斯教授语，引自［英］柏拉威尔《马克思和世界文学》附录，梅绍武等译，三联书店 1980 年版，第 579 页。

一

　　就历时态而言，马克思主义文艺美学大致上经历了两大发展时期：从19世纪40年代到90年代，是这一全新的文艺美学理论的创始期，创始人是马克思和恩格斯；从19世纪末叶至今，则是这一全新的文艺美学理论的进一步发展期，参与并推动了这一理论发展时期的人员数量众多且身份多样，其理论代表人物也因研究者的理论阐释和评价的重点相异而各有不同。上述两大发展时期，也可以简单地命名为以马克思和恩格斯为代表的"经典"时期和马、恩之后的"后经典"时期。应该说，对马克思和恩格斯的文艺美学思想，国际学术界已做了较为充分的研究，对其理论内容、理论性质和理论价值的认知与评价也有着较多的共识，在前苏联和中国学者中尤其如此。而对后经典时期的马克思主义文艺美学理论，中国学界甚至国际学界的研究，相对来说就不是那么充分，而且在其理论版图的厘定，尤其是在对其不同理论派别代表人物的理论性质和成就的认识与评价上往往存在着较大的甚至根本相异的分歧。这样一种研究状况，是从事马克思主义文艺美学研究的学者都自然会遇到而且不能不面对的。

　　从科学地全面地把握和认识马克思主义文艺美学的历史状貌、理论内容、理论性质和理论价值来说，对马克思主义文艺美学后一个发展时期的研究面临着更多的理论困难和挑战。虽然如此，我们却必须勇敢地去应对这种困难和挑战。这首先是因为后一个发展时期构成了马克思主义文艺美学发展的一个新的阶段，这一阶段产生了新的理论代表人物，提出了新的理论观念和命题，形成了新的理论建构，忽视乃至完全漠视之，就不足以全面认识马克思主义文艺美学的整体状貌和丰富多样的理论内容。进一步来说，虽然马克思主义文艺美学创始期的思想成果和理论遗产与马克思、恩格斯所创立的科学世界观和共产主义学说联系紧密而直接，其"马克思主义"性质无可置疑，但马、恩的文艺美学思想毕竟是在19世纪的文艺现状和现实需求基础上产生的，其理论内容的现实指向或针对性必然使之与我们今天的现实需求和理论创生语境形成一定的"距离"和"疏隔"；而尽管马克思主义文艺美学后一个发展时期的人员构成和理论内容复杂多样、驳杂不一，有不少理论的"马克思主义"性质尚存争议，但它们大都是在20世纪以来的文艺现状和现实需求基础上生成的，其理论指向或针对性更具当下性，从而与我们今天的理论创造有着更为亲近、直接的共时性关联。就此而论，尽管我们在当代形态的中国化马克思主义文艺美学的创造中依然要在艺术审美理想、科学世界观与方法论诸方面从马克思恩格斯那里汲取理论滋养，但在现实问题的应对、理论观点的提出、理论创新的取向等方面，我们却与近一个世纪的马克思主义文艺美学理论有着更多的亲近感和相关性，而且作为发展期马克思主义文艺美学理论的一个重要分支，自20世纪20年代后期逐渐创生与发展起来的中国化马克思主义文艺美学在很多年代很多情况下往往就是以西方同期的马克思主义文艺美学为范本、为参照、为资源、为动力的。因此之故，对坚持与发展马克思主义文艺美学来说，认真地研究马克思主义文艺美学创始期的经典理论是必要的，而认真地研究、分析与总结马克思主义文艺美学后经典时期的理论成就与贡献、发展经验与教训同样也是必要的。而从后经典时期马克思主义文艺美学的发展与中国现当代文艺美学发展的共时性关联和影响关系以及学界对其研究的相对不足来看，对后经典时期的研究应该说有着更强的现实价值和现实紧迫性。

　　由于每个研究者的知识素养和理论旨趣的差异，对后经典时期马克思主义文艺美学的研究当然可以是多样而不同的。就其人员构成而言，可以做个案式的单人研究、流派研究，也可以做总体性的历史描述与分析；就其理论内容而言，可以做个别问题的理论研究，也可以做总体理论特征的归纳，还可以做不同理论观念与模式的比较性分析；就其理论特色与价值而言，可以对其不同的理论家和理论派别进行比较，也可以将后经典时期单个人的理论、某一流派的理论甚至整个时期的理论与经典理论加以比较，还可以将它们与不同时期的非马克思主义文艺美学加以比较，在比较中做出分析与评判，如此等等。可以说有多少不同的研究个人，就可能有多少不同的切入视角，有多少不同的理论认知与评判。而在我们看来，后经典时期的马克思主义文艺美学的整体历史状貌和基本理论主题问题，相对而言更为重要，应首先予以关注，因为这一问题的解决不仅可以为如上所胪列的其他相关研究奠定基础，而且可以给当下的理论创新提供重要的理论参照和启示，从而将对对象的研究最终转化到我们自身的理论创造中来。

二

自 19 世纪末 20 世纪初马克思、恩格斯的战友和学生拉法格、梅林、考茨基、普列汉诺夫等人在致力于工人运动的实践和传播马克思主义学说的同时，也大量涉及美学研究和文学评论工作起始，直到当今活跃于国际学术舞台上的新马克思主义文艺美学家詹姆逊、伊格尔顿等人，后经典时期具有国际性影响的马克思主义文艺美学家少说也有几十位之多。就身份而言，这其中既有拉法格、考茨基这类以马克思、恩格斯的战士和学生身份名世的马克思主义理论家、著名工人运动活动家、第一和第二国际的领导人，有列宁、毛泽东这样公认的 20 世纪马克思主义思想家、政治家、革命领袖，也有卢卡契这类既有政治活动经历又主要以学术扬名的人物，更有像阿道尔诺、马尔库塞、阿尔都塞、戈德曼、威廉斯、詹姆逊、伊格尔顿这样一大批以学术为业的书斋学者。就思想倾向而言，这其中既有正统甚至今天也已成为经典的马克思主义者，也有在诸多思想领域向正统马克思主义提出挑战的所谓"西方马克思主义"或"新马克思主义"者，也有的基本上只是马克思主义的信仰者，思想成分中只有少量的马克思主义的因素。正如安德森在分析"西方马克思主义"的特征时所指出的，由于"马克思主义理论同群众实践之间政治统一的破裂"，"由于缺乏一个革命的阶级运动的磁极，整个西方马克思主义传统的指针就不断摆向当代的资产阶级文化。马克思主义理论同无产阶级实践之间原有的关系，却微妙而持续地被马克思主义理论同资产阶级之间的一种新的关系所取代。"[1] 由此可见，后经典时期的马克思主义不仅在身份上而且在思想成分上都是极为复杂的。这种状况，自然就造成了研究中的困难。在对马克思主义创始人的研究中，虽然也有因年代演进而带来的前后期思想的发展变化，有因个性差异和研究者的不同而带来的两位思想家的思想观点和思维方式上的细微差别，但他们二人的理论观点包括文艺美学思想在总体上属于同一个思想体系，可以做统一的整体的描述。而对后经

---

① ［英］佩里·安德森：《西方马克思主义探讨》，转引自陆梅林编《西方马克思主义美学文选》，漓江出版社 1988 年版，第 150 页。

典时期的马克思主义包括马克思主义文艺美学理论在内，做统一的整体的描述则不是很容易。因此，在对这一时期的马克思主义文艺美学理论的研究中人们往往采取按年代顺序、按国别、按不同理论取向或模式，或将年代、国别与不同的理论取向和模式相结合等方式分而述之，在一一缕述中显示其整体的历史状貌。这可以说是研究者为克服上述困难而有意采取的一种叙事策略。

在目前所见到的一些较好的马克思主义文艺美学选编著作中，美国学者梅·所罗门所编的《马克思主义与艺术》大体上是按时代的先后顺序收录了马克思恩格斯及其以后历代马克思主义文艺美学家有关文艺和美学的言论，而我国著名文艺美学家陆梅林先生选编的《西方马克思主义美学文选》除带有思想总论性质的头两部分和附录之外，基本上是按国别分类。在研究著作中，我国学者吕德申主编的《马克思主义文艺理论发展史》、李衍柱等主编的《马克思主义文艺思想的发展与传播》、周忠厚等主编的《马克思主义文艺学思想发展史教程》、王善忠主编的《马克思主义美学思想史》、马驰所著的《马克思主义美学传播史》，以及前面所引苏联美学家卡冈主编的《马克思主义美学史》等，大致上都是以年代与国别相结合的方式编排著作体例和章节结构，这在同类研究中是一种主要著述模式。此外，英国学者戴维·福加克斯在其参与撰写的《现代文学理论导论》第六章"马克思主义文学理论诸流派"中，则从研究方法的角度，把20世纪马克思主义文学理论分为五种模式，即以卢卡契为代表的反映模式，由马歇雷所阐发的生产模式，由戈德曼所创立的发生学模式，由阿道尔诺所倡导的否定认识模式，以及巴赫金学派的语言中心模式。我国学者冯宪光在《"西方马克思主义"美学研究》中，是以美学研究的核心问题和基本走向为经，分别以"坚持和发展现实主义的美学"、"走向浪漫主义的美学"、"维护现代主义的美学"、"读解文本的结构主义美学"、"艺术政治学的美学"和"走向文化学的美学"为题，力图全面勾画出"西方马克思主义"美学自20世纪20年代至90年代初70余年的发展面貌。而英国著名文学批评家弗朗西斯·马尔赫恩在其1992年出版的《当代马克思主义文学批评》一书的"引言"里，则是把马克思主义文论发端与发展的历史，按年代和思想取向的不同，区分为三种不同的相位："一种古典主义或科学社会主义的相位，这一相位由马克思和恩格斯创立，一直强劲地持续到19世纪后半期和20世纪前半期；一种具有自我风格的批判相位，这一相位从本世纪20年代兴起，在随后的30年中成熟和趋于多样化，然后在60年代确立一种'非正统的规范'；一种新的相位，这一相位起初效忠于60年代早期的批判古典主义，在其后的10年间得到广泛传播，然后又在'唯物主义'和'反人文主义'之类含义宽泛的名目下迅速多样地发展、演变；这个发展演变的过程今天仍在继续。"① 应该说以上诸种编著体例和研究方法各有优点，按年代顺序和国别区分进行的编著体例有利于呈现各个文艺美学家及其文艺美学思想在历史绵延中的时空分布，而按观念取向和理论模式进行的研究方法则有利于凸现马克思主义文艺美学思想的理论疆界、思想高地和动态走向。但这两种研究方法也各有其缺陷，前者容易使人只见到一棵棵树木的方位，而形不成关于整个森林的印象，而后者勾画了整个森林的大致轮廓，却又易于模糊了一棵棵具体树木的方位及其相互之间的时空关联。比较起来，马尔赫恩所采取的研究方式，将年代顺序和思想取向有机地统一起来，综合了前两种研究方法各自的优长，既勾画出动态的历史发展脉络，又提示出相关理论不同的思想取向、理论特征和话语主题，给人更为清晰而深刻的印象，是一种更具历史涵容性与学术概括力的研究方法，值得学习和借鉴。

　　基于上述比较分析，对后经典时期马克思主义文艺美学理论的整体历史状貌，我们也希望能将年代顺序的演进与思想取向的区分有机地统一起来，借助于这种研究方法找到属于自己的理论分析构架。从这一认识思路出发，在深入思考与认真比较的基础上，我们拟将后经典时期的马克思主义文艺美学分为四种理论形态，即科学型的马克思主义文艺美学，政治型的马克思主义文艺美学，社会批判型的马克思主义文艺美学以及文化分析型的马克思主义文艺美学。这种区分，既从发生学的角度理清了各种类型的马克思主义文艺美学的先后序列，又凸出了各种类型的马克思主义文艺美学的思想取向和理论特色，有助于我们更为全面也更为深入地把握和分析后经典时期的马克思主义文艺美学理论。

---

　　① ［英］弗朗西斯·马尔赫恩编：《当代马克思主义文学批评》，刘象愚等译，北京大学出版社2002年版，第3页。

三

先谈科学型马克思主义文艺美学。19 世纪末 20 世纪初，当马克思恩格斯在世和去世之后，他们的学生和战友拉法格、梅林、考茨基、普列汉诺夫等人，先后撰写了大量文学评论和有关艺术、美学的论著。在这些文艺美学论著中，他们力图用马、恩创立的社会历史理论为世界观和方法论指导，对历史上和现实中的文艺和审美现象作出科学的评述和探讨，为在文艺美学领域传播和发展马克思主义的历史唯物主义理论作出了贡献。依据历史唯物主义的基本理论，个别的意识形态领域，包括文学和艺术，不是独立发展的，它们是物质生产力和阶级斗争发展的结果和表现形式。对这一原理，这些新一代的马克思主义者深信无疑，而且认为这一原理是一切精神科学的哲学基础。普列汉诺夫曾明确地说过："我深信，今后，只有依靠唯物史观的批评（确切地说：科学的美学理论）"，美学和文学批评"才有可能向前进展"，"哲学并不排斥美学，相反，是为它铺平道路。力求替它找出坚实可靠的根据。关于唯物主义的批评，同样也应当这样说。"① 因此，他们努力据此而探讨各种文学艺术和审美现象与作为社会最终发展动力的社会生产方式和一定社会的生产关系、阶级关系之间的联系，把文学艺术和美学问题的研究当作"检验"和传播马克思主义"一般历史观"的一个特别有意义的领域，同时并以此来丰富和拓展历史唯物主义的理论内容和文化涵括空间。正如马尔赫恩所指出的，"正是在这里，后来的一代人不遗余力地试图拓展马克思和恩格斯的理论著述并使之系统化，他们是在'科学'的旗帜下作此努力的。"② 应该说，他们的努力是取得了实绩的。梅林对古典作家的评论和对"现代艺术"的批判，对历史唯物主义的捍卫和发展；拉法格对资产阶级作家及其作品的局限性的揭露和批判，对民歌民谣和语言问题的研究；普列汉诺夫对艺术的起源、艺术的本质和社会作用的研究，对美感的生理基础和社会条件的探讨，对文学批评的性质和原则的分析；考茨基关于艺术与自然的

---

① 转引自福明娜《普列汉诺夫的文学和艺术观》，新文艺出版社 1958 年版，第 9 页。
② ［英］弗朗西斯·马尔赫恩编：《当代马克思主义文学批评》"引言"，第 7 页。

审美关系的观点，关于艺术的精神生产与物质生产之间的矛盾的探讨等等，都是马克思主义文艺美学发展历程中凝结下的重要思想成果，至今仍是值得汲取的珍贵理论资源。梅林等人在捍卫、宣传和发展马克思主义唯物史观方面的努力在当时和此后都赢得了马克思列宁主义经典作家的赞誉。恩格斯就认为梅林能用历史唯物主义观点理解历史事件，而且"很会写东西"，称赞他的文艺和历史论著《莱辛传奇》"的确是一篇出色的作品"，把唯物史观"作为研究历史的引线来应用"，"抓住了要领"。① 列宁也对拉法格、梅林、普列汉诺夫这一代马克思主义者给予了高度评价，称赞拉法格是"马克思主义思想的最有才能的、最渊博的传播者之一"②，赞扬梅林"不仅是一个愿意当马克思主义者的人，而且是一个善于当马克思主义者的人"③，主张所有青年党员认真研究普列汉诺夫的理论遗产，说他的"全部哲学著作""是整个国际马克思主义文献中的优秀著作"，不研究这些著作，"就不能成为一个觉悟的、真正的共产主义者"。④ 这些赞誉是包括他们在文艺美学方面的理论建树在内的。

　　不过，应该指出，上述这一代马克思主义者的文艺美学思想也是存在较为明显的理论缺陷的，这就是辩证精神的欠缺。列宁曾就普列汉诺夫理论中"辩证法的不充分"写道："辩证法就是（黑格尔和）马克思主义的认识论—普列汉诺夫恰好没有注意这一方面（这其实还不是什么'方面'，而是主要的实质），更不用说其余的马克思主义者了。"⑤ 卢卡契在其《审美特性》中也指出："马克思主义在列宁以前，即使是在它最好的理论代表如普列汉诺夫或梅林那里，也只是限于讨论历史唯物主义的问题。只是自列宁起，才又把辩证唯物主义置于注意的中心。"⑥ 对辩证唯物主义的忽视，使得拉法格、梅林、普列汉诺夫等人的文艺美学论著更多地关注不同时代的文艺和审美现象对一定的社会生产方式和阶级关系的被动依存性，而相对忽视了文艺意识形态的复杂性与能动性，更多地关注文艺和审美现象与社会生活

① 《马克思恩格斯全集》第 38 卷，人民出版社 1972 年版，第 310 页。
② 《列宁全集》第 20 卷，人民出版社 1989 年版，第 386 页。
③ 《列宁全集》第 18 卷，人民出版社 1988 年版，第 372 页。
④ 《列宁选集》第 4 卷，人民出版社 1972 年版，第 453 页。
⑤ 转引自《瞿秋白文集》第 2 卷，人民文学出版社 1953 年版，第 1064 页。
⑥ ［匈］卢卡契：《审美特性》第 1 卷，徐恒醇译，中国社会科学出版社 1986 年版，第 4 页。

的联系性，而相对忽视文艺的审美特殊性和自主性。

正是有鉴于这一代马克思主义者理论上的失误，卢卡契在研究马、恩的文艺思想以及在建构自己的美学理论体系时一再申明，马克思主义美学的研究必须以历史唯物主义和辩证唯物主义为统一的哲学基础。在《马克思恩格斯美学论文集引言》中，卢卡契指出，按照马克思主义的观点，科学和艺术的发展从不脱离统一的历史过程，而是作为历史发展整体中的因素而存在的，"文学的存在和本质、产生和影响因而也只有放在整个体系的总的历史关系中才能得到理解和解释。文学的起源和发展是社会的总的历史过程的一个部分。文学作品的美学本质和美学价值以及与之有关的它们的影响是那个普遍的和有连贯性的社会过程的一个部分，人在这部分过程中通过他的意识来掌握世界。从第一个观点出发，马克思主义的美学、马克思主义的文学和艺术史是历史唯物主义的一部分；从第二个观点出发则是辩证唯物主义的应用。当然在两种情况下都是这整体的特殊和特别的一部分，有着某种特有的规律性、某种特有的美学原则。"[1] 正是基于对马克思主义美学的这种理解，卢卡契在其大量文学研究论著和美学代表作《审美特性》中一方面以历史唯物主义为主导，对艺术的产生、发展、转变及其社会作用做了多方面的社会历史分析，同时又以辩证唯物主义为主导，探讨了艺术审美反映的特殊本质、特殊范畴和结构。依据社会存在决定社会意识、社会意识是社会存在的反映的马克思主义基本观点，卢卡契把艺术理解为对现实反映的一种独特表象方式，而把以巴尔扎克和托尔斯泰为代表的 19 世纪"伟大的现实主义"作为自己的艺术典范，对艺术反映的历史真实性、具体性、典型性和人道主义理想诸问题作出了具有思想深度的理论探讨和体系建构。卢卡契的美学是以"现实的反映"为核心语汇的，因而其理论在西方通常被称为"反映模式"。福加克斯说："在现代马克思主义美学中，对反映模式作出较完整的说明的是匈牙利思想家乔治·卢卡契。"[2] 无论人们对卢卡契的美学思想存在多少争议，但有一点是肯定的，即卢卡契的美学理论属于科学型马克思主义文艺美学之列。与卢卡契同时或在其之后，原苏联和东欧各社会主

---

① 《卢卡契文学论文集》（1），中国社会科学出版社 1980 年版，第 275 页。

② ［英］安纳·杰弗森等：《西方现代文学理论概述与比较》，陈昭全等译，湖南文艺出版社 1986 年版，第 169 页。

义国家以及中国 20 世纪三四十年代开始直到六七十年代占据主导地位的学院派文学理论和美学，基本上都是以历史唯物主义和辩证唯物主义的认识论或反映论为理论建构的哲学基础，以文学艺术对社会现实的审美反映关系为理论框架，以马、恩所赞赏的 19 世纪现实主义文艺创作为艺术典范的，因而也都属于科学型马克思主义文艺美学之列。此外，以阿尔都塞、马歇雷、戈德曼为代表的结构主义马克思主义美学，也是在将马克思主义与现代结构主义思潮相结合的基础上追求着文学理论与批评的"科学"属性的。尽管马歇雷、戈德曼等人的理论与卢卡契的理论比起来有不同的理论旨趣，但他们基本上都是在卢卡契的反映模式所开创的研究艺术——历史——意识形态这三者关系的理论传统基础上向前做进一步理论拓展的。不少西方学者曾正确地指出了结构主义马克思主义文艺美学诸理论家与卢卡契理论之间的关联。在"西方马克思主义"理论家中，戈德曼被认为是卢卡契的学生。英国学者鲍埃豪尔不仅指出了他们二人之间这种承续关系，还认为戈德曼在文学批评方法的试验上，成就高于卢卡契，说"人们指出卢卡契从未像戈德曼和当今法国批评家那样，具体地阐述法国文学批评模式。……戈德曼含蓄而成功地为他提出的范畴构造了法国系统的、辩证的模式。"[1] 福加克斯也认为马歇雷的生产模式取之于卢卡契。[2] 马歇雷后期由艺术生产论转向艺术反映论的研究，这就使其与卢卡契的联系起码在理论论阈上更为直接了。

四

再谈政治型马克思主义文艺美学。作为马克思主义的一个有机组成部分，马克思主义文艺美学理论从来都不讳言文学和艺术的思想倾向性，不讳言文学和艺术与阶级、党派、政治的关系。早在 19 世纪 40 年代初，在编辑《莱茵报》时期所写下的《评普鲁士最近的书报检查令》（1841）和《第六届莱茵省议会的辩论（第一篇论文）"关于出版自由和公布等级会议记录的辩论"》（1942）中，马克思就在激烈批判封建官僚主义的书报检查制度

---

① 转引自冯宪光《"西方马克思主义"美学研究》，重庆出版社 1997 年版，第 357 页。
② 参见［英］安纳·杰弗森等《西方现代文学理论概述与比较》，第 178 页。

时，不仅一般地捍卫了包括文艺创作在内的书报出版自由，而且把争取增强文学中的人民性和党派影响作为进行思想斗争和社会批判的一个重要方面加以高度重视。其时，马克思完全自觉地站在劳动人民的立场看待包括文艺创作在内的出版自由问题，提出出版自由的美在于具有人民性，自由的出版物应当成为人民用来观察自己的一面精神上的镜子，而人民性与贵族性是对立的。基于这种认识，马克思主持下的《莱茵报》曾对诗人弗莱里格拉特宣扬的诗歌"无党性"主张进行了坚决的斗争。苏联著名文学理论家里夫希茨在其研究马克思文艺美学思想的名作《卡尔·马克思和美学》中认为，马克思在其关于出版自由的辩论文章中，根据他在 1842 年所持的民主革命的政治主张，以及在一定程度上也是作为《莱茵报》的主编，实际上已把"党的原则"引进了文学，虽然当时所说的党还不是无产阶级的党。《莱茵报》时期之后，随着欧洲工人阶级的成长壮大和无产阶级革命运动的发展，以及马克思恩格斯由革命民主主义向共产主义的思想转变，从 19 世纪 40 年代上半叶起，马克思主义文艺美学的创始人就开始超出一般的人民性观点，转而进一步开始从阶级的观点、党派的观点、新兴无产阶级的社会革命理想和精神发展需求的角度看待文学艺术问题。正如原民主德国著名美学家汉斯·科赫在其《马克思主义和美学》中指出的，自 1942 年以后，"他们（按：指马克思和恩格斯）理解并且坚持了这个思想：文学的党性和倾向性是现实的、实际的政治和社会斗争的工具。他们把自己的文学批评活动看作是建立和加强无产阶级革命政党的斗争的一个组成部分，即'齿轮和螺丝钉'。他们的观点的重要性和意义首先在于：在一八四四年以后的危机年代，他们的政治观点和美学观点已经形成完整的有机统一，政治判断和美学判断融合成为一个严密的整体。"① 这种统一性首先表现在马克思和恩格斯从无产阶级革命事业的发展和未来社会理想的高度，对文学、艺术与无产阶级的联系给予了极大的关注。在 1843 年、1844 年所写的一些报道和评论文章中，马克思恩格斯就一方面对欧洲文坛上以乔治·桑、欧仁·苏和狄更斯为代表的新创作流派以穷人和受轻视的阶级代替先前的国王和王子来充当作

---

　　① ［民主德国］汉斯·科赫：《马克思主义和美学》，佟景韩译，漓江出版社 1985 年版，第 605—606 页。

品主人公，以城市下层等级的生活和命运、欢乐和痛苦构成小说内容的倾向给予了高度的评价，称之为"时代的旗帜"，说他们的创作"不能不使社会关注所有无产者的状况"①；另一方面更对无产阶级为改善自己的境遇、为人类的最终解放所进行的斗争表达了崇高的敬意，对他们在科学、美学和文学、艺术等领域自觉进行教育活动所带来的精神生活的丰富和提高感到由衷的喜悦。自此以后，马、恩越来越坚持这样的思想和信念：人民群众是历史的创造者，无产阶级是推动现代社会前进的重要力量，因此他们既应在艺术表现中占据应有的地位，也应在艺术创作中占据应有的地位。就前者而言，他们提出了文学艺术应当表现和"歌颂倔强的、叱咤风云的革命的无产者"②的历史要求，认为"工人阶级对他们四周的压迫环境所进行的叛逆的反抗，他们为恢复自己做人的地位所作的剧烈的努力"，"应当在现实主义领域占有自己的地位③。就后者而言，他们殷切期望 19 世纪的革命"会给我们一个新的但丁来宣告这个无产阶级新纪元的诞生"④，并因而热切地关注和扶持工人诗歌和新型无产阶级文艺的发展。恩格斯曾赞扬英国工人诗人爱德华·波·米德的《蒸汽王》是"一首表现工人自己对工厂制度的看法的诗……它正确地表达了工人中的普遍的情绪"⑤，马克思则赞扬 1844 年德国西里西亚织工起义前夕广为流传的革命歌曲《血腥的屠杀》"是一个勇敢的战斗的呼声"，"无产阶级在这支歌中一下子就毫不含糊地、尖锐地、直截了当地、威风凛凛地厉声宣布，它反对私有制社会。西里西亚起义一开始就恰好做到了德国和英国工人在起义结束时才做到的事，那就是意识到无产阶级的本质。"⑥ 马克思说过："哲学把无产阶级当作自己的物质武器，同样地，无产阶级也把哲学当作自己的精神武器。"⑦ 对哲学与无产阶级关系的这种辩证要求同样地适用于文艺与无产阶级的关系。马克思恩格斯要求无产阶级应在艺术表现中占据自己应有的地位，这也就是指出文艺应把无产阶级

① 《马克思恩格斯全集》第 1 卷，人民出版社 1956 年版，第 594 页。
② 《马克思恩格斯全集》第 4 卷，人民出版社 1958 年版，第 223 — 224 页。
③ 《马克思恩格斯全集》第 4 卷，第 462 页。
④ 《马克思恩格斯选集》第 1 卷，人民出版社 1972 年版，第 249 页。
⑤ 《马克思恩格斯全集》第 2 卷，人民出版社 1957 年版，第 472 页。
⑥ 《马克思恩格斯全集》第 1 卷，第 483 页。
⑦ 《马克思恩格斯选集》第 1 卷，第 15 页。

当作自己的"物质武器"；他们期望无产阶级应当贡献出一个新的但丁来呼唤和宣告无产阶级新纪元的诞生，这也就是要求无产阶级应把艺术作为自己的"精神武器"。就像使用机器创造物质财富一样，无产阶级也要运用艺术创造精神财富，而且能够在这种表现自己本质力量的精神创造中体验到自己的昨天和今天，并预见到自己的明天。对文艺与无产阶级关系的这种看法与马克思恩格斯的历史观是一致的。马克思曾经指出："十九世纪的社会革命不能从过去，而只能从未来汲取自己的诗情。"① 而无产阶级就是属于未来、带来未来的阶级。把文艺与无产阶级的革命斗争，与无产阶级所从事的人类解放事业联系起来，其实也就是为文学艺术注入了汲取"未来"的诗情。就此而言，马克思主义的政治学与美学、科学历史观与诗情文学观是有机融合、有其内在统一性的。可以说，政治也是马克思主义创始人审视文学和艺术的一个重要维度。或者也可以说，在马克思主义创始人的美学观中也存在着一个政治诗学的美学相位。马、恩关于文艺的思想倾向性问题的有关论述，他们对革命文艺的历史使命的论说，对文艺创作中各种与无产阶级的革命事业和科学世界观相悖的资产阶级、小资产阶级错误倾向的批判，以及他们的学生拉法格、梅林、普列汉诺夫等对无产阶级艺术的审美本质和审美理想的张扬，对于资产阶级现代派艺术的批判，都与这个政治诗学的相位有关。

　　当然，在马克思主义文艺美学的发展中，将文艺与政治的关系、将文学的党性原则提高到一个新的理论高度和时代高度的是苏联"十月"革命前后至第二次世界大战期间实际从事政治斗争并历史地成为社会主义运动领袖的一代马克思主义者，首先是列宁和毛泽东。在 19 世纪后期，鉴于当时文学的阅读圈子还主要是资产阶级的读者，所以恩格斯曾在其著名文艺书信中表示他不赞成作家在作品中过分公开地宣扬自己的社会信念和政治倾向，主张作家的倾向应当通过对现实关系的真实描写，从场面和情节中自然而然地流露出来，以动摇人们对资本主义永世长存的怀疑，以免由于赤裸裸地宣扬自己的社会主义信念和思想倾向而把资产阶级的读者吓跑。但是到 20 世纪上半叶，无产阶级的革命事业已进入到了一个新的历史阶段，也就是夺取政

---

① 《马克思恩格斯选集》第 1 卷，第 606 页。

权和巩固政权的阶段，这时保持无产阶级政党在思想上和政治上的独立性，不仅在现实的政治斗争中而且在思想文化领域里鲜明地提出并捍卫无产阶级政党的党性原则问题，就成为一种历史的必然。早在 1903 年，属于德国社会民主党革命左派的弗·梅林就明确宣称他为做一个党的作家而深感荣幸。他确信用社会主义精神对工人阶级进行审美教育是革命的社会民主党的一项党的任务。1905 年，伴随着第一次俄国革命的疾风暴雨，列宁发表了《党的组织和党的文学》一文，第一次明确指出了文学的党性原则，揭开了马克思主义文艺理论发展的新的一页。在这篇文章中，列宁写道："社会主义无产阶级应当提出党的文学的原则，发展这个原则，并且尽可能以完备和完整的形式实现这个原则……对于社会主义无产阶级，文学事业不能是个人或集团的赚钱工具，而且根本不能是与无产阶级总的事业无关的个人事业。打倒无党性的文学家！打倒超人的文学家！文学事业应当成为无产阶级总的事业的一部分，成为一部统一的、伟大的、由整个工人阶级的整个觉悟的先锋队所开动的社会民主主义机器的'齿轮和螺丝钉'。文学事业应当成为有组织的、有计划的、统一的社会民主党的工作的一个组成部分。"① 文学的党性原则，第一次确立了社会主义文学创作同新型马列主义政党的作用之间的关系，是列宁所创立的新型建党学说的一个有机组成部分，同时也是在当时激烈的政治斗争和思想文化斗争形势下揭露和批判资产阶级各种"非党性"思想和主张的需要，正如列宁在随后所写的《社会主义政党和非党的革命性》一文中明确提出的："严格的党性是高度发展的阶级斗争的随行者和结果。反过来说，为了公开地和广泛地进行阶级斗争，必须发展严格的党性。因此，觉悟的无产阶级的政党——社会民主党，完全应该随时同非党性作斗争"，在当时的条件下，"非党性是资产阶级思想。党性是社会主义思想。"② 列宁的建党学说和他所提出来的文学的党性原则为列宁同时代及其之后的许多马克思主义者和政党所坚持。对此，马尔赫恩写道："政治组织、革命斗争的策略与战术、社会主义建设的令人敬畏的新奇感，是列宁、托洛茨基、卢森堡等辈注定要全神贯注的问题，是他们著作中最重要的题目，也是他们

---

① 《列宁选集》第 1 卷，人民出版社 1972 年版，第 647 页。
② 《列宁选集》第 1 卷，第 656、660 页。

思考艺术和文化时具有决定作用的语境。"① 他并且认为正是对革命与新文化建设问题的导向性关怀使这一代人的文论与普列汉诺夫等老一代具有实证主义倾向的科学型文论形成了鲜明的对比和截然对立的论题。而在东方，毛泽东的《在延安文艺座谈会上的讲话》则是文学的党性原则在中国的历史语境中的一个创造性的发展。在《讲话》中，毛泽东基于"在现在世界上，一切文化或文学艺术都是属于一定的阶级，属于一定的政治路线的"这一总的认识，重申"无产阶级的文学艺术是无产阶级整个革命事业的一部分，如同列宁所说，是整个革命机器中的'齿轮和螺丝钉'。"② 据此，毛泽东提出了"文艺从属于政治"的命题，提出了为人民大众服务的文艺方针，提出了"政治标准第一，艺术标准第二"的文艺批评标准等等。

　　以列宁和毛泽东为代表的这一阶段的马克思主义文艺理论有着鲜明强烈的政治性，或者也可以说就是一种政治型的美学，一种政治诗学。这是有其特殊的历史规定性的。因为在 20 世纪上半叶，马克思主义的基本历史任务就是在新型革命政党的组织之下，在马克思主义革命理论和策略指引之下，完成夺取和巩固政权这一个革命实践任务，文艺理论的内容和性质也不能不被这一革命实践任务所规约。诚如狄其骢先生所指出的，列宁和毛泽东的文论比马克思、恩格斯的文论有着更强的实践性和政治性，"在列宁和毛泽东的文论中，文艺问题的提出和解决，都紧紧围绕着当时的阶级的政治斗争，围绕着夺取政权和巩固政权，文艺问题首先是从政治角度来观察和解决的，文艺问题是政治问题的一个从属部分。文艺从属于政治是这一历史阶段的马克思主义文艺理论发展的特点。"③ 因此，只有回到这一历史特点，我们才能对列宁、毛泽东等人的政治型文艺美学作出正确的解读，也才能对其历史合理性和历史局限性作出科学的评判。政治型的马克思主义文艺美学经常受到一些人的责难和攻击，其中最主要的一点就是指责这种文艺理论以政治取代审美，不讲艺术性，不讲艺术的特殊性。这种指责有一定的针对性，在某些政治型的文论和批评中，的确存在着这种情形。但是，不加区分，一概而论，认为所有的政治型文论统统如此，则是有违事实的，也是极不公允的。

---

① ［英］弗朗西斯·马尔赫恩编：《当代马克思主义文学批评》，第 10—11 页。
② 《毛泽东选集》第 3 卷，人民出版社 1991 年版，第 865—866 页。
③ 《马克思主义经典文论选读》"绪论"，山东大学出版社 1991 年版，第 4 页。

把列宁、毛泽东等人的文艺理论思想归结为政治型的，只是表明这种理论比较注重文艺与政治的关系，却并不意味着他们的文艺理论是唯政治的，只有政治的取向而别无其他。比如列宁讲文学的党性原则，同时也讲文艺创作的自由，讲文艺理论中世界观与现实主义创作方法之间的矛盾，讲文艺创新中的历史继承性，如此等等。毛泽东虽然有政治标准第一、艺术标准第二的提法，但这只是就革命与艺术二者在当时抗战的历史条件下的轻重缓急关系而言之，并不意味着他轻视或者忽视文艺的审美特点。毛泽东在延安文艺座谈会讲话之后不久的一次报告中就一方面批评了许多文艺工作者忽视革命性的偏向，又批评了忽视艺术特殊性的偏向。他说："现在强调革命性，就把文学艺术的革命性所需要的艺术形态也不要了，这又是一种偏向。……没有艺术性，那就不叫做文学，不叫做艺术。……不注重艺术形式的问题，只注重作品的政治内容，这就把艺术与其他东西的区别取消了。说艺术无须带有什么特殊性，它在革命工作中也不是特殊部门，这种看法同样是一种偏向。"①毛泽东在《讲话》中讲文艺创作中的典型化和理想化，讲马克思主义只能包括而不能代替文艺创作中的现实主义，后来讲文艺创作中的形象思维，讲文艺创作的民族形式和民族风格，也都说明毛泽东是政治与艺术的统一论者，而不是只要政治不要艺术，不讲艺术的审美特点和特殊规律。当然，我们虽然作出了以上的辩护，也并不惮于承认列宁、毛泽东的文艺理论思想具有鲜明的政治性，这种政治性，从相对小一点的角度来看，是形成这些理论的时代特点和列宁、毛泽东的政治领袖身份决定的，而就更为广泛的视野来看，正是文艺美学理论的意识形态性质使然。正如倡导"政治批评"的新马克思主义美学代表人物伊格尔顿所指出的，包括文学理论在内，任何一种与人的生存意义、价值、语言、感情和经验有关的理论都必然与更深广的信念密切相联，而这些信念涉及个体与社会的本质，权力问题与性问题，以及对于过去的解释、现在的理解和未来的瞻望。因此，文学理论必然具有政治性，它总是或者加强或者质疑既成权力系统的那些假定。现代文学理论的历史其实也就是现代政治和意识形态史的一部分。甚至在逃离现代意识形态的

---

① 《毛泽东文集》第2卷，人民出版社1993年版，第428—429页。

举动中，文学理论也经常显露出它与现代政治和意识形态的同谋关系①。而在西方现代文艺理论和美学范围内，萨特主张文学介入现实政治斗争的"存在主义的马克思主义"美学和伊格尔顿的"审美意识形态"论和"政治批评"理论都可以说是马克思主义政治型文艺美学的代表性形态。由萨特和伊格尔顿所取得的理论成就和产生的较大影响来说，文艺与政治的关系问题还没有终结，马克思主义的政治批评直至今天依然有其理论价值和学术生命力。

五

后经典时期马克思主义文艺美学理论的第三种形态是以法兰克福学派为代表的社会批判美学和文论。作为新型无产阶级的革命理论，马克思主义既是人类历史上一切优秀的精神文化遗产的继承和发扬，也是在对于资本主义社会现实和各种错误思想理论的研究与批判中形成的，从一定的意义上说，与现实斗争紧密结合着的批判性，乃是马克思主义的本质性特征。早在编辑《德法年鉴》时（1843 年底—1844 年初），马克思就确定了必须"对现存的一切进行无情的批判"的办刊方针。在《〈黑格尔法哲学批判〉导言》中马克思指出，在宗教批判将人的自我异化的神圣形象揭穿以后，揭露非神圣形象中的自我异化，就成了为历史服务的哲学的迫切任务。"于是对天国的批判就变成对尘世的批判；对宗教的批判就变成对法的批判，对神学的批判就变成对政治的批判。"② 可以说，不仅马克思主义的哲学、政治经济学和科学社会主义理论，而且马克思主义的文艺美学理论都是在批判中逐渐形成的。马克思恩格斯最初形成他们的现实主义文艺思想和美学与历史相统一的批评原则，就是与他们对浪漫主义文学、对"诗歌和散文中的德国社会主义"文学以及"青年德意志"派和"青年黑格尔"派文学与批评观念的批评与超越直接相关的；后来在致拉萨尔的信中则在对拉萨尔所秉承的"席勒式"观念化创作倾向的批判基础上提出"沙士比亚化"的现实主义创作

---

① 参见［英］特雷·伊格尔顿《二十世纪西方文学理论》，伍晓明译，陕西师范大学出版社 1987年版。

② 《马克思恩格斯选集》第 1 卷，第 2 页。

原则；而在恩格斯的晚年，又在对德国的"倾向文学"的批评中进一步完善了以真实性和典型化为核心观念的现实主义创作理论。此外，马克思在《1844 年经济学—哲学手稿》中关于美的规律与本质、审美能力的形成和历史发展等美学基本问题的论断和说明，也是在对资本主义多件下异化劳动现状的分析与批判中展开的。

对资本主义社会现实和各种错误的文学艺术观念和美学理论的批判构成了马克思主义文艺美学的一个基本传统，这种传统在各种形态、各种流派的马克思主义文艺美学中都有其理论表现。如前所引，马尔赫姆认为批判相位的马克思主义文论兴起于 20 世纪 20 年代，在随后的 30 年中成熟和趋于多样化，战后在 60 年代确立一种"非正统的规范"。这里所说"非正统"，既是相对于正统的具有实证主义倾向的科学型马克思主义而言的，也是相对于斯大林主义的官方教条主义学说而言的。马尔赫恩把卢卡契、法兰克福学派的本雅明、阿道尔诺和马尔库塞等人以及法国的萨特、戈德曼和英国早期的威廉斯这样一些脱离"正统"之外的异质的思想家们都归入"批判的马克思主义"之列，并认为"批判的马克思主义"的"批判"性格有两层含义："一是它们主动提出对时下公认的'正统'马克思主义进行哲学批判；二是它们的学术活动和精力主要指向文化领域，特别是艺术和文学方面。普列汉诺夫那一代人倾向于提出'文学问题'（一个恰当的标签），作为一般理论的一个戏剧性的测试，而'批判的'马克思主义的代表人物则把文学作为他们关注的具体领域。"① 马尔赫恩所谓的"批判的马克思主义"属于安德森所指称的"西方马克思主义"，他所概括的第二点显然也是接受了安德森在《西方马克思主义探讨》中的观点，指出了批判的马克思主义者们对文学与艺术的关注与钟情这样一个事实。但马尔赫恩所谓"批判"性格的第一个方面的含义却似有偏颇。这些西方马克思主义者之所以获得"批判的马克思主义"的称谓，首先不是因为对"正统"马克思主义的批判，而是对现代资本主义的政治、经济和文化现状的批判，以艺术和审美为超越性的力量而对资本主义现实生活中的各种异化现实，对缘生于异化现实的各种错误意识和观念所进行的总体性批判，以及在这种批判中所表达出的人道主义

---

① ［英］弗朗西斯·马尔赫恩编：《当代马克思主义文学批评》，第10—11 页。

思想和对人类解放的渴望，构成了批判的马克思主义美学的主要内容。柯尔施说过："马克思主义的理论既不构成一门实证的唯物主义的哲学，也不构成一门实证的科学。它自始至终是对现存社会的理论的和实践的批判。"① 这很好地概括了许多西方马克思主义的理论立场。这一点在法兰克福学派的社会批判理论中表现得尤为突出。早在 1937 年，霍克海默就在其为"社会批判理论"制订了理论纲领的《传统的与批判的理论》一文中指出，马克思主义的本质特征是"批判"，马克思主义是一种"辩证的批判理论"，但从恩格斯起，经过第二国际、第三国际，马克思主义经历了"从革命的批判性到科学的实证性的转移"，现在的任务就是恢复和发展马克思主义革命的批判的一面。他强调，批判理论不仅仅反对现存的资本主义社会，也反对产生于现存社会制度中的各种理论体系，即"传统的理论"。基于这一理论纲领，法兰克福学派的理论家们从马克思早期的异化理论和意识形态批判以及卢卡契的物化理论和"总体性"思想中汲取理论营养，先后对法西斯主义、启蒙理性、工具理性和当代发达工业社会的科学技术控制形式、实证主义哲学思潮、大众文化和正统美学等等，展开了多方面理论批判，在不屈不挠的批判中表现了他们与现存秩序的对立立场，并从中展现了他们对一个更加正义、人道的理想社会的乌托邦渴望。在《单面人》中，马尔库塞写道："社会批判理论……始终是否定性的。"② 在《否定》中，他又指出："在矛盾中思维，必须变得在同现状的对立中更加否定的和更加乌托邦的。"③ 将这种理论主张推延到艺术领域，那就是把植根于个人的主体性经验的具有自主性的艺术作为一种与社会现实唱反调的力量，高度肯定艺术对社会规范和体制的否定意向和批判意识。马尔库塞指出："无论形式化与否，艺术都包含着否定的理性。按其先进主张，它是大拒绝——对现状的抗议。"④ 阿道尔诺也认为："艺术成为社会的东西宁可说是由于它的同社会对立的立场，它只能作为自律的艺术才与社会发生关系。当它作为自己的东西使自身在自身内结晶，而不是逢迎现存社会的规范和使自己有'对社会有益'的品格，

①　转引自俞吾金、陈学明《国外马克思主义哲学流派》，复旦大学出版社 1990 年版，第 118 页。

②　［美］赫伯特·马尔库塞：《单面人》，左晓斯等译，湖南人民出版社 1988 年版，第 220 页。

③　［美］赫伯特·马尔库塞：《否定》，波士顿，灯塔出版社 1968 年版，第 20 页。

④　［美］赫伯特·马尔库塞：《单面人》，第 54 页。

它通过自己的纯自律存在就批判着社会。"① 但是，艺术对于现存秩序的批判与控诉并不止于辨认罪恶，艺术也是对于幸福和解放的承诺。霍克海默说过："正因为艺术是自律的，所以，它保留着由宗教中升华出来的乌托邦。"② 这也是马尔库塞的理解。马尔库塞说："艺术所服从的规律，不是既定现实原则的规律，而是否定既定现实原则的规律。但是，纯否定会是抽象的，是'坏的'乌托邦。伟大艺术中的乌托邦决不是对现实原则的简单否定，而是对它的超脱的扬弃，过去和现在在扬弃中对乌托邦的实现投下了阴影。"③ 因此，艺术的基本品质既包括对既成现实的控诉，也包括对美的解放形象的乞灵，正是基于这样一些方面，艺术才能超越了社会的限定，摆脱了既定的言行领域，同时又保持其势不可挡的存在风貌，作为一种调节观念，进入到改造现实的苦斗中。

由上述的分析可见，尽管从经典马克思主义到正统的马克思主义，其理论活动从来都不乏批判的意向，却只有法兰克福学派思想家们才把马克思主义本身即理解为批判理论，并把批判作为理论活动的唯一要务。始终一贯的批判品格赋予了法兰克福学派的社会批判美学与众不同的理论特色。相比较而言，科学化的马克思主义美学大多具有实证主义的倾向，以自然科学为知识的典范，理论建构追求体系化，而批判型的马克思主义更多召唤的是黑格尔的哲学遗产，强调的是从黑格尔到马克思的辩证法传统，有的理论家如阿道尔诺由于片面强调辩证法的否定性一面，其理论研究中有反体系化的特点；在美学方面，前者更多的是讲艺术在人的历史活动中的社会价值，并把19 世纪的现实主义作为艺术的典范，而后者更多地是论艺术对异化现实的否定力量，且大多站在维护现代主义艺术的立场上。与政治型的马克思主义美学比起来，批判型的马克思主义美学也非常注重文艺的政治作用，但他们不是在文艺与外在的社会革命的隶属关系上谈政治性，而是从艺术自身、从艺术的审美形式中揭示艺术的政治潜能。马尔库塞明确地说过，同传统的马克思主义理论一样，他也是从现存社会关系的来龙去脉中来观察艺术，并肯

---

① ［德］T. W. 阿道尔诺：《美学理论》，明尼苏达大学出版社 1999 年英文版，第 225—226 页。

② ［德］马克斯·霍克海默：《批判理论》，李小兵等译，重庆出版社 1989 年版，第 260 页。

③ ［美］赫伯特·马尔库塞：《美学方面》，引自《现代美学析疑》，绿原译，文化艺术出版社 1987 年版，第 46 页。

定艺术具有一种政治职能和一种政治潜能。但是，同正统的马克思主义美学相反，他认为"艺术的政治潜能在艺术本身之中，在作为艺术的美学形式中"。"艺术的批判功能，它对解放斗争的贡献，寓于美学形式之中"①。因此，政治型的马克思主义美学多关注艺术的他律性，重视艺术与社会、人民、革命的关系，而批判型的马克思主义则更重视艺术的自律性，强调自律的艺术对异化现实的疏离、否定与超越的品质。科学型与政治型的马克思主义文艺美学一般都肯定艺术的意识形态性质，并由此界定艺术的社会本质和社会作用，而批判型的马克思主义文艺美学则仅把为社会所同化的艺术视为意识形态，而把基于主体自由的美的表现的艺术视为统治意识形态的对立面，从主体自由与美的关联中界定艺术的性质和价值。

六

除上述三种形态之外，文化分析型的马克思主义文艺美学构成了后经典时期马克思主义文艺美学的又一个重要传统。自20世纪90年代以来，西方文化界和文论界出现了一股声势浩大的文化研究或文化批评浪潮，目前这股浪潮也深入地波及到了中国学界。如果我们仔细研究这一新的学术思潮的历史与现状，就不难发现，文化研究并非马克思主义文艺美学的专利，而有着更为悠久、广泛的学术背景。就历史而言，有的西方学者认为"艺术与文化"研究的思想渊源，一直可以追溯到人文科学和社会科学发展成为特殊研究领域以前。比如加拿大的查尔默斯就把在文化背景中研究艺术的思想渊源上溯到古代希腊的柏拉图和中国先秦时代的孔子，近一些则追溯到19世纪初叶的斯达尔夫人，斯达尔夫人之后的马克思、斯宾塞、丹纳以及19世纪末20世纪初以格罗塞为代表的一些文化人类学家和以杜恩肯为代表的一些文艺社会学家，此外他还罗列了一大批注重从广泛的社会和文化背景来研究艺术的学者，如卡西尔、杜威、拉罗等②。查尔默斯所罗列的名单也许过于宽泛而冗长，其实一般地注重文艺与社会之间的联系与当前学界所指的文

---

① ［美］赫伯特·马尔库塞：《美学方面》，引自《现代美学析疑》第1、8页。
② ［加］F. G. 查尔默斯：《在文化背景中研究艺术》，参见周宪等编《当代西方艺术文化学》，北京大学出版社1988年版。

化研究的批评理论和实践还不是完全等同的，当前所时兴的文化研究主要是指从文化或文化学的视角对文艺的批评和研究，并且自觉地把它作为文艺批评和研究的一种模式和策略。这样来看文化研究，19 世纪后期英国诗人马修·阿诺德的文学批评和研究，以及 19 世纪后期以来至 20 世纪上半叶以格罗塞为代表的文化人类学家的艺术学研究和以卡西尔为代表的新康德主义的文化哲学美学研究，当是当代文化研究和文化批评更切近一点的思想根源。而就当代文化研究或文化批评来说，则有狭义与广义之分。狭义的文化研究是指第二次世纪大战以后在英国由一批马克思主义学者的倡导而逐步兴起，尔后扩展到英国及其他西方国家的一种学术传统和知识传统，主要指著名的伯明翰大学当代文化研究中心为代表的英国文化研究学派。就广义上来说，20 世纪以来，凡注重文学的文化分析的学者和学派，如法兰克福学派、英国文化研究学派、存在主义、后结构主义、新历史主义等等，都是当代文化研究和文化批评的重要代表①。虽然无论就思潮渊源还是研究派别而论，文化研究都不局限于马克思主义范围之内，但马克思主义无疑构成了文化研究的重要思想资源，并且构成了文化研究最具活力和影响的一翼。查尔默斯谈到了马克思和恩格斯依据历史唯物主义理论对艺术与所有制形式和生产形式的联系，艺术与阶级和阶级斗争的关系等问题的论述在艺术文化学研究中的价值及对后来学者的影响②。威廉斯则在《文化与社会》中指出，马克思恩格斯在阐述其历史唯物主义理论时关于上层建筑的复杂性的认识"是对马克思主义文化理论作有效探索的重要的环节"③。

　　不过，尽管马克思把文艺视为人类对世界的一种"实践——精神"的掌握即以审美为基本特征的文化创造类型，隐含着对文艺性质和特点的一种文化学的解释，尽管马克思恩格斯对经济基础与上层建筑、社会存在与社会意识、物质生产与精神生产之种种关系之历史与辩证的分析包含着文化研究

---

① 参见［美］理查德·沃林著《文化批评的观念》，商务印书馆 2000 年版；罗纲、刘象愚主编《文化研究读本》，中国社会科学出版社 2000 年版；陈晓明《文化研究：后一后结构主义时代的来临》，王宁《文化研究的历史与现状：西方与中国》，载陶东风、金元浦、高丙中主编《文化研究》第 1 辑，天津社会科学出版社 2000 年版。

② ［加］F. G. 查尔默斯：《在文化背景中研究艺术》。

③ ［英］雷蒙德·威廉斯：《文化与社会》，吴松江、张文定译，北京大学出版社 1991 年版，第 340 页。

和文化批评的方法论基础，尽管在马、恩以及后来正统马克思主义理论中包括着对各种具体艺术现象的文化学理解和分析，但在马克思主义文艺美学的范围内，把文化分析作为文艺研究和批评的一种特殊视角和策略却是自20世纪初叶的葛兰西之后才发生的事情。国内有学者曾指出，就当前时兴的文化研究的知识构型而言，其理论来源可以直接上溯到后结构主义和当代新马克思主义，"而当代新马克思主义主要可以划分为三大块：其一是法兰克福学派；其二是葛兰西的文化霸权理论；其三是威廉姆斯代表的英国文化唯物论"①。这个分析是恰当的。

从时间线索上看，意大利马克思主义思想家葛兰西的"文化霸权理论"构成了当代马克思主义文艺美学文化分析和文化批评思潮的第一道风景。所谓"文化霸权"（cultural hegemony）即意识形态领导权，这种理论在葛兰西的哲学思想和政治学说中占有极为重要的地位。葛兰西认为，马克思主义哲学中所谓的"上层建筑"包括两个层面；一个是"市民社会"，即通常被称作"民间的"社会组织的集合体；另一个则是"政治社会"或国家。政治社会的执行机构是法庭、监狱、军队等等，它们作为专政的暴力工具，被用来控制人民群众，使他们与既定的经济关系保持一致；而市民社会则是由政党、工会、教会、学校以及报刊、杂志和学术文化团体等各种意识形态——文化的组织构成的，它们作为宣传和劝说的舆论工具，与国家和"司法"政府一同为统治集团在社会中执行着"领导权"的职能。简而言之，在经济上占统治地位的社会集团不仅通过"政治上的领导权"而且通过"文化上的领导权"实施社会控制和统治。葛兰西认为，在东方专制国家，政治领导权比文化领导权起着更为重要的作用，而在西方资本主义国家，上层建筑中的市民社会（即意识形态——文化方面）发挥着比政治社会更重要的作用。资产阶级的统治不光靠军队和暴力来维持，在相当程度上是靠他们广为宣传并为人民大众普遍接受的意识形态来维持的。因此，要推翻资产阶级的政治统治，建立工人阶级国家，首先必须进行思想文化领域里的革命，摧毁旧的文化霸权，确立自己在文化上的领导权，这也就是说，"任何革命都

① 陈晓明：《文化研究：后一后结构主义时代的来临》，引文见陶东风等主编《文化研究》第1辑，第3页。

要以紧张的文化渗透和批判工作为前奏"①。正如科拉柯夫斯基所说："无论如何，在葛兰西的学说中，这是一个重要的论点，即工人阶级只有在获得文化'领导权'之后，才能获得政治上的权力。"② 这样，葛兰西在其"实践哲学"和政治学说中便特别地凸现出了意识形态——文化问题。从这个基本理念出发，葛兰西的文艺美学理论特别注重对美学和艺术进行文化性质和功能的分析，希冀以此提出和探索建立工人阶级自身的文化领导权问题。关于艺术的文化性质，葛兰西针对以克罗齐为代表的纯美论的艺术观点，强调艺术是审美因素和政治文化因素的有机结合，他说："存在两种类型的事实：一种是美学或纯艺术性质的事实，另外一种是文化政治，也就是政治性质的事实。"③ 他认为，在艺术分析中，绝对不应忽视了后一方面的事实。为此，他赞成当时意大利文学界有人提出的"回到桑克梯斯"的口号，认为 19 世纪意大利著名文学批评家桑克梯斯着重对文学进行文化学批评的立场和方法是值得研究的批评典范。葛兰西说："德·桑克梯斯曾说：'缺乏力量，因为缺乏信仰。缺乏信仰，因为缺乏文化。'但这里的文化意味着什么呢？它无疑是指彻底的、统一的和在整个民族普及的'对生活和对人的观念'，是某种'世俗宗教'，是某种'哲学'；它应该名副其实地成为'文化'，即应该产生某种道德、生活方式、个人与社会的行动准则。"④ 可见，回到桑克梯斯的艺术分析的文化学立场，也就是从纯美主义回到艺术与人的生活，与道德、社会的行动准则，与争取新的人道主义的斗争等等的联系。葛兰西说："实践哲学的文学批评，必须以鲜明的、炽烈的感情，甚至冷嘲热讽的形式，把争取新的人道主义的斗争，对道德、情感和世界观的批评，同美学或纯粹的艺术批评和谐地冶于一炉。"⑤ 关于艺术的文化功能，葛兰西从古希腊亚里士多德的《诗学》中借用了关于悲剧净化作用的"卡塔西斯"术语，说明无产阶级革命就是对旧有文化的批判，就是建立新型

① 转引自费奥里《葛兰西传》，人民出版社 1983 年版，第 8 页。
② 科拉柯夫斯基：《马克思主义的主要潮流》第三卷，牛津 1978 年英文版第 241 页。转引自俞吾金、陈学明《国外马克思主义哲学流派》，复旦大学出版社 1990 年版，第 107 页。
③ ［意］葛兰西：《论文学》，吕同六译，人民文学出版社 1983 年版，第 14 页。
④ ［意］葛兰西：《论文学》，第 2—3 页。
⑤ ［意］葛兰西：《论文学》，第 6 页。

文化的实践。他认为，资本主义社会用其旧文化控制着工人阶级的心灵，革命的使命就是使他们摆脱旧文化的意识形态控制，在意识心理上提高他们的情感、道德，实现人的自由解放。这是一个"卡塔西斯"的过程。而实现此一过程的关键即是新型的文化、新型的文学艺术的建立。为此，葛兰西提出建立"民族——人民"的新文学的思想。他指出，对于新的历史进程的要求来说，对于实现人民的解放这一历史任务而言，光有"'美'是不够的。需要一定的思想和道德内容，并使之成为一定的群众——即在历史发展的一定阶段的民族——人民的最深沉的原理的完美和充分的反映。"① 葛兰西所提出的这一新型艺术理想与马克思、恩格斯直到列宁、毛泽东所一再申论的艺术为千千万万劳动人民服务的思想是一致的。

　　葛兰西之后，法兰克福学派的社会批判其实首先是一种文化的批判，因而该派顺理成章地也就成为文化分析型马克思主义文艺美学的一个重要学派。佩里·安德森说西方马克思主义典型的研究对象不是国家或法律，"它注意的焦点是文化"②。这一点在法兰克福学派中表现得尤为充分。正如马丁·杰伊在其《辩证的想象》一书中所指出的，法兰克福学派对文化问题进行了广泛的分析，"研究所的成员始终不渝地抨击作为人类努力的崇高领域的文化与作为人类状态卑微方面的物质存在之间的对抗"③。阿道尔诺自己也说过："批评的任务决不是被要求承受文化现象的特定的利益集团，而是解释那些文化现象所表现的总的倾向，并且由此实现它们自身最大的利益。文化批判必须成为社会的观相术。"④ 这点明了该派的社会批判作为文化批判的特色。自18世纪以来，德国的思想家赫尔德、韦雷德、韦伯、席美尔、施本格勒等人便形成了他们将文化区别于文明的文化哲学观念。他们认为文明属于物质世界，它运用理性的自然观、知识体系，强调合理性的实践和技术手段，而文化表现人的精神品质，包括宗教、艺术、理想等方面，表现人的内在需要；前者以自然科学知识为依据，服从严格的可量度的标准，是技术训练的产物，后者则以沉思所得的知识为依据，服从伦理学的价

---

① ［意］葛兰西：《论文学》，第56页。
② 转引自陆梅林编《西方马克思主义美学文选》，第165页。
③ 转引自董学文、荣伟编《现代美学新维度》，北京大学出版社1990年版，第402页。
④ 转引自董学文、荣伟编《现代美学新维度》，第404页。

值尺度，是教育的结果。从总体上看，法兰克福学派的文化观念也是来自于这种德国传统，建立在"文化"与"文明"相区分的基础之上。不过他们并不是简单地接受这种传统观念，而是进一步揭示了现代社会中"文化"的矛盾性。在作于1937年的《文化的肯定性质》一文中，马尔库塞指出，谈到文化，"这里存在着一种能作为社会研究重要工具的文化概念，因为它表述了精神在社会历史进程中的内蕴。它在给定的情境中点明了社会生活的整体性，这就指出了观念再生产的领域（狭义的文化，即'精神世界'），和物质再生产的领域（'文明'）一道，构成了历史上显著和包容一切的统一体。"此外，文化概念还有一种广泛的用法，"在这种用法中，精神世界从其社会氛围中被提取出来，使得文化成为一个（虚假的）集合名词，并赋予它一种（虚假的）普遍性。"① 马尔库塞着重分析了第二种文化概念。他认为，由于第二种文化概念把文化作为与社会功利和手段的世界相对立的、具有真正价值和自足目的的王国，就使得精神世界对物质世界嗤之以鼻。运用这种概念，文化就区别于文明，并且在社会学和价值学意义上，摆脱了社会过程。马尔库塞认为，这种文化概念是在文化的特定历史形式的基础上发展起来的，他把这种文化的特定形式称作"肯定的文化"。"所谓肯定的文化，是指资产阶级时代按其本身的历程发展到一定阶段所产生的文化。在这个阶段，把作为独立价值王国的心理和精神世界这个优于文明的东西，与文明分隔开来。这种文化的根本特性就是认可普遍性的义务，认可必须无条件肯定的永恒美好和更有价值的世界；这个世界在根本上不同于日常为生存而斗争的实然世界，然而又可以在不改变任何实际情形的条件下，由每个个体的'内心'着手而得以实现。"② "肯定的文化"具有矛盾的性质；一方面，"肯定的文化，在其纯粹人性的观念中，表现出一种为个体普遍解放而斗争的历史性要求"③，在资本主义的早期时代，它具有超越出日常生活范围的价值，是对人的欢乐与幸福的承诺，具有理想之批判和革命的力量。另一方面，在资产阶级完全背弃他们自身理想的时代，肯定文化在理想中起支配作用的特征就不再具有进步和革命的性质，而是倒退和辩护的性

---

① ［美］赫伯特·马尔库塞：《审美之维》，李小兵译，广西师范大学出版社2001年版，第6页。
② ［美］赫伯特·马尔库塞：《审美之维》，第7页。
③ ［美］赫伯特·马尔库塞：《审美之维》，第12页。

质，这时文化因其与现实的对抗而显示出来的美好的理想性质便退化为个体"内心"的高贵的文化教养。"这种内在状态，必定成为不会与给定秩序发生冲突的行为的源泉"，"不需要推翻物质生活秩序"，"于是，文化就不属于那个把人性的真理理解为战斗呐喊的人，而是属于那个在他身上文化已成为恰如其分的行为举止的人"，"文化谈论着'人'的尊严，而从不关心对人类来说更加具体的尊严地位。"① 马尔库塞对文化的上述看法在法兰克福学派中是极有代表性的，一方面，他们将文明与文化也就是物质文明与精神文化区分开来，鄙视前者而推崇后者，因为"'资产阶级'在物质文化中典型地专心于作为'生存'价值的金钱、买卖和'商业'……"，而"蔑视和否定这种物质文化的精神文化主要是理想主义的；它使压抑的力量得到了升华"②；另一方面他们深刻地认识到文化的肯定性质，认识到肯定的文化与现代资本主义社会的同谋关系，认为文化从来不能完全超越物欲化的社会现实。阿道尔诺赞赏斯宾格勒所表明的这样一个观点："作为形式和秩序的方法的文化本身是盲目统治的共谋。"③ 本雅明直截了当地陈述道："没有一种文明的文献不同时带有野蛮的纪实。"④ 可以说，法兰克福学派对资本主义时代大众文化工业的批判和在哲学、社会学、美学与科学技术领域所展开的意识形态批判都与该派学者的文化观念紧密相关，也只有从其文化观念出发，才能更好地理解他们在各个具体的文化领域展开的文化批判的意义和价值。就美学而言，阿道尔诺将艺术规定为"异界事物"，马尔库塞声称艺术"毕竟是一个唱反调的力量"，尤其是法兰克福学派对大众文化的激烈批判，从根本上说都是出之于他们对文化的否定性的认识。

与法兰克福学派对大众文化的激烈批判相反，以威廉斯为代表的英国文化研究学派却从不同的文化观念出发，对大众文化问题作出了新的阐释。在英国，传统上对大众文化也是持批判态度。从 19 世纪下半叶马修·阿诺德的《文化与无政府主义》（1869）到 20 世纪上半叶李维斯的《大众文明与

---

① ［美］赫伯特·马尔库塞：《审美之维》，第 14 页。

② ［美］赫伯特·马尔库塞：《反革命与造反》，波士顿，1972 年，第 83、84 页。转引自欧力同、张伟《法兰克福学派研究》，重庆出版社 1990 年版，第 243 页。

③ 转引自董学文、荣伟编《现代美学新维度》，第 402 页。

④ 转引自董学文、荣伟编《现代美学新维度》，第 402 页。

少数人文化》（1930）、《小说与大众》（1932），都是站在贵族阶级的精英主义文化立场，对于随着工业革命和无产阶级的成长壮大而发展起来的大众文化持鄙视和否定的态度。第二次世界大战以后，随着旨在重新确立社会主义的理论与实践以创造一种民主社会主义政治的新左派的形成，英国的文化研究出现了新的转折和气象。五六十年代之交，理查德·霍加特的《文化的用途》（1958）、雷蒙德·威廉斯的《文化与社会》（1958）、《漫长的革命》（1961），以及 E. D. 汤普逊的《英国工人阶级的形成》（1963）等著作相继问世，这些著作在重新确立工人阶级的政治和文化身份的主旨下，探讨了工业革命以来英国社会的变化及文化观念的演变，对工人阶级的文化生活及与之相关的大众文化作出了新的描述和评价，揭开了英国文化研究新的一页。1963 年，霍加特又创建了伯明翰大学当代文化研究中心，进一步推动了文化研究在英国乃至世界范围内的发展和影响。英国文化研究学派把文化理解为一种整体的生活方式，强调文化形式和文化实践与生产关系和社会变迁的关系，既反对庸俗的经济化约论和阶级决定论，重视文化在社会发展过程中的重要作用，同时也反对精英文化与大众文化的对立模式，不赞成将文化局限于传统的精英文化的狭隘定义之中。而在奠定文化研究的理论基础方面，威廉斯的作用和影响最大。在他看来，既然文化是一种整体的生活方式，因而应该"把文化理论定义为是对整体生活方式中各种因素之间的关系的研究。文化分析就是去发现作为这些关系复合体的组织的本质。"① 他认为文化分析中的一个关键词是"模式"，任何有用的文化分析始自于发现一个独特种类的模式。而马克思主义文学研究中常用的文化分析模式是马克思在比喻意义上提出的"经济基础"与"上层建筑"关系的理论。在运用这一模式时，时常出现机械套用公式的僵硬作法，比如，"谁要想研究一个国家的文学，就必须从与文学并存的经济史入手，然后将文学置于其中，并根据经济史来诠释文学"的研究方法就是如此。威廉斯认为，虽然这种研究方法有时候也能有所收益，但从一般意义上来说却是牵强的、肤浅的，"因为，即使经济因素是决定因素，它决定的是整个生活方式，而文学与整

---

① ［英］雷蒙德·威廉斯：《文化分析》，载罗钢、刘象愚主编《文化研究读本》，中国社会科学出版社 2000 年版，第 130 页。

个生活方式则不单与经济制度有联系。由于不是依据社会整体，而是依据经济情况与研究主体之间主观武断出来的互相联系的解释方法，就很快导致解释的抽象性和非现实性。"① 即使在英国马克思主义批评家中最著名的考德威尔的论著里，也存在这种缺陷。如考德威尔把 15 世纪以来的现代诗歌描述为"资本主义诗歌"，将过去 300 年英国人的生活、思想、想象简单地说成是"资产阶级"的，将现在的英国文化描述为"濒临死亡"，就导致用一般性的结论代替实事求是的分析，用牺牲现实来成全公式。对威廉斯而言，只有在"整个生活方式"或"一种总体的社会过程"的意义上使用"文化"概念，高度重视文化问题的复杂性和多样性，拒绝对"基础"与"上层建筑"的机械套用，才"能为更实质的理解提供一个基础"②。

英国五六十年代的文化研究因其对于工人阶级文化生活和大众文化具有民族志传统的具体展示和分析，显示出了很强的重视经验的特色。这一特色使之恢复了学术研究与工人阶级的联系，同时这种研究也在批判庸俗的经济化约论和阶级决定论方面做了积极的理论探索。70 年代以后，英国的文化研究又接受了阿尔都塞的意识形态理论和葛兰西的"文化霸权"理论，将文化研究进一步导向了工人阶级的主体性和现实社会的政治斗争和政治操控领域，从而更加强化了文化与政治的关联，为文化研究走出书斋进入社会生活的广阔领域提供了理论动力，同时随着阶级、种族、性别等成为文化研究的基本主题，也使文化研究具有了更为广阔的社会与学术视野。当前颇有影响的英、美新一代马克思主义理论家詹姆逊和伊格尔顿等人的文化和文学研究，就既深受英国文化研究学派的传统理论的影响，又广泛吸取了结构主义马克思主义、法兰克福学派以及葛兰西、卢卡契等人思想的滋养，甚至深受女权主义、新历史主义和后结构主义等现代非马克思主义学术思潮的影响，无论是詹姆逊的辩证批评思想和后现代主义文化研究，还是伊格尔顿意识形态论的"政治批评"理论和后现代主义文化幻像研究，都既具有理论综合与包容的气度，又具有面向现实与实践的意向，既秉有马克思主义理论一贯的批判本色，又富有马克思主义理论"历史的"与"政治的"思维取向，

① ［英］雷蒙德·威廉斯：《文化与社会》，第 357—358 页。
② ［英］雷蒙德·威廉斯：《文化与社会》，第 359 页。

从而在当代文化研究思潮中独树一帜，彰显出马克思主义文化批评的独特魅力。

七

如同马尔赫恩所指出的，"马克思主义"的含义一直是 20 世纪文化中意见最为分歧的，多样性也是马克思主义的一个传统。以多样性形态而存在的马克思主义从来都不是一种单一的、只有一个声音的核心教义，"多样性的观点和各种观点的争论在马克思主义知识分子的生活中从来没有消失过"①。不管是马尔赫恩关于当代马克思主义文学批评三种存在相位的分类，还是我们以上对后经典时期马克思主义文艺美学四种观念形态的梳理，都体现出了这种多样性。多样性使得马克思主义文艺美学和批评既因其内部争论而显示出内在的差异和活力，也因其相互之间的关联而在整体上显示出马克思主义文艺美学和批评的丰富与博大。

不过，以上对多样性的认可和论断，并不意味着各种形态的马克思主义文艺美学和批评之间是截然有别、互不相关的。其实，相互之间的区分是相对的，是相对于其各自的主要观念和方法论取向而言，而不是绝对的。比如，科学型的马克思主义文艺美学并非不要批判，不讲政治，他们对现代文化和现代文艺的批判立场是人所共知的，他们的社会主义政治倾向也从来都是不加隐讳的。政治型的马克思主义由于强调文艺的党派性，强调文艺事业在整个革命事业中的政治地位和作用，所以对资本主义的政治、经济和文化现实的批判性就更加凸现，而且即使是像列宁和毛泽东这样的政治领袖从来也都极为重视文化问题，列宁对无产阶级文化创造问题的论述，毛泽东对中国新民主主义文化建设问题以及其新文化与新文学关系的论述，也都是马克思主义文艺美学思想史上的经典之论。以法兰克福学派为代表的批判的马克思主义者虽然常常迷失了革命政治的目标与方向，但他们对资本主义现实的决绝态度不能不说本身就是一种政治立场，而他们在理论上进行的所谓社会批判其实主要也就是文化批判。至于文化分析型的马克思主义，就整体而言

---

① ［英］弗朗西斯·马尔赫恩编：《当代马克思主义文学批评》，第 1—2 页。

也是科学主义倾向、批判的意向和政治化的实践取向兼而有之的。仅以文化与政治的关系来说，马尔赫恩在评述激进主义的左派"文化政治"的最新发展时指出："文化主义的诱惑是当代理论趋势自发的结果。如果文化与社会具有共同空间，它必然包含了政治的内涵。"[①] 虽然政治作为一种实践总是不可缩减为文化，而文化政治往往以文化斗争取代政治斗争，从而造成了政治的消解，令人忧虑，但文化与政治之间的关联本身还是应该肯定的，"因此，有必要坚持说，一切文化都充斥着政治价值；同时也必须坚持说，这些政治价值作为意义是文化的"[②]。这些话用来分析文化研究学派的文化分析理论也是有用的。以上交互关联，就造成了各种形态的马克思主义不仅与历史现实之间是互文性的，而且它们相互之间也是互文性的。至于形成这种状况的原因，恐怕首先在于他们共有同一个主要的思想来源——经典马克思主义。可以说，前述各种不同形态的马克思主义文艺美学都是从马克思主义这棵思想大树上蘖生出来的分枝。这就使得马克思主义不仅有着多样性的传统，而且在本质上又是具有连续性、统一性的。

上述交互关联性只是诸种马克思主义具有统一性之现象形态的表现，实际上马克思主义传统的统一性更主要的应表现在他们具有共同的思想基点方面。那么，这种共同的思想基点在哪里呢？在马克思主义文艺美学思想的研究中，有许多学者认为历史唯物主义理论构成了马克思主义文艺美学的哲学基础，或者说历史唯物主义本身的根本范畴中就暗含着一种美学。比如，马尔赫恩就认为："'马克思主义'可以用恩格斯晚年所用的那些方式来表述：（1）关于生产方式的一般理论、生产方式发展的形式、危机和变形、人类历史中生产方式的结构作用；特别是：（2）关于资本主义生产方式的理论、资本主义主要的阶级以及它们之间的对抗、工人阶级反抗资本的斗争之间的有机关系和社会主义的历史可能性。这些都是历史唯物主义的构成性主题，特别是马克思主义思想文化结构得以产生的'真正基础'。它们是马克思主义这一题目的最低标志，是马克思主义使自身富有意义，从而确认一种连续的传统的核心因素。"[③] 他认为马克思和恩格斯是从历史唯物主义理论出发

---

① ［英］弗朗西斯·马尔赫恩：《当代马克思主义文学批评》，第31页。
② ［英］弗朗西斯·马尔赫恩：《当代马克思主义文学批评》，第32页。
③ ［英］弗朗西斯·马尔赫恩：《当代马克思主义文学批评》"引言"，第1页。

论述文学、文化问题的，从这样的论述中，我们可以看到社会结构及其转变的一般理论对理解文化实践具有最大的逻辑力量，看到那些与此相关的政治对从阶级和阶级斗争出发的种种文化承诺做出评估，看到这些理论极少能放弃对文学生产的实际和可能过程进行评论。因此，马克思和恩格斯以历史唯物主义为哲学基础的文化论述提供了一种至今仍然有效的文化观点。"这一观点使用的术语既是分析的，也是政治的，而无论是在分析的意义上，还是政治的意义上，又都是批判的。历史唯物主义可以重建文化生活的知识，申明它自己的基本命题以及这些命题对于抵制成见的意义；还可以澄清和促进有利于社会主义理论和运动目标的文化思潮。"① 由此可见，马克思主义文艺美学的多样性，是内生于历史唯物主义理论，内生于马克思恩格斯的基本文化观点的。尽管仅仅以历史唯物主义作为马克思主义文学、文化观念的哲学基础存在偏颇，因为正如卢卡契已指出的，马克思主义文艺美学其实是以历史唯物主义和辩证唯物主义为统一的哲学基础的，但是从马克思主义哲学出发来寻找多样化的马克思主义文艺美学的统一性，是一种颇有启示价值和理论成效的认识思路。从西方美学和文艺理论史上来看，由于美学和文艺理论大多是作为哲学的分支学科而存在或作为一定的哲学观念在审美和艺术中的具体体现，因此，各种文艺学和美学的思想特色和体系统一性往往是与其哲学体系和观念密切相关的。同样，也正是因为将马克思主义哲学尤其是历史唯物主义作为思想基础，所以马克思主义文艺美学才能在文艺的社会本质和功能之类根本文艺问题上形成大体一致的观念，从而显示出统一性。不过，这里也应该同时加以补充说，马克思主义文艺美学之所以又形成互有差异的观念形态，往往也正是由于它们所接受的马克思主义哲学之外的其他哲学和理论的影响不同的缘故。马克思主义哲学和文艺美学内部长期以来存在的导源于实证主义思潮的科学主义倾向和导源于黑格尔的辩证分析论者之间的分庭抗礼正表明了这一点。即使在同一个学派内部，由于所受的其他哲学和理论影响的不同，其成员的思想往往也是存在很大差异的。比如法兰克福学派中霍克海默和阿道尔诺的思想更多地带有黑格尔主义的印记，马尔库塞和弗洛姆的思想则深受弗洛伊德主义的影响，从而各自获得了黑格尔主义的

---

① ［英］弗朗西斯·马尔赫恩：《当代马克思主义文学批评》，第4页。

马克思主义和弗洛伊德主义马克思主义的称谓。这些情况正从另一方面说明从马克思主义哲学出发寻求不同形态的马克思主义文艺美学的统一性是有道理的，有一定说服力的。

不过，仅仅从哲学基础出发寻求不同形态马克思主义文艺美学的统一性还是不够的。这是因为哲学理论仅为学术研究提供一般的世界观和方法论指导，从一般哲学理论到具体的文艺美学研究还需理论的转化，需要寻找和形成新的理论建构的纽结点和贯穿理论的核心观念。马克思在谈到哲学研究时曾指出："哲学史应该找出每个体系的规定的动因和贯穿整个体系的真正的精华，并把它们同那些以对话形式出现的证明和论证区别开来，同哲学家们对它们的阐述区别开来，……哲学史应该把那种像田鼠一样不声不响地前进的真正的哲学认识同那种滔滔不绝的、公开的、具有多种形式的现象学的主体意识区别开来，这种主体意识是那些哲学论述的容器和动力。在把这种意识区别开来时应该彻底研究的正是它的统一性，相互制约性。在阐述具有历史意义的哲学体系时，为了把对体系的科学阐述和它的历史存在联系起来，这个关键因素是绝对必要的。"[1] 在这里，马克思把一种哲学的统一性和相互制约性首先归之于其"体系的规定的动因和贯穿整个体系的真正的精华"，文艺美学的研究又何尝不是如此？在一篇探讨马克思恩格斯艺术哲学思想变革意义的文章中，我们曾经阐明，构成马克思恩格斯艺术哲学体系的真正的精华就是其审美理想，正是它形成了马克思恩格斯多方面艺术哲学思想和内容的归结点和贯穿主线，成为统摄整个体系、显示内在统一性和逻辑连贯性的核心观念。马克思恩格斯的审美理想不是脱离开现实的人和人的现实的历史条件抽象地谈论艺术的自由，而是以艺术理想、人的理想、社会理想三者的有机统一为基本内容，将艺术审美理想的实现置于人的自由和解放与社会的进步和革命的基础之上[2]。这样一个基本的认识对整个马克思主义文艺美学来说也是适用的。由于在马克思主义的思想系统中，人的自由和解放与社会主义革命及其未来前景是一而二、二而一的事情，因此我们也不妨可以进一步说，以社会进步与革命为基础和存在背景的艺术与人的自由和解

---

① 《马克思恩格斯全集》第 40 卷，人民出版社 1982 年版，第 170 页。

② 参见狄其骢、谭好哲《艺术哲学的革命》，载《文学评论》1991 年第 3 期。

放的关系问题，是马克思主义文艺美学的基本构成主题。澳大利亚学者波琳·约翰逊在其所著《马克思主义美学——日常生活中解放意识的基础》一书的"导论"中写道："初看起来，马克思主义美学理论领域是由一些极少共同之处的有差别的理论集合而成的。如果我们孤立地以它们的个别内容为视角来考虑这些理论，它们看来完全无共同尺度。例如，我们就面临着卢卡契关于伟大的现实主义传统的解放潜能的思想与阿道尔诺关于某些先锋派作品的概念准确的解释之间差别显著的对比。然而，撇开存在于它们的具体内容之间很实际的差异不论，马克思主义美学理论的主流确实共有一个相同的问题构架。马克思主义美学理论赋予艺术一种启蒙能力：它们全都试图去决定艺术作品的解放效果的基础。因此，在重视它们系统阐述的全部问题的同时，通过考虑它们的适当性，我们可以尝试对这些个别理论的相关价值进行评估。"① 这里，所谓"解放"当然是指对人的解放，把艺术作品的解放效果作为马克思主义美学共有的主题，并由此确定马克思主义美学的统一性，的确是很有见地的。

我们知道，将艺术与人的自由和解放问题联系起来，自德国古典美学就开始了。康德第一个从与生理快感、道德实践及科学认识的比较中论证了审美和艺术活动的自由性质，提出了美是无利害感的自由的愉快的观点。席勒追随其后，将艺术和审美作为人类由受局限的"感性人"变成自由的"理性人"的路径和桥梁。黑格尔也明确地指出艺术以及一切行为和知识的根本和必然的起源就是人的自由理性，并将审美和艺术的自由性与人的解放联系起来，提出了"审美带有令人解放的性质"② 这一重要理论观点。关于艺术的自由性和人性解放功能的思想是德国古典美学的精华，然而由于这一思想在德国古典美学诸思想家那里都是在论者将审美和艺术活动与其他人类活动尤其是人类最基本的实践活动相剥离的情况下展开的，因而带有极为抽象和唯心的性质。马克思恩格斯在历史唯物主义新世界观的基础上，批判地继承、改造和发展了上述思想遗产。在《1844 年经济学—哲学手稿》中，马克思用类似于德国古典哲学和美学的思辨性语言论证了自由自觉性是人类的

---

① ［澳］波琳·约翰逊：《马克思主义美学——日常生活中解放意识的基础》，［伦敦］罗特列吉与凯根·保尔出版社 1984 年版，第 1 页。

② ［德］黑格尔：《美学》第 1 卷，朱光潜译，商务印书馆 1979 年版，第 147 页。

特性，但这种类特性不像德国古典美学所说的那样仅与人的自由意志有关，而是在人的活动中表现出来的。马克思说："生产活动也就是类的生活。这是创造生命的生活。生命活动的性质包含着一个物种的全部特性、它的类的特性。"① 在稍后写成的《德意志意识形态》中，马克思又明确写道："个人怎样表现自己的生活，他们自己也就怎样。因此，他们是什么样的，这同他们的生产是一致的。"② 由于人类的生产活动是在历史中展开的，所以马克思又说："自由不仅包括我靠什么生存，而且也包括我怎样生存，不仅包括我实现着自由，而且也包括我在自由地实现自由。"③ 因此，包含文艺审美在内的人类精神创造活动不仅有一个就活动自身而言的"内在自由"问题，而且还有一个由社会历史条件和环境提供保障的"外在自由"问题。恩格斯后来也指出，"文化上的每一个进步，都是迈向自由的一步"，但"自由是在于根据对自然界的必然性的认识来支配我们自己和外部自然界；因此它必然是历史发展的产物"④。正是在这样一些基本哲学认识的基础上，马克思主义创始人才从文化与社会历史发展辩证关系的角度阐发了艺术自由与社会进步和人的解放的关系问题，把艺术的自由和人的解放置于社会进步与革命的基础之上。

应该说，后经典时期的马克思主义文艺美学诸形态都从不同的角度切入了艺术的解放功能这一基本理论主题。而且正是从这一主题，才越发能够看清马克思主义文艺美学多样性与统一性的关系。比如政治型与社会批判型的马克思主义文艺美学是有很大不同的，前者多强调文艺的工具性质，后者多以文艺的审美自律性对抗压抑性现实秩序，并且对正统马克思主义文艺美学的政治思维取向不感兴趣甚至提出质疑和批评。但是，社会批判美学的主将马尔库塞等人将美和艺术视为自由的一种形式，借此形式对异化现实提出控诉和抗议，同时又借此给人以幸福的允诺，把美和艺术视为"解放形象的显现"和"解放的象喻"⑤，而以列宁和毛泽东为代表的政治型文艺美学虽

---

① 马克思：《1844年经济学—哲学手稿》，刘丕坤译，人民出版社1979年版，第50页。
② 《马克思恩格斯选集》第1卷，第25页。
③ 《马克思恩格斯全集》第1卷，第77页。
④ 《马克思恩格斯选集》第3卷，人民出版社1972年版，第154页。
⑤ ［美］赫伯特·马尔库塞：《美学方面》，引自《现代美学析疑》第2、42页。

然强调了文艺参与现实政治斗争的必然性，同时也把艺术的自由与社会主义革命的远景和人民大众的解放有机地联系了起来，坚持了文艺的人民本位和人民方向，可见二者在艺术的价值追求或终极功能设定上是存在一致性的。同样，科学型美学的后期代表卢卡契之所以特别重视现实主义、重视现实主义艺术反映的整体性，就在于他认为真正的艺术能够在一个拜物化即异化了的现实中为恢复人的意义、人的价值而贡献力量。他认为"对人和人类事物的把握、在社会以及自然中恢复人的权利的要求构成了在反映现实中再现运动的中心"①。对于现实的审美反映就具有一种自发的倾向，"这种倾向会使在人类发展过程中出现的、不论在生活实践中还是科学和哲学中都起作用的偶像崇拜或拜物化综合体瓦解，使实际对象关系在人的世界图像中恢复相应的地位，并在世界观上重新获得由于这种歪曲而被贬低了的人的意义的认识"，因此，"真正的艺术按其本质说来内在地含有反拜物化的倾向"②。而卢卡契之所以将巴尔扎克、托尔斯泰视为自己美学言说的"英雄"，也就在于"为了人的完美而斗争，反对各种对人的歪曲的假象和表现方式构成了——当然在其他大艺术家那里也是这样——他们作品的基本内容。"③ 在他那里，现实主义的主要美学问题乃是在于充分地表现人的完整的个性，并从中展示出人的本质属性以及人类的统一性。由此可见，尽管卢卡契现实主义的艺术反映理论模式与阿道尔诺、马尔库塞等社会批判美学为现代艺术辩护的反现实主义理论模式大异其趣，但却有着相同的人道主义的底蕴，在反抗现实异化，张扬艺术自由，致力于人的解放方面是有相通性的。此外，文化分析学派的文艺美学，将文学、文化的研究与工人阶级生活和社会主义革命策略结合起来，实际上也直接切入了人的解放这一主题，更是不待多言的。

　　当然，虽然在人的解放问题上，各种形态的马克思主义文艺美学有着相同的旨归，但在艺术与人的自由和解放的具体关系的认识上，它们又是各有不同的。科学型的马克思主义文艺美学——尤其是在其早期的代表人物那里——更多地把人的解放问题置于生产力和生产关系自然发展的基础之上，

---

① ［匈］卢卡契：《审美特性》第 2 卷，徐恒醇译，中国社会科学出版社 1991 年版，第 166 页。
② ［匈］卢卡契：《审美特性》第 2 卷，第 169 页。
③ ［匈］卢卡契：《审美特性》第 2 卷，第 167 页。

而对艺术在社会革命和人的解放进程中的积极能动作用缺乏辩证的认识。法兰克福学派的社会批判美学特别维护艺术的自主性和自由性，并以此作为实现人的自由和解放的途径，他们片面地发展了艺术与文化革命的能动作用，但却把艺术和文化领域的革命与政治、经济领域的社会革命隔裂开来，重新回到了德国古典美学的旧有思路，因而带有很强的审美乌托邦的意味。英国文化分析学派的理论家们虽然对文化的复杂性有更科学的认识，对工人阶级的文化生活有一种出自阶级本能的认同，但他们的视野似乎也很少超出文化领域，对工人阶级的解放之路缺乏一种切实的有实践指导性的理论思考。相比较而言，政治型马克思主义文艺美学将艺术和审美问题的思考与社会主义革命事业的发展有机地联系了起来，在一定程度上回复到了经典马克思主义的本原思路上来，但20世纪某些政治型马克思主义文艺美学确实又往往在革命的名义之下相对淡忘乃至牺牲人的个体自由问题，同时往往以政治代替审美，忽视艺术审美的自主性。因此之故，如何在现代历史条件之下实现艺术理想与人的理想和社会理想的有机统一，在艺术的自由与繁荣中彰显人的自由和解放，在人的自由和解放中孕育艺术的自由和繁荣，这不仅是一个有待理论研究努力去解决的历史课题，也是一个有待历史去自觉实现的理论之谜。

当代环境美学对西方现代
美学的拓展与超越

　　环境美学的兴起，是当代美学的一个大事件。它的兴起不仅对于伴随着工业化进程而愈益加剧的自然生态恶化问题作出了学术上的回应，体现了美学研究作为一门人文学科应有的社会责任，而且就整个世界美学史而言也有其学术史的意义。环境美学将自然审美重新拉回到人类审美的视野之中，以包含自然在内而又被拓展了的环境作为自己的研究对象，相对于西方现代美学而言，既在研究对象和范围上有新的拓展，也在审美的性质和审美主客体关系的建构等方面形成了新的超越，从而使当代美学研究跃进到了一个新的境界。

一

　　无论东方还是西方，在前工业化的农耕文明时期，与人类生存休戚相关的外在自然历来都包含在审美视野的范围之内。月明风清的静美，长河落日的雄浑，芳草茵茵的绿地，烟波浩渺的江海，无不构成人类审美的对象。中国古代的"美"字，无论解释为"羊人为美"还是训注为"羊大为美"，人之外的羊的存在，广义说也就是自然的存在，都是审美构成不可或缺的因素。所以，在中国古代人的眼中，"天苍苍，野茫茫，风吹草低见牛羊"①

---

① 中国北朝民歌《敕勒歌》："敕勒川，阴山下，天似穹庐，笼盖四野。天苍苍，野茫茫，风吹草低见牛羊。"

就是一幅天然的美丽图画。建安诗人曹植在《洛神赋》中描绘的洛神，被称为中国古典神话中完美无缺的美神。该赋以绝美的笔调描绘洛神的容貌、体态、气质、衣着、风度、神态，呈现出洛神无可比拟的绝代风华。赋中以"翩若惊鸿，婉若游龙。荣曜秋菊，华茂春松。仿佛兮若轻云之蔽月，飘飖兮若流风之回雪。远而望之，皎若太阳升朝霞；迫而察之，灼若芙蕖出渌波"状写其美丽容貌，实则完全是对自然美景的描摹。不仅如此，中国古代文学，自先秦时代起，还形成了香草美人即以嘉木香草譬喻美德和具有美德之人的隐喻化写作传统①。可见，在中国文化传统中，自然与美（包括人之美）以及人的审美是有其不可分割的关系的。

在西方，希腊神话传说中的美神阿芙罗狄忒（Aphrodite）也就是罗马神话中的维纳斯（Venus），是从大海的泡沫中诞生的，文艺复兴时期的意大利画家波提切利曾作有表现这一传说的著名绘画《维纳斯的诞生》。这一神话传说恰好揭示出了审美与自然的密切关系。所以，在古代的希腊，虽然有那么多美轮美奂的艺术作品存在，虽然当时的哲人如柏拉图、亚里士多德之辈对美的探讨多以艺术为例，但是在他们对审美对象的描述中，还是包括自然美在内的，比如柏拉图在其对话录中就包括许多对于自然美的描写和体验，他还在其《理想国》里要求对城邦艺术教育负责任的诗人应该在自己的作品里描绘自然的优美以有利于受教育者心灵的美化②。希腊化时期的斯多噶学派更是明确地谈到了世界的美："世界是美丽的。这从它的形状、色彩和满天繁星中显而易见。因为它有一个胜过所有其他形状的球形……它的

---

① （汉）王逸《离骚》序："《离骚》之文，依《诗》取兴，引类譬喻，故善鸟香草，以配忠贞；恶禽臭物，以比谗佞；灵脩美人，以媲於君。"

② 柏拉图在其著名对话《斐德若篇》的开头从自己细腻的审美体验出发描绘了自然风景的美："这棵榆树真高大，还有一棵贞椒，枝叶葱葱，下面真荫凉，而且花开的正香，香得很。榆树下这条泉水也难得，它多清凉，脚踩下去就知道。从这些神像神龛看来，这一定是什么仙女河神的圣地哟！再看，这里的空气也新鲜无比，真可爱。夏天的清脆的声音，应和着蝉的交响。但是最妙的还是这块青草地，它形成一个平平的斜坡，天造地设地让头舒舒服服地枕在上面。"（［古希腊］柏拉图：《文艺对话集》，朱光潜译，人民文学出版社1963年版，第95—96页）在《理想国》里，柏拉图谈到艺术教育时写道："我们不是应该寻找一些有本领的艺术家，把自然的优美方面描绘出来，使我们的青年们像住在风和日暖的地带一样，四围一切都对健康有益，天天耳濡目染于优美的作品，像从一种清幽境界呼吸一阵清风，来呼吸它们的好影响，使他们不知不觉地从小就培养起对于美的爱好，并且培养起融美于心灵的习惯吗？"（引文同上，第62页）

色彩也是美丽的。而且也因为它巨大无比，它是美的。它包含着相互联系的各种事物，它就像一只动物或一棵树那般美丽。这些现象都给世界的美增添了光彩。"还谈到了生物的美："大自然为了美而创造了许多生物，因为它爱美并以色彩和形状的丰富多采为乐……孔雀是因为它的尾巴，因为它的尾巴的美丽而被创造出来的。"在他们看来，如果说艺术家的伟大创造是美的，那么宇宙或大自然本身就是"最伟大的艺术品"，"在每个方面都是最完美的"①。

　　但是，人类与自然的亲和以及建立在这种亲和关系之上的对自然美的审美欣赏随着工业文明的到来而无情地被打破和解构了。现代工业文明从经济上来说是建立在对自然资源的开掘、利用乃至破坏、污染基础之上的，与这一进程相伴而行的即是自然生态的恶化和反常；而从审美的角度来看便是随着主体意志的无限扩张和膨胀而导致人类中心主义的日渐盛行和自然审美领域的不断萎缩，与这一趋向紧密相关的就是美学理论研究对自然之美的忽视和淡忘。正如阿多尔诺所指出过的："自然美之所以从美学中消失，是由于人类自由与尊严观念至上的不断扩张所致。"② 在现代美学学科诞生之初，"美学之父"鲍姆嘉滕在其 1750 年出版的《美学》一书的开篇即对美学学科作出如此的规定："美学作为自由艺术的理论、低级认识论、美的思维的艺术和与理性类似的思维的艺术是感性认识的科学。"③ 他还进一步指出，美学作为艺术理论是对在自然状态中由低级认识能力的使用和发展而产生的自然美学的补充。这种规定基本上就把自然美排除于美学研究之外。随后，黑格尔在其《美学》中也将美学的对象和范围限定于艺术或者说美的艺术，而相应地美学这一学科的正当名称就是"艺术哲学"，或则更确切一点，就是"美的艺术的哲学"④。黑格尔并没有完全抛弃自然美的研究，只是认为自然美是属于心灵的那种美的反映，是不完全不完善的美的形态，所以只有高于自然的艺术美才是美学研究的真正对象。而在谢林那里，比黑格尔又进

---

① 转引自［波］塔塔科维兹《古代美学》，杨力等译，中国社会科学出版社 1990 年版，第256—257 页。
② ［德］T. W. 阿多尔诺：《美学理论》，王柯平译，四川人民出版社 1998 年版，第110 页。
③ ［德］鲍姆嘉滕：《美学》，简明、王旭晓译，文化艺术出版社 1987 年版，第13 页。
④ ［德］黑格尔：《美学》第 1 卷，朱光潜译，商务印书馆 1979 年版，第3—4 页。

了一步，认为艺术远比自然界更直接地使人类理解自己的精神世界，所以直接将自己的美学研究著作命名为《艺术哲学》。黑格尔、谢林之后，美学研究就发生了被称为"艺术哲学化"的重大历史性转折，自然美基本淡出了美学研究的视野。到 20 世纪中叶，美学在分析哲学传统中基本上都等同于艺术哲学，无论是在美学教科书还是重要美学文集里，美学研究均已被艺术的兴趣彻底控制。正如 20 世纪七八十年代一些西方学者所指出的，现当代美学研究中"一种势不可挡的倾向就是由艺术对自然美所作出的压倒优势的占领，自从黑格尔以后，我们已很难发现像过去那样，美学家会对自然投入更多的注意"①。由于逐渐把全部注意力都倾注于艺术研究，现代美学基本上"中断了对'自然美'的系统研究"，"自然美概念完全受到压制"②。有的当代美学家甚至放言，与其去为一个日落景象的美寻找原因，还不如去研究一只奶罐的造型③。

环境美学就是在这样一种学科背景基础上发生的。可以说，环境美学的滥觞既有其外在的社会原因，这就是从当代生态学思想出发对工业化进程所造成的生态恶化以及由此丛生的种种人类生存问题的社会反思；也有着美学自身的背景，这就是对现代美学研究排斥自然美的学科反思。1966 年，在一本《英国分析哲学》的论文集中收录了罗兰德·赫伯恩（Roland W. Hopburn）的一篇论文《当代美学及自然美的遗忘》（1968 年该文的较短版本又以《自然的审美鉴赏》为题收入一部《现代社会中的美学》论文集里）。在这篇论文中，赫伯恩首先指出，美学在根本上等同于艺术哲学之后，分析美学实际上遗忘了自然界，20 世纪后半叶的讨论应该包括自然美学在内。进而他又认为，以艺术的鉴赏来指导自然的鉴赏总是存在误导，与自然相关的鉴赏需要与艺术鉴赏不同的方法，这些方法不但包括自然的不确定性和多样性的特征，而且包括我们多元的感觉经验以及我们对自然的不同理解④。当代著名的环境美学家，加拿大的卡尔松和芬兰的瑟帕玛均认为当

---

① ［美］理查德·舒斯特曼：《分析美学的分析》，转引自朱狄《当代西方艺术哲学》，人民出版社 1994 年版，第 1 页。
② ［德］T. W. 阿多尔诺：《美学理论》，王柯平译，四川人民出版社 1998 年版，第 109 页。
③ 参见朱狄《当代西方艺术哲学》，人民出版社 1994 年版，第 2 页。
④ 参见［加］艾伦·卡尔松《环境美学——自然、艺术与建筑的鉴赏》，杨平译，四川人民出版社 2006 年版，第 17 页。

代环境美学起源于赫伯恩的这篇论文对分析美学遗忘自然美的非难。比如卡尔松就明确写道："他这篇论文为环境审美欣赏的新模式打下了基础，这个新模式就是，在着重自然环境的开放性与重要性这两者的基础上，认同自然的审美体验在情感与认知层面上含义都非常丰富，完全可与艺术相媲美。"①赫伯恩对自然审美重要性的强调在美学界获得了不少人的认同和呼应，西方学界在 20 世纪 70 年代之后逐渐开展起了环境美学的相关研究，相继出版了多部有影响的环境美学著作，仅近年来译成中文出版的就有约·瑟帕玛的《环境之美》、阿诺德·伯林特的《环境美学》、艾伦·卡尔松的《环境美学》和《自然与景观》、史蒂文·布拉萨的《景观美学》等多部。1984 年在加拿大蒙特利尔召开的世界美学大会上，还把环境美学作为大会研讨的主题之一。环境美学将自然与景观作为自己的研究对象，当然首先是对于主要或仅仅以艺术为研究对象的现代美学的一个反拨。应该说，环境美学家对以分析美学为代表的现当代美学的非难是切中时弊的，将自然审美排除于人类的审美经验领域，是对审美对象的窄化，显然不利于人类审美经验的丰富和扩展。同时，环境美学强调自然之美有着不同于艺术之美的特殊性和多样性，对自然环境的审美鉴赏不同于对艺术的审美鉴赏，有着自己的审美特点和模式，这也是对传统美学从等级属性上将自然美置于艺术美之下，将自然美的鉴赏规律从属于艺术美的鉴赏规律之中的一个反抗和冲击。

　　这里应该进一步指出的是，尽管环境美学特别强调要将自然纳入到审美范围，将自然美学包含于美学之中，但环境美学并不等于自然美学，作为环境美学研究对象的环境也不完全等同于自然。伯林特曾明确地指出，有必要去区分环境美学与自然美学，"环境美学是不同于自然美学的。'环境'是一个更具包容性的术语，它所包含的空间和对象并非仅仅是'自然世界'之内的事物，诸如设计、建筑和城市也包容在内。况且，不同的作者以相当不同的方式来看待环境，有时将之客观化得就像是全景一般，在其他时候则将亲密的和个人化的周遭之物也包括在内，甚至有时将环境看作语境化的背景，从而将审美观照者作为组织要素而包含在内。考虑到问题还会更复杂，环境或许可以指一种特定的类型或者场域，例如被看作是一种特殊的荒野之

___

① ［加］艾伦·卡尔松：《自然与景观》，陈李波译，湖南科技出版社 2006 年版，第 6 页。

地、航海的环境或者购物商场的环境，抑或可能被当作一个普遍的范畴。"①可见，环境不仅包括了自然环境，即我们的自然环绕物，也包括了由人类设计、建造起来的周遭之物。此外，伯林特认为环境美学的对象还包括艺术在内。这是因为当代艺术已经拓展到了自然环境、都市环境和文化环境等极为广阔的领域，比如当代环境艺术的产生和发展。在这种背景下，"艺术与环境事实上是相互融合的，这种融合逐渐被宣布出来"②。对于当代的许多艺术家们来说，环境成为了创作的焦点和对象，对环境美学研究来说，当然也就不能不重视艺术与环境相融合的这一事实。这里，我们还应该补充一点的是，随着人们生活水平的提高和精神文化追求的提升，艺术的收藏和欣赏以及在一定程度上对艺术活动的参与，事实上也越来越成为人们日常生活环境构成的一个组成部分。可见，作为环境美学研究对象的环境，比之传统美学所偏好的艺术以及被其遗忘的自然，甚至比艺术+自然所涉及的范围都要广泛。就此来看，环境美学不仅重申了自然作为审美对象的必要性，还把以环境为对象的环境艺术，以及由人类所设计、创造出来的一切环绕之物，包括艺术创造在内，纳入自己的审视视野和研究范围，这是对仅仅专注于艺术审美问题研究的现代美学的极大拓展和扩充，同时它也没有简单地回复到自然美学的狭隘领域，从而为当代美学提出了不同于传统美学研究的新对象、新问题。

二

环境美学对美学研究对象和范围的新拓展，不限于在现象形态上对人类审美经验领域的丰富，实质上也在诸多方面对传统美学形成了新的改造和超越。这种改造和超越首先体现在对审美性质的认识方面。

审美无关功利，是支撑现代美学的主导审美观念。这种审美无利害观念的形成是建立在对审美活动与科学认识活动、道德实践活动以及生理快感体验等人类其他生存实践活动的比较和分离基础之上的。康德认为，从性质上

---

① ［美］阿诺德·伯林特：《艺术、环境与经验的形成》，载阿诺德·伯林特主编《环境与艺术：环境美学的多维视角》，重庆出版社 2007 年出版，第 19 页。

② ［美］阿诺德·伯林特：《艺术、环境与经验的形成》，载阿诺德·伯林特主编《环境与艺术：环境美学的多维视角》，重庆出版社 2007 年出版，第 2 页。

来讲，审美活动不涉及利害计较，对象只以它的知觉形式而不是它的实际存在来产生美感，所以审美活动的快感是纯粹无私的，不同于由生理感官的享受所带来的快适感，也不同于由意志实践活动所带来的善的愉快，后两种愉快都涉及主体对对象存在的利害关系。康德还认为，审美活动只关涉到主体愉快或不愉快的情感，与诉之于概念活动的知性认识活动也是不同的。康德之后，黑格尔、克罗齐以及其他大多数现代美学家基本上都秉持着对审美活动的这一基本看法，并且在论证思路上也与康德大致类似。

　　环境美学将当代生态思想引入美学研究，从根本上颠覆了这一传统观念。环境美学认为，环境状态与人的生存息息相关，因此对环境的审美不可能与价值取向、利害关联毫无关系。传统美学认为审美对象只以其形式表象作用于审美主体的感官，其实际存在究竟如何对主体来说是无所谓的。而环境美学则认为，审美主体对环绕他的审美对象的实际存在不可能采取无所谓的态度。这是因为，虽然从本体论的角度来说，原生态的自然具有天然的审美价值，天然生成的自然美具有重要的肯定价值①，但是由于自然界自身发生的自我毁坏现象，如植物疾病、火山爆发、冰灾雪崩、森林火灾等等，以及人类的人为破坏活动，如各种工业污染、农药的滥用、酸雨等等，自然有时也以丑陋的形象示人，具有负面的否定价值，审美活动对这些负面的否定价值是不能无动于衷的，因为自然环境是我们的生存家园，对这一家园的毁坏难以激起我们的肯定性审美判断。所以，对自然环境的审美活动，实际上就包含着尊重原生态的自然，珍惜和保护它的天然审美价值而不要破坏它，从而为人类自身保有一个美好的生存家园的取向和用心，而这已经多多少少带有人类自身的利害思量在内了。

　　进而言之，环境审美之所以不可能完全是非功利性的，还因为从当代生态学思想来看，人与自然环境处于同一个生命共同体之中，在理想的关系

---

　　①　艾伦·卡尔松："全部自然界是美的。按照这种观点，自然环境在不被人类所触及的范围之内具有重要的肯定美学特征：比如它是优美的，精巧的，紧凑的，统一的和整齐的，而不是丑陋的，粗鄙的，松散的，分裂的和凌乱的。简而言之，所有原始自然本质上在审美上是有价值的。自然界恰当的或正确的审美鉴赏基本上是肯定的，同时否定的审美判断很少或没有位置。"（［加］艾伦·卡尔松：《环境美学》，第109页）约·瑟帕玛："任何处于自然状态中的事物都是美的，有决定性的是选择一个合适的接受方式和标准的有效范围。"（［芬］约·瑟帕玛：《环境之美》，武小西、张宜译，湖南科技出版社2006年版，第148页）

中，人类与自然应该是一种和谐共生的关系，而不应像工业化进程开始以来通常所做的那样将人类置于自然之上，把自然当作人类予取予夺的对象，一味地改造自然、利用自然，以至于为了人类自身的发展而肆无忌惮地毁坏自然。就此而言，人类对生态的维护负有一份伦理责任。人类与自然和谐共生关系的生成首先需要人类对自律的自然保持必要的尊重，同时由于自然环境是我们生存的家园，因此又必须对它有一种责任感，正如霍尔姆斯·罗尔斯顿Ⅲ所指出的："我把自己所居住的那处风景定义为我的家。这种'兴趣'导致我关心它的完整、稳定和美丽。"① 尊重与责任意识的介入，就使得环境审美与环境伦理有机地统一起来。对此，霍尔姆斯·罗尔斯顿Ⅲ在他的研究论文里总结说，从逻辑上说，一个人不应该毁坏美；从心理上讲，一个人不希望毁坏美。这样的行为既不是不情愿的也非勉强而为的，绝非对另一件事物的不情愿的责任所限制的，"这是一种愉悦的关心，是责任，因为其正面动机是可依赖的和有效率的。这种伦理是自然而来的。"他接着进一步解释说："责任就是通常所说的在人类社区里'欠'别人的，最紧密联系的是经典的伦理的道德的共同体；并且现在环境伦理包含了生物共同体，一种土地伦理。欠动物的、植物的，欠物种的，欠生态系统的、山脉和河流的，欠地球的——这是一种适当的尊重。当我们总结出这些自然的属性和过程、成就、受保护的生命、这些产生多样生命形式的进化的生命系统的特征，并问什么是一种对于它们的适当的赞赏的时候，这表述成'关心'或者'责任'是否更恰当将不再是一个问题。这种被扩展的美学包含了责任。"② 按照康德的观念，尊重意识、责任意识都涉及概念和欲念，因而不是纯粹的审美情感，是审美活动应该着力排除的，但是在环境美学家这里，它们却正是构成环境审美活动不可缺少的主体因素。由此出发，瑟帕玛认为环境美学即是环境批评的哲学，这种环境批评的哲学可以分为肯定美学和批评美学两个方面，前者是对未经人类改造过的自然之美的肯定和对合适的接受方式和标准的选择，后者则是对人类活动所造成的环境变化和相关问题的评价，必要时

---

① ［美］霍尔姆斯·罗尔斯顿Ⅲ：《从美到责任：自然美学和环境伦理学》，载［美］阿诺德·伯林特主编《环境与艺术：环境美学的多维视角》，重庆出版社2007年版，第168页。
② ［美］霍尔姆斯·罗尔斯顿Ⅲ：《从美到责任：自然美学和环境伦理学》，载［美］阿诺德·伯林特主编《环境与艺术：环境美学的多维视角》，重庆出版社2007年版，第168页。

甚至要进行否定的评价。至于评价的标准，瑟帕玛认为："人类按照自己的目的来改造环境，所有价值领域都有这些目的。但行动有伦理学的限制：地球不只是人类使用也不只是人类的居住地，动物和植物甚至还有自然构造物也有它们的权利，这些权利不能受到损害。"① 依据现代生态伦理学的观点，瑟帕玛特别强调审美价值与生命价值的统一性，也就是强调审美必须促进生命价值的申张，而不能建立在毁坏生命价值的基础之上。他指出，在环境中，人不能从深层意义上甚至在审美上认可与破坏力量相关的东西，任何事物甚至奥斯维辛的尸体堆都能作为一种构成和颜色从表层来考察，但这样做将是脱离由生命价值或意识形态给予的框架的畸形行为，"审美的目标不能伤害到生命价值，因此不计后果的审美体系被排除在外"②。

诚如罗纳德·赫伯恩所分析过的，当我们把生态责任放在对自然的审美活动中加以考虑，也就是考虑到自然正被来自酸雨或者气候变化等严酷的或者令人沮丧的方式所威胁，想到除了人类造成的生态损害之外，所有的行星现有的特征都将最终在遥远的未来被改变以至毁灭时，这种环境思考和道德紧迫感会使对自然的审美欣赏造成阻抑和消解，与审美形成矛盾。不过，这种矛盾是美学理论需要解决的，但却是不能轻率地予以取消的问题。③ 阿诺德·伯林特也承认这种矛盾的价值是可以相互支持的，或者说在环境中的审美兴趣确实能够帮助去达到伦理的目的。不断增长的审美价值的确是我们提高生活品质的一个组成部分。此外，越来越多的证据证明，在积极审美价值中的环境的丰富性，不仅可以提升优良的情感，而且可以降低身和脑的疾病的发病率和社会病（诸如恶意破坏和犯罪）的发生率。所以，"既然审美价值本身是善的，即使并不一直是排外的和孤立的善，它也值得去维护自身的目的，并将自身逐渐变成为伦理目的。作为社会与个人价值的环境，是审美兴趣的一个重要所在；但是承认了内在的审美价值，便无需与非审美的使用目的相分离。在某些最有趣的例证中，环境利用和美是密不可分的，如在充满景色的高速路或设计完美的农场景观那里都是如此。为了保护农业景观的

---

① ［芬］约·瑟帕玛：《环境之美》，武小西、张宜译，湖南科技出版社 2006 年版，第 149 页。
② ［芬］约·瑟帕玛：《环境之美》，武小西、张宜译，湖南科技出版社 2006 年版，第 161 页。
③ 参见 ［美］罗纳德·赫伯恩《美学的论据和理论：基于哲学的理解和误解》，载阿诺德·伯林特主编《环境与艺术：环境美学的多维视角》，重庆出版社 2007 年版。

发展权的购买计划、保护景观的区域性条例，这些都表现出道德义务和政治意愿，从而服务于某种审美目的。"① 这样，审美价值在整个环境的伦理结构中就会扮演一个重要角色，审美价值可能为环境中的伦理价值提供一种内在价值的基础，而伦理价值则可以被看作来源于审美价值，在人与环境的共同体中，环境的审美价值与伦理价值由此便不是相互分离的而是具有内在统一性的，伦理学与美学由此也会获得一种新的关系和意义。

<h1 style="text-align:center">三</h1>

　　环境美学对传统美学的改造和超越还体现在审美主、客体关系的建构模式方面。简要言之，自康德以来的现代美学在审美主、客体关系的建构上是取主客二分基础上的静观模式，而环境美学则取主客合一基础上的介入模式。由此区别，当代美学通常称康德以来的传统美学为静观美学，而环境美学又被命名为介入美学或参与美学。

　　由于从无利害的观点看待审美对象，只把审美对象的感性知觉形式与审美主体的情感体验和想象能力发生联系，所以传统美学对审美主客体关系的建构有两个显著的特点：一是审美客体与审美主体的截然二分，二是审美主体对审美对象的纯然静观。截然二分致使对象是对象，欣赏者是欣赏者，二者互不相属，彼此分离，这就造成了两个结果：一是审美客体与审美主体之间存在距离；二是处于一定距离之中的审美对象与审美主体之间的审美遇合带有偶然性和诸多的条件制约，审美因此成为与人类日常生活现实不同的一种相对稀缺的经验，审美价值则由此成为一种超越性乃至超验性价值。这种分离是建立在近现代哲学心物二元、主客二分的哲学基础之上的，从社会学角度来看，事实上是现代化进程起始以来逐渐膨胀起来的"人类中心主义"的产物。现代美学中的诸多理论家和理论派别，如康德的审美判断理论、克罗齐的表现论美学、立普斯等人的审美移情说、布洛的审美距离说等等，特别是现代美学由此前偏重于审美客体研究转向偏重于审美主体的研究，而对

_____

① ［美］阿诺德·伯林特：《艺术、环境与经验的形成》，载阿诺德·伯林特主编《环境与艺术：环境美学的多维视角》，重庆出版社 2007 年版，第 21 页。

于审美主体的研究又从审美理性转向非理性的审美情感、审美态度等，都是这种主客二分的哲学思维和人类中心主义的思想成见的反映。由于对审美活动采取主客二分的思维模式拉开了二者的距离，又由于审美活动与主体的欲念没有关系，只是对对象知觉形式的纯然观赏，所以传统美学对审美活动便必然守持一种静观的模式。欲念是趋向于动的，趋向于对对象的占有、改造和利用，而审美的静观则是排斥这一切的。

对传统美学建立在心物二元、主客分离基础上的审美静观模式，环境美学家基本上都是持反对态度的，反而倡导一种人类与自然统一、主体与客体合一的审美介入模式。环境美学认为，传统美学将艺术对象或作为景观的自然对象视为与审美主体相分离的对象，这不适合于环境审美的实际状况：其一，人不是处于环境之外而总是处于环境之中的，人不可能孤立于环境之外，站在环境的对面观赏对象；其二，如上所述，人与环境处于一个生命共同体之中，人也不可能对他生活于其中的环境采取无利害的纯然静观态度，而只能是一种介入式的欣赏。美国学者布拉萨将环境美学的审美模式称之为"内在者"（inside）欣赏模式，与之相对的是"外在者"（outside）模式。"外在者"就像是外来游客，"内在者"则好比当地居民，二者对同一个地方的欣赏和感受是极为不同的。布拉萨特别强调"内在者"的感受在审美中的重要性，因为我们毕竟在更多时候是作为居民生活在某个环境之中的，而旅游观光却并不是我们通常的生活方式。① 与布拉萨相似，卡尔松在其论述中也赞同斯巴叙特关于环境审美应主要根据"自我与环境"的关系而不是"主体与客体"或者"观光者与景色"之间的关系来考虑它。他指出，传统上对自然的审美鉴赏包括"对象模式"和"景观模式"两种模式，前者按照艺术形式化的要求观赏自然对象，将对象从其内容中抽象出来而只关注其形式的特征，后者将自然当作一种风景画来观照，这种观照方式将立体的三维的自然视为平面的二维景观，实际上依然观照的是其形式特征。"这两种模式都没有彻底地实现严肃的和恰当的自然鉴赏，因为每一种模式都歪曲了自然的真实特征。前者将自然对象从它们更广大的环境中剥离出来，而后者将其塑造为风景并予以框架化和扁平化。而且，在主要关注形式特征

---

① 参见［美］史提文·布拉萨《景观美学》，彭锋译，北京大学出版社2008年版。

时，两种模式忽视了许多日常经验和对自然的理解。"① 与这两种传统的审美模式相对立，卡尔松倡导一种将恰当的自然审美鉴赏与科学知识结合起来的"自然环境模式"，这种模式特别强调两点：一是如同鉴赏艺术作品一样鉴赏自然本身，将其首先作为一种自然的环境来鉴赏；而是必须借助已知的真正知识来鉴赏自然，借助自然科学，尤其是环境科学，譬如地质学、生物学、生态学提供给我们的知识来鉴赏自然。"因此，这种自然环境模式既包容了自然的真正特征，也包含了我们日常的经验和对自然的理解。""特定环境本质的知识产生鉴赏的恰当边界、审美意味的特定焦点以及相关的行为或者环境类型的观看方式。我们因而找到一种模式，开始回答在自然环境中鉴赏什么以及如何鉴赏的问题，这样做，似乎充分考虑到环境的本质。因此，不但对审美，而且对道德和生态而言，这也是重要的。"② 在强调科学知识的参与，也就是对环境的正确认知在审美鉴赏活动中的重要性的同时，卡尔松还在探讨如何鉴赏时指出，环境审美既关系到承认自然是一种环境，因而是我们生存其中的环境，还关系到承认我们通常用我们全部的感官经验作为我们不明显背景的环境。他基本赞同地引述了斯巴叙特、杜威、团（Yi-Fu-Tuan）等人对审美经验的分析和描述，强调环境审美是人的全部经验能力参与其中的过程，不仅仅是眼睛和耳朵，"气味、触觉、味道、甚至温暖和寒冷、大气压力和湿度也可能有关"，"我们必须用所有那些方式经验我们背景的环境，通过看、嗅、触摸诸如此类的方式。"③ 显然，在卡尔松看来，人应该带着全部的感觉能力全身心地投入到自然环境的怀抱中去，全方位地感受自然本身的形、色、声、味。尽管卡尔松因为担心审美参与模式强调鉴赏者在鉴赏对象中的全身心投入对自身与对象的距离和主体与客体二元区分的消弭有可能失去使最终经验成为审美经验的要素，因而不把参与模式作为他所认同的理想模式，但是在对传统静观美学模式所隐含着的人类中心主义的批判、对审美经验需要人的主体能力的全面参与等方面的意见却是与其他环境美学家基本相同的。

卡尔松关于人以其全部感觉能力参与环境审美的思想被其他环境美学家

---

① ［加］艾伦·卡尔松：《环境美学》，杨平译，四川人民出版社2006年版，第18页。
② ［加］艾伦·卡尔松：《环境美学》，杨平译，四川人民出版社2006年版，第19、81页。
③ ［加］艾伦·卡尔松：《环境美学》，杨平译，四川人民出版社2006年版，第76、77页。

概括、发展为环境审美的介入模式，也称为介入美学或参与美学。伯林特认为，传统美学仅将所见与所听确定为审美感觉，是建立在身体与高级的沉思的分离基础上的，但是在环境审美的感知经验中，我们却不再能与自身保持距离了，在环境审美中不仅仅是视觉和听觉，与我们的身体相关的嗅觉、味觉、触觉、皮下知觉、运动知觉等等都会参与其中，是多种感觉的复合形态。"比其他的情境更为强烈的是，通过身体与处所的相互渗透，我们成为了环境的一部分，环境经验使用了整个人类感觉系统。因而，我们不仅仅是'看到'我们的活生生的世界，我们还步入其中，与之共同活动，对之产生反应。我们把握处所并不仅仅是通过色彩、质地和形状，而且还要通过呼吸，通过味道，通过我们的皮肤，通过我们的肌肉活动和骨骼位置，通过风声、水声和汽车声。环境的主要维度——空间、质量、体积和深度——并不是首先与眼睛遭遇，而先同我们运动和行为的身体相遇。"① 霍尔姆斯·罗尔斯顿Ⅲ也在论及他所谓"介入性的美学"时指出，以无利害为特征的传统美学导致人与自然审美对象的分离和对其存在状态的漠不关心，这"需要一个航向修正"。他以对森林的审美为例说道，传统美学把森林只是当作一片可以俯视的风景，"但是森林是需要进入的，不是用来看的。一个人是否能够在停靠路边时体验森林或从电视上体验森林，是十分令人怀疑的。森林冲击着我们的各种感官：视觉、听觉、嗅觉、触觉，甚至是味觉。视觉经验是关键的，但是没有哪个森林离开了松树和野玫瑰的气味还能够被充分地体验。""在森林中的亲身体验，在那里的机遇和危险中所需要和所享受到的竞争力，住居于原始森林和对抗原始森林的斗争，这些都介入性地丰富了审美经验。或许只有'精神'可以获得审美愉悦，但人在此需要精神。"②

　　环境美学不仅强调人是处于环境之中的，因而人不能站在环境之外欣赏环境，强调对环境的审美需要人的多种感知能力的共同参与，还特别强调环境审美经验的社会性及其与日常经验的相通性。环境美学认为，感觉不只是感受的，也不仅仅是生理的，它还融进了文化的影响，在人类的感觉经验中

---

① ［美］阿诺德·伯林特：《艺术、环境与经验的形成》，载阿诺德·伯林特主编《环境与艺术——环境美学的多维视角》，刘悦笛等译，重庆出版社2007年版，第10页。

② ［美］霍尔姆斯·罗尔斯顿Ⅲ：《从美到责任：自然美学和环境伦理学》，载阿诺德·伯林特主编《环境与艺术：环境美学的多维视角》，刘悦笛等译，重庆出版社2007年版，第166、167页。

烙印着历史和社会的模式，完成着自己的知识、信仰和态度的经验组织和建构，这就使得审美的介入自然不单纯是个人的、主观性的经验，而具有了普遍的社会性和历史性，"因此，在审美的经验自然当中，我们介入到社会活动之中，并且不是单纯的一个人，往往被设定在公共的情境里面。我们的社会性是内在于我们的审美经验之中的，无论是面对艺术还是自然，都是如此。"① 环境审美的社会性一是表现在其公共属性方面，二是表现在其与日常社会生活经验的相通性方面。由于环境美学强调人是处于环境之中的"内在者"，环境就是每个人的日常生活的环绕物，与人们日常生活的各种活动息息相关，人与环境不是二分的，所以人对环境的审美欣赏就不是偶然性的，而是带有必然性的，并且这种必然性也不是德国古典美学所讲的那种先验的必然性，而是基于客观环境和人的身体存在的自然性遇合必定会发生的一种社会性经验。同时，由于这种社会性经验所运用的主体能力并不限于和理性沉思具有更高关联的视听感官，而是与人类的其他经验一样，也是多种多样感官能力的复合作用，并不排斥被传统哲学所贬低的那些所谓低等感觉，相对于一般人类活动经验来说既不超越也不超验。所以，卡尔松、伯林特等人认为，从性质上讲，环境美学就是"日常生活的美学"，基于环境的日常生活和基于环境的审美活动之间不是截然二分的，而是能够相互融合相互转化的。

总之，环境美学不再像传统美学所依附的现代哲学那样，基于人类中心主义的立场，人为地把客体与主体分离开来，将人类凌驾于自然之上，而是将整体的人类和审美的个体置于自然和环境之中，强调的是人类存在和自然界的统一性，实际上是在美学的形式中表达了对一种新的具有生态意识和生态情怀的世界观和生存观的当代诉求。而将美学拉回到日常生活领域，重新恢复审美活动的生活属性，并且强调审美的介入特性，这则是环境美学对传统美学的超验性审美静观模式的一个带有根本性的改造和超越。当审美经验不再稀缺、审美价值不再超验的时候，审美与生活的关系，审美价值与认知价值、伦理价值的关系，进而言之，主体与客体、自我与环境、人类与自然等等的关系，都将在一个新的维度上得到重新认识和阐发。

① ［美］阿诺德·伯林特：《艺术、环境与经验的形成》，载阿诺德·伯林特主编《环境与艺术：环境美学的多维视角》，刘悦笛等译，重庆出版社2007年版，第15页。

"共同美"溯源

在审美活动中,有这样一种客观存在的事实:处于不同时代不同阶级的人,往往会对同一对象产生相同或相近的审美感受,以至于得出相同或相近的审美评价。美学家们称这种现象为"共同美"。

为什么会产生"共同美"呢?这在当前的美学界是一个正在探讨而又众说纷纭的论题。由于论者多数仅从一个角度——或社会学、或哲学、或文艺学、或心理学——探求原因,因而还未能给否定"共同美"现象存在的论者们以心悦诚服的回击。鉴于此,本文想追流溯源,从以下几个方面对"共同美"产生的原因做一点肤浅的探索。

美的客观性和形式美的相对独立性

美是客观存在着的。在现实生活中,清秀的流水,幽雅的园林,悦耳的曲调,优美的诗篇,人们欣赏并热爱它们,能够从中得到愉悦和满足,首先在于其自身的美。美的这种客观性,是产生"共同美"的一个首要的物质基础。

马克思说:"音乐才唤醒人底音乐的感觉。"① 美的东西,一方面由于它

---

① 马克思:《经济学—哲学手稿》,何思敬译,人民出版社1963年版,第89页。本文以下所引该书版本相同,不再一一注明版本。

蕴含着生活的内容，具有理想性，又呈现着鲜明而光辉的形象性，因而便天然地具有一种令人喜爱和愉悦的吸引力；另一方面由于它是客观存在着的，因而就像客观存在的真和善一样，也并非只有哪一个阶级才能感受到它。诚然，美是具有社会性的。然而，社会生活本身就是一种客观存在，美的社会性是统一于客观性的。即使是带有鲜明阶级色彩的社会美，当它作为一个欣赏对象时，对各阶级也是一视同仁的，欣赏者只要不仅仅从狭隘的阶级观念出发，仍可以对它产生美感。屈原和文天祥是封建时代贵族阶级的代表人物，然而今天有谁能觉得他们那种爱国情怀不美呢？埃丝米拉达在诚实的打钟人加西摩多眼中，在阴险的神父富洛娄和卑鄙的贵族子弟菲比思眼中不都是美丽而动人的吗？

　　美是客观存在着的，因而它总是具体的、可感的、形象的。由于"眼睛底对象和耳朵底对象是不同的对象"①，美总是依据其领域、内容或形式的不同要求着不同的外在物化形式。这就有了一个形式美的相对独立性问题。形式美是指与具体内容好像无关的、相对独立的外形式的美。它们基本上是自然规律的某种抽象和概括的形式：一定的自然质料如色彩、线条、声音，一定的自然组合规律如和谐统一、平衡对称、整齐多样等等。这种情形，在艺术领域表现得尤为充分。首先，不同艺术领域如时间艺术、空间艺术及综合艺术各有其不同的表现形式。而且就是同一艺术领域的不同门类与流派也有着各异的表现方式。你不能用画油画的油彩与明暗处理法来画国画，也不能设想谁可以用曲线画出山水界画来。其次，外形式的不平衡、不和谐、不稳定的趋势，同时也反作用于内形式和内容，这在雕塑、绘画、诗歌以及古典园林艺术中表现得最为突出。不仅如此，外形式往往还含有一定的内容，这突出表现在程式化了的中国古典京剧的脸谱化妆和舞台表演上。再次，形式美的相对独立性还表现在它有自己独立的发展线索、承续关系和客观评价法则。

　　前人早就注意到了形式美的相对独立性问题。如荀子就曾说过："珠玉不睹乎外，则王公不以为宝。"② 高尔基也认为艺术中的美是各种材料——

---

①　马克思：《经济学—哲学手稿》，第88页。
②　《荀子·天论》。

也就是声调、色彩和语言的一种结合体，说"艺术家是善于赋给语言、声音和色调一行适合形象的人"①，并多次肯定过形式的和谐与美丽在美学上的价值。因此，在欣赏中，当相对独立的形式美与人们关于形式方面的一些共同的审美要求如和谐、匀称等相适应时，自然就会产生"共同美"了。就自然界来说，山水风光是以形式美取胜的，"日出江花红胜火，春来江水绿如蓝"的澄江碧水，"江作青罗带，山如碧玉簪"的桂林美景，都能较普遍地激起人们生理上和心理上的顺反应，引起美感。同时"桂林山水甲天下，阳溯水山甲桂林"也是古今中外各个阶级的共同评价。就文学艺术来说，偏重于形式美的山水诗文、山水花鸟画、轻音乐和工艺美术品等等，一般情况下也易于普遍地激起欣赏者的美感。马克思也曾经认为"色彩的感觉是一般美感中最大众化的形式"②。一些同志用内容和形式的不可分割性来否定形式美的相对独立性进而否定由此引起的"共同美"，这无论在理论上还是实际上都是讲不通的。

人的爱美性和民族的"共同心理"

美是为人而客观存在着的。离开了人类，审美活动及美感就无从谈起。因此，我们探讨"共同美"问题，还必须更多地从审美主体这一更为复杂的方面进行考察。

马克思说过："首先要研究人的一般本性，然后要研究在每一个时代历史地发生了变化的人的本性。"③ 那么，从美学的角度看，人的"一般本性"表现在哪里呢？

首先，人是不同于动物的，如同作家柳青在其《创业史》中指出过的，"人都有爱美之心，追求美也是人类的本能之一。"人类的这种爱美性，可以追溯到人类诞生的那一天，从外国神话传说中我们知道，当人类的始祖夏娃和亚当偷吃了知识之树上的果子而从动物变为人的那天起，就知道赤裸裸的光着身子是丑的，而有点遮盖要美一些。这种神话中的情景曾在马萨乔的

---

① 林焕平编：《高尔基论文学》，广西人民出版社1980年版，第59页。
② 《马克思恩格斯论艺术》，中国社会科学出版社1982年版，第188页。
③ 马克思：《资本论》第1卷，人民出版社1975年版，第669页注63。

壁画《失乐园》中得到过极为生动形象的艺术表现。在我国，也有着女娲炼五色彩石以补苍天这样美妙动听的传说。恰如高尔基所说的那样，人按其本性就是艺术家，他随时随地都竭力想使自己的生活美丽。

爱美性，是劳动实践的产物。社会化的人类，一方面在劳动实践中不仅依照物种底尺度而且"也依照美底规律来造形"① 而创造了人化的自然，创造了美；另一方面又在劳动中创造了欣赏美的主体，创造了能获得人的那种欣赏的感觉力即美感能力。因此，"一个音乐的耳朵，对形式底美的一只眼睛，一句话，人的享受可能的诸感觉，把自己作为人的本质底力量来确证的诸感觉"② 是每个社会的人都具备的。早在先秦时代，唯物主义哲学家荀况就说过，"若夫目好色，耳好声，口好味，心好利，骨体肤理好愉佚，是皆生于人之情性者也"③，是"禹、桀之所同也"。④ 唯心主义哲学家孟子在《孟子·尽心上》篇亦有大致类似的论述。不仅如此，孟子还进一步指出过，"口之于味也，有同嗜焉；耳之于声也，有同听焉；目之于色也，有同美焉。"而"至于子都，天下莫不知其姣（美）也；不知子都之姣者，无目者也。"⑤ 虽然他们都把生理上的快感与精神上的美感相提并论，也不可能揭示爱美性的真正根源，但他们肯定爱美是人类的本性之一，看到人们的审美有共同的一面，是有其正确与可取之处的。

当然，这种爱美性在阶级社会中是受到压抑的。阶级社会中经常出现的情形是"非常操心的穷困的人对最美好的戏剧没有感觉；矿物贩卖者只看到商业的价值，但不看矿物底美丽和特有的本性"⑥。但是，这种"被束缚在粗陋的实践的欲望下面的感觉还只有一个局限的意义。"⑦ 它是人类的一般本性在劳动的疏远化在阶级压迫下受到扭曲的结果。"非常操心的穷困的人"并不是天生感觉不到"美好的戏剧"的美，认为它不好，而是因为"非常操心的穷困的"生活使他们无暇光顾体味戏剧的美；贾府的焦大并非

---

① 马克思：《经济学—哲学手稿》，第59页。
② 马克思：《经济学—哲学手稿》，第89页。
③ 《荀子·性恶》。
④ 《荀子·荣辱》。
⑤ 《孟子·告子上》。
⑥ 马克思：《经济学—哲学手稿》，第89页。
⑦ 马克思：《经济学—哲学手稿》，第89页。

生来不喜欢林妹妹的天姿玉质，觉得她丑，而是他的奴隶地位剥夺了就其天性来说应该有的自由的爱的权利，他的自我意识不能得到自由的伸张；平民百姓也并非完全不爱贵族人家的千金小姐的漂亮妩媚，而是门当户对的等级差别使他们不敢异想天开；庶民众生在旧社会也不是对颐和园的富丽堂皇看不上眼，而是因为他们根本没有涉足"圣地"的资格。天性是扼杀不了的，"天性即使从门口被赶出去，又会从窗口跑回来。"①《白毛女》中的杨白劳在租税重压下还忘不了给女儿买几根红头绳扎一扎，这不深刻地说明了人们对美的喜爱与追求吗？

既然人们在社会生活中如此地欣赏美、追求美，喜爱美就像车尔尼雪夫斯基所谓喜欢自己"亲爱的人一样"，那么人们对同一美的对象产生"共同美"，也就并非不可理解的事情了。荷马史诗《伊利亚特》所描写的那场长达10年之久的残酷的特罗亚战争，不就是为了那个"青春长住的女神"——美人海伦而发生的吗？美的威力何其大哟，它竟能够倾国倾城呢！

其次，人类作为一个从自然界中分化出来的"族类"存在，是分属于不同民族的，而民族是人们在历史上形成的一个有共同语言、共同地域、共同经济生活以及表现于共同文化上的共同心理素质的稳定的共同体。同一民族成员，由于长期处在共同的政治、经济与地理环境之中，使用着共同的民族语言，尤其是长期受着民族文化艺术传统的熏陶，就形成了共同的民族心理素质，即民族的精神状态和思想气质。由此，在文艺鉴赏上必然会形成某些本民族共同的审美习惯、审美趣味、审美爱好和审美理想。这是产生"共同美"的一个更为重要的原因。

法国实证主义美学家丹纳曾对拉丁民族和日耳曼民族的文学作了一番比较，指出：在拉丁民族的文学中，如在意大利、西班牙、法兰西的小说和戏剧中，多"以情欲为主体，听凭情欲为所欲为，表示对情欲同情"；相反，"英国小说描写的是纯正的爱情，歌颂的是婚姻；在德国，风流的行为并不光荣。"为什么呢？丹纳认为，"在拉丁国家，风流是宽恕的或容忍的，有时还受到赞许"；而在日耳曼民族中，理知重于感情，"他们的思想不容易

---

① 《马克思恩格斯选集》第1卷，人民出版社1972年版，第166页。

为了感官的享受，一时的冲动，美丽的外衣，而离开正路。"① 这就是心理因素在文学欣赏上表现出的民族一致性。当然，丹纳没有看到民族心理最终是由民族的经济生活造成的，这自然是不够的。从我国看，由于经历了一个漫长的封建社会，特别是近代以来，"我们的社会经历是受压迫，所以喜欢古典文学中悲怆的东西。"② 另外，千百年来出污泥而不染的荷花和松梅竹"岁寒三友"一直是我国诗画艺术中的骄子，也不能不说是由民族的文化艺术传统和共同心理所使然。

审美观念的继承性和各阶级间的相互影响

美感，也是基于在日常生活中所形成的美的观念而产生的。人们一旦遇到一种美的事物或艺术品与美的观念相适应时，便会不知不觉地发生了情感活动。审美观念对审美活动有着更为直接的影响，对美感的产生从主观方面起着自觉不自觉的制约作用。而作为意识形态的审美观念首先是带有社会时代性和阶级性的，由此便造成了"各个阶级有各个阶级的美"的审美现实。这种情形，在阶级社会中是基本的或主要的方面。

另一方面，审美观念又同每一个时代的哲学等其他意识形态一样，"都具有由它的先驱者传给它而它便由以出发的特定的思想资料作为前提"③。随着生活进程的发展，美不断地被创造着丰富着，人们的审美活动和审美观念也相应地经由着由低级到高级的辩证发展。正是这种含有继承性的持续发展，就使不同阶级占统治地位的不同社会的审美观念中含有了一些共同的因素和成分，由此便产生了可以把握的审美认识规律和客观的美学评价标准。当客观的审美对象符合了这些规律或标准时，不同时代、不同阶级的人们就会有共同的美的评价。希腊艺术和史诗"何以仍然能够给我们以艺术享受，而且就某方面说还是一种规范和高不可及的范本"④ 呢？一方面是由于它们完美地再现了人类童年时代的天真，客观地具有着美的属性；另一方面就是

① ［法］丹纳：《艺术哲学》，傅雷译，人民文学出版社 1963 年版，第 154—158 页。
② 何其芳：《毛泽东之歌》，《人民文学》1977 年第 9 期。
③ 《马克思恩格斯选集》第 4 卷，人民出版社 1972 年版，第 485 页。
④ 《马克思恩格斯选集》第 2 卷，人民出版社 1972 年版，第 114 页。

因为不同时代的审美观念中确实具有共同性的东西，比如我们今天就常常引证亚理士多德对于荷马史诗的结构和语言等艺术表现方面的精湛评语。

我们说，审美观念的某些同一性不仅仅是由继承性造成的，从横的方面看，各阶级间所结成的错综复杂关系和相互影响也是造成审美观念的同一性并进而产生"共同美"的原因之一。

人类经历了两次大分化，第一次是动物与人的大分化，第二次是人类本身的大分化即"人的异化"。因而，"生命的生产""表现为双重关系：一方面是自然关系，另一方面是社会关系"①。像男女关系这种"人和人底最自然的关系"、"人和人底直接的、自然的、必然的关系"②，常常不是阶级性所能囊括得了的。即从社会关系来说，也是复杂的多方面的。首先，马克思指出过，人的本质"在其现实性上，它是一切社会关系的总和"③。这个"一切"表明社会关系里除了占主导地位的阶级关系之外，似乎还应包括母子（亲属）关系、爱情关系、朋友关系、师生关系等等社会生活中人们之间所发生的所有其他关系。美的事物和艺术品不管作用于人们哪一根关系的"心弦"，都会激起情绪上的"共鸣"，产生美感。马克思把这种情形叫做"单独的个人并不'总是'以他所从属的阶级为转移"④。读唐代诗人元稹的悼亡诗《遣悲怀》，有谁会不被韦蕙丛贤慧的品德和诗人对亡妻的沉痛思念而感动呢！"唯将终夜长开眼，报答平生未展眉。"诗篇所呈现给我们的，不正是人类的一种美好的情感吗？再如读李白的《赠汪伦》，吟杜甫的《梦李白》，诵孟郊的《游子吟》，又有谁会认为诗人们所抒写的那种真挚深切的朋友之情和人间最为普遍的母子之爱是不美的呢？

其次，马克思主义还告诉我们："社会关系的含义是指许多个人的合作。"⑤ 这"许多个人"，既包括同阶级的，也包括不同阶级的；这种"合作"，既指同一阶级的合作，也指不同阶级的合作。历史上，当几个阶级结成统一战线同某一统治阶级进行斗争时，当阶级矛盾比较和缓时，当占统治

---

① 《马克思恩格斯选集》第 1 卷，第 34 页。
② 马克思：《经济学—哲学手稿》，第 81—82 页。
③ 《马克思恩格斯选集》第 1 卷，第 18 页。
④ 《马克思恩格斯选集》第 1 卷，第 183 页。
⑤ 《马克思恩格斯选集》第 1 卷，第 34 页。

地位的剥削阶级还处在上升时期时，剥削阶级与广大人民的利益往往有某些共同或相通之处。对此，马克思和恩格斯在《费尔巴哈》、列宁在《我们究竟拒绝什么遗产?》中都有过非常肯定的论述。这种情况表现在艺术上，就提供了一些为劳动人民和无产阶级所能接受的美。歌德和马克思都喜爱人文主义者莎士比亚的戏剧，恩格斯赞誉文艺复兴的天才巨子、赞扬资产阶级民主主义者拜伦与雪莱的作品的"读者大多数也是工人"，就是最好的证明。尤其是在国家民族遭到异族侵略、民族矛盾上升为主要矛盾时，反映在艺术作品里的爱国主义和人民英雄主义，就更易于激起除汉奸以外的本民族不同阶级成员的美感。

人民性问题及其他

在解释产生"共同美"的原因时，不少同志注意到了人民性问题。实际上，人民性正是"共同美"的思想基础，是使对象（一般是文艺作品）与主体处于和谐的审美状态的媒介和胶剂。

马克思曾指出过，有识之士往往通过无形的纽带同人民的机体联系在一起。人民性，是各民族优秀文学的光荣传统之一。恰如在苏联哲学家康士坦丁诺夫主编的《历史唯物主义》里所说的那样，无论在哪一个时代都有那春光明媚的爱情的欢乐，那孤独无慰的母亲的悲哀、情谊、友爱，为反对不公正的阴险狡诈的恶行而进行的斗争，英雄气概，大胆敢为，畏怯以及背叛等。这些东西都完美地表现在绘画、雕塑、音乐、诗歌中，它们也不能不引发后代人的赞美或愤怒，欢乐或悲哀的情感。人们爱读杜甫和普希金的诗歌，愿看关汉卿和莎士比亚的戏剧，不就是因为它们闪烁着人民性的光辉吗?

除去上述种种基本的或主要的产生"共同美"的原因之外，还有如下几点颇值探索的原因：从文艺学的角度看，形象大于思想是艺术尤其是语言艺术常常出现的一种特殊现象。这样的艺术品就在艺术形象中留下了"无穷"之意，使后人能够从中找到审美感情的通道。从心理学的角度看，人都是有生理、心理诸性能的具体的有血有肉的活人，生理上的快感同精神上的美感不能截然分开，身心素质相似的人们在生理上对快感的普遍需求也应是产生共同美感的原因之一。从具体的欣赏活动看，人们往往也不仅仅做阶级的功利的思考，如欣赏万里长城的雄伟壮美，我们不一定非想到孟姜女哭长城、想到"苛政猛如虎"不可，这也有助于"共同美"的产生。

　　总之，审美活动是一种复杂的社会现象，上述种种原因，在"共同美"的形成中，有时可能是单方面地发挥作用，而更多的时候则是互相交织着同时起作用。正是基于这一点，我们进行了上述似乎包罗万象式的探索。这里应申明的是，我们论证了"共同美"的存在，并不否认审美活动中阶级性的制约，不否认美感内容在多数情况下的差异性对立性。但是绝不能由此否认美感的一致性同一性。不错，"一千个读者有一千个哈姆雷特"，然而这一千个读者心目中的一千个哈姆莱特在本质上还是那一个有别于麦克白和李尔王的哈姆雷特。异中有同，同中有异，这就是审美现实的辩证法。

论审美中的想象活动

审美是人们对于某种对象的审美认识和体验活动。在审美活动中，人们的感性与理性、认识与情感诸心理因素和形式达到高度的和谐与统一，从而获得一种高级的、非生理的自我满足性精神愉悦。在这其中，审美想象发挥着极其重要的作用。审美的认识和体验都是在想象活动中实现和完成的。没有想象，就不可能有审美对象在审美主体头脑中能动、深刻的反映，也不可能有生气勃勃的情感体验。概而言之，想象是达到上述诸心理因素和形式和谐统一的关键与枢纽。

按高尔基的说法，想象在其本质上是对于世界的形象化思维。它是人类把握现实、认识现实的一种心理形式。审美活动中之所以贯穿着想象活动，根本原因在于客观审美对象本身的性质。美是人类生活中的现象、构成审美对象的东西总是与复杂多样的生活现象，与生活的主体——人有着这样那样的联系，而且"人一般地都是用所有者的眼光去看自然，他觉得大地上的美的东西总是与人生的幸福和欢乐相连的"①。这样，审美对象就客观地具有了能使人们产生各种联想和想象的性质。在谈到自然美的时候，车尔尼雪夫斯基曾指出："构成自然界的美的是使我们想起人来（或者，预示人格）的东西，自然界的美的事物，只有作为人的一种暗示才有美的意义。"② 他

---

① ［俄］车尔尼雪夫斯基：《艺术与现实的审美关系》，周扬译，人民文学出版社1979年版，第10页。
② ［俄］车尔尼雪夫斯基：《艺术与现实的审美关系》，第10页。

认为现实中一切其他领域内的美也无不如此。审美对象的这种"暗示"性通常称之为"象征"性，是产生各种联想和想象的客观基础。在自然美的欣赏中，这是将物拟人化的基础。人们对许多自然景物的欣赏，就是由于它们象征性地表现了生活和人的某种品格，因而才感到美的。我们看古松，看到它有清风亮节的气概，而且不知不觉地受古松的这种性格的影响，自己也奋然振作起来，摹仿它那一副苍老劲拔的姿态，这正是推人及物、类似联想的结果。同样，韩愈的诗句"水作青罗带，山如碧玉簪"所以能成为桂林山水之美的定评，也就是因为他成功地通过优美的类似联想概括了桂林山水的典型姿态。

对艺术美的欣赏是最大量、最集中的审美活动。艺术美作为自然和生活现象的审美领悟和审美评判的产物，是以典型化的形象或物我融合的审美意象反映对象的。而这种反映又是通过一定的媒介——符号进行的，欣赏者只有通过语言、色彩、动作、音响、线条等中介性的媒介——符号，才能把握艺术形象，体味形象之美，这也正是一个形象再创造的过程。这种再创造是需要想象力的。与其他艺术类型相比，语言文学更需要读者通过语言符号的解读想象出作者所创造的艺术形象和生活境界，并进而领悟其思想内蕴和形式技巧之美。进一步来说，艺术作品是形象思维的果实，是通过具体的个别的形象来反映一般的整体的社会生活，是社会生活的"焦点透视"，这就使它内在地含有了诱导读者生发想象的机能。所以我国的文艺理论历来讲求所谓"韵外之致"、"味外之旨"、"弦外之音"、"言外之意"。写诗推崇"味在咸酸之外"，要求写出"象外之象，景外之景"；绘画讲究"以形写神"、"纸短情长"、"尺幅千里"、"虚实相隐"；戏曲舞台则讲究以虚代实、"以一当十"……如此等等。至于西方的文艺理论，如著名的摹仿说、表现说和典型理论，也或是注重艺术形象与客观的社会生活现象的联系，或是注重艺术形象与创作主体的内在生活经验的联系，或是强调形象的个体性与群体性的联系。理论是创作的反映和写照。正是由于文艺作品本身的"焦点透视"性质，使得作品能够给观众或读者留下广阔丰富的神思天地，启动他们想象的闸门。

审美活动中的想象也有审美主体方面的心理基础。从心理学上看，想象是在头脑里改造记忆中的表象而创造新形象的过程，也是对过去经验中已经形成的那些暂时联系进行新的结合的过程。作为心理现象的想象活动，总的来说，不外表象的再现、表象的组合和表象的创造三种。比如，"昨夜西风凋碧树。独上高楼，望尽天涯路"和"去年今日此门中，人面桃花相映红"属于表象的再现；"江南岸，柳枝；江北岸，柳枝；折送行人无尽时，恨分离，柳枝"和"人面不知何处去，桃花依旧笑春风"属于表象的组合；而"想佳人，妆楼颙望，误几回天际识归舟"与"须晴日，看红妆素裹，分外妖娆"则属于表象的创造。而就一般的联想活动而言，也有接近联想、相似联想、对比联想和关系联想等等的不同。但无论是上述哪一种情况，想象（包括联想）的发生都不是"超现实"的，而是以审美主体丰富的生活经验为基础的。任何想象都不能凭空产生，它是在人的实践活动中发生的，是借助改造经验表象的个别方面而进行的。因此之故，黑格尔特别强调要把创造性的想象与单纯的主观幻想区分开来。他认为属于创造性想象活动的首先是掌握现实及其形象的资禀和敏感，这种资禀和敏感通过常在注意的听觉和视觉，把现实世界丰富多彩的形象印入心灵里。此外，想象活动还要依靠牢固的记忆力，能把这种多样形象的花花世界记住。从这方面看，"艺术家就不能凭借自己制造的幻想"，"所依靠的是生活的富裕"①。只有在现实生活里看得多，听得多，记得多，思考得多，审美创造或审美接受的主体面对对象，才会产生丰富的联想或想象。

可见，审美中想象活动的发生有着主、客体两个方面的根源，有其产生的必然性与可能性。那么，这种想象活动在审美感受过程中究竟发挥着什么样的关键和枢纽作用呢？对此，需要从审美感受活动的基本特征出发作具体的分析。

审美感受活动首先是一种对美的能动的认识和反映活动。感性认识与理性认识的统一是它的第一个基本特征。法国美学家列斐伏尔指出："艺术作品本身直接面向不同于思考和理智（两者之间决无鸿沟）的人体的机能，也就是面向'感性'。思考和理智是借助于分析的方法，并通过一些中间环节（推理、结论、概念）才发生作用的。艺术家正是利用各种感觉、感情或形象。艺术作品首先是某种直接的'存在'，也就是一种直接的充满感情

---

① ［德］黑格尔：《美学》第1卷，朱光潜译，商务印书馆1979年版，第357页。

的现存力量。而艺术本身诉诸于不同于直接的实际活动的、不同于行为的活动。人们'直观'它、注视它和听它。"① 这段话也很好地揭示了审美活动的特点。人们对审美对象的感受和认识总是在不脱离对象的感性状貌和外部特征的感觉、知觉和表象的情况下进行的，直观性是审美感受的基本特征。但是，审美过程的感性认识又带有自己的特点，这就是其中渗透着不脱离形象感受的理性认识因素。这是由于审美活动从本质上说是对展开在对象里面的人的本质力量的自由观照，这种活动是与许多复杂的观念和思想连锁联系着的，它要求欣赏者透过对客体对象的感受而生的知觉和表象去思考和领悟更广泛更深刻的内在社会内容，进入到理性的普遍的境界，对艺术美的欣赏尤其如此。仅仅停留在对客体对象的一般性直觉感受中，没有认识上的进一步深化，人们就不能深刻地领悟和把握对象的本质或意蕴，也就只能限于一般的较为肤浅的快感，而不会产生高级的精神愉悦。而这种深化，是在丰富多彩的想象活动中实现的。审美中的认识，即感性认识与理性认识的统一，是统一于想象之中的。

想象作为主体掌握现实的一种思维形式，具有客观的内容和深刻的理解功能，它能够将人们思维的触角带入到现实的最深处，使他们发现现实的深刻的倾向性和隐匿的秘密。因此，审美中的想象就成为一种能够超出直接提供出来的事物的范围的、能够超出现实事物的外壳的手段。在审美活动中，审美主体总是通过想象的桥梁把从感性对象中得到的知觉和表象与自己已经理解的生活尤其是过去生活中留下的记忆表象对照和联系起来，使感性直观和理性认识处于一个相互渗透和交融的复杂运动之中，使审美感受迅速地或逐步地达到或趋向于对对象的本质的把握，换言之，也就是使主体对对象的感觉从自然的感觉走向理性的感觉。比如，我们读陈毅元帅的《青松》诗："大雪压青松，青松挺且直。要知松高洁，待到雪化时。"首先，我们能够通过再现性想象在脑海里浮现出一株在大风雪中傲然挺立的劲松的表象。继之，我们又会想到这首诗作于 1960 年底，当时正是中国人民和中国共产党人经受严峻考验的一年。在国内，农业遭受特大自然灾害，加上党和政府的工作失误，使国民经济面临严重的困难；在国际上，又遭受国际反华势力的

---

① ［法］列斐伏尔：《美学概论》，杨成寅等译，朝花美术出版社 1957 年版，第 92—93 页。

联合围攻。特别是以苏联为首，在国际共产主义运动中掀起了一股反华逆流。联想到这一时代背景，我们就会认识到这首诗正是一种时代精神的写照，它以傲雪屹立的青松形象，象征性赞美了共产党人和中国人民不畏强暴、不怕困难、敢于斗争、敢于胜利的革命英雄主义精神。再进一步，假如我们联想到陈毅是一位"持枪跃马经殊死"（张茜诗语）的老元帅，解放后在政治生活中也曾有过挫折，尤其是在"文化大革命"中林彪、"四人帮"横施淫威的年代，身遭厄运，仍不屈不挠，坚守着自己的一身浩然正气，我们又会认识到，这首诗是写松、写时代，也是写人，是借物咏怀、托物喻志。由此，我们从那冷峻峭拔、傲岸不屈的青松形象中又会分明感受到陈毅元帅那刚傲沉毅、令人起敬的崇高人格力量。

　　当然，审美活动中的想象虽然可以"精骛八极，神游万仞"①，但却不是随心所欲、不着边际的随意想象。对对象的一定认识规范和导引着想象活动的指向性，推动着想象活动的展开，而想象活动的展开又反过来带动着认识的深化，将理性认识推进到一个更新、更高、更宽广的境界。如前所述，直观性是审美活动的特点之一，而在直观某一对象前，人们总是要知道对象是什么东西："这是一株梅花"或"这是一匹奔马"。这实际上就有了概念、判断的规范和制约。审美感受虽然不以概念和理性思维为中介，但要在直观中迅速地准确地把握对象的本质，却必须以丰富的生活经验和高度的思维发展为前提和基础。正是生活经验和思维发展水平在暗中或无形中制约着想象的丰富程度和指向性。所以，想象是自由的，但自由的想象活动所架构起的审美主客体关系的桥梁，总是包含着、围绕着并趋向于一定的理性认识甚至概念认识。杜勃罗留勃夫曾经正确地指出了这一点，说人们阅读或欣赏艺术作品时，总要根据它归纳出一个理论上的概念。这样，从实际上讲，审美活动是必须以理性认识为基础和依归的。如果我们要欣赏列维坦的《乌拉基米尔卡大道》，那么，我们首先需知这是一幅风景画，它反映的却是沙皇时代俄罗斯的悲惨现实。那条通往西伯利亚的道路是沙皇流放革命者的。只有在这个前提下，我们才能从没有行人的画面上想象到革命者在这条坷坎不平的道路上被流放到西伯利亚的情景，才能透过这沉郁荒寂的画面想象到沙皇

---

　　① 陆机：《文赋》。

专制下俄国人民承受的深重苦难，并从中体味到一种恐怖和一种无声的呐喊。而在经过了这种想象之后，又会使我们对这幅画深刻的思想内容和强烈的战斗性达到较高程度的理性把握。

审美活动的另一个基本特征是：审美作为一种认识活动，又总是伴随着不同程度的情感体验，是情感与认识的和谐统一。审美是诉诸情感的。由于美是一种能影响情感和理智的形式，一种能唤起人对自己的发现和创造才能感到惊奇、骄傲和快乐的力量，因而人们接触到一种美的东西，便会产生情绪上的波动或激动，起一种喜悦或惊叹之情，甚至会像孟子所说的那样："乐则生矣，……不知足之蹈之，手之舞之。"①康德把审美规定为一种凭借完全无利害观念的快感和不快感对某一对象或其表现方法的鉴赏判断，正是强调了审美活动的情感特点。但审美的情感活动又总是与思想认识活动交织着的。诗人华滋沃斯说过："一朵微小的花对于我可以唤起不能用眼泪表达出的那样深的思想。"花朵能够唤起眼泪，这是我们都知道的。杜甫"感时花溅泪，恨别鸟惊心"的名句传诵已久。但一朵微小的花，又怎么能唤起诗人用眼泪都表达不出的思想呢？关键就在于想象的力量。在审美过程中，想象、情感和对于对象的某种程度的认识又是处于一个相互渗透和交融的复杂运动之中的。在谈到审美和认识的区别时，康德指出，如果"想象力（作为先验者直观的机能）通过一个给定的表象，无意识地和悟性（作者概念机能）协合一致，并且由此唤醒愉快的情绪，那么，这对象就将被视为对于反省着的判断力是合乎目的的。一个这样的判断是一个关于客体的合目的性的审美判断"②。在康德看来，审美一方面通过想象力将客体的表象与主体的情感连结起来；另一方面又借助于想象力将审美情感与暗含着的认识（不是概念性的认识而是趋近于概念性的认识）交融为一体。对对象的认知与主体情感的表达都是借助于想象，并在想象活动中展开和完成的。

在审美活动中，想象与情感都是不可缺少的。二者之间是一种相互交融的关系：想象是情感化的想象，情感是想象承载的情感；情感影响和制约想象，想象也生发和导引情感。在通常情况下，想象活动是受到审美主体的思

---

① 《孟子·离娄章句上》。

② ［德］康德：《判断力批判》上卷，宗白华译，商务印书馆1964年版，第28页。

想感情和一定心境的影响和制约的。人们怎样借助想象对存在于头脑中的表象进行加工改造是与其思想感情和特定心境相关联的。刘勰《文心雕龙·夸饰》有言："谈欢则字与笑并，论戚则声共泣偕。"这说明艺术的想象（审美的想象也如此）是带有感情色彩的。不少情况下，感情往往成为鼓舞想象的动力。对此，从"惊弓之鸟惧弯木"这句俗语中即可得到证明。惊弓的鸟儿，在十分惶恐和紧张的情形中往往会把弯木想象成为待发的弓箭。可见，想象活动是根据一定的思想、情感的轨道进行的。审美对象越能感染人们，引起人们情感上的共鸣，就越能激发人们与对象的情境和意蕴相谐和的能动想象，使想象的翅膀振展开来，远举高飞。

　　另一方面，想象也不是被动的，不是情感的附属物，它也是一种积极能动的力量，能够成为审美情感的催生剂，并导引情感与对于一定的审美对象的感知和认识有机地统一起来。在想象过程中，人们对自己过去经历过的事物和当下感受着的对象的体验和评价是带有倾向性的，因而想象本身有着鲜明浓厚的抒情色彩，它推动着激化着情感体验的发展，同时深入的情感体验和生动的审美想象的融合又加深着主体对审美对象的印象和理解，增强着审美活动的认识深度和思想品位。高尔基曾经谈到，当读者根据自己的印象和知识的累积，来想象——补充、增加——文学家所提供的画面、形象、姿态、性格的时候，文学家的作品才能对读者发生或多或少强烈的作用。这就是说，我们越能够运用自己的想象去体验、去补充一篇作品、一个审美对象，就越是能够被它所感动，越是能够去理解和领悟它的内在审美意蕴或思想内含。在这种情况下，想象活动能使主体的情感得到自由的抒发、扩散，不仅使审美对象著上情感色彩，达到情景交融、物我相契的境界，而且能使主体的思想和情感连结起来、化为一体，使思想消融在情感里，情感也消融在思想中。刘勰在《文心雕龙·神思》中很好地描述了这种情况，他说："夫神思方运，万涂竞萌；规矩虚位，刻镂无形。登山则情满于山，观海则意溢于海；我才之多少，将与风云而并驱矣。"可见，情感体验是伴随着想象活动的展开而产生和进行的。《红楼梦》第二十三回"《西厢记》妙词通戏语，《牡丹亭》艳曲警芳心"里有这样一段描写：

　　　　这里黛玉见宝玉去了，听见众姐妹也不在房中，自己闷闷的。正欲回房，刚走到梨香院墙角外，只听见墙内笛韵悠扬，歌声婉转，……偶然两句吹到耳朵内，明明白白一字不落道："原来是姹紫嫣红开遍，似这般，都付与断井颓垣……"黛玉听了，倒也十分感慨缠绵，便止步侧耳细听，又唱道是："良辰美景奈何天，赏心乐事谁家院……"听了这两句，不觉点头自叹，心下自思："原来戏上也有好文章，可惜世人只知看戏，未必能领略其中的趣味。"……再听时，恰唱道："只为你如花美眷，似水流年……"，黛玉听了这两句，不觉心动神摇。又听道："你在幽闺自怜……"等句，越发如醉如痴，站立不住，便一蹲身坐在一块山子石上，细嚼"如花美眷，似水流年"八个字的滋味。忽又想起前日见古人诗中，有"水流花谢两无情"之句；再词中又有"流水落花春去也，天上人间"之句；又兼方才所见《西厢记》中"花落水流红，闲愁万种"之句：都一时想起来，凑聚在一处。仔细忖度，不觉心痛神驰，眼中落泪……

从这段优美细致的描写中，我们看到：当《牡丹亭》里那缠绵的唱词触动了心境"闷闷不乐"的林黛玉的情思时，便激发了她活跃灵动的想象与联想；而她在联系自己的身世际遇和古诗词及戏曲中相关诗句展开想象和联想时，一方面丰富了《牡丹亭》里那些唱词蕴含的内容，另一方面又进一步激发了她的感情，致使"不觉心痛神驰，眼中落泪"，处于"如醉如痴"、"没个开交处"的情态之中。

这里，需要指出的是，人们之所以能在自由的想象活动中从对象上获得强烈的情感体验，并能由此增进对对象意蕴或内容的理解深度，这主要是由审美的本质所决定的。审美在本质上是对人的本质力量的自由观照。在审美观照中，通过想象活动，人们实现了审美的移情作用，从对象中看到了自己的生活、实践和本质力量的印记，从而发现了生活的真相和生命的价值与意义，因而便会产生喜怒哀乐之情，获得审美感受。而美感的获得，必然又会加深人们对生活和生命的认识与理解。对此，列斐伏尔曾举过一个极为恰切的例子加以说明。他说，当我们欣赏希腊美洛斯岛的维纳斯雕像时，体验着一种纯美感上的满足。在这尊雕像上我们不仅看到优美的裸体女人，不仅看到白种人在历史上某一时期的美的理想，而且正如普列汉诺夫所说的，还看到人的本质在他的幸福的、流露着青年时代愉快心情的最繁荣时期的化身。这时候，它腹中微睡的生命种子还没有睡醒，也没有使这个优美的身体受到损失，人们只能在处女的形体中猜测这生命的种子。这个雕像的人的形体好像是整个世界，好像是自然界本身出现在人们面前。它显示着人的无限的美，而且这种美是亲切的可以理解的。这种美不仅不使我们离开自己，恰恰相反，它使我们从中发现了自己。与此相对照，那些不善于通过想象从对象中想到人类的过去并从中"发现自己"的人，那些"只把维纳斯看成是一个裸体女人"的人，就没有也不可能理解雕像"固有的美感特征，因此他也就不可能理解这个艺术杰作的伟大"①。

想象在审美活动中的重要性不仅表现在它是沟通和连结感性与理性、认识与情感的桥梁和纽带，实际上它也是造成美感的个体差异性的直接原因。面对同一个审美对象，为什么人们不仅在审美体验的情感强度上存在强弱之别，而且在审美认识、审美态度和审美判断上也往往存在差异，形成智者见智、仁者见仁甚至"一千个读者有一千个哈姆雷特"的现象？这与想象活动的介入内容和介入程度有着直接的关联。由于人们所处的历史时代不同，所从事的社会活动不同，个性气质不同，文化艺术修养不同，头脑中储存的记忆表象不同，简言之，审美主体的接受背景、接受心理和期待视野不同，这就决定了不同的个人对同一对象的欣赏过程中的想象内容必然是千差万别的。想象活动的这种个体差异必然导致美感的个体差异性。对此，鲁迅先生曾有过一段精彩的论述："譬如我们看《红楼梦》，从文字上推见了林黛玉这一个人，但须排除了梅博士的'黛玉葬花'照相的先入之见，另外想一个，那么，恐怕会想到剪头发，穿印度绸衫，清瘦，寂寞的摩登女郎；或者别的什么模样，我不能断定。但试去和三四十年前出版的《红楼梦图咏》之类里面的画像比一比罢，一定是截然两样的，那上面所画的，是那时的读者的心目中的林黛玉。"② 人们之所以会对同一个林黛玉进行不同的接受"造型"，这完全是由基于时代生活和个人文化艺术修养等等的差异而产生的不同的想象造成的。同样，欣赏毛泽东的《长征》诗，一个参加过二万

---

① ［法］列斐伏尔：《美学概论》，杨成寅等译，朝花美术出版社 1957 年版，第68—69 页。
② 鲁迅：《看书琐记》，《花边文学》，上海联华书局 1936 年版，第94—95 页。

五千里长征的老红军和一个低年级小学生也必然会因了想象的差异而形成各自不同的感受、体验和认识。

黑格尔曾称想象是一种最杰出的艺术本领。同样，想象也是一种最为杰出的欣赏本领，是最基本也最重要的审美能力。陆机《文赋》形容文学想象能"观古今于须臾，抚四海于一瞬"，"恢万里而无阂，通亿载而为津"。刘勰也在《文心雕龙·神思》中形容想象活动"形在江海之上，心存魏阙之下"，"寂然凝虑，思接千载；悄焉动容，视通万里。吟咏之间，吐纳珠玉之声；眉睫之前，卷舒风云之色"。而缺乏想象力或不善于进行积极的想象与联想，不仅不能窥一斑而见全豹，望腾云而见神龙，做一个优秀的文艺家，而且连一个好的审美鉴赏家都做不成。在感受力和想象力很差的读者那里，就是非常具体的文学形象对他都可能没有多大感染力。像"孤帆远影碧空尽，惟见长江天际流"；"气蒸云梦泽，波撼岳阳城"；"大弦嘈嘈如急雨，小弦切切如私语"这样一些极富直观性的诗句所勾画的审美意境，对他们来说也可能是平淡无奇的。所以说，想象在审美活动中是有着极其重要的地位和作用的，没有想象，就没有审美的认识和情感愉悦，也就没有了审美活动。认识到这一点，对于揭示审美的特征和心理过程，对于披露日常审美（对自然美与社会美的欣赏）与艺术审美的共性与差异，对于沟通创作与欣赏即文艺家与接受者的密切联系，都有着十分积极的意义。比如说，文艺作品对接受者而言是一种召唤结构，但如果文艺家不了解艺术审美的特点在于接受者借助于想象对这一召唤结构加以具体化，对文艺作品塑造的形象加以再创造，而是将这一召唤结构填充得太满当太具体，那就使接受者不可能有很大的想象空间和再创造的余地，作品对接受者就可能是没有多大吸引力，没有多大欣赏价值的。中国古代的文艺家和文艺理论就很懂得这个道理，绘画艺术中讲求空白、不求形似，诗歌艺术中讲求含蓄、意在言外，如此等等，意思都在给接受者留下想象的空间，从而调动接受者的积极性，进行艺术形象的再创造或二度创造。可见，认识想象与审美的关系，不仅对于审美欣赏者，而且对于艺术之美的创作者也是大有裨益的。

论丑的本质和根源

生活的长河中，既流动着美，又漂浮着丑。从美学的角度说，生活本身就是美与丑相互斗争、交互作用的发展过程。因之，"丑"作为美学范畴之一，是奠基于生活实践之上的马克思主义美学体系不可缺少的一环。认真研究"丑"，对于更深入地探究美，对于建立辩证的马克思主义美学体系，对于更好地发挥美学的社会作用，无疑都有着极为重要的理论价值和实际意义。

一

研究丑，首先面临着的就是丑的本质和根源这样一个关键性问题。同美的本质和根源一样，这也是一个非常古老的司芬克斯之谜。从西方到东方，不同时代的人们都在自己时代的审美和道德水平上给予过形象的（神话传说、文艺创作）和理论的（哲学、美学、伦理学、心理学）回答。在马克思主义产生以前，关于这个问题的论述，有代表性的是如下四种观点：

（一）丑即恶。这种观点在西方最早由苏格拉底提出，他在同其弟子亚里斯提普斯对话时说道："任何一件东西如果它能很好地实现它在功用方面的目的，它就同时是善的又是美的，否则它就同时是恶的又是丑的。"① 从

---

① 《西方美学家论美和美感》，商务印书馆 1980 年版，第 19 页。本文以下所引该书版本相同，不再注明版本。

功利标准看待事物的美丑，在我国的春秋时代以前也是如此，这是审美历史一定发展阶段的反映。所以汉代许慎的《说文解字》释丑（醜）字曰："醜，可恶也。从鬼。"从鬼为什么就可恶呢？因为"鬼"者，"阴气，贼害"也。

苏格拉底丑与恶统一的观点，被后来中世纪的神学家们加以了唯心主义的神学改造。在他们看来，只有上帝才是真的善的美的，人们在感觉上所接触到的一切世俗事物在本质上都是虚幻而丑恶的。中世纪宗教神秘主义哲学的始祖普罗提诺在《九卷书》中非常肯定地断言："丑就是原始的恶"①，而丑的根源就在于物质没有分得神的理式。中世纪神学的代表人物圣·奥西斯丁在其晚年也发挥了这种观点。

（二）丑即不完善。"凡是不完整的东西就是丑的。"② 中世纪末基督教神学家和经院哲学家阿奎那最早提出了这一观点。而事物是否完整，阿奎那认为，在于神是否住在里面。后来，理性派哲学家们从理性的角度对此做了发挥。沃尔夫认为"产生快感的叫做美，产生不快感的叫做丑"，而美或丑的根源在于完善与否。③ 沃尔夫的学生、美学科学的创始人鲍姆嘉滕进一步说道："完善的外形，或是广义的鉴赏力为显而易见的完善，就是美，相应不完善就是丑。"又说："感性知识的不完善就是丑。"④

（三）丑就是产生不快感或痛感的。斯宾诺莎和休谟都把情感体验作为判别美丑的根据。从"万物之所以存在都是为了人用"的前提出发，斯宾诺莎写道："外物接于眼帘，触动我们的神经，能使我们得舒适之感，我们便称该物为美；反之，那引起相反的感触的对象，我们便说它丑。"⑤ 斯宾诺莎虽然从舒适与否着眼，但还是把美丑作为事物的客观属性来看的。休谟则认为，丑同美一样不是客观事物的属性，它只存在于观照者心中，事物所激起的赞许或斥责的情感使人产生了美或丑的评价，"快感和痛感不只是美与丑的必有的随从，而且也是形成美与丑的真正的本质。"⑥ 休谟的观点和

---

① 《西方美学家论美和美感》，第 59 页。
② 《西方美学家论美和美感》，第 65 页。
③ 《西方美学家论美和美感》，第 88 页。
④ 《西方美学家论美和美感》，第 142 页。
⑤ ［荷］斯宾诺莎：《伦理学》，商务印书馆 1981 年版，第 39 页。
⑥ 《西方美学家论美和美感》，第 109 页。

《礼记》里所谓"美恶（丑）皆在其心"一样，是彻头彻尾的主观唯心主义。后来，叔本华的丑是"意志的不充分客观化"说和里普斯的"否定性情感移入"说，都是休谟痛感为丑的本质论的翻版。

（四）丑就是生活的例外。"美是生活，而丑则是生活的例外。"① 车尔尼雪夫斯基在《现代美学概念批判》一文中这样写道。他还以人体丑为例阐述自己的观点说："一个人的丑陋，是由于那个人的外形难看——'长得难看'。我们知道得很清楚：畸形是疾病或意外之灾的结果，……假使说生活和它的显现是美，那末，很自然的，疾病和它的结果就是丑。""长得丑的人在某种程度上都是畸形的人；他的外形所表现的不是生活，不是良好的发育，而是发育不良，境遇不顺。"②

上述种种观点，或是从神学信念出发，或是从理性原则出发，或是从主观感受出发来规定丑，故都不能从根本上解决丑的本质和根源问题。真正接近问题解决的是车尔尼雪夫斯基，他从客观的人类社会生活来追究丑的本质和根源，开始抓住了问题的关键。但是，由于车尔尼雪夫斯基的哲学思想基本上仍是费尔巴哈的人本主义，不理解社会实践是人类生活的基本内容和实质，因而"生活"的概念在他那里还缺乏具体科学内容的抽象。"生活的例外"与"生活"是一种什么关系？什么样的"生活的例外"是丑？这些，车尔尼雪夫斯基都还没有明确至少是缺乏深刻的解说。

马克思主义产生以后，现代资产阶级美学在主观唯心主义的道路上滑得更远。如有较大影响的克罗齐、鲍桑葵、门罗等，或者把美丑的本质归结为非理性之直觉创造的成功与否，或者干脆把丑归结为人的欣赏能力的不足，或者认为"美"、"丑"、"崇高"之类美学范畴已经过时，现代美学应该摒弃这些概念。因而，在"丑"的研究上，现代资产阶级美学一般说没有什么新东西。在苏联和我国，赤裸裸地坚持美丑在主观的人不是太多，有代表性而又尖锐对立的是自然派和社会派的观点。自然派都是从事物的种属特性上来看待美丑的。如格·尼·波斯彼洛夫说："在生命发展的三个阶段上那些在其同属和同类中具有严重的、使感官不快的、十分显著的缺陷的现象，

---

① 《车尔尼雪夫斯基论文学》中卷，上海译文出版社 1979 年版，第 34 页。
② ［俄］车尔尼雪夫斯基：《艺术与现实的审美关系》，人民文学出版社 1979 年版，第 9 页。

都是'丑'的……'丑'，如词源学告诉我们那样，是指某种外形不佳、面目不清、失去本属或类结构与外形的某些规律性的东西。"① 蔡仪同志也认为："现实丑，无论是自然事物也好，社会事物也好，它的丑就是个别的属性条件是优势的，而种类的属性条件是劣势的。"② 从现象形态上总结丑的特征是可以的，但是把丑的本质和根源归结为个别不能显现种类的一般，就难以正确解决许多现实丑的问题。人们要问：刘文彩倒是表现了地主阶级的一般性，希特勒倒是表现了法西斯蒂的一般性，然而他们却恰好是社会丑的典型代表，这如何解释呢？像黑格尔和车尔尼雪夫斯基所早已提出的自然中许多种类的动物如鳄鱼、癞蛤蟆、壁虎、乌龟等等，在人们看来都是丑的，这又怎么用种属特性加以说明呢？尽管波斯彼洛夫创造了"不优越的种类中的优越者"和"不优越者"这类新名称，也还是无济于事，难以自圆其说。

社会派把客观的社会属性作为丑的本质，这在倾向上是正确的。但是社会派中的一些人往往过于忽视现象本身的特征（实质上这些特征正是在社会实践生活中获得其特定意义的），任意编造一些社会属性强加于自然事物，例如鲍列夫写道："蛙和蛇都是爬行类动物，但当人们从广阔的社会意义上看它们时，它们就被同叛变、奴性、逢迎、阿谀等等联想到一起，就是说被同反面的社会现象联想到一起。它们之所以丑，原因就在这里。"③ 这样来"联想"丑的社会属性，实在有些玄乎得很！

从上述的历史回顾中，不难看出，尽管过去和现时代的理论家们在丑的本质和根源的探索上作了很大努力，但是一种正确而完满的观点还没有产生。

二

马克思主义历史唯物主义的实践观为我们提供了一把解开丑的本质和根源之谜的钥匙。

---

① ［苏联］波斯彼洛夫：《论美和艺术》，上海译文出版社 1981 年版，第 79 页。

② 蔡仪：《新美学》，上海群益书店 1947 年版，第 216 页。

③ 转引自［苏联］波斯彼洛夫《论美和艺术》，第 100—101 页。

　　我们认为，在解决丑的本质和根源这个问题时，首先必须坚持唯物主义立场，把丑看作是一个标志现象客观属性的美学范畴。客观事物是不是丑，不依人的主观意志和情感为转移，轩皇爱嫫母，不改嫫母之魃貌，陈侯悦敦洽，难掩敦洽之丑状。然而丑作为一种客观存在，同美一样，是在现实生活中获得自己的定性的。美学家们固然可以从现象形态上归纳丑的特征，但这不能代替对丑的实质的揭露。丑是现象的否定的社会价值，这一价值是由现实事物同人类客观的社会生活所结成的一定关系决定的。如果说，美是现实对人类进步生活的一种和谐肯定，那么丑就是现实对人类进步生活的一种畸形否定。而社会生活在本质上是实践的，所以李泽厚同志"美的本质就是现实对实践的肯定，反过来丑就是现实对实践的否定"① 的观点可以说是对丑的本质的一个言简意赅的概括。

　　从社会实践出发探讨美丑问题，这是马克思主义美学所遵循的途径和方法。社会实践是一切创造与毁坏的根源，也是产生丑与美的根源。马克思说："劳动创造了美，却使劳动者成为畸形。"② 这虽是就私有制条件下的异化劳动而言的，但是就实践活动兼有创造美和产生丑的两重性来说却具有普遍意义。因此，丑的本质和根源只有从社会实践中才能找到根本答案，丑同美一样，也是社会实践的产物。对此，我们可以从下述三个不同方面加以证明。

　　从自然这一方面看，合乎规律合乎善的实践创造了美，而违背规律违背善的实践便会制造出丑。对此，先秦时代的孟子就有过比较清楚的认识："牛山之木尝美矣。以其郊于大国也，斧斤伐之，可以为美乎？"牛山之木本来是美的，然而由于"斧斤之于木也，旦旦而伐之"，"牛羊又从而牧之"③，就变成不美甚至丑的了。同样的意思歌德也曾谈过，他说受到人工摧残的东西是丑的，"一匹割掉鬃或尾的马，一条剪掉耳尖的猎狗，一棵砍掉大枝、其余枝杈剪成圆顶形的树，特别是一位身体从小就被紧束胸腹的内衣所歪曲和摧残的少妇，都是使鉴赏力很好的人一看到就要作呕的"④。

① 李泽厚：《美学论集》，上海文艺出版社 1980 年版，第 147 页。
② 马克思：《1844 年经济学—哲学手稿》，刘丕坤译，人民出版社 1979 年版，第 46 页。
③ 《孟子·告子章句上》。
④ 《歌德谈话录》，人民文学出版社 1978 年版，第 134 页。

格·尼·波斯彼洛夫也曾列举了一些在人工培植下削弱甚至丧失了自己原来具有的审美潜力的动植物，并称之为"狭隘专业化"。这种情形是确实存在的。在资本主义社会，资本家为了金钱而不顾一切地进行破坏性生产，以致灰尘污染将美丽的风景毁坏，废水脏物把碧绿的河水弄臭，更是非常明显的事实。就是在我国，人们不是也经常呼吁对那些制造出烟尘、废水等等而破坏了风景、污染了人们生活环境的生产单位进行制裁吗？

从社会本身来看，正是由于劳动的社会分工，大大提高了生产力，从而导致了阶级和私有制的出现。私有制社会，由于社会化劳动分工推动了生产力的发展，结出了许多文明的果实，是美的；而同时，私有制社会比起原始社会来又具有更大程度的不合理性和残酷性，更使人们丧失了自己的个性，生出了许多异化的毒瘤，是丑的。在私有制社会中，从根本上说，进步阶级或力量的社会实践创造着美消灭着丑，而没落、反动阶级或力量的社会实践又扼制着美创造着丑；同时，除去阶级斗争实践之外，被压迫人民的劳动实践在通常情况下不是按照自己的意志而是按照统治者的意志进行的，在资本主义社会就是按照"从头到脚，每个毛孔都滴着血和肮脏的东西"[1] 的资本的意志进行的，因之他们在社会劳动中生产出丑（当然不仅仅是生产着丑，也创造着美），根源在于剥削者。按照资本家——资本的体现或拥有者——的意志在劳动中为异己创造着供享受的美，为自身生产出生活于其中的丑，这就是现代资本主义条件下劳动者的生活现实。所以，马克思说"劳动为富人生产了珍品，却为劳动者生产了赤贫。劳动创造了宫殿，却为劳动者创造了贫民窟"。他愤怒地揭露道："污秽，这人的堕落、腐化的标志，这文明的阴沟（就这个词的本来意义而言），成了劳动者的生活要素。违反自然的满目疮痍，日益败坏的自然界，成了他的生活要素。"[2]

从人本身来看，在原始社会尤其是洪荒之初，由于人类差不多完全受着陌生的、不可理解的外部大自然的支配，自然界给予人的压力是严酷的，劳动量大强度高，而且不时有意外之灾降临，这就直接对人的身体产生了影响，造成疾病、残缺和畸形，导致了人们过早地失去青春的美而衰老死亡。

---

① 马克思：《资本论》第 1 卷，人民出版社 1975 年版，第 829 页。
② 马克思：《1844 年经济—哲学手稿》，第 46、87 页。

关于人类祖先的这种生活情形，不仅流传下来的许多神话传说有所反映，而且有许多足资引证的考古材料，这里仅举一段关于我国半坡氏族公社时期的材料为例："元君庙葬地上的人骨：经过解剖学鉴定后，认为许多人的骨骼上由于负重过量而产生了压缩性骨刺，说明当时劳动的条件是恶劣的。因之，大大缩短了人的寿命。在一百五十个成年死者中，平均年龄仅三十多岁。在北首岭氏族葬地发现三百多个成年人的骨骼鉴定，也证明了存在同样的问题。在半坡氏族葬地中，有三分之一是埋葬小孩的，而且是初生或幼小时就夭折了。姜寨氏族墓地中，四十具尸骨中，平均不到三十岁，并有骨增生、瘫痪等疾病，牙齿磨损程度严重，这都说明了当时生活条件的艰苦。"[1] 在阶级社会中，像马克思所指出的，劳动实践也直接造成了人的畸形、人的丑，而且这种畸形既包含了肉体上的又包含了精神上的，既表现于劳动者之中也体现在统治者身上。从劳动者方面说，虽然劳动的社会分工越来越具体了，但是由于"劳动不是自愿的，而是一种被迫的强制劳动"，因而"并不自由地发挥自己的肉体力量和精神力量，而是使自己的肉体受到损伤、精神遭到摧残。"[2] 马克思尖锐地指出这样一种事实：劳动力的买卖在流通领域中进行之后，劳动者就"像在市场上出卖了自己的皮一样，只有一个前途——让人家来鞣。"[3] "鞣"的结果，不仅使人的劳动力由于被夺去了道德上和身体上的正常发展的活动的条件而处于萎缩状态，出现了大批列宁也曾痛陈过的肺弱、手额格外发达、驼背等等的人体"畸形和残废"现象，而且使劳动力本身未老先衰和死亡。同时，如马克思一再指出的，异化劳动也压制了劳动者的精神需求和个性的和谐发展，在工场手工业最为繁荣、生产分工最为细致的地方，也就是劳动者在肉体和精神上最受压制的地方，"劳动生产了智慧，却注定了劳动者的愚钝、痴呆"[4]。关于异化劳动给劳动者造成的上述两种畸形，卓别林主演的电影《摩登时代》中工人夏尔洛的悲惨遭遇是一个极为深刻的艺术概括。现代化生产不仅使其形体动作机械化，变得滑稽可笑，而且逼得他发了疯，给人送进精神病院。当然，在私有制条

---

① 石兴邦：《半坡氏族公社》，陕西人民出版社 1979 年版，第 31—32 页。
② 马克思：《1844 年经济学—哲学手稿》，第 47 页。
③ 马克思：《资本论》第 1 卷，第 200 页。
④ 马克思：《1844 年经济学—哲学手稿》，第 46 页。

件下，劳动者精神上造成的畸形如愚昧无知、堕落、酗酒、卖淫等等比起他们身体上的致残是更为悲惨的。从统治者方面说，私有制首先造成了他们精神上的畸形，这些"享受那种仅仅用于享受的、非生产的浪费的财富的人，只是过着醉生梦死的、荒唐放荡的生活"①，道德泯灭，人性丧失，唯利是图是剥削阶级尤其是资产阶级精神上性格上的本质特征。马克思曾假口不动产（土地所有者）和动产（资本家）的互相攻讦对此做了淋漓尽致、体无完肤的揭露：不动产把一切丑恶、卑鄙倾泻到对手身上，"他把自己的对手描绘为狡猾的骗子，拉人下水的纤手，出卖灵魂的利欲熏心之徒；图谋不轨的、没有心肝和丧尽天良的、离经叛道和肆意出卖社会利益的投机贩子、高利贷者、皮条匠、奴才；花言巧语的马屁鬼；制造、培养和鼓吹竞争、贫困和犯罪的，败坏一切社会纲纪的，没有廉耻、没有原则、没有诗意、没有人格、心灵空虚、冷漠无情的金钱拐骗者"。而动产则以嬉笑怒骂的刻薄字眼来回敬不理解自己本质的"蠢材"，它宣布其对手是"自私自利、斤斤计较和居心不良的唐·吉诃德"，"是诡计多端的垄断者；它用揭底和嘲讽的口气历数他的以罗曼蒂克的城堡为温床的下流、残忍、挥霍、淫佚、寡廉鲜耻……"②　够了，还有什么比这更为丑恶的呢？其次，优越的社会生活地位也不能使统治者幸免身体上的畸形。放荡淫佚的生活，不用说过早地加剧了其衰老和肌肉松弛，就是一般养尊处优的生活，因缺乏劳动锻炼，也往往不能得到正常发育，于是在上流社会便出现"脸色苍白、唇无血色、眼神困倦、瘦削羸弱的年轻太太和姑娘"，而商人家里的一些姑娘由于唯一要做的就是吃得饱饱，白天黑夜随心所欲尽量睡觉，因之便长得"臃肿不堪"，"胖得怪形怪状"③。

以上我们只是从劳动实践方面考察了丑的根源问题。如果我们再从阶级斗争、政治斗争实践尤其是这种斗争的最高表现形式——战争上来看，这个问题就更易于理解了。想一想军阀混战所造成的"白骨露于野，千里无鸡鸣"的汉魏现实吧，想一想祸乱不断的旧中国那种"千村薜荔人遗矢，万户萧疏鬼唱歌"的破败景象吧，想一想日本帝国主义的铁蹄对美好河山和

① 马克思：《1844 年经济学—哲学手稿》，第 95 页。
② 马克思：《1844 年经济学—哲学手稿》，第 62—63 页。
③ 《车尔尼雪夫斯基论文学》中卷，第 28、25、26 页。

人民的践踏蹂躏吧，还有什么比这更能造成残缺、丑陋的呢？

有人要问，到了共产主义社会，私有制不存在了，社会丑自然也就消失了，但是那时还存在着劳动，共产主义社会的生产实践还会不会造成人的畸形呢？回答是肯定的。到了共产主义社会，虽然不再有异化的强制劳动，那时人类将在很大程度上掌握着自然的规律，比较自由地发挥着人作为族类存在的本质力量，创造着更多更丰富的为他人也为自我享受的美，但即使那时人类和自然的矛盾也不会完全消除，还会有新的难题诸如新的宇宙星体或空间的探测等等摆在实践着的人类面前，以致使他们受到挫折、灾难，造成身体方面的残缺，最起码，那时丑还会借这种残缺表现自己。

三

马克思主义辩证唯物主义的对立统一规律和发展学说，为我们从丑与美的矛盾对立及发展转化中探讨丑的本质问题提供了方法论基础。

"丑是美的反面。"① 车尔尼雪夫斯基曾经这样指出。这里应该补充说：作为美的反面，丑是在与美的对立和斗争中得到自己的定性的。对此，古代的人们早就有比较清楚的认识，如葛洪曾以形象的语言表述了这个思想："般旋之仪见憎于裸裎之乡，绳墨之匠获忌于曲木之肆；贪婪饕餮者疾素丝之皎洁，比周实繁者仇高操之孤立；犹贾竖之恶同利，丑女之害国色。"② 但是，由于历史条件和阶级的局限，他们还不能认识到这种对立斗争的根源与实质。美与丑的对立斗争，根源于人类改造自然、改造社会的社会实践，根源于社会实践的主客体矛盾。作为客观现实彼此对立的方面，美与丑互为存在的前提，表现出现实对实践肯定和否定的方面。"美是跟丑相比较，并且同它作斗争发展起来的。"③ 在原始社会，美与丑的对立主要表现为人与自然的生产斗争。由于许多自然现象如洪水、猛兽、干旱、大风等在很多情况下对人是一种引起恐怖的对象，因而与人相敌对的这些自然现象或力量便经常成为丑怪的对象，与美的对象——征服自然的英雄，弓、箭等劳动工具

---

① ［俄］车尔尼雪夫斯基：《艺术与现实的审美关系》，第 34 页。
② 葛洪：《抱朴子·广譬》。
③ 《毛泽东选集》第 5 卷，人民出版社 1977 年版，第 346 页。

以及为人改造过或对人有益的自然——相比较、相对立、相斗争，像我国古代神话传说如女娲、后羿、大禹的故事所反映的那样。在阶级社会中，社会生活中美丑斗争的实质是先进阶级与反动阶级的矛盾和斗争，表现为进步力量、正义事业、新生事物与各种落后力量、反动事业、陈腐东西的比较、对立和斗争，被剥削阶级和剥削阶级根本对立的实践生活本身就带有美、丑性质。正如斯大林在《无政府主义还是社会主义？》一文中所指出的，生活是一幅不断破坏和创造的图画，生活中总是有新东西和旧东西，生长着的东西和死亡着的东西，革命的东西和反革命的东西。二者的矛盾和斗争就构成社会生活的历史发展规律，凡是真正存在的东西，即日益成长的东西，都是合理的；凡是日益腐朽的东西，都是不合理的，因而必遭失败。所以，在阶级社会中，代表了历史合理要求的"破坏和创造"着的新生的生活形象就是美的，反之违背历史合理要求的腐朽反动的生活形象就是丑的。

丑和美在社会实践中对立与斗争的不同地位决定了它们是分别与假恶、真善紧密相联的社会力量，对社会实践的主体产生着有害或有益的影响。毛泽东同志指出："真的、善的、美的东西总是在同假的、恶的、丑的东西相比较而存在、相斗争而发展的。"又说："人们历来不是讲真善美吗？真善美的反面是假恶丑。没有假恶丑就没有真善美。……它们之间的关系都是对立的统一，对立的斗争。"① 丑，正是由于它同美的对立，与假、恶的联系，因而不但具有否定的美学性质，而且还经常作为进步实践的意志活动所克服的对象。对于丑与美的对立，丑与假、恶的联系，许多民族的古代神话和创作都有过形象的反映。在一个美丽的古代埃及童话《真话和假话》中，讲叙了两兄弟的故事，其中一个叫真话，身姿优美，在国内找不到另外一个像他那样英俊的人；另一个叫谎言，却长得极其丑陋。古埃及神话《荷鲁斯和黑猪》则记叙了恶神和善神相斗争的故事：恶神赛特变成一头丑陋的大黑猪撞伤了美丽的善神荷鲁斯的眼睛，从此荷鲁斯对黑猪便恨之入骨。由此可见，在古代埃及人看来，丑的事物有一定的否定性特点，它不仅与假、恶有关，而且是一种和美相敌对并进行着斗争的力量。② 在我国的古代神话

① 《毛泽东选集》第 5 卷，第 390、416 页。
② 参见［苏联］特罗菲莫夫《古代埃及人的美丑观念》，载《现代文艺理论译丛》第 5 辑，人民文学出版社 1962 年版。

中，恶的形象也多以丑怪的姿态出现，如九首蛇身的相繇、八肱八趾的蚩尤等等。古代神话和创作如此强调丑与恶的联系，说明那时人们的审美活动是和社会生活紧密结合在一起的，事物的美丑完全是由其在生活中的地位、对人们的一定关系决定的，而不是由什么种属特性或无端而生的喜厌情感决定的。同时，古代神话的创造者将恶视为丑的本质，与中世纪神学家所宣扬的丑就是原始的恶是根本不同的。在神话的创造者们看来，现实中有丑的东西，也有美的东西，一切以它们对人类生活是否有益而定。

辩证法告诉人们，一切矛盾着的东西，互相联系着，不但在一定条件下共处于一个统一体中，而且在一定条件之下互相转化。丑和美也是如此。随着实践生活的发展，自然不断被克服，社会不断被改造，丑和美通过矛盾斗争又在一定条件下各向其相反的方面转化。现实生活中，既不存在永恒不变的美，也不存在千载不移的丑。美的可以变丑，丑的也可以变美。在远古时代，自然界的许多事物和现象经常作为丑恶的对象与人类为敌，而随着生产力的提高，神秘恐怖的自然力量逐渐被征服和掌握，荒凉险恶的自然环境、狰狞可怕的凶禽猛兽等自然物也就愈来愈多地由实践所克服的丑恶的对象转化成供人欣赏的美的对象了。相反，有些自然现象，如前所述，本来是对人有益的美的，由于人工的摧残却变得丑了。在社会领域也是如此，有些事物本来是美的，后来却变成陈旧的丑的，而某些新生事物在其刚刚产生时往往是不甚完备的，在形式上带有粗糙、丑陋的特点，随着社会生活的发展却日臻完美起来。埃及中王国时期一个说教者向国王描绘老年情景时的话具体形象地表达了上述思想：当衰老来临时，一切从前美好和健康的都变成差的和病态的，而美的变成丑的。这时期的一个记述埃及国内战争而引起的灾难的文献资料说明，许多先前美丽而高尚的变成了丑恶而卑鄙的，先前丑恶而污秽的倒反变成美丽而纯洁的。[①]

丑与美既在统一的生活进程中彼此对立又在斗争过程中相互转化，这是由生活实践的客观辩证法所决定的。古代的人们不可能从根本上认识到这一点，但这并不掩盖他们对这一问题认识上一些可贵思想的闪光。早在先秦时代，老子就从其美丑对立复归于无的思想出发谈到过美丑互相依存互相转化

---

① 参见〔苏联〕特罗菲莫夫《古代埃及人的美丑观念》。

的问题；孟子则从其"养吾浩然之气"主张出发，说过："西子蒙不洁，则人皆掩鼻而过之；虽有恶人，斋戒沐浴，则可以祀上帝。"① 孟子这段话意思是说，能够经常以仁义道德洗礼自己，丑类也会变成善或美的人，而不善于修心养性，沾染上坏习气，西施这般的美人也会令人生厌。我国第一个大诗人屈原也在其光照日月的诗篇中，形象地揭示了美丑对立与转化的思想，他认为"姱而不丑"，美与丑是两个根本对立的概念，具有不可调和的矛盾，但美不是永恒不变的，一些本来品质很好的人在混浊的世风薰染下可以变坏，所以在《离骚》中诗人以极其惋惜的笔调"哀众芳之芜秽"，为贵族青年的中途变节、蜕化而深感痛心。后来，刘安的《淮南子》和葛洪的《抱朴子》对先秦时代这一美丑对立及互相转化的朴素辩证法思想均有所继承和发挥，例如葛洪就有过"贵珠出乎贱蚌，美玉出乎丑璞"② 这样十分精辟的辩证之论。前人这些优秀的美学思想，都是值得我们加以很好借鉴的。

最后，正是由于社会生活是发展变化的，美丑是互相转化的，现实事物常常根据自己在社会生活实践中的不同地位、根据它同人类不同的利害关系而改变着自己的美丑性质，这样在客观上就造成了现实现象审美性质上的复杂性即美丑两重性。社会事物如欧洲上升时期的资产阶级、中国民主革命时期的民族资本家、自然事物如老虎、狐狸、老鼠、猫、蚱蜢、青蛙等等都既有美的一面，又有丑的一面。至于人更是如此，完美无缺的人同足赤的金子一样是不多见的，往往是"嫫母有所美，西施有所丑"。③ 所以，在《列那狐的故事》"列那狐和公鸡商特克莱"中狐狸被表现为狡猾而丑恶的对象，在《聊斋志异》中许多狐女又被描绘为美丽而多情的形象。至于文艺中兼有美丑两重性的典型人物就更多了，布莱希特戏剧中的伽利略就是一例。

当然，客观事物虽有美丑两重性，但在不同的条件下和人们发生具体关系，其主导方面是不同的，故在具体的社会关系之中，一事物之为美为丑，还是有其质的规定性和相对确定性的，如葛洪所说："小疵不足以掩大器，短疾不足以累长才，日月挟虫鸟之瑕不妨丽天之景，黄河合泥滓之浊不害凌山之流"，"一条之枯，不损繁林之蓊蔼；菽麦冬生，无解华发之肃杀；西

---

① 《孟子·离娄章句下》。
② 葛洪：《抱朴子·博喻》。
③ 《淮南子·说山训》。

施有所恶而不能减其美者，美多也；嫫母有所善而不能救其丑者，丑笃也。"① 正因为有这种基本的质的规定性，故"琬琰之玉，在洿泥之中，虽廉者弗释。弊箄甑瓼，在衽茵之上，虽贪者不搏。美之所在，虽污辱，世不能贱。恶之所在，虽高隆，世不能贵。"② 而如嫫母等，则"虽粉白黛黑，弗能为美者"③。

综上所述，关于丑的本质和根源，我们初步可以得出如下结论：丑是社会生活中客观现象所具有的一种否定的审美价值，它根源于人类社会实践生活的主客体矛盾。如果说，美是客观现实对人类既合规律性又合目的性的生活实践的和谐肯定，反之，丑则是客观现实对人类既合规律性又合目的性的生活实践的畸形否定，是社会条件对人类精神力量自由表现的敌视。美与真、善紧密相联，丑则与假、恶密切相关。客观现象的丑，就它与美不可调和的对立斗争和显现在一定事物中的数量优势——从而构成丑之为丑的质的规定性——来说，是绝对的；而就事物常常包含了美丑两重性和丑在一定条件下也能够转化为美来说，又是相对的。

---

① 葛洪：《抱朴子·博喻》。
② 《淮南子·说山训》。
③ 《淮南子·修务训》。

论丑在艺术中的特殊功能

——兼谈丑的美化与美的丑化问题

　　文学艺术是按美的法则创造出来的，在本质上，它应该是美的。然而，美的艺术却并不排斥与拒绝表现丑。从各民族的神话传说开始，丑便在文艺领域占据了一席非常重要的地位。文艺复兴以来尤其是现代，就连许多进步作家和美学家也不回避对丑恶现实或事物的描绘与反映，而且非常重视这种描绘与反映的艺术价值。这样，自然就产生了一个问题：丑在艺术中存在的理由或价值是什么？也就是说，丑在艺术中的特殊功能是什么？

　　艺术生产，根本目的在于创造出为人民服务，给人民精神愉悦的美。丑在艺术中存在的第一个理由，也就是其特殊功能之一，是它可以作为揭示美的手段。作为揭示美的手段，丑在艺术中的积极意义或作用主要表现在两个方面：

　　以丑衬美。丑可以用来衬托、对比美，作为一种背景，以增强美的光辉、色彩和感染力。这是许多美学家的共同看法。如美学家里普斯就认为丑的主要功能，是作为美的陪衬。实际上，以丑衬美，是那些爱憎分明的艺术家们最常用的手法，这样的艺术家，我们可以举出诗人中的但丁、小说家中的雨果、戏剧家中的莎士比亚、绘画家中的杨·马特义科等等。在小说家中运用这种方法最为娴熟的当然要首推雨果；大卫·第利—摩埃爵士的丑恶与关伯仑的美德互相比照，丑的更丑，美的更美；而关伯仑自己那妖精似畸形的脸，也衬托了他那神仙般善良的心。以丑衬美法，之所以能在雨果的小说创作和其他艺术家的创作中获得极大成功，是因为事物在对比中更易于显露自己的鲜明特点，在人们的感觉中留下更为强烈的刺激印象。正如雨果所说，滑稽丑怪作为崇高优美的配角和对照，可以使文艺创作"带着一种更新鲜更敏锐的感觉朝着美而上升。鲵鱼衬托出水仙；地底的小神使天仙显得更美"①。当然，在优秀的创作中，以丑衬美并非简单、机械的陪衬和对比说明，而是在激烈的矛盾冲突中显示出丑的可恶、美的可爱和正必压邪、美必胜丑的历史趋势。

丑中见美。现实生活中存在着大量卑微、庸俗、丑陋的事物和现象，优秀的文艺家在真实地再现这些生活现象时，常常能从中发掘和透视出美之所在，给人们开拓新的认识天地和审美领域。这里，丑的现实素材便从自身否定的角度，充当了揭示美的形式和手段。我国的传统戏曲《钟馗嫁妹》、罗丹的著名雕塑《老娼妇》以及电影艺术大师卓别林的许多人物造型就都是丑中见美的典型作品。在这些作品中，作者都是通过事物或人物本身的矛盾来揭示其特质，在丑陋滑稽的形体外壳中透视、发掘那美的心灵或美的闪光。你看罗丹据法国诗人维龙《美丽的欧米哀尔》一诗而塑成的《老娼妇》，那衰老得比木乃伊还要皱缩的欧米哀尔是何其丑陋呵！然而，雕像家着力刻画了这样一个富有人性美的顷刻：她正在悲叹自己衰老的身体，为自己今日的丑陋感到痛苦和羞耻。在这富于悲剧性的雕像中，艺术家表现了对丑的否定，对资本主义造成这种畸形的控诉。因之，这雕像是丑的，却丑得如此精美含蓄，蕴藏着无穷的艺术魅力。

卑微、丑陋的对象何以能在艺术家的魔杖点化下闪烁出美的光辉呢？根源在于现实生活的复杂性，在于美丑对立与转化中的相互联系尤其是现实现象的美丑两重性。就对象本身来说，艺术家能够丑中见美，不过是借事物的一重性（丑）为形式来表现另一重性（美）罢了。当然，能做到这一点并非易事，这既需要艺术家对生活现象仔细观察、辩证分析、深入开掘，从平庸中见出崇高，从丑陋中见出美好，又需要卓越的表现技巧。

丑的功能是否到此为止了呢？没有。不难看出，以上还只是从丑与美的联系中看丑的功能，尚未替丑找到独立自足的存在理由。而丑作为现象的一

---

① 伍蠡甫主编：《西方文论选》下卷，上海译文出版社 1979 年版，第 185 页。

种否定的社会价值，从其自身讲便有它存在于艺术中的理由。这理由是什么呢？

李斯托威尔认为，"此外，丑的存在的理由，还由于它有其本身的优点，那便是表现人格的阴暗面。"[1] 能够为丑在艺术中的存在另外寻找理由，这种探索精神是值得肯定的。但是，李斯托威尔的局限性是如此突出显明，"表现人格的阴暗面"，为什么不说表现社会的阴暗面呢？这是资产阶级美学家所不能跳出的陀罗斯岛。他们不敢让艺术丑在更为广大的背景里，在现代资本主义社会的大垃圾场里跳舞！

比李斯托威尔更进一步，我们认为丑在艺术中存在的第二个理由或价值，是它在表现社会阴暗面上的优越性。丑作为现象的一种否定的社会价值，作为人类进步实践的一种否定形态和反动力量，是社会生活中的一种客观存在，是历史发展的一个方面。作为形象地认识现实的工具的艺术，不能以对美的反映代替对丑的反映，它应该把现实中丑恶的东西尤其是社会丑摄入自己的光圈之内，否则，艺术的真实性就无从谈起。在文艺史上，那些被称为深刻地反映了现实的伟大艺术家都不回避对现实丑恶的描绘。

"刻画资产阶级黑暗者其作品未必渺小。"毛泽东同志《在延安文艺座谈会上的讲话》中指出的这个道理，在不少人那里并未真正弄明白。他们认为作品的伟大是与作品所描绘的美好东西成正比的。其实并非如此。一个作家的伟大与否，是要看他在多大程度上艺术地再现和概括了他那个时代的生活真实。出污泥而不染，就作家的人格来说是可贵的，但对于艺术就未必如此。面对着丑恶的现实，却要做纯洁的修女，用美丽的谎言和幻觉自我陶醉并欺骗他人，是谈不上"伟大"二字的。你不妨看一下伦勃朗的描绘：一切都是在阴暗中蔓延与发霉的东西，不是畸形就是病弱或流产的东西。这减弱了绘画本身的艺术魅力没有呢？没有。恰恰是因为作者不回避丑恶，才能展示出现实人生的一面，成为铸造了人生链条一头的伟大画家，与小说中的巴尔扎克、戏剧中的莎士比亚相媲美。诚然，我们今天的社会生活与过去时代相比已经发生了质的变化，艺术家们再也不能用批判现实主义的笔调和方法描绘新的生活现实。但是，艺术家在歌唱我们美好生活的同时，也还是

---

[1]　［英］李斯托威尔：《近代美学史评述》，上海译文出版社1980年版，第234页。

应对社会上残存着的和新滋生出的种种丑恶进行艺术的反映和描绘。

在优秀的文艺作品中，艺术家不是为欣赏丑恶而描写丑恶，而是为了鞭挞丑恶、批判社会去描写丑恶。我国古代艺术家雕像时公忠者雕以正貌，奸邪者刻以丑形，盖亦寓褒贬于其间耳，就是如此。正是在这里，才见出创作者的思想深度，见出艺术表现的深刻性。高尔基说过："艺术的目的是夸张美好的东西，使它更加美好；夸大坏的——仇视人和丑化人的东西，使它引起厌恶，激发人的决心，来消灭那庸俗贪婪的小市民习气所造成的生活中可耻的卑鄙龌龊。"① 因此，从批判与消灭丑恶、促进与改造现实的目的来看，对丑恶的描绘也是必不可少的。对于作为旧生活掘墓人、新生活助产婆的无产阶级艺术来说更是如此。当然，艺术作品表现丑恶的东西能否获得审美价值，这要看作者是站在什么立场上、以什么样的情感态度表现描绘的。诗人茹科夫斯基曾正确指出过，当人们读一本书的时候，不说它的内容本身是如何的可厌，但感觉到它的作者是站在相反的立场，那就会同作者结合在一起，同他一同来诅咒他以自己的笔所描写的那些可耻的形象。像这样站在相反的立场上来描绘丑恶，也就有可能获得审美价值。

总之，由于其自身的特质，丑能够用来表现社会阴暗面，文艺家通过对丑恶对象的描绘反映，可以更深刻地揭露与批判现实，进而推动社会人生的改造，这是丑的功能之二，也是丑所以能在艺术中存在的一个更为根本的理由。社会生活是在善与恶、美与丑的对立斗争中发展前进的，只要丑恶还在生活中占据着一席之地，对丑的表现就一天也不会失去其积极意义。

以上，我们从积极意义上论述了丑在艺术中的特殊功能，这里还有一个问题没有解决，即本质上反审美的现实丑是如何走进艺术领域而转化为艺术美的呢？对此，我们可以从丑的美化与美的丑化两个方面做一点辩证的探讨。

现实丑能够转化为艺术美，即艺术可以化丑为美，这是人们所公认的。化丑为美，从艺术创造的积极意义上来说即丑的美化问题。然而，如何理解丑的美化呢？美化的途径又是什么？这却是众说纷纭的论题。有的同志认为现实丑之所以能变成艺术美，就在于典型化，因为典型就是美。神是人们概

---

① ［苏联］高尔基：《文学论文选》，人民文学出版社1958年版，第414页。

括着人类自己的优良的属性条件而创造的一个典型，魔鬼也是人们概括人类
自己丑恶的属性条件而创造的一个典型。而在人类的创造中，魔鬼和神是一
样的，一样的伟大，一样的美。按照这种观点，在现实生活中事物还有美丑
之别，然而一经艺术魔杖的点化便彼此一样，正面的典型是美，反面的典型
也是美，拉赛尔与菲菲小姐、夏瑜与康大叔"一样的伟大，一样的美"！显
然，这种观点混淆了美的内容与美的表现、美的艺术品与美的艺术形象的区
别，抹煞了正面形象（美）与反面形象（丑）的质的差异，是很难令人接
受的。

　　说丑的美化的途径在于典型化，大致是不差的。但是，艺术运用典型化
方法创造反面（本质上丑的）形象，只能再现生活中的丑或把丑表现得更
丑，而不能将丑本身美化了。在这里，典型化的实质在于以更为有力的手段
深刻地揭示丑的本质，激起人们对丑恶的反感、鄙视，通过对丑的否定达到
肯定美的目的，从而使对丑的描绘刻画成为整个作品艺术美的有机构成因
素。所以，现实丑通过典型化变成艺术形象之后，就对象本身来说，其丑的
本质并未改变，不过是由在性质上反审美的东西变成具有审美价值的东西罢
了。也正是在这个意义上，别林斯基才说从喜剧所描绘的禽兽般的丑恶的面
貌后面，人们可以看到别的面貌，美好的和人的面貌。

　　显然，上述转化能否成功与作者的艺术表现力（包括了典型化）是有
很大关系的，在这个意义上，人们才可以说表现力就是艺术的美。从前，人
们大多是从表现力的角度论述现实丑向艺术美的转化的。亚里士多德认为艺
术家能否把现实中令人厌恶的东西变成具有艺术价值的东西，关键在于艺术
模仿是否"惟妙惟肖"；18 世纪英国启蒙主义小说家菲尔丁则把艺术表现力
喻为烹调法，说艺术作品的好坏一切决定于作者的烹调法。认为艺术创作一
切决定于表现力，自然是太过分了。但是说表现力在丑的美化中有着非常重
要的作用，却是符合实际的。像果戈理的《钦差大臣》、谢德林的《地主之
家》、安德里安·勃劳威尔的《小酒店的场景》这些作品，都恰到好处地正
确表现了生活中最阴暗、最丑恶的图景，以其形象的生动性和反映的深刻性
成为吃人制度与残酷生活的一面镜子。因而这些作品都具有丰富的艺术美，
能够使人们从悲哭与嘲笑中获得美的启迪和感受。

　　通过高度的表现力将反审美的现实素材改造成具有审美价值的艺术形

象，使对丑的描绘刻画成为整个作品艺术美的有机构成因素，从而收到积极的美学效果，这是丑的美化的第一层含义。丑的美化还有另一层含义——艺术的审美化问题。艺术是按美的规律或法则进行创作的，丑恶形象的塑造也要遵循各种艺术在造型和供人欣赏两个方面所特有的审美法则。在这一方面，我国传统戏曲是有代表性的。在长期的艺术实践中，戏曲舞台上的各类丑角都形成了一套审美化程式化了的表演形式和技巧，各种丑角的起步亮相、念唱动作乃至扮相化装都必须符合舞台艺术的审美要求和设计。因而中国戏曲艺术中常有"丑角不丑"、"逢丑必俊"的行话。在其他艺术中，我们可举电影《大独裁者》为例。毫无疑问，大独裁者在本质上是丑恶的，然而扮演大独裁者兴格尔的卓别林抛弄地球仪的那场舞蹈表演却是杰出的完美的。所以，美的艺术正是在这里显示了它对现实的优越性，它美丽地描写着自然的事物，不论它们是美还是丑。

丑的审美化还表现在：艺术虽然不排斥表现丑恶的东西，但在表现时却尽量避免过分地刺激欣赏者的感官，尤其是在一些诉诸视觉的艺术如雕塑、绘画、戏剧和电影中，人们一般不对令人生厌乃至使人呕吐的东西作直接描绘和再现。如粪便是令人恶心的，故《西游记》可以写一污秽之气扑人的"稀柿（屎）衕"；《德国——一个冬天的童话》可以描写臭气冲天的大粪坑，但在造型艺术中却未见过有谁以粪便为题材。然而，避免作直接表现，并不等于不表现。对这类对象，艺术家们往往采取间接表现的手法来处理。如阿里斯托芬的喜剧《云》表现苏格拉底正在张着口望着天进行天文观察时，一只鼬鼠从屋檐上屙屎落到了他嘴里，是借用别人对话的方式叙述出来的。至于文学作品中借助于隐喻、暗示、象征等等手法间接表现这类题材，其例更是举不胜举。比如魔幻现实主义的代表作、墨西哥作家胡安·卢尔弗的中篇小说《佩德罗·帕拉莫》中写女主人公苏萨娜与父亲的乱伦关系，即是通过父女对话、他人评论及苏萨娜在病中梦到父亲化作黑猫附在自己身上这种象征逐渐暗示出来的。

丑的美化的第二层含义对艺术来说也是十分重要的。违背了艺术的审美规律如表演艺术中的形式美、油画中的透视和光色对比美等，不仅不能将现实丑转化为艺术美，美的对象也会变成丑的而失去艺术的真实性和审美性。比如，若不照顾到舞台表演的形式美和人们欣赏中的情感态度，硬将《思凡》戏里的尼姑"丑扮"（光头）而不是"俊扮"（有发），戏剧家对这个在封建社会里丧失了应有权利而又不安于现状的尼姑的同情和戏曲所要表达的理想，不仅很难在艺术上获得完整而准确的体现形式，而且很可能令人发笑，收到反面的艺术效果。

与丑的美化相关联的是美的丑化问题。现代资产阶级颓废派艺术给优美的"蒙娜·丽莎"抹上山羊胡须，使活人嘴里长出齿轮，将现实世界描绘得乱七八糟，这种以丑为目的的创作现象，是消极意义上的丑化，是通常意义上的丑化。这里，我们要谈的是积极意义上的美的丑化，它与积极意义上的丑的美化一样，是最能体现艺术辩证法的美学问题。丑的美化，美化是形式、手段，丑化（对象）是实质，丑的对象在美的形式中表现出来，本身不是美了而仍是丑的或更丑了；相反，美的丑化，丑化是形式、手段，美化（对象）是实质，美的对象在丑的形式中表现出来不是丑了而是显得更美更可爱了。二者在艺术表现、创作目的和艺术效果上是一致的，都是追求美。如果说丑的美化在塑造各种反面形象上，如在讽刺性喜剧和绘画中有着特殊的意义，那么美的丑化则在肯定性喜剧和滑稽中有着特殊的意义。你看川剧《乔老爷上轿》中那个其貌不扬、处境尴尬的乔老爷，呆得出奇，行为滑稽怪诞，但是通过这些丑拙的令人发笑的举动和情态，却使他善良、正直、高尚的品质得到了升华，放射出美的光辉。所以，美的丑化实质上是丑的功能具体说即丑中见美的一种具体实践方式。正确运用这种方式，不仅能增强作品情趣，活跃艺术气氛，使作品显得丰富多彩、摇曳多姿，而且能使正面形象高尚的道德品质和灵魂美在欣赏者心中留下更为深刻的印象，激起更为强烈的回音。有时，这种方法甚至能使人物达到崇高的境界，产生震撼人心的力量，《巴黎圣母院》中那个既聋哑又奇丑的敲钟人给予我们的就是这样一种感受。北朝北齐人刘昼有言："镜形如杯，以照西施，镜纵则面长，镜横则面广，非西施貌易，所照变也。"① 美的丑化正可以借此比喻来作解释，"丑化"不过是作者"所照变也"的一种方式，虽然由于"镜纵""镜横"之不同所照出来的形象或"面长"或"面广"，显得奇形怪状，但所照之对象（西施）却并未改变其美的本质。

---

① 刘昼：《刘子》。

文艺美学：美学创新的可行之路

　　检视中国百年来现代学术的发展，基本上是外向的模仿多于自己的创新，美学研究亦复如此。如果说 20 世纪初期王国维、蔡元培等人对美学的鼓吹不过是在一种新的历史语境里对德国古典美学的认同，那么三四十年代朱光潜等人的美学著述和五六十年代的美学讨论则不过是对西方现代美学和苏联美学的翻版。这种状况，只是到 80 年代以后才渐有转变。由我国学者自己命名并做了许多初创性工作的文艺美学，正是美学研究由模仿走向创新的一个最为突出的表征。现在，文艺美学已被正式列入教育部的学科专业及专业方向设置，山东大学的文艺美学研究中心也被批准为教育部百所人文社会科学重点研究基地之一，这是对我国美学研究寻求学术创新的一种肯定，同时也预示着文艺美学将有一个良好的发展前景，最起码已获得了体制上的保证。就此而言，可以说学界 20 余年的努力，已为美学研究在新世纪的发展开辟出了一条可以由之前行的新路。

　　由于人类以往的精神活动在分工、认识和思维等方面的局限性，长期以来，西方学界对文学艺术现象的研究大致上是在文艺学和美学两个学科领域分头进行的，而美学作为哲学的一个分支，其研究重点又是一些比较抽象的形而上学问题。19 世纪后半叶尤其是进入 20 世纪以后，在实证主义和历史主义思潮以及实验美学、分析美学等等的冲击和影响之下，传统的自上而下的思辨性哲学美学日渐式微，美学研究逐渐疏离或抛弃了传统的形而上学性问题，而转向了与文学艺术有关的课题的探讨，与此相应，文艺学研究也在对艺术自律性的关注中逐渐把艺术审美问题作为自己的关注重心，美学与文艺学渐成交叉、综合乃至合流之势。在我国现代学术的发展中，美学与文艺学也大致上历经了这样一个分、合的过程。80 年代初期，有感于我国以往的美学研究热衷于谈玄论道而对具体的文艺审美问题关注不够，我国的文艺学研究又迷失于"唯政治"的歧途而不敢于谈论或极少谈论文艺自身的审美属性，胡经之等先生率先提出了在文艺学与美学的交错中建设文艺美学学科的思路，并很快得到了学界的响应与认同。应该说，这种新的思路除上述学术史的背景之外，也是有其学理上的依据的。其学理上的依据在于：文艺活动是人类最基本、最主要也是最典型的审美活动形式，因而其审美本质和审美规律应该也必然会成为学术研究的对象。实际上，在西方，艺术美历来是美学研究的一个主要对象，在西方的美学学科发展史上，文艺美学是与美的哲学（审美哲学）、审美心理学鼎足而立的三大美学研究形态之一，黑格尔甚至直截了当地将美学的研究范围划定为"美的艺术"，明言美学这一学科的正当名称应是"艺术哲学"，或更确切一点叫作"美的艺术的哲学"①。而我国古代的美学思想更是主要散见于各种关于文学艺术现象的研究著述和言论之中，或者可以说我国古代的美学主要的就是文艺美学。由此可见，文艺美学的产生实有其历史的与学理上的必然性。

　　自命名至今，文艺美学研究已取得了令人注目的成绩，以胡经之先生的专著《文艺美学》为代表的一系列相关论著构成了中国当代美学研究园地里一道十分亮丽的风景。尽管在新近一段时期关于文艺美学学科定位问题的讨论中，有的同志对文艺美学能否作为一个独立的文艺研究学科表达了某种程度的怀疑态度，但却承认文艺美学可以作为文艺学与美学研究的一个可能的方向和思路，不否认文艺美学研究有其独特的价值和意义。那么，与其他形态的美学研究和文艺学研究相比，文艺美学研究的价值和意义究竟何在呢？由于文艺美学是在文艺学与美学相互交叉、叠合与合流基础上产生的一门新兴学科，因而比之其他形态的美学研究和文艺学研究，文艺美学是有其自身的优势和特点的。从总体上来看，与审美哲学、审美心理学研究相比，文艺美学不是在纯概念的王国里做哲学思辨，而是以具体的文学艺术活动和

_____

① ［德］黑格尔：《美学》第 1 卷，朱光潜译，商务印书馆 1979 年版，第 1、2 页。

现象为研究对象，力求将感性与理性，将概念性的逻辑思辨与经验性的体认、感悟与总结有机统一起来；与文艺社会学、文艺心理学研究相比，文艺美学一方面更加注重文艺的审美特性，同时在理论品质上又更多了几分哲学的意味。这些差异之处，正是文艺美学的学科特色和优势所在，也是文艺美学存在合理性的证明。具体说来，文艺美学研究的意义和价值首先表现在它可以在更高的理论综合层次上总结文学艺术的审美本质和审美规律。如上所述，文艺美学，从其理论品质上看，实际上就是艺术哲学。从美学的角度看，它是理论视点下移而形成的学科，而从文艺学的角度来看，它又是理论视点上移而形成的学科，在文艺理论（狭义文艺学）的不同学科形态所构成的学科结构系统中，具有元理论的性质，是文艺理论的基础性学科。因此，文艺美学的研究将大大地深化单纯的文艺学研究，使我们对文学艺术的审美特征和规律的认识与把握上升到一个更高的哲学思考水平之上。

不仅如此，文艺美学研究也可以拓展文艺研究的对象和范围。目前，我国的文艺学研究大多是在文学或不同的艺术门类中分别展开的，尽管许多理论用了"文艺理论"之名，实际上往往只不过是文学理论或某一具体艺术门类的理论研究，而文艺美学以所有的文艺现象和领域为对象，有一种更宏阔的对象视野，这对以往相对单一的文学研究或艺术学研究都将是一个拓展和丰富，同时这种拓展也为更具理论包容性和含盖性的理论综合奠定了基础。此外，由于文艺美学本身的学科交叉属性和理论上的哲学品性，文艺美学在研究方法上也有可能形成突破。一般的文艺理论研究往往偏重于社会学的、心理学的和其他一些比较具体的、甚至是经验感悟式的研究方法。而文艺美学作为一个哲理性很强的学科，一方面倾向于采取具有普遍性的哲学方法，要求对文学艺术的审美特征和规律进行具有理性高度和学理深度的理论抽象与综合，同时由于它在研究对象与内容上又与丰富多彩的各种文学艺术活动及其理论研究密切相关，在学科形态上是各种具体文艺理论研究的提升，这就使其又可充分吸取其他文学理论、艺术理论研究方法的特点和特长。这样，文艺美学在研究方法上就可能真正实现经验与理念、历史与逻辑的结合，达到归纳与演绎、分析与综合的统一，从而在研究方法的综合性、层次性上显示出通常的文艺研究所不具备的优势。

当然，如上所述，更多地还是从文艺美学研究的可能性着眼的。文艺美学能否由一个尚存诸多争议的新兴学科成为一个真正具有自己独特的研究对象、研究内容和研究方法的成熟的文艺研究学科，关键还是要看能否拿出更多实实在在的有说服力的成果。归根结底，文艺美学存在的合理性要由过硬的成果来说话。按照一个成熟的理论研究学科来考量，文艺美学的确尚有许多相关的重要问题需要做出更深入的研究，比如说它的学科定位和学科特性问题，它的研究对象和研究方法问题，它的逻辑起点和逻辑构架问题，它的历史演进和发展趋势问题，如此等等，基于论者意图和视角的不同，还可以胪列许多，而且不少问题都是难以在短期内求得解决和共识的。因此，如果说文艺美学是新世纪美学研究的一条新路的话，那么也应该补充说这不会是一条近距离冲刺即可达到终点的平坦之路，而是一条遥远的、面临诸多艰难险阻的崎岖之路。我们知道，自鲍姆嘉滕的《美学》一书问世起，美学学科已有了两个半世纪之久的发展历史，但至今美学的学科性质及其研究对象和方法等问题还不能说已经解决清楚，不能算是"不证自明"的问题，仅有20余年发展历史的文艺美学要想成为一个成熟的学科，当然就更难于期望它一蹴而就了。至于说文艺美学在将来究竟会发展成什么样子，这里暂且可以不去预测它，仅就近期而言，文艺美学要想真正发展成为一个富有生机与活力的现代知识创生学科，至少应在如下几个方面做出切实的努力：首先，学界应树立起建设有中国特色现代文艺美学体系的学科奋斗目标，并为实现这一目标而在基础研究上有新的进展与突破。没有这样的目标与进展和突破，学科的长远发展就失去了动力和基础。为此，必须在抽象理论层面上，对文艺美学有别于传统文艺学、美学的独特概念、范畴、逻辑构架和理论内容以及文艺美学与美学、文学理论、艺术理论的关系等开展富有创新意义的研究，并在多元理论综合和一体化系统建构方面做出开拓和努力。其次，要强化理论与实践的互动，把探索理论问题与解决艺术审美实践中产生的新情况和新问题结合起来。文艺美学理论研究的有效性与生命力取决于此，同时这也是当代艺术审美实践提升自身品位所要求的。既追求理性思辨的学理深度，又具有应对现实的实践品性，既借助理论的光源来映照艺术实践，又从感性的艺术实践中来提炼与升华理论，这应是文艺美学与传统的纯思辨性美学如哲学美学极为不同的一个方面。再次，要充分开掘中国文艺美学的丰富学术资源，立足于现代价值的创生，使中国古代文艺美学思想在创造性的转化中进入现代文艺美学体系的建构之中。如前所述，中国古代美学在基本上主要就是文艺美学，对中国古代文艺美学的思想材料进行科学的整理，同时对中国文艺美学的学术史以及某些重要文艺美学观念和范畴的学术演进史进行具有理论深度的研究，这也是构建当代文艺美学体系的基础，因为学术理论上的综合创新往往是以思想资料的发掘和学术史的梳理为先在条件的。最后，要扩大和拓展学术研究的视野与领域。随着全球化进程的加快，文艺美学研究也应进一步确立全球性视野，既在中外学术的广泛借鉴、融通中汲取发展自身的营养，又在广泛的比较与对话中展现中国文艺美学研究的民族特色和现代价值，在世界文学艺术研究的大格局中发出属于自己的声音，并由此而为中外文艺美学的互动性交流提供现实基础。只有在观念输入与输出协调平衡的发展中，中国的美学研究才能摆脱因袭模仿的思维定势而真正走上理论创新之路。

论文艺美学的学科交叉性与综合性

　　自 1971 年台湾学者王梦鸥《文艺美学》一书出版至今，文艺美学作为一个独立学科的发展问题一直受到学界的热切关注，并已取得了许多极具价值的研究成果。然而迄今为止，与文艺美学的存在合法性相关的学科定位和学科性质等问题依然处于讨论之中，尚未获得共识性论定，致使不少人为之焦虑，以至于对其存在的可能性问题产生怀疑。应该说，这种状况是符合学术发展常态的。先有学术研究之实，尔后才有学科独立之名，人文社会科学领域的许多研究学科都是沿着这个轨迹走下来的。就此而言，20 世纪 80 年代前期和新近一个时期大陆学界对文艺美学学科定位和性质的讨论与再讨论，正是文艺美学走向自觉与成熟的体现。这种讨论将为文艺美学的学科独立提供坚实的学理依据，同时也为其进一步发展开拓出新的学术空间。

一

　　作为一个新兴学科，文艺美学与此前已取得学科独立之名的美学和文艺学有着极为密切的关联。因此，欲讨论文艺美学的学科定位和性质，就不能不涉及它与美学、文艺学的关系问题。对此，学界大致上有三种不同意见：一是把文艺美学作为美学的下属分支学科，甚至更具体作为一般美学和部门艺术美学的中介学科；二是把文艺美学作为文艺学的下属分支学科，国家教育部的学科专业及专业方向设置就是如此；三是把文艺美学作为美学与文艺学相互交叉的产物，从学科交叉性来论定其位置和性质。关于第一、二种意见，正如有的同志所指出的，由于一般美学和文艺学的"不证自明性"本身就是十分可疑的，也就是说"美学是什么"和"文艺学是什么"作为问题迄今尚待探讨，因此试图从一般美学和文艺学的学科论定出发对文艺美学的学科位置和性质等进行逻辑上的推演必然面临学理上的困难。① 其实，如果进一步思考一下，"一般美学"和"一般文艺学"这种提法本身就是成问题的。就美学而言，在美学史上，有的美学家把美学视为研究一切审美现象及其性质和规律的科学，有的将美学称为艺术哲学，还有的则把美学理解为研究审美心理的科学，如此便有了各种不同形态的美学研究和美学理论。各种不同的美学研究和理论在对象、范围上有大小之别，在思考、学理上有深浅之分，但很难作属种、层次上的划分。我们不能用研究对象和范围的大小来划分属种关系，说研究所有审美现象的美学就是一般美学，研究艺术现象的就是特殊的局部的低层次的美学，比如说柏拉图的美学是一般美学，因为他探讨了人类生活各种领域中的审美现象，而亚理士多德和黑格尔的美学以文学艺术为思考对象，就是比柏拉图低一个层次的美学，这肯定是讲不通的。同理，就文艺学来说，我们认可它包括文艺理论、文艺批评、文艺史三个部分或三大部类的看法，但通常并不从属种关系上来理解文艺学与文艺理论、文艺批评和文艺史的关系。而就狭义文艺学——文艺理论而言，也是各不相同的，有的偏重于文学艺术的哲学思考，有的偏重于文艺活动的心理探索，有的偏重于文艺作品自身结构的分析，有的偏重于文艺社会性质的认定，有的偏重于文艺审美特性的体悟，有的偏重于文艺伦理价值的研究，并无一种一般的文艺理论。可以说，现实存在的"文艺学"只是一个集合了诸多具体的研究学科和理论形态的类概念，并找不到一种与诸具体文艺研究学科和理论形态之间存在属种关系的"一般文艺学"。因此，把文艺美学作为"一般美学"或"一般文艺学"的低层次分支学科，试图由此定位来理清并厘定其学科位置和性质的思路是存在问题的，因为我们显然难以从一个未曾有的或者说未定的前提出发来得出一个明确的结论。退一步说，假使真

① 参见王德胜《文艺美学：定位的困难及其问题》，《文艺研究》2000 年第 2 期。

有所谓的"一般美学"和"一般文艺学",而且其自身的学科定位和性质也
是清楚明了的,这同样也会存在问题。因为这很可能导致把文艺美学学科位
置和性质问题的探讨变成"一般美学"和"一般文艺学"定位与性质的简
单逻辑推演,把文艺美学理论的建构变成美学、文艺学相关理论的机械复
制,比如从美学是研究人与现实的审美关系出发推论出艺术是对人与现实的
审美关系的反映和表现,由美学原理中的悲剧和喜剧定义推演到艺术的悲剧
和喜剧,如此等等。这样一来,理论展开的过程和方式倒是简单化了,但思
维上的创造性和理论内容的创新却失去了,这对学术理论的发展来说是十分
可怕的。因为简单明了的思维操作激发不起探究者的兴趣,理论内容上的自
我重复也只会使人厌倦。可以说,一方面把文艺美学的学科建设悬置于一个
未定的逻辑预设之下,另一方面又急于从一般原理出发,对文艺美学问题做
简单化的学术克隆。这在某种程度上正是造成文艺美学在学科发展上一度处
于疲软和停滞状态,在学术进展上缺少广具影响的重大研究成果的一个原因
所在。此外,除如上所述的理论困难之外,第一、二种意见还面临另外一个
必然引发的问题:如果说文艺美学是美学的一个分支学科,那么它是不是与
文艺学就没有关系了呢? 反之,如果说文艺美学是文艺学的一个分支学科,
它与美学又是一种什么关系呢? 囿于以往的学科划分,这也是一个不太容易
说清楚的问题。

二

　　正是考虑到如上所述的理论困境和追问,所以目前学界越来越多的人倾
向于认定文艺美学是在美学与文艺学两个学科相互渗透、融合基础上产生的
一个具有交叉性、综合性的新兴文艺研究学科,因而应该跳出执著于美学或
文艺学一个学科探讨文艺美学的学科位置、学科性质以及理论架构的思路。
这种认定和看法是有其学术史的根据的。我们知道,文学艺术活动是人类最
主要的审美活动形式,将文艺视为一种审美现象,探讨和阐发其生成与发展
的规律性,自古代中国的先秦时期和西方的古希腊罗马时期就已开始了,并
都已形成了源远流长的悠久学术传统。在古代,由于学术研究还没有达到精
细分工的程度,美学与文艺学研究并未截然分离。我国古代公孙尼子的

《乐记》、刘勰的《文心雕龙》以及古希腊柏拉图的许多对话和亚理士多德的《诗学》等，都既是文艺理论史上的经典，也是当时最重要的美学文献。近代以来，随着人类精神活动在分工上的日渐精细，学科独立意识的不断增强以及同时伴随着的认识和思维上的形而上学局限性，在很长一个时期，对文学艺术的研究大致上是在文艺学和美学两个学科领域内或两种名目下进行的。相比较而言，美学对文学艺术的研究更注重哲学的抽象和审美心理的分析，而文艺学对文学艺术的研究则更多实证性的考察和社会价值的认定。不过，虽有这种大致的区分，真要明确地划定美学与文艺学各自独立的对象、范围、内容和相互之间的学术边界依旧是非常困难的。"美学之父"鲍姆嘉滕把美学定义为感性认识的科学，但作为这一定义的一个主要限定，他首先把美学称作"自由艺术的理论"，其《美学》一书的大部分章节都是根据前人的经验讨论艺术创作规则问题。受谢林《艺术哲学》一书的影响，黑格尔在其美学演讲录中更是直截了当地将美学的研究范围圈定为"美的艺术"，明言美学这一学科的正当名称应是"艺术哲学"，或更确切一点说，叫"美的艺术的哲学"。车尔尼雪夫斯基虽然不同意黑格尔派的美学观点，但却同意美学就是整个艺术、特别是诗的共同原则的体系。19 世纪后半叶尤其是进入 20 世纪以后，在实证主义和历史主义思潮影响之下，传统的自上而下的思辨性哲学美学日渐式微，美学研究逐渐疏离或抛弃了传统的形而上学性问题，而转向了与文学艺术有关的课题的探讨，与此相应，文艺学研究也在对艺术自律性的关注中逐渐把艺术审美问题作为自己的主要课题，因而美学与文艺学的交叉、综合乃至合流便成为现代学术发展的一个新的趋势。纵观西方现代的美学和文论，可以发现其中大部分内容处于交叠状态，许多的理论和流派既属于美学又属于文艺学，难以死板硬性地划归哪一个方面。在我国，这种交叉、合流之势也是极为明显的。自五六十年代的美学大讨论至今，许多著名美学家如朱光潜、马奇、蒋孔阳等先生都是主张美学就是研究艺术的科学。尽管也有一些美学家提出了美学是研究美的科学，或研究审美关系的科学，或以美感经验为中心研究美和艺术的科学等等不同的看法，但他们同样也都不否认文学艺术是美学的主要研究对象。如主张美学是研究美的科学的洪毅然先生实际上就认为美学的主要研究对象应该是艺术美，说美学研究宜以偏重研究艺术中的"美"及

"美感"诸相关问题为主。① 李泽厚先生是主张美学研究应包括客观现实的美、人类的审美感和艺术美的一般规律的，但也认为"艺术更应该是研究的主要对象和目的，因为人类主要是通过艺术来反映和把握美而使之服务于改造世界的伟大事业的"②。据此，他把以艺术为主要对象作心理的或社会历史的分析考察的审美心理学、艺术社会学与对基本美学问题作哲学思考的美的哲学三者并列为当代美学的三个方面或三种内容。应该说，文艺美学作为一个独立学科的产生是与学界对美学的研究对象和学科性质问题的上述思考有着密切关系的。此外，我国的美学研究长期以来热衷于谈玄论道，而对具体文艺审美问题的关注则很不够。就整个学科来说，纯概念的思辨和哲学推演远胜于鲜活灵动的审美体悟，美学不美（不涉及、不解决具体的审美问题），使一般人逐渐失去了对这一学科的兴趣。同时，由于受极"左"政治思潮和庸俗文艺社会学的影响，我国的文艺学研究长期以来沉溺于文艺与阶级、党派、政治的关系之中，而不敢于谈论或极少谈论文艺自身的本体存在和审美属性，使文艺学研究成为阶级斗争的工具、政治社会学的附庸。文艺美学研究的兴起在相当程度上也是出于对美学与文艺学这样一种研究状况的反拨。使美学研究从概念思辨的天国下降到文艺审美的现实中去，使文艺学研究从"唯政治"的歧途回复到艺术的审美本性上来，这双重的用心在文艺美学的学科建构上得到了汇聚，于是创建文艺美学学科的呼声便在 80 年代以来的大陆学界得到越来越多人的响应与认同。由此来看，文艺美学的诞生实非偶然，而是有其学术史背景和当下理论语境的。

　　基于文艺美学的上述学科生成背景和理论语境，我们自然不应该简单地把它作为美学的一个分支学科或文艺学的一个分支学科，更不应简单地从特殊分支学科的角度考察其学科性质，而应把它视为美学研究也是文艺学研究的一种新的现代形态，并从这一角度分析和理解它与美学、文艺学的关系，从这一关系全面而充分的比较中论定其学科地位和性质。仅从学科交叉的角度来看，文艺美学类似于文艺心理学和文艺社会学，都是在两个学科的知识背景上发展起来的新兴文艺研究学科，既依托文艺学的现代进展，又借助另

---

① 参见洪毅然《新美学纲要》，青海人民出版社 1982 年版。
② 李泽厚：《美学论集》，上海文艺出版社 1980 年版，第 1 页。

一个学科的理论视界。然而它们之间又有所不同，心理学和社会学原本都不是或主要不是以文艺现象作为研究对象，而以往的许多美学却主要是以文学艺术为研究对象。也就是说，文艺美学所依托的两个先在学科在对象、内容、方法上本来即有诸多一致的地方，这是文艺美学更易于作为一个独立学科而存在的优势所在。不过，从整体上看，美学与文艺学虽有交叠、合流的一面，也的确还有不相交叠、双水分流的一面，文艺美学在学科位置上主要应属于两个学科交叠、合流的部分。具体来说，美学在西方古代，主要有两种形态，一是哲学美学，即从一定的哲学理念出发或从构筑哲学体系的需要出发论述美学问题，柏拉图的有关美学对话堪称典型；一是艺术美学，即在文艺理论体系的构建中阐发自己的美学观点，亚理士多德的《诗学》可为代表。近代以降，西方的美学研究一方面承续着古代艺术美学的传统向前发展，如莱辛的《拉奥孔》和车尔尼雪夫斯基的《艺术与现实的审美关系》等，另一方面哲学美学又在发生着新的裂变，有的仍然守持着哲学美学的流风余韵，如鲍姆嘉滕的《美学》，有的衍生为审美心理学，如康德的《判断力批判》，有的则向艺术美学靠拢，并在哲学的观照和统摄下演变为艺术哲学，如谢林和黑格尔的美学。这样到了现代，美学学科便历史地形成为三大主要形态：美的哲学（审美哲学）、审美心理学、艺术哲学。从基本的学科性质和研究内容来看，文艺美学实质上也就是艺术哲学，是一门在富有哲学意味的更高理论层面上探索和把握文学艺术活动和现象的审美特点和规律的科学。与美学由古至今的演变相对应，文艺学（广义上的）在长期的发展过程中也历史地形成了文艺理论、文艺批评、文艺史三大部类和形态。作为具有哲学性质的理论学科，文艺美学主要与文艺理论（狭义的文艺学）相关。但文艺美学也不等同于文艺理论，因为文艺理论在其现代知识背景的发展中，受实证思潮和历史主义的影响较深，大多偏重于在历史研究与批评实践的基础上取自下而上的思维逻辑，对文艺现象进行经验性概括，但也有不少文艺理论是从一定的哲学美学观点和视野出发自上而下地建构自身的理论体系，在思维逻辑上是演绎式的，具有较强的美学省思和哲学思辨意味，文艺美学主要与这后一种理论研究取向相关。所以，在文艺理论（狭义文艺学）的不同学科形态所构成的整体学科结构系统中，文艺美学与文艺心理学、文艺社会学、文艺伦理学等处于并列的关系之中，但与后几种理论相比，又更多地具有元理论的性质，是文艺理论的基础性学科。总之，我们可以说文艺美学既与美学相关，是美学的一种形态，也与文艺学相关，是文艺学的一种形态，是由美学与文艺学两大学科相互交叉、叠合与合流而形成的一个新兴学科，交叉性与综合性构成文艺美学学科的一个突出特点。

<h1 style="text-align:center">三</h1>

根据上述文艺美学的学科定位于学科特性的分析，我们可以得出如下几点初步的认识：

首先，文艺美学属于基本的美学理论形态之一，也属于基本的文艺学理论形态之一，它与其他文艺理论形态有着同样的研究对象，但侧重于对象的审美属性和特点，在理论品质上更具有哲学意味，它与其他美学理论形态有着同样的哲学意味，但在研究对象上更专注于文学艺术这一方面。艺术的对象和富于哲学意味的美学思考，赋予文艺美学与其他美学理论形态和文艺理论形态有所分别的存在风貌和理论品质。

其次，由于文艺美学的学科交叉性，决定了它与某些传统的美学理论和文艺理论在对象、内容甚至体系架构上必然具有一致性或曰重复性。这种重复性既表明了现代美学与文艺学的交叠、合流之势，同时也表明了以"文艺美学"对这种既存状况进行重新命名的必要性。我们完全不必仍然抱着美学与文艺学二分的固有成见，以"重复"为由否定文艺美学的学科独立性。命名是可以约定俗成的，也可以弃旧创新。我们以往和现今所运用的"文艺学"、"文艺理论"概念来自于前苏联，而"美学"、"艺术哲学"的概念则主要来自欧美学界。实际上这些概念在使用上并没有什么截然的分野和学术通约性。在西方人的理论架构中，艺术哲学即对于美学的不同理解之一，把艺术哲学等同于美学，这已成为西方现当代美学研究中的主流见解，同时在西方尤其是英语语系中则没有"文艺学"、"文艺理论"的提法。① 既然如此，我们又为什么要死抱着美学与文艺学二分的成见不放，而不去大胆地冲破这些概念所设定的学科建制藩篱，用"文艺美学"这一更具涵盖性

---

① 参见姚文放《论文艺美学的学科定位》，《学术月刊》2000 年第 4 期。

也更贴合对象实际的学科名称来对美学、文艺学研究的交叉、合流状况加以整合呢？

再次，文艺美学的学科交叉性，决定了这一新兴学科在其学科生成和理论生长中的综合性特点。以学科交叉为基础，走综合创新之路，将是文艺美学学科发展的契机和优势所在。从学科生成来说，文艺美学学科建设当前的一个任务是从学术史的角度整理、总结其思想资料和学术材料。这是实现学术理论上的综合创新的先在条件。在进行这一工作的时候，一定不能囿于以往固有的学科成见，无论古今中外，凡属与人类的文艺审美活动相关的理论认识材料，只要能纳入到文艺美学学科视野中来的东西，都要大胆地拿来，以充实文艺美学学科建设的武库。"捡到篮子里的都是菜"，这句俗谚用在这里也是适合的。

如果说在西方，由于属于美学和文艺学的东西有时还是分离着的，因此不是所有的材料都可以拿来为我所用的话，那么对中国古代的材料则应持有更为开放的眼光和阔大的尺度，不要轻易地以非此即彼的心态对思想材料做简单化的取舍。由于学科分化相对来说不够精细的缘故，我国古代的美学思想大多是以文艺美学的形态存在着的，因之我国古代的文艺美学理论资源应该说是甚为丰厚的。在文化研究日渐盛行、民族文化身份认同越来越受到关注的当今理论发展态势之下，充分地发掘和研究我国古代的文艺美学理论资源，并尽可能使之在创造性的转化中进入现代文艺美学科学系统的建构之中，将会是一项极有意义和价值的工作，这不仅有利于彰显中国古代美学的传统特色和现代价值，也将为现代文艺美学的科学建构奠定坚实的基础。

从理论生长来说，文艺美学的学科综合性主要体现在三个方面：其一，从研究范围上看，中国当前的文艺学研究大多是在文学和不同的艺术门类中分别展开的，尽管许多理论用了"文艺理论"之名，实际上往往只不过是文学理论或某一具体艺术门类的理论研究，而文艺美学将以所有的艺术领域为对象，有一种更加宏阔的对象视野，这对以往相对单一的文学研究或艺术学研究将是一个拓展和丰富。范围扩大了，领域延伸了，这就需要研究者具有更多样的艺术素养和更强的理论综合能力，而由此产生的理论也必将更具理论包容性和涵盖性。其二，从理论层次上看，文艺美学作为艺术哲学，要求研究内容实现更高层次上的理论综合。哲学是人类理论思维的皇冠，它要求着更学理化的理论支点和更深遂、广阔的理论视野，也要求着更高的抽象思维能力和理论综合水平，这是通常的文艺研究所不具备的。为了凸显文艺美学的这一学科特色，当前的文艺美学研究在密切关注当代美学、文艺学发展态势的同时，也应紧密追踪当代哲学的前行步履，从而使自己的研究更具时代的气息和哲学的品位。在哲学学派和理论学说林立的当今时代，单是哲学立场和观念的选择取舍，就需要极为不俗的学术眼光和较强的综合比较与分析的能力。如果说研究范围上的扩大主要有助于文艺美学理论综合的量的方面的拓展的话，那么凸显文艺美学的哲学品位则主要将会推进其理论综合上的质的方面的提升。其三，与前面两点相联系，文艺美学本身的哲学性、综合性，也要求着研究方法上的综合性。通常的文艺理论研究往往偏重于社会学的、心理学的和其他一些比较具体的、实证的或是经验感悟式的研究方法。而文艺美学作为一个哲学性学科，一方面倾向于采取具有普遍性的哲学方法，要求对人类的艺术审美现象和规律进行具有理性高度和学理深度的理论抽象与综合，同时由于它在研究对象与内容上又与丰富多彩的各种艺术活动和理论研究密切相联，在学科形态上是各种具体文艺理论研究的提升，这就使其又可充分吸取一般文学理论、艺术理论研究方法的特点和特长。这样，文艺美学在研究方法的层次性、综合性上便显出通常的文艺理论研究所不具备的优势，从而在研究方法上真正实现经验与理念、历史与逻辑的结合，达到归纳与演绎、分析与综合的统一。

中国文艺美学的学科生成与理论进展

　　中国现代的文学观念以至文艺研究学科和流派，一般都是由西方移植过来的，其学术上的根子和渊源也在西方，而文艺美学是个不多见的例外。它是在现代美学和文艺学交叉融合的基础上，纯由我国学者自己开拓和命名并不断发展起来的一个新兴文艺研究学科。这一新的研究学科的诞生和目前良好的发展态势，表明我国的文艺理论研究已走出了以往单向移入与摹仿的传统路数和思维定势，而步入了自主创造的新境界，标志着中国几代学人一直在追求着的文艺理论学科建设的民族化或中国特色终于有了切实的收获。

一

　　1971年，台南新风出版社出版了台湾文学理论家王梦鸥的《文艺美学》一书。这是中国学者所出版的第一部以"文艺美学"命名的文艺学研究著作，也是文艺美学学科诞生的最初标志。该书分上、下篇。上篇除文艺美学研究对象的探讨外，主要是对文艺审美的历史描述；下篇在美的认识的回顾基础上，对文艺美的构成及其条件进行了富有创见的探讨。在该书上篇第一章《西洋的文学观念》中，王梦鸥把文学定义为"表现美的文字工作"。文学之所以成为艺术，乃是在于它具有审美目的性。文学是美的研究对象，必具有美的含义。正是基于对文学性质的这样一种认识，王梦鸥便为自己将文艺学与美学联系起来，把文艺也作为美学的研究对象取得了合理的依据，从而也为文艺美学这门新学科的创立奠定了学理基础。在把美确定为文艺的基本属性之后，王梦鸥又通过对文学美的性质的讨论，探讨了美的存在问题。他既不同意客观论者把美的存在归之于客观的自然现象之中，也不同意主观论者将美的存在从感觉移到理想或观念之中，而认为美的存在"既不专属于客观方面，亦不属于主观方面，而是存在于主观与客观之某种关系上，而这关系又以主观的感情为其重要条件"①。基于这种认识，《文艺美学》下篇后三章分别从"适性论——合目的性原理"、"意境论——假象原理"、"神游论——移感与距离原理"诸方面阐述了文学主客体审美关系的构成原则及构成条件和过程等问题。王梦鸥的《文艺美学》不仅体现了将文艺学与美学联系起来的用意，而且在将中西美学和中西文学精神进行对照与交融方面也做出了有益的尝试。此外，王梦鸥还指出文学审美是以符号化的形式而存在的，并提出了"语言美学"的概念，因而文艺美学的研究不能囿于传统的眼光和思路，而应运用符号学和语言哲学一类的新方法来研究它。有的研究者称王梦鸥的《文艺美学》企图"用语言哲学的方法论建构以生命哲学为核心的新的理论范式"②。可见，王梦鸥的《文艺美学》在方法论方面也是颇具创新意识和现代意蕴的。

　　由于众所周知的政治阻隔，王梦鸥的《文艺美学》在 20 世纪 70 年代还较少为大陆学界所知。在大陆学界，为文艺美学学科奠定开创之功的是胡经之先生。1980 年春，在昆明召开的全国首届美学会议上，时任北京大学教职的胡经之先生提出，高等学校的文学、艺术系科的美学教学，不能只停留在讲授哲学美学原理，而应开拓和发展文艺美学。这一建议先后得到朱光潜、宗白华、王朝闻、伍蠡甫等著名美学家和高校教师的支持，胡经之自己则在北京大学做了尝试。同年，他为开设《文艺美学》课程而开始撰写《文艺美学》讲稿。翌年，他建议北大研究生处在文艺学专业的硕士研究生培养方案中设立区别于哲学美学的文艺美学方向，并很快招收了文艺美学的首届硕士研究生。1982 年，他分别于北京大学出版社出版的《美学向导》一书中发表了《文艺美学及其他》、在《大学生丛刊》1982 年第 2 期发表了

---

① 转引自卢善庆著《台湾文艺美学研究》，东北师范大学出版社 1992 年版，第 70 页。
② 黎湘萍：《生命情调的选择》，《文学评论》1989 年第 2 期。

《"文艺美学"是什么》两篇论文，初步就文艺美学的学科性质和研究对象等问题作了探讨。1983 年，胡经之与叶朗、江溶发起在北京大学出版社编辑出版《文艺美学》丛书，聘请朱光潜、宗白华、杨晦作顾问。1984 年，由胡经之、盛天启等发起成立北京大学文艺美学研究会，胡经之被推为会长。1985 年，由胡经之主编的《文艺美学》论丛第一辑由内蒙古人民出版社出版，胡经之发表《文艺美学——文学艺术的系统研究》一文。1989 年，胡经之历时多年的专著《文艺美学》由北京大学出版社出版，成为该学科领域最具代表性的重要成果之一。胡经之在文艺美学方面的开拓和努力得到了大陆美学、文艺学界很多人的认同和呼应。1986 年 5 月，山东大学中文系等六家学术单位在山东泰安发起召开了首届全国文艺美学讨论会，就文艺美学学科定位、研究对象和范围等问题展开了讨论。1999 年 11 月，由《文艺研究》编辑部等四家学术单位共同主办的"文艺美学在中国"学术研讨会在暨南大学举行，就文艺美学的学科性质及研究进程、中国古代文艺美学研究的回顾与展望等问题进行了讨论。2001 年 5 月，由山东大学文艺美学研究中心主办的"文艺美学学科建设与发展"讨论会在济南召开，将这一在 20 世纪后期创生的新兴文艺研究学科又带进了 21 世纪的学术研究前沿。这些重要的全国性会议，为凝聚学界共识，推动文艺美学的发展产生了很大作用。

尽管历时不长，但在学界的辛勤努力之下，文艺美学研究依然取得了极为丰硕的成果。自 20 世纪 80 年代以来，大量的研究论文之外，仅北京大学出版社就陆续出版文艺美学丛书近 30 部，此外王朝闻还主编出版了《艺术美学丛书》。分散出版的著作就更多。其中，书名中直接出现文艺美学术语的就有几十部，而属于文艺美学学科范围的著作当有数百种之多。[①]

这些著作，有的属于一般文艺美学原理的研究，如周来祥的《文学艺术的审美特征和美学规律》、王世德的《文艺美学论集》、胡经之的《文艺美学》、杜书瀛主编的《文艺美学原理》、童庆炳的《文学审美特征论》等；有的属于门类艺术美学的研究，如叶朗的《中国小说美学》、肖驰的《中国

---

　　① 参见王岳川《当代中国文艺美学的学术拓展》（《深圳大学学报》人文社科版 2002 年第 1 期）一文。仅该文列举的较重要的文艺美学著作就达 120 多种。

诗歌美学》、贾祥伦的《中国散文美学发凡》、刘纲纪的《书法美学简论》、蒋一民的《音乐美学》、钟惦棐主编的《电影美学》、郑凤兰和崔洪勋主编的《电视剧美学》、周安华、陈兴汉主编的《电视广告美学》、曹其敏的《戏剧美学》等；有的属于艺术活动过程和艺术本体问题的研究，如杜书瀛的《文艺创作美学纲要》、李传龙的《文学创作美学》、王元骧的《审美反映与艺术创作》、王一川的《审美体验论》、王岳川的《艺术本体论》、唐跃和谭学纯的《小说语言美学》、钟家骥的《书画语言与审美效应》、杨易禾的《音乐表演美学》、张凤铸的《音响美学》等；有的属于文艺美学思想史和学科史的研究，如吴功正的《中国文学美学》、皮朝纲的《中国古代文艺美学概要》、张少康的《中国古代文艺美学论稿》、卢善庆的《台湾文艺美学研究》、宋民的《中国古代书法美学》、蒋孔阳的《先秦音乐美学思想论稿》、蔡仲德的《中国音乐美学史》、董小玉的《西方文艺美学导论》、冯宪光的《西方马克思主义文艺美学思想》、李幼蒸的《当代西方电影美学思想》等；还有的属于中外文艺美学比较研究，如饶芃子等著的《中西比较文艺学》、曹顺庆的《中西比较诗学》、余虹的《中国文论与西方诗学》、彭修银的《中西戏剧美学思想比较研究》等。这些著作，或偏重学理的思辩，或擅长材料的分析，或侧重宏观的概括，或倾心微观的体悟，或追求体系的建构，或着眼问题的推进，勾连互动、相互辉映，共同营造出了文艺美学研究的一方新格局，逐渐形成了从审美角度审视和研究艺术问题的新视角、新思路，在美学、文艺学的民族化或中国特色方面走出了一条自己的道路。就目前的发展态势而论，文艺美学大有成为显学的可能。这不仅因为文艺美学研究方面的诸多成果已在学界产生了广泛的影响，而且文艺美学也得到了体制上的接纳与确认。这突出表现在教育部制定的学科专业目录，早已把文艺美学设置为文艺学的下属分支学科。2000 年 12 月，教育部又批准在山东大学建立文艺美学重点研究基地，文艺美学学科正式列入强化建设的人文社会科学重点学科之内。此外，国家社科基金项目评审，也包含了文艺美学的类别。这一切，都为文艺美学学科今后的发展确立了体制上的保证。至此，文艺美学作为一个学科就已经不是如何可能的问题，而是一个如何建设的问题了。

二

　　文艺美学学科的诞生绝非偶然，这首先与美学学科的发展趋势有关。我们知道，中国现代美学的知识谱系和基本观念主要来自西方。尽管西方的学术研究包括美学研究素有以哲学观念统摄、以理性思辨见长的特点，美学研究的内容和范围也是多样而广泛的，但文学艺术从来都是美学研究的主要对象和内容。具体一点说，西方的美学自古希腊时期开始，就初步形成了形而上学的哲学美学和面向艺术审美的艺术美学两大形态和发展流向，前者以柏拉图有关美学的对话为典范，后者以亚里士多德的诗学理论为代表。而即便是柏拉图式的哲学美学研究，也不脱离文学艺术问题的探讨，甚至可以说文学艺术问题的探讨也是构成其美学的主要内容。如果将柏拉图关于文艺摹仿的理论，关于文艺社会作用的观点，关于艺术灵感的探讨等从其美学理论中排除出去，其美学理论在内容上恐怕就十分单薄了。这就难怪波兰美学家塔塔尔凯维奇所著《古代美学》一书中大部分内容都是对古代思想家文学和具体艺术美学思想的梳理与分析了。近代以来，无论是文艺复兴时期的人文主义美学还是新古典主义与启蒙主义的美学，西方美学的主要内容都是对具体艺术审美问题的探讨。在现代美学学科诞生之初，"美学之父"鲍姆嘉滕虽仍把美学作为哲学的一个分支学科，定义为感性认识的科学，但他是把美学作为"自由艺术的理论"来看待的。稍后，黑格尔更是直接把美学研究的范围限定为"美的艺术"，称美学学科的正当名称应是"艺术哲学"或"美的艺术"的哲学。而谢林干脆就把自己的著作定名为《艺术哲学》，把全部注意力都倾注在对艺术的研究上。进入后德国古典美学时期即19世纪中叶以来，在实证主义和历史主义思潮及分析哲学的影响与冲击之下，西方传统的哲学美学进一步衰落，美学研究越来越远离或抛弃了抽象的形而上学问题，而转向对具体艺术审美活动和审美问题的探讨，从而与文艺理论合流。

　　美学的上述发展趋向被学界称之为"美学的艺术哲学化"。有西方学者提出："现代美学已逐渐被等同于艺术哲学或艺术批评的理论，……许多熟悉的美学问题现在都已证明它们涉及的是和艺术作品的解释和价值相关的

'关联性问题'。"① 我国美学家朱狄在其《当代西方艺术哲学》的一开始便提出：在西方美学史上，艺术哲学是从属于美学的，是美学的一个构成部分。这种从属关系今天已名存实亡。"作为一种当代倾向，艺术哲学的地位显得愈来愈重要了，和过去相比，艺术哲学与美学的重要性正在被颠倒过来。今天，几乎任何一本西方的美学著作都把艺术问题放在首位，即使美学家仍在以美学的名义写书，但所写的往往是一种艺术哲学或近于艺术哲学的东西。"② 同时美学与艺术哲学的这种趋同不是双向趋同而是单向趋同，即主要是美学向艺术哲学的靠拢。"如果一种温和的意见认为美学必须以艺术问题为重要研究对象的话，那么一种更为激进的意见则认为根本就不存在什么美学，而只存在艺术哲学、艺术批评以及各种艺术不同的批评标准，随着对各门艺术特殊性研究的深入，美学将由于各门艺术之间的差异的落实而被扬弃。"③ 至于造成这一重大历史性转折的原因，主要在于人们对自然美的兴趣已大为降低，同时对美的形而上学的探讨也失去往日的热情。排除自然美而专注于艺术问题的研究，对艺术的研究也不再囿于传统的思路去研究类似于美的本质和艺术的本质这样一些抽象、宏大而玄虚的形而上学问题，而是进入"形而中"或形而下的门类艺术美学（如文学美学、音乐美学、电影美学）和具体艺术理论问题的研究。这样，现代美学的主要形态已基本上就等同于艺术哲学或文艺美学了。以国内翻译的两本普及性当代西方美学引论著作为例，商务印书馆从法国大学出版社编纂出版的闻名世界的《我知道什么?》丛书中译过来的法国学者于斯曼的《美学》一书，所论的主要是艺术问题，而辽宁教育出版社出版的"牛津精选"丛书中英国学者安妮·谢泼德所著《美学：艺术哲学引论》一书论及的全是艺术问题，其书名本身就表明作者是把美学等同于艺术哲学的。

但是，由于新中国成立之后我国相当长一段时期内受苏联美学界影响较深，对西方美学的发展趋势不了解相隔膜，所以美学研究一度仍然是哲学美学大行其道。人们热衷于探究的主要是美的本质、审美意识的本质以及美在

---

① ［英］玛丽·玛瑟西尔：《美的复归》。转引自朱狄《当代西方艺术哲学》，人民出版社1994年版，第3页。

② 朱狄：《当代西方艺术哲学》，第1页。

③ 朱狄：《当代西方艺术哲学》，第4页。

客观还是在主观这样一些抽象的形而上学问题，是美、丑、崇高、滑稽、悲剧、喜剧这样一些富于哲学意味的美学范畴，是审美关系、审美理想、审美价值等较为宏大的美学概念与命题，而对具体文艺审美问题的关注则很不够。抽象思辨有余，而感性体悟不足，美学研究远离了艺术审美的现实根基，从而也使一般人对美学产生了抽象艰涩的畏惧印象和敬而远之的态度。正是出于对这种美学研究状况的反思与认识，再加上对西方美学发展趋势的了解与认同，便促成了 80 年代以后我国美学研究由哲学美学向文艺美学的转折。而这种转折也恰与我国古代的美学传统相契合。由于实践理性精神使然，中国古代缺少西方式的思辨哲学，也没有西方那种建立在抽象的美的理念基础上的形而上学美学。我国古代所具有的是对文学艺术的具体审美感悟和审美鉴赏，是对各种艺术体裁和艺术类型的文体特点与创作规律的经验式归纳与总结。大量的诗话、词话、书论、画论、乐论以及小说评点等等构成了中国古代美学的研究传统。换言之，中国古代没有西方式的哲学美学，而只有研究各种具体艺术门类和艺术问题的文艺美学。因此，文艺美学学科的诞生，既是对西方美学发展趋向的认同，也是向中国古代美学传统的回归。

·文艺美学研究的兴起也与我国现代文艺学的发展状况有关。中国现代文艺学滥觞于 19 世纪末 20 世纪初，其时正值欧风美雨猛烈袭来，国家与民族处于生死存亡的紧要关头，所以文艺学研究从一开始就历史地承担起了救亡图存、保国新民的社会责任。这之后，20 世纪中国的大部分时间里，革命、战争以及政治斗争的风雨不断，生活、阶级、革命、政治成为文学艺术的源泉、动力和主题，文艺学研究也自然染上泛政治化的色彩。在长期的国内战争和民族战争中，中国进步文艺理论与批评界因时势原因而形成了文艺为政治服务、文艺是阶级斗争的工具的文艺观念。直至解放以后的几十年中，由于受极"左"政治思潮和庸俗文艺社会学思想的影响，艺术思维和文艺学研究依然没有摆脱战时政治思维的定势，在理论与批评研究中，人们谈生活的客观制约性较多，而对艺术反映主体的能动性、审美创造性谈论较少；强调文艺的思想政治倾向性、阶级性较多，而对文艺的审美特性则关注不够、认识不足；对文艺的思想政治教育功能重视较多，而对文艺的审美愉悦功能则极为忽视。这就使我国的文艺理论与批评日益沉陷到了唯政治的歧途，路子越走越窄，离鲜活灵动的文艺审美实践愈来愈远。这不仅极大地损害了文艺研究事业的健康发展，用这样的理论和批评来指导和规范文艺实践，也对文艺事业造成了很大的伤害。文艺美学研究的兴起在很大程度上也是出于对文艺学这样一种研究状况的纠偏与反拨。从20世纪70年代末开始，中国文艺学理论研究与批评工作的一个基本趋势就是从唯政治或泛政治思维向审美思维转向，直至80年代中期，主流文艺学界便已形成了审美是文艺的基本属性和基本功能、文艺是审美的意识形态的共识性看法。文艺美学的兴起与文艺属性和功能的这种认识上的转向紧密相关。由此可见，一方面是美学学科的研究内容和学科形态在发生着转向，要求美学研究从抽象思辨的天国下降到文艺审美的现实中去，一方面是文艺学的研究在摆脱着政治、阶级、党派的他律束缚，而要求文艺理论与批评回到艺术的审美属性与审美存在本身。文艺美学就是在这样的知识背景和学术语境中产生的。它以艺术作为审美活动和审美对象的基本属性为现实基础，以美学学科的艺术哲学转向为学术史参照背景，以中国现代文艺学发展的偏颇与失误为历史殷鉴，其产生是有学理依据和历史动因的，是必然的，也是自然的。

三

尽管自创始至今，文艺美学研究已取得了可观的成绩，但作为一个新兴学科，文艺美学学科的发展又始终伴随着争论和争鸣，在许多问题上，学界的认识并未臻于一致。正如有的学者所指出的，"事实上，文艺美学从诞生之日起，就在学科的交叉性质、学科的知识谱系定位、学科研究的方法论、学科的未来前景等方面遭遇挑战，这些问题引发了学科更深层次的问题。"① 有争论、有问题既说明了文艺美学还不是一个成熟的学科，同时也说明了这是一个有开拓价值有学术活力的学科，因为有值得研究值得争鸣的问题正是一个学科能够向前发展的内在依据。

或许是因为还处于初创的缘故吧，在先前和当下的文艺美学研究中，学术界首先关注的是文艺美学的学科性质和学科定位问题。关于文艺美学的学科性质，学术界一般认为它是研究文学和艺术的审美特征和美学规律的学

---

①　王岳川：《当代中国文艺美学的学术拓展》，《深圳大学学报》（人文社科版）2002年第1期。

科，只是在具体的表述上有区别，实质无大的分歧。但是关于其学科定位，则形成了几种不同的意见：

一是把文艺美学视为美学研究学科，具体说就是普通美学与部门艺术美学的中介学科。普通美学研究人与现实审美关系的一般规律，文艺美学则专门研究人与现实审美关系在艺术领域中的特殊表现，各门艺术共同的美学规律，而部门艺术美学则专门研究某一艺术种类独具的美学规律。①

二是把文艺美学作为文艺学的下属分支学科，国家教育部的学科专业及专业方向设置即是如此。

三是认为文艺美学既相关于美学，又相关于文艺学，因此可以分别从美学和文艺学两个系统测定它的位置。在美学系统中，纵向看，文艺美学处在一般美学和部门艺术美学之间的中介地位上；横向看，文艺美学同现实美学、技术美学一起，共同构成美学的有机成分。而在文艺学系统中，文艺美学是文艺学诸多学科中的一种，它与文艺社会学、文艺心理学、文艺哲学、文艺伦理学等处于并列关系。②

四是认为文艺美学是文艺学和美学相结合的产物，是随着文艺学和美学的深入发展所出现的一门交错于两者之间的新兴学科。③

以上几种看法，从不同的立论角度来看都有其道理。但相对来说第一、二种意见可能存在一些发生学和学理上难以说清楚的东西。如前所述，文艺美学是在传统美学和文艺学双重发展的历史和当下语境中产生的，把它单作为美学的分支学科，难以说明它与文艺学的关系，反之亦然。而从学理上看，学术史上存在着的"美学"和"文艺学"其实都是集合了诸多具体的研究学科和理论形态的类概念、集合概念，并找不出一种与诸具体文艺研究学科和理论形态之间存在属种关系的"一般美学"（或"普通美学"）和"一般文艺学"。因此，试图从一般美学或一般文艺学的学科论定出发对文艺美学的学科位置和性质等进行逻辑上的推演必然面临学理上的困难，在思路上是存在问题的。④ 三、四两种意见都把文艺美学作为介于文艺学和美学

① 周来祥：《文艺美学的对象与范围》，《文史哲》1988 年第 5 期。
② 杜书瀛主编：《文艺美学原理》，社会科学文献出版社 1998 年版，第 7 页。
③ 胡经之：《文艺美学及其他》，见《美学向导》，北京大学出版社 1982 年版。
④ 参见谭好哲《论文艺美学的学科交叉性与综合性》，《文史哲》2001 年第 3 期。

之间的一门学科来理解，合于实际，学理辨析上也更加圆通一些。只是第三种意见仍接受了第一种意见的纵向中介和三级分层说，同样存在上面已指出的那种学理上的困难。比较来看，第四种意见似乎更为合于实际，也较少不必要的学理上的纠缠。既然文艺美学是在美学与文艺学两个学科相互渗透、融合基础上产生的一个具有交叉性、综合性的新兴文艺研究学科，因而就应该跳出执著于美学或文艺学一个学科探讨文艺美学的学科定位的思路。从交叉性、综合性的角度来看文艺美学，它既属于基本的美学理论形态之一，也属于基本的文艺学理论形态之一。就美学的角度观之，它大致属于与审美哲学、审美心量学并列的艺术哲学部分，就文艺学（狭义，即文艺理论）的角度看，它大致属于与文艺心理学、文艺社会学并列的部分。它与文艺心理学、文艺社会学等其他文艺理论形态有着同样的研究对象，但侧重于对象的审美属性和特点，在理论品质上更具有哲学意味；它与审美哲学、审美心理学等其他美学理论形态有着同样的哲学意味，但在研究对象上更专注于文学艺术这一方面。艺术的对象和富有哲学意味的美学思考，赋予文艺美学与其他美学理论和文艺理论形态有所分别的存在风貌和理论品质。

文艺美学学科探讨中的第二个方面的理论问题是其研究对象、逻辑起点和体系构架等。这一方面的问题与上述学科性质和学科定位问题有关，又有所不同。学科性质和学科定位问题是对文艺美学学科特点的抽象界定，而第二方面的问题则关涉到文艺美学的学科内容，与具体文艺美学研究的存在形态相关。关于文艺美学的研究对象，学术界虽有不同的理论表述，但分歧不是很大。比如周来祥先生认为"文艺美学应包括研究艺术的审美本质，研究艺术发展的美学规律，研究艺术作品、艺术创造、艺术欣赏和批评的美学原理这样几个方面的内容。"[①] 胡经之先生明确提出："探讨文学艺术的创造、作品和享受这三方面的审美规律，这就是文艺美学的对象和内容。"[②] 杜书瀛先生认为文艺美学"是从美学这个视角，专门考察和揭示文艺的审美性质和审美规律的。"并主张"把创作美学、作品美学、接受美学三者有机联系起来，对文学艺术进行全面的、完整的美学透视。"[③] 这几位先生都

---

① 周来祥：《文艺美学的对象与范围》。

② 胡经之：《文艺美学》，北京大学出版社 1989 年版，第 16 页。

③ 杜书瀛主编：《文艺美学原理》，第 14、17 页。

是中国文艺美学界的代表性人物，由他们的论述可以看出，文艺美学应该是以从创作到作品再到接受这一艺术审美活动的完整过程和整体系统为研究对象，以揭示文学艺术的审美本质和审美规律。同时，由于艺术审美问题分为不同层次，自上而下，最抽象的是艺术的审美本质问题，然后是所有艺术审美活动共同的美学规律，再后是具体艺术活动和艺术形式特有的美学规律和审美特点，因而文艺美学对文艺审美问题的研究从理论抽象层次上分也是可以有不同程度和形态的。关于文艺美学研究的逻辑起点和体系构架也有多种多样的认识和建构，概括起来基本上有两种思路：一种是中国现代文艺学、美学研究以往流行的本质先行的思路，把艺术的审美本质作为逻辑起点，尔后展开艺术美的各种历史形态和现象形态的研究，如艺术美的历史类型、艺术美的种类形态、艺术美的审美类别以及艺术活动的系统与环节等。周来祥先生是这种理论建构思路的代表。他明确指出："艺术的审美本质是整个文艺美学的逻辑起点，这一起点中所包含的各种矛盾因素的展开，便自然地构成了各种艺术美的历史形态和现象形态。"① 另一种认识思路所遵循的则是存在先于本质的思路，以审美活动为逻辑起点，尔后展开艺术审美活动及其成果的动态和静态分析。如胡经之的《文艺美学》第一章先分析审美活动，进而探究审美体验的特点、审美超越之本质、艺术掌握世界的特殊方式、艺术本体之真的奥秘，然后转入艺术美的构成、形态、接受等问题的阐述，最终在"艺术审美教育"的范畴下将艺术审美本体同人的感性之审美生成有机地联结起来。杜书瀛主编的《文艺美学原理》也是以"审美活动"为逻辑起点，而在整体构架上则更为直接明了，全书三编的题目分别是"审美——创作"、"创作——作品"和"作品——接受"。应该说，这两种认识和架构思路各有道理，各有特点，也都取得了自己的理论成果，为文艺美学的学科建设作出了贡献。相比较而言，以艺术的审美本质为逻辑起点的理论架构更偏重于相关艺术审美范畴（如悲剧之美、喜剧之美）、审美类型、存在形态等等的阐释，而以艺术审美活动为逻辑起点的理论架构则更擅长于对艺术活动系统的结构与系统分析。但两种思路并非截然不同、完全不搭界的。实际上，后一种思路对审美活动的分析一般都包含着对艺术活动的审美

---

① 周来祥：《文艺美学的对象与范围》。

本质的界定，而且两种思路与架构中涉及的问题都是可以在一种思路与架构中嵌入的，比如胡经之先生的《文艺美学》对前一种思路就有较多的吸取和包容。当然，出于各自理论建构的逻辑自洽和关注重点的不同，不同的理论建构在具体内容上有自己的轻重取舍和秩序安排，这也是合理的，不能要求每一部原理性著作都把文艺美学研究范围内的问题包罗无遗。不同的思路、特点和内容取舍也正是理论多样化和理论个性色彩的要求和体现。原理性著作尚且如此，那么门类艺术美学和各类思想史和学术史等等的论著，在思路和理论架构上的多样性就更属自然的事情了。

此外，在文艺美学的研究方法、发展前景等问题上学术界也存在一些争论。但这些问题相对于前两类问题来说是派生性的。所谓派生性，是说人们对这些问题的看法往往是受他们对前两类问题的认识影响和制约的。比如，如果认为文艺美学的产生是必然的合理的，有现实基础和学理依据的，当然就会对文艺美学的学科发展前景持一种乐观的态度；但假若对文艺美学学科的存在本身就持一种质疑或否定的态度，那当然也就不存在文艺美学的未来发展问题了。至于方法论问题，情形就更为复杂一些。由于文艺美学是在现代文艺学与美学日趋综合化和一体化的基础上产生的一个边缘交叉学科，因此，从理论内容上看，中外古今的美学、文艺学尤其是现代美学和文艺学的理论和观点，都是文艺美学可资借鉴的思想资源，而就研究方法来说，传统的和现代的美学、文艺学所运用的一切有效的致知方法，文艺美学也都可以借鉴和运用。在学术界，有人认为与文艺学、美学相比，文艺美学没有自己独特的研究方法，所以文艺美学作为一个独立学科也是成问题的。其实这种逆向推论的方法本身就成问题。由于美学和文艺学都是以多元化的形态而存在的，而且两个学科愈到现代愈呈现交叠、合流之势，它们与其他人文社会科学甚至自然科学的联系、互动也在加强，因此似乎也很难说美学或文艺学有自己独特的研究方法。而作为一个新兴起的边缘交叉学科，由于具体的研究在对象、范围和内容上各有关涉，所要解决的任务也各不相同，因此研究方法的多样性、综合性和跨学科性，正是文艺美学研究方法上的特点之一，也是其学科生长的优势之所在。无论是传统美学、文艺学自上而下的哲学演绎方法，还是现代美学、文艺学大多采取的自下而上的实证式、经验式研究方法，无论是建立在审美体验基础上的文本分析方法，还是在诸多人文社会科学领域共用的社会学、心理学、文化学、原型分析、比较研究等方法，甚至从自然科学领域移植过来的系统论、控制论、信息论、传播学等研究方法，文艺美学研究都可以兼取与包容。尤其是在文化研究风靡全球、方兴未艾之际，具体的文艺美学研究在对象、内容乃至方法上的多样化与综合化趋向恐怕更是势所必然的事情了。

四

可以这样说，自学科命名至今，历经 20 余年的发展，文艺美学在学科形态和理论构架上已具雏形，在一些具体的理论和实践问题的研究上，也达到了一定的理论水准，文艺美学作为一个文学艺术研究的新兴学科是否成立的问题已不再有大的争议了。现在的一个问题是：文艺美学能否保持目前良好的发展态势而具有一个诱人的前景呢？对此，回答也应该是肯定的。尽管对其长远的学术景观我们尚难作出完整的描述和预测，但创造一个有中国特色的、能够适应和满足中国艺术审美文化建设和发展之现实需求的现代文艺美学体系，确已成为文艺美学研究界许多人的学术奋斗目标。从文艺美学目前的发展态势和长远目标定位来考量，在未来一段时期内，该学科当会在如下三个方面展现出特别引人瞩目的趋势：

其一，学科独立意识愈加突出。如果说以往该学科还大都是在依据于美学和文艺学的前提下得到发展的，今后，文艺美学将会逐渐从这种依附状态中走出来，在立足学科交叉，面向综合创新的主动追求中走向自我独立的学科建构，真正成为一个既有别于传统美学（特别是哲学美学）也有别于通常的文艺学研究的新兴的发展学科。基于文艺美学与传统美学和文艺学的交叉、叠合状况，在走向自我独立的历程中文艺美学研究的综合性将得到进一步加强。

其二，理论与实践的互动将得到强化。以往的美学和文艺理论研究侧重于对基本理论问题的理性思辨，而对具体的艺术和审美问题则关注不够。随着大众传播媒介在生活领域日渐广泛的扩张和影响，以影视和网络文艺为主导的大众审美文化将成为人类日常生活的重要构成，文艺美学在重视学理探讨和哲性思考的同时，也将把具体的艺术实践和大众审美文化问题作为理论研究的主要对象，并加强理论与实践的互动，从而既为文艺美学研究学理层面的提升奠定现实基础，又为中国当代审美文化的良性发展提供学术助力。努力应对和解决艺术审美实践中产生的新情况和新问题，既是文艺美学理论研究的有效性和生命力的依存根据，同时也是大众审美文化提升自身品位的客观要求。

其三，学术比较的视野将更加扩大，中外交流和对话的意向会更受重视。近 20 年来，随着西方各种理论和艺术观念的介绍与引进，美学与文艺理论研究中的中外交流与对话成为理论研究和发展的一个重要推动力。随着全球化进程的加快，文艺美学研究将会进一步确立全球性的视野，在中外美学与文论的广泛比较和对话中展现中国文艺美学研究的民族特色及其现代价值。尤其需要提及的是，中国现代美学和文艺学的发展在总体上是外向的引进和模仿多于自我的建构和创新，而文艺美学则纯然是由中国学者命名的一个新兴文艺研究学科，通过努力，将该学科的研究成果推向世界，在世界美学、文艺学研究的大格局中发出中国人自己的声音，提升和扩大中国文艺美学研究在现代世界学术界的地位和影响，是有可能的。

自 20 世纪初叶开始，中国美学和文艺学在其现代性追求的同时，也一直把民族化作为自己的目标诉求。可以说，文艺美学的产生为这一目标诉求提供了契机。创造一个自己的文艺研究学科，并进而为世界学术贡献出一个现代文艺美学体系，构建起一个中国文艺美学学派，已成为一个并非虚妄的学术远景。这一远景，是中国广大的文艺美学研究者值得去追求也应该去追求的。收获即存在于追求之中！

审美：创作动机的心理实质

文艺创作作为文艺家审美情思的对象化过程，有一个实际的起点，这就是创作动机的形成。一般说，一件文艺作品的创作动机就是一种想写想画，想抓住对象表达感受的强烈愿望。这种强烈的创作愿望像一股燃烧着的火焰，使作家的心境由平静而趋紧张，由平衡而趋失衡，陷入热烈的兴奋或痛苦的不安之中。作为文艺家，他没有别的办法和选择，只能以创作的冲动和活动来宣泄兴奋或痛苦，从而消除紧张，恢复心理平衡。不过，正如临产的阵痛的来临不是没有根由一样，难以遏制的创作愿望也并非凭空而至。普通心理学已经证明，从活动主体的内在结构上看，存在着需要→愿望→动机这样一条心理链。人们从事任何一种活动，总是由于他有从事这一活动的愿望，而愿望不过是人对他的需要的一种体验形式，需要取了愿望的体验形式并指向一定的活动目标就构成为活动动机。因此，主体自身的需要是动机及动机性行为的内在机制或心理根源，动机只是这种内在机制的具体表现，创作动机自然也不例外。

但是，对于创作动机的认识来说，仅仅停留于上述结论显然远远不够。因为上述结论只说明了创作动机与其他动机发生机制上的共性，或者说只笼统地说明了创作动机的内在根源，却没有揭示出创作动机内在根源的具体性质，因而也就没有对创作动机的独特心理实质作出说明。本文的写作，意在从心理学、美学和文艺学的结合上，就此做一初步的探讨。

一

　　人类的需要及其建立于需要基础上的活动动机是多种多样的。通常心理学家将需要区分为自然生理需要和社会心理需要两大类，与此相应则有了生理性动机和社会性动机的二分法。一般说，生理需要的满足有三个显著特性：一是物质追求特性，任何为满足生理需要所进行的活动都指向或追求某种实在的物质的东西；二是避苦趋乐特性，人们追求生理需要的满足总是以避免或消除痛苦而趋向或得到快乐为鹄的，总是期望以最小的体力消耗获得最大的物质享受；三是毁灭对象特性，即在满足生理需要的活动中，人只是按照自己的个别冲动和兴趣去对待本身也是个别的对象，用它们来维持自己，利用它们，牺牲它们来满足自己。然而创作需要的满足却不具有这些特性。首先，创作需要所引发的活动主要不是为了获得某种物质性的东西，而是为了创造并向人们提供精神性的观赏对象，所追求的不是使用价值，而是审美价值。其次，创作活动虽然也有快乐和幸福，但又常常伴之以物质享受的丧失和精神上的创痛，而文艺家本人又甘愿忍受这种损失与痛楚。再次，创作活动并不干预感知对象的自由独立性，不以毁灭对象为特征。齐白石画虾，黄胄画驴，塞尚画水果，都不是为了吃掉它们。艺术创造是在想像的天地中进行的，主体与真实的创作对象处于一种无利害非功利的自由关系之中，而且人们也总是希望艺术创作的成果，如白石老人的虾、悲鸿大师的马永远留存于世，永远"活"在人们的审美观赏活动中。

　　基于上述对比，可以说尽管生理需要对人类的生存与发展有着不容置辩的意义，尽管从历史发展的角度看，人类的科学、艺术、政治等等活动只有在生理需要相对满足的基础上才能产生，但生理需要本身并不能直接产生科学和艺术一类活动，也就是说生理需要不是文艺创作动机的心理根源。

　　实际上，与生理需要的先天性、自然性不同，无论就整个种族还是就单个人而言，艺术活动的需要都是后天的，是在一定社会关系基础上产生的。概而言之，创作需要以及由之决定的创作动机的社会性主要表现在两个方面。一是，各种创作需要和动机总是在特定时代的社会生活中形成的。个人是在社会中生活并接受教育的，在逐渐掌握社会行为规范的过程中，形成了关于义务、行为理想等等的观念，并根据社会需要逐渐学会自我要求。当社会要求和个性的发展倾向相互撞击时就会产生个体的主观需要，并在此基础上形成相应的动机。因而在艺术创作的需要和动机中，便不仅打上了艺术家的人格、他的教养、趣味和习惯的烙印，也不可避免地要打上他所处时代的经济、政治和文化生活的烙印。二是，创作需要的满足，其指向性不仅仅指向自我，更主要的是指向社会。创作活动是由个人进行的，但却不纯是个人的事业。创作活动本身就包含了对一定的社会现实存在和接受群体的承认、假设和依赖，纯粹为孤独的自我写作的作家是不存在的。作为时代之子，艺术家的创作动机不能不包含了对社会生活的客观要求的呼应，对各种社会群体的审美趣味和审美要求的应对，而且凡有社会责任感的作家，从来都不回避做出这种应对或反应。所以，尽管创作活动要以作家的内在需要为基础，但这种内在需要并不等同于生理需要，而是一种社会性需要，因之创作动机也不是生理性动机而是社会性动机。

然而，在文艺研究中却不乏以饮食男女之类生理需要解释创作动机的理论观点。最为著名的当属精神分析美学。弗洛伊德及其追随者认为，文艺创作的动机和活动只是深藏于无意识底层的利比多性力的升华。显然，这种观点将人类最高级的精神生活，把具有高度社会意义的创作活动本能化、生物化了。马克思说过："诚然，饮食男女等等也是真正人类的机能。然而，如果把这些机能同其他人类活动割裂开来并使它们成为最后的和唯一的终极目的，那么，在这样的抽象中，它们就具有动物的性质。"[①] 精神分析美学之于文艺创作动机不正是做了这样的抽象吗？人毕竟不同于动物，而且也不能把真正的文艺家和利欲熏心的凡夫庸子混为一谈。这里，有必要对两种情形加以辩正。一是应将性欲和爱情区别开来。在文艺史上，真挚的爱情曾催绽出无数朵艺术之花。但丁说过："心灵是为了爱而创造"，"当爱情激动我的时候，我按照它从内心发出的命令，写成诗句。"他用散文串联起来的抒情诗集《新生》就是为歌颂他挚爱着的女子俾德丽采而写成的。歌德也曾怀着对莉莉·舍恩曼的爱而创作出《莉莉的花园》。至于那无数被人们传诵着的动人情诗就更不消说了。不过在这里爱情之花正是开放在人际交往的社会

---

① 马克思：《1844 年经济学—哲学手稿》，刘丕坤译，人民出版社 1979 年版，第 48 页。

环境中，开放在人与人之间思想感情相互沟通的土壤上，也就是说文艺创作
的爱情驱力是一种高度社会化的创作动机，与单纯的性欲满足是不能同日而
语的。二是应正确理解为生存需要写作的情形。无论是东方还是西方，著书
都为稻粱谋的情形确实都存在着。然而挣取金钱以养家糊口的需要从来都不
是真正的艺术家进行创作的主要动力或唯一动力。对此，法国作曲家圣·桑
以自己的切身体验作了精辟的论说："音乐不是生理满足的工具，音乐是人
的精神的最精致的产物之一。人在其智慧的深处具有一种独特的隐秘的感
觉，即美的感觉，借助于它，人能领悟艺术，而音乐就是能迫使这种感觉振
动的手段之一。"① 由此，我们便不难理解为什么陀思妥耶夫斯基把为着定
货、按照尺寸为报刊写作称为"恶魔般的折磨"，却将"沉湎于兴奋的希望
和幻想以及对创作的热爱之中"看成自己生命中的幸福时光。所以，作家
当然必须挣钱才能生活，才能写作，但真正的艺术家决不会仅为了挣钱，为
了满足自己的生理需要和低级层次的心理需要去生活，去写作，真正的艺术
创作建立在人们高级的精神追求心理之上。

二

　　由于人的社会关系、社会规定、社会活动的多样性，人的社会性需要也
是多种多样的，创作需要究竟属于哪一种呢？是应该像亚理士多德那样把创
作动机与人们的求知需要相联系，还是应像列夫·托尔斯泰那样与人们相互
交际的需要亦即情感传达的需要相联系？是同意古典主义者的观点，认为创
作动机根源于人们对理性的追求，还是赞成浪漫主义者的主张，把创作动机
归之于个人情感与想像的骚动？或者是应步达·芬奇和莎士比亚的后尘，把
创作行为还原为作家想给人生和世界照照镜子的愿望？应该说，这诸多看法
各自都说出了某种创作或创作的某一方面的真理。因为创作行为是从艺术家
的五脏六腑孕育出来的，他的全部人类情感、各种社会性需要都在其中颤动
着，翻腾着。艺术家内心的各种社会性需要都可能升华为创作愿望和动机，
而且在很多情况下，创作动机也和其他活动动机一样，往往是由多种需要为

---

① 转引自《西方哲学家文学家音乐家论音乐》，人民音乐出版社 1983 年版，第 151 页。

内在心理根源的。然而，上述诸说各自偏执一端，或偏于社会，或偏于主体，或注重理性，或注重感性，或侧重功用，或侧重认知，都还没有深入到艺术本体论的层次，因而也就没能达到概括的普遍性。从艺术本体论的角度看，与其他社会性活动的内心需要相比较，各种各样具体的文艺创作需要有一个共同或普遍的特征，这就是强烈的创造性自我实现意念或倾向。

美国心理学家马斯洛将艺术创作需要确定为"自我实现的需要"，自我实现也就是自我创造。在马斯洛的需要层级论中，自我实现是人的最高需要，也是人的能动性、创造性的内在根据，而文艺创作即为自我实现需要的满足方式之一。一位音乐家必须创作乐曲，一位艺术家必须做画，一位诗人必须写作，不然他就安静不下来。人必须尽其所能，这一需要被称之为"自我实现"。将艺术创作和自我实现需要联系起来，无疑窥视到了文艺的人学特性。然而马斯洛的观点还存在着明显的缺陷。他不是从以社会实践为中介的主客体关系的历史发展和个性发展中揭示自我实现需要的产生，而是溯源于个人的潜能，将自我实现需要规定为促使个人的潜在能力得以实现的倾向，这仍未完全摆脱本能论的窠臼，不能深刻地揭示出文艺创作的社会性质和本体论实质。

相比之下，黑格尔从美学角度对自我创造需要的阐述比马斯洛深刻得多。在《美学》全书序论中，黑格尔也提出了"是什么需要使得人要创造艺术作品"这一问题，回答是："就它的形式方面来说，艺术的普遍而绝对的需要是由于人是一种能思考的意识，这就是说，他由自己而且为自己造成他自己是什么和一切是什么。"作为一种有心灵的存在物，即能够观照自己、认识自己、思考自己的存在物，人以认识活动和实践活动两种形式获得这种对自己的意识。他认为"这种需要贯串在各种各样的现象里，一直到艺术作品里的那种样式的在外在事物中进行自我创造（或创造自己）"。而由于艺术创作的这种普遍需要是理性的需要也是心灵自由的需要，所以"人的自由理性，它就是艺术以及一切行为和知识的根本和必然的起源"①。在马克思的早期著作《1844年经济学—哲学手稿》中，可以发现与黑格尔十分相近的观点。马克思指出，正是凭借意识性和自由性即自由自觉性，人

①　［德］黑格尔：《美学》第1卷，朱光潜译，商务印书馆1979年版，第38—40页。

能够在认识活动和实践活动中确证自己的类本质，能够在现实的实践中，并且在他所创造的世界中直观自身。这里，所谓"现实实践"和"创造的世界"当然应该包括文艺实践和文艺作品在内。由此可见，文艺创作实是出自人的高级的自我创造需要或自我实现需要，它以人的自我意识能力和自由理性精神为基础，其实质或主要之点就在于要通过创作活动确立人作为现实的自由存在物与客观世界的一定关系，并借助这种关系达到对自我本质的认识或确证。具体说，创作需要是这样一种需要，它驱使活动主体在艺术活动中，也就是在对声音、颜色、文字等等的操作中以独特方式求解"我是谁"和"我究竟怎样"之类的司芬克斯之谜。萨特声称"艺术创作的主要动机之一当然在于我们需要感到自己对于世界而言是本质性的"①，实为言简意赅之论。

这里，所谓自我认识或自我确证，当然不是理智的科学意义上的认识，如内省心理学对个人内心经验的自省，也不是一般文艺学著作中所说的反映或再现生活意义上的认识。艺术创作活动的自我认识首先是寓于自我创造之中的认识。在艺术创造活动中，艺术家确立了自己作为人的个性存在和生存价值，他承受生活的重负并对生活作出自己充满激情和血泪的反应，从而在这个纷纷扰扰的世界上为自己因追求人生真谛而躁动不安的灵魂找到一块栖息之地，自我意识就在这种创造之中充分展示出来。其次，艺术创造的认识主要是对主体自身的认识。如果说一定的创作需要是在主客观条件的相互作用中产生的，那么一般说创作需要的释放也是指向主观世界与客观世界两个方面，即要在对主客观世界的认识中完成满足自己的创造活动。这样，艺术意识就必然包括了对象意识和自我意识两个方面。但是从根本上讲，认识客体乃是为了更好地认识主体——人。因此，文艺在本质上是人类渴望认识自己的生命冲动所追求的独特精神境界，与人类其他各种物质和精神的活动相比，艺术活动更能展示永恒的人生奥秘，使人们认识自己和人生的神秘性与丰富性。这就是为什么艺术思维心理更偏执于同化现实而不是顺应现实的原因所在，也是为什么对艺术本性的探究总是不知不觉地回复到"文学是人学"那个老提法和"认识你自己"那句更为古老的格言的心理根源。

① 柳鸣九编选：《萨特研究》，中国社会科学出版社1981年版，第3页。

文艺创作活动所认识或确证的"自我"具有双重性,从心理形式上讲,是有意识的自我,也是无意识的自我;就意识内容而言,是作为个性存在的自我,也是作为群体代表的自我。创作需要发生于单个人心中,其中自然积淀了作家个人的生活际遇、体验和兴趣,他的情感、思想和意志,因此创作活动的自我认识必然首先是对个性自我的认识,对个人的生命存在的感受、体验、反省和创造性感性复现。然而,文艺家作为个体存在又是社会群体的一分子,他在生活中的地位是与一定的集团、阶级、民族乃至整个人类的存在紧密相联的,他的个人经验中,他的深层意识里必然积淀了整个人类文明的因子和历史文化的群体精神,因而在艺术活动的个体生命感受中必然跳动着类群体的脉搏,喷吐着类群体的气息,也就是说作家在自我创造中的自我认识绝不会限于个人,而必然借助于自我、个人的视听和感受伸向社会、群体,伸向"小我"背后的"大我"。正是意识到这一点,高尔基才在强调文艺家在创作中应该"找到自己,找到自己对生活、对人们、对既定事实的主观态度"① 的同时,又告诫作家们"不要把自己集中在自己身上,而要把全世界集中在自己身上。诗人是世界的回声,而不仅仅是自己灵魂的保姆"②。

三

人类的创造形式或种类多种多样,想出新方法,建立新理论,做出新成绩,造出新物件都是创造。因而创造性自我实现需要按其满足方式来说包含着多种选择,不限于艺术活动。这样,就有必要再进一步设问:究竟是什么特性使得作家的创造需要单单倾心于文艺女神?换言之,文艺创作需要与其他创造需要相比又有什么固有的本质或自身的规定呢?对此,最为简要的回答是:文艺创造需要是一种以审美需要或审美情感为主要驱动力的创造性需要。苏联传记作者阿尼克斯特在《莎士比亚传》里写道:"创造性才智和普通才智(哪怕是出众的普通才智)不同,它不仅领略美,而且美会激发它

---

① 《外国作家谈创作经验》(下),山东人民出版社 1982 年版,第 585 页。
② 转引自〔苏联〕赫拉普钦科《作家的创作个性和文学的发展》,上海译文出版社 1982 年版,第475 页。

产生创作冲动。这种才智是莎士比亚固有的。"岂止莎士比亚，这也是一切真正的艺术家所固有的，如列夫·托尔斯泰就曾对人说过："我是一个艺术家，我的一生都在寻找美。如果您能向我展示了美，那我就要跪下来祈求您赐给我这最大的幸福。"① 由此可见，文艺家的创造需要是与对美的渴望、迷恋和追求不可分割的，正是强烈的审美情感激发起了他们的创造热情和才能。

文艺创作需要之所以以审美需要为主要策动力，从根本上讲是由艺术的本性和艺术创作对现实生活的关系所决定的。马克思在谈到人与动物的区别时指出，自由自觉性使人能够超越动物的本能活动形式，使人不仅"懂得按照任何物种的尺度来进行生产，并且随时随地都能用内在固有的尺度来衡量对象；所以，人也按照美的规律来塑造物体。"② 这里，按照内在固有的尺度进行生产，是人所独具的特点，就是指按照人的多种多样的内在需要和目的进行生产。而从马克思的原意看，"按照美的规律来塑造物体"的需要正是人类多种多样的内在需要之一。另外，从人类各种活动形式的主要特点来看，"按照美的规律来塑造物体"的需要只是在文艺创作中才得到典型而充分的表现和满足。文学艺术作为在人类长期历史发展中产生的一种掌握现实的特殊精神方式，作为社会意识形态之一，是在审美的需要以及审美的规范和形式中被创造出来并发挥其社会意识形态作用的，审美是其基本特点和基本目的。因此，文艺创作便不同于以满足人们的求知需要为主的科学研究，也不同于以满足人们对于人生的信仰需要为目的的宗教活动，当然更不同于人们的物质性创造活动。物质性创造活动如建筑一幢新楼房，制造一台新机器，可能也包含了某些审美因素，但创造活动的首要目的是满足人们的功利需要或物质需求，审美需要不占主导地位。而在艺术创造活动中，可能也包含了某些其他需要，但首要目的是为人们提供精神享受，占主导地位的是审美需要。就文艺家个人而言，作为在一定社会时代环境中生活并受到制约的个人，作为具有多种社会规定性的活生生的个性存在，他当然有着多方面的欲求，因而其创作动机当然也就可能与多方面的需要相关联，如政治、

---

① 《外国作家谈创作经验》（下），山东人民出版社1982年版，第462页。
② 马克思：《1844年经济学—哲学手稿》，第50—51页。

道德、宗教、认知等的需要。然而只有在其他需要和审美需要相结合，并且在以审美情感为主要驱策力的情况下产生的活动动力，才是符合文艺本性的创作动机。唯其如此，文艺创作才能被称为审美创造，对文艺作品的接受才能被称为审美鉴赏或审美观照。

　　无论从历史角度还是从个体角度看，审美创造的需要都是一种超越：对人类生活直接功利性的超越，从而也就是对人自己的现实生存范围和领域的超越。超越就是对生活境界的开拓，对平凡人生的升华，也就是主体自由的实现。这种超越，使艺术家远远摆脱了生理需要和个人私欲的束缚，能够经受住满足这些需要和私欲的种种诱因目标的诱惑，而沉湎于自己海市蜃楼般的感觉与幻想、假设与体验中。巴尔扎克曾在这个意义上将利禄之辈与真正的文艺家作过比较，他说利禄之辈或是为了爬上高位而在起床之后心中念念不忘攀龙附凤，趋炎附势，为个人蝇头小利去向上司献媚邀宠；或是像商人之流满脑袋里贪得无厌的就是财富金钱，而艺术家却愿意停留在"思想探索过程中所经历的美妙境界"，"孜孜不倦地为他们内心所追求的目标静思默想"，这是一种"忘我的喜悦"，"在这些苦思苦索废寝忘餐的时刻里，任何人间的牵挂，任何出于金钱的考虑都不在他们心上了；他们忘掉了一切。"① 伟大作家的创作实践无不印证了这种对比。当然，审美创造需要不仅是对低级的生理需要，对一般私欲的超越，也是对其他各种与文艺创作无助的需要的超越。假若一个人老想着在官场生活中出人头地，或者为从事各种实际活动的热情所驱使，又怎么会投身并安心于文艺创作呢？

　　心理学家阿德勒认为，由需要引起驱动力，由阻碍引起约束力，约束力的介入，会使心理行为的动力场增加更多的复杂性，从而引起更多的交互错综的变化。对艺术家来说，阻碍或约束力不仅来自外界，更多的是来自内心，来自内心的非创作需要。歌德在他的诗剧《浮士德》中，曾借浮士德的咏叹剖析了人类精神生活中两种相反倾向："有两种精神居住在我们心胸，一个要想同另一个分离！一个沉溺在迷离的爱欲之中，执拗地固执著这个尘世；另一个猛烈地要离去凡尘，向那崇高的灵的境界飞驰。"在艺术家内心也有这两种精神的冲突，其中就包括创作需要和非创作需要的冲突。对

---

　　① 参见《文学理论学习参考资料》（下），春风文艺出版社 1982 年版，第 336—338 页。

于艺术家，那灵的境界就是精神创造、审美创造的境界。真正的艺术家总是审美创造的需要占了上风，如诗人济慈所断言的："对于一位大诗人来说，美感是压倒其他一切的考虑的，或进一步说，取消一切的考虑。"① 可以说，正是由于对生理本能和其他人生需要的超越，神与物游、身与物化、主客相通、物我两忘的审美境界才诞生于作家的生存空间，鼓动着蓬勃的生命意识的审美情感才得以滋生并能够留驻于作家心胸，从而为艺术自由的实现也就是创作冲动的萌动和创作活动的展开准备好必要的主观心理条件。中国古典美学的"涤除玄览"说和"澄怀味象"说，以及西方美学的审美无利害关系说和审美距离说等，都从不同角度揭示了审美创造情感纯净无私的特点。利名心急，不能扫尽俗肠，文艺家就不能升华到审美境界，从而也就不能创造出流溢着自由生命意识的艺术作品来。

　　总之，文艺创作需要是一种以审美情感为主要驱动力的社会性自我创造或自我实现需要。由此便决定了文艺创作动机既不会是低级的生理性动机，也不会是与那些导致日常社会实践活动的普通动机毫无差别的动机，而只能是一种引发特殊类型的社会活动的动机，一种社会性的审美创造动机。这就是创作动机在内在机制和心理实质上的特殊性所在。

　　创作动机心理实质上的上述特性，是使得艺术家面对与他人共同的生活境遇能够萌生创作意念并进而形成创作动机而不是产生其他意念和动机的心理根源。具有审美创造需要的人，就像填满了干柴的炉膛，一旦被具体的刺激感受关系激起的火星所点燃，就会在内心升腾起熊熊的创作火焰，勃发起强烈的创作冲动。同时，心理实质上的特殊性也是文艺家得以形成自然而恒常的创作心境和创作定势，从而产生持续不断的创作冲动的根源所在。因为审美创造需要是一种生长性需要，具有稳定和发展的性质。当艺术家沉浸在创作活动中时，由于审美创造需要的满足，由于传达自己的审美体验和评价以增进社会的自由与进步这一使命意识的产生，便会激起极大的幸福感，以至于心醉神迷，不惜将整个人从头到脚都被创作吞噬进去。而由于文艺创作是这样一种充满幸福的情感体验与创造活动，所以一旦创作活动结束之后，作者则会因对审美体验的留恋而产生无限怅惘和若有所失之感，这种怅惘和

　　① 伍蠡甫主编：《西方文论选》下卷，上海译文出版社1979年版，第62页。

若有所失之感又会成为一股推动作家跃入新的创造境界的强大内驱力。这就是为什么一般动机尤其是生理动机的实现带来的常常是心理张力的缩减或紧张的消失，而创作动机的实现则往往带来心理张力的增强或紧张的持续与加剧的缘故。所以，正是这种创作过程中的审美体验和体验过后的缺失感，造成了作家审美需要和创造热情的稳定性与持久性，使他们即使面临困苦甚至身陷缧绁，也难以遏制不断涌起的创作激情。这时，文艺创作对他们来说就成为不可置换的生命形式，成为持续不断的生命冲动的表征符号。

批评：艺术审美的对象性建构

——兼论新时期主观批评一弊

  大约从 1984 年起，中国文坛上赫然竖起了主观批评的旗帜。当时，随着文学方法论热潮的掀起，及随后继起的文艺观念更新和文化反思的推动，批评的主体意识得到了空前的强化。于是，在以社会学模式为中坚的各种客观批评形态之外，各种类型各种层次的主观批评纷纷登场了。"批评是创造"，"批评即否定"，"批评即选择"，"我所批评的就是我"，如此等等各不相同的批评主张以缭乱纷纭的声音给新时期文坛带来了新的冲击。

  应该说，主观批评的兴起有其合理的内在动因。它既是对长期以来在中国批评界居于尊位的传统社会学批评、特别是其变体非文学政治批评和庸俗社会学批评的矫枉或反拨，同时也是出自要摆脱对创作的附庸而独立的愿望。做政治的仆从，曾使批评倍受挫折倍尝艰辛，而做文学领域里的二等公民当然也不会使呼吸着越来越多自由空气的批评家们感到自在和惬意。主观批评不仅将主体与客体分离开来，而且不再把对作品的说明和解释视为最高使命，而是将主体能动性的发挥及主体自我价值的实现摆在首要位置，它渴望作为一种特殊的精神创造同文学创作比翼齐飞。就此而言，主观批评对确立批评的独立品格和创造价值，自有其不容抹煞的历史功绩。但是，主观批评中的某些人对主体意识的超限强调和绝对信赖也给批评带来了新的隐患和弊端。如果说以往的非文学政治批评和带有实证主义倾向的社会学批评抑制了批评主体的主动创造精神的话，那末某些主观批评则有忽视批评对象的缺陷，并隐含着丧失对象的危险。有一些主观批评家往往在缺乏对整个文坛的总体观照和对具体作家作品的细致研究、甚至连作品都未读或未读完的情况下，就滔滔不绝地大谈自己的印象和感受，且敢于颇为自信地依据自己的感受臧否作家作品。另有一些批评家则醉心于通过组装、演绎别人从国外贩来的某些思想观念或个人的玄想而发空洞的宏论，实际上毫不涉及对具体作家、作品和文学现象的真切感受与细微分析，至多只是将某些材料作为例证填充在自己人为搭起的理论框架中。这种状况不仅引起了作家们的不悦，也自然而然地引起许多批评界人士的警觉与焦虑。有人讥讽这种批评是"没有文学的批评"，有人则呼吁加强"实践批评"，以解决文学批评离文学创作实践越来越远的问题。尽管如此，却仍有一些主观批评家我行我素，这就不能不使人担心他们在失去了批评对象之外要进一步冒失去广大读者的危险。

因此，批评的反思现在应进入这样一种自明：文学批评是一种对象性的活动。所谓对象性，就是指文学批评作为一种活动，包含了批评客体与批评主体两个方面，这两方面作为构成活动的两端是互为对象、互为前提的。它不仅意味着批评主体要找到它赖以选择、阐释与评判的对象，也意味着批评客体作为一种现实性对象要求着并规范着选择它、阐释它、评判它的对象。批评活动类似于情人恋爱，恋爱双方是互为情人互为对象的。进而言之，我们强调批评的对象性，实际上就是强调文学批评是两种话语——作为文学文本的文学话语与作为批评文本的批评话语——之间的交流，也就是关系平等的作家与批评家之间的对话，是两种声音的相汇。因而，批评的生成不是一种话语单向的辐射和选择，而是两种话语双向的运动与趋近。批评的存在价值即寓于批评客体与批评主体的双向运动之中，文学作品的意义和审美时空亦赖此双向运动而得以生成和显现。

批评的进行当然离不开批评主体，即从事批评的实际活动者。正是由于他们感受着、呼应着、趋向于文学现象，才有了对文学意义的感悟和解释，对文学价值的鉴别和评判，对文学审美理想的揭示和发扬。同时，由于文学不是无情物，而是具有审美意向性的情感形象世界，批评家亦非无情人，而是具有思想倾向和爱憎情感的感受性主体，因而文学批评中主观性的介入便成为一种十分自然的现象。批评家的批评精神、批评个性、批评方法、批评理想各不相同，这就必然使批评带上风韵独具的个性化色彩。希望文学批评彻底摆脱或根绝主观性，企图把文学批评弄成冷冰冰的自然科学研究，这当然是虚妄的。如果真有这样的批评，那也肯定不会是富有生命力的。然而，批评主体并非批评活动的全能上帝，批评活动并不全赖批评主体而得以生成。巧妇难为无米炊，生动的创造性的文学批评活动的生成与展开，是不能不以批评客体的存在为现实基础与活力源头的。同时，文学批评应尊重对象，应追求解释的客观性和判断的公允性，应在与对象的平等对话中共同探讨生活的真理和人生的价值，这也是由对象存在的客观性以及对象所反映的生活内容和表达的思想情感的客观性所决定的。马克思说过："没有自然界，没有外部的感性世界，劳动者就什么也不能创造。自然界、外部的感性世界是劳动者用来实现他的劳动，在其中展开他的劳动活动，用它并借助于它来进行生产的材料。"又说："对象如何对他说来成为他的对象，这取决于对象的性质以及与其相适应的本质力量的性质；因为正是这种关系的规定性造成了一种特殊的、现实的肯定方式。"① 马克思表述的这种生产活动中对象与主体的一般关系同样也适用于批评活动中主体与客体之间的关系。因此，理想的批评应该追求批评主体与批评对象或批评的主观性与客观性的契合。强调批评对象的优先地位和批评的客观性，不应牺牲主体的能动性、创造性，仅仅将描述和解释文学作品当成批评的最高使命甚至唯一使命，这样批评文本就会沦为文学文本的注解，批评家就会成为作家作品的附庸，成为文学家族里永远也不值得自豪的次等公民，批评就会失去它在评判作品中规范和引导创作、进而失去推动文学繁荣发展的功能。反之，张扬批评主体的能动性、创造性，也不能无视对象，丧失对象，一味地沉湎于心造的幻影中，在对自我的自恋性品味中迷途忘返，这样批评文本就会成为失去现实根由的飘零文本，批评就会在自我封闭孤独无依中割绝与现实文学发展的生动联系，褪去其应有的色泽和光彩而走向枯干与颓败，从而最终失去参与共建一个时代的文学观念和审美理想的资格和机会。

毫无疑问，文学批评作为一种创造性精神活动，确实包含并显现着自由性超越性，否认这一点是不明智的。然而，这种自由性超越性是相对的而非

---

① 马克思：《1844 年经济学—哲学手稿》，刘丕坤译，人民出版社 1979 年版，第 45、79 页。

绝对的。就批评与现实的关系来看，批评的自由超越性不能超出了社会历史条件和客观必然性所可容许的范围，否则就无疑于拔着自己的头发离开地球去做天马行空式的邀游；就批评主体与批评对象的关系而言，批评主体的自由超越性仅仅表现为在与批评对象的直接对话中对文学意义的进一步揭示，对审美时空的进一步拓展，而既然是对话，那就不能不听听另一种声音，不能不受到另一种话语的启示、引导、规范和制约。与此相应，批评客体则不仅是被动的、受动的，它也是主动的、能动的。这是因为作为批评对象的文学作品不是像物理学、化学、植物学等自然科学中的研究对象那样作为无意向性的自然物质，而是作为有意向性的客体存在着的。就如同商品制造出来就要求着引诱着消费一样，文学作品一经产生也内含着对于阅读和批评的期待，它是一种"召唤结构"。19世纪英国评论家马休·阿诺德说过："一篇重要的诗歌创作就暗含着巨大的评论功夫，否则它将是贫乏的、内容空虚和昙花一现的。"① 如果说阿诺德所说的评论还只是指作家在其创作中对生活和社会现象即创作素材的深刻认识的话，那么20世纪的理论家们则明确地从作品与接受（阅读和批评）的辩证统一关系、从批评主体对批评对象的依赖关系上阐明了文学作品的召唤性质。比如，存在主义美学的代表萨特在其《何为文学?》一书里证明，文学活动是一个开放的流动过程，它始于作者的创作，终于读者的接受。作家不是为自己而是为读者创造文学对象的，文学作品这个既是具体的又是想象出来的对象只有在作者和读者的联合努力之下才能出现。因此，在写作行为里就包含着阅读行为，后者与前者辩证地相互依存。而既然艺术创造只有在阅读中才得到最后的完成，故任何文学对象都是一种召唤，作家以其创作向读者的自由发出召唤，让它来协同产生作品。艺术的自由本性，文艺作品之作为介入生活的形式，正是以此为基础才得以实现的。所以，萨特说："艺术品是价值，因为它是召唤。"② 在这里，萨特实际上揭示出作为阅读和批评对象的文学文本绝不只是一个被动的受动者，也是一个能动的施动者，它内在地具有本质性，因为它也不折不扣地具有超越性、制约性，它把自身的结构强加于接受者，要求着人们去期待它、

---

① 《英国作家论文学》，汪培基等译，三联书店1985年版，第208页。
② 柳鸣九编选：《萨特研究》，中国社会科学出版社1981年版，第11页。

观察它。从这个意义上说，艺术作品作为纯粹的召唤或纯粹的存在要求，是作为一项有待完成的任务提出来的，它一上来就处于绝对命令等级。

接受美学家伊瑟尔以"隐含的读者"论表达了他与萨特的共识。伊瑟尔认为文学作品的概念实际上包含着两极：一是艺术的即作者创造的文学文本，一是审美的即读者阅读过程中对文本的具体化或实现。文学作品即存在于这两者之间的某个地方。文学文本不是意义确定的已完成的封闭性存在物，而是一个多层面的未完成的开放性图式结构，其意义有待于读者的具体化。他把文学文本意义的"不确定性"（未定性或未定点）或"空白"视为文本或批评对象的基础结构，正是它们的存在使文本成为一种"召唤结构"。在他看来，读者对文本意义的具体化根据历史和个人的不同情况可以用不同方式来完成，这一事实本身既说明了接受主体的能动性创造性，也说明了文本的结构允许有不同的完成方式，也就是表明文学文本的结构中已经隐含着读者可能实现的种种解释的萌芽，已经隐藏着一切读者的可能性。他以"隐含的读者"术语表达此种情况，并明确指出作为一个概念，"隐含的读者"牢牢地植根于文本结构之中，它只是一种构想，绝不能与真的读者等同起来。不同的（真的）读者在审美接受过程中把文本具体化，得出关于作品意义的种种不同理解，只是以不同方式实现了"隐含的读者"的某一方面而已。

萨特和伊瑟尔的上述观点包含着一些有价值、有启发意义的思想，从中我们可以作出如下三点引申：第一，文学活动是一个动态的流程，创作与包括阅读和批评在内的接受是辩证统一相互依存的；第二，批评和阅读的本性及价值存在于对象与主体的双向运动之中；第三，在文学批评中，批评主体是能动的也是受动的，批评客体是受动的也是能动的。从对主观批评补偏救弊的角度来看，我们目前应格外地重视这三点。具体点说，在申明批评的对象性时，我们应特别强调批评客体的能动性与批评主体的受动性一面。而这一面正是主观批评家们有意无意地予以忽视和不愿正视的。众所周知，存在主义美学和接受美学前几年曾给予中国文学界尤其是理论批评界以极大的影响，相当多的主观批评家也主要就是以这两种美学作为自己的批评理论依据的。然而，他们在接受这些外来的美学理论时，往往持取我所需的态度，随心所欲地取其一点不及其余，因而存在着极严重的片面性和"遮幅现象"。

实际上，如前所述，萨特和伊瑟尔等人也是非常明确地强调了批评对象对批评主体的制约作用的。把文学作品视为一种"召唤结构"，也就是承认作品在客观上具有一种潜在能力，它规定了主体的批评对象和批评范围。进而言之，强调批评客体的能动性，其意义除了申明文学作品是批评活动赖以生成的客观基础之外，更在于揭示出正是文学作品的文学性从客观一极决定着批评活动的基本性质——应该是文学批评而非其他的什么批评，并制约着批评活动阐释与判断的基本趋向。假如批评主体能动性的发挥以无视对象、消解对象为代价，那样的话，主体或许也能动了、自由了、超越了，但批评应有的描述、解释与评判文学现象的功能随之也就消失殆尽了，批评参与文学发展的现实进程的资格也就自我抛弃不复存在了。

总之，消解了对象，就消解了对话，从而也就消解了充满现实生命活力的文学批评。批评只有在确立起主体与客体的对象性关系基础上，在两种话语相互尊重、相互激发、相互合理冲撞的对话和交流中，才能共构起一个魅力无穷的艺术审美天地，才能走向对于艺术和生活的真理与价值的探索之路。这就是我们对一种健康的、有益于文学繁荣与自身发展的文学批评的一个真诚期待！

艺术"镜子说"再认识

——《审美的镜子》自序

　　记得某位当代伟人在谈到人类认识活动的发展过程时说过，认识过程包括感性认识和论理认识两个阶段：感性认识是低级阶段，虽能感觉到事物的存在，却不一定能很好地理解它；论理认识是高级阶段，它能借助于思维而深及事物本质，从理性上理解事物，也只有理解了的东西才能更深刻地感觉它。诚哉斯言！以文学艺术来说，尽管它们就像构成现实之美的自然花朵一样，也构成了人类文化和人类生活的一部分，人们在文学的曼妙中流连，在艺术的花香中陶醉，但假若你向人提问什么是文艺、文艺的本质何在之类问题，多半会茫茫然无言以对。既是文艺的享受者又是文艺的无知者，这就是多数的受众与文艺之关系的一般情状。虽说无知者无畏，但无知毕竟不是什么值得炫耀的资本。何况正如亚里士多德早就指出过的，人类本就有着好奇和求知的天性。于是，为了更好地理解并且更深刻地感觉文学和艺术，古往今来，众多的学人为此付出了无数量的思考和心智，因之也便有了各种各样的关于文学和艺术的研究、理论乃至定义。时至今日，光是文艺理论研究的文本，也可以用汗牛充栋、车载斗量来形容了。

　　然而，在理论家们庆幸自己有如此多的学术资源可以利用的时候，新的问题又随之产生了：关于文艺的解说和理论如此之多，我们自己究竟服膺哪派之说、何家之言？我们究竟又能够向广大的文艺受众甚至文艺创造者们提供何种理论，以使他们能够更好地去欣赏和创造艺术呢？这是一个难于解说与回答的问题。尤其是在价值失范、文艺多元的历史背景之下，在标举解构和颠覆之帜的后现代文艺理论风靡学界之际，其难更甚。一方面是丰富多彩的艺术存在和活力充盈的艺术实践要求着人们由感性的品味上升到理性的读解，另一方面则是被那些激进之士和肤浅之徒合力掀起的后现代喧嚣之声常常遮蔽、抹平了建设性理论探索的努力痕迹，甚至也消解了种种趋近艺术理性的自觉追求和自主意志。这就是美学和文艺理论在当前所面临的时代性困境。是知难而退，逃避学理探究的困难，沉浸在艺术感性的温柔之乡中尽享感性的愉悦呢？还是知难而进，从解构声浪的围堵中冲杀出来，超越感性愉悦的温柔抚摸而走向理论理性的艰难求索？这是理论家们必须给出的一个回答和选择。

作为一个以文艺理论研究为志业的人，我们的选择自然只能是后者。正所谓"路曼曼其修远兮，吾将上下而求索。"然而，这种求索并不意味着背对或排它性地否定上述多元的历史和文化语境。实际上，固有价值失范后转型期里众声喧哗的文化语境，隐含着人生和文化创造上更加多样的取向和型塑的可能。这种多样的取向和型塑或许会使生活变得更为绚丽多彩，文化创造更加丰盈多姿。不过，我们也万万不可忽略和回避了在这种多样取向中内含着的价值理性上的差异、矛盾和冲突。正是这种差异、矛盾和冲突构成了社会与文化运行的内在动力，并且最终使人生和文化创造上可能的取向变成为实际的取向，使可能性变为现实性。因此，在文化和文艺理论的创造中，我们应该敢于做出自己的理论思考，发出自己的理论声音，竖起自己的理论旗帜，在特立独行的创造中敞亮自己的存在。而在阐扬和坚守自己的观念和信仰的同时，还要敢于冲撞他人的观念，驳难他人的理论，摧折他人的旗帜，在敞亮自身的同时也祛除他人的遮蔽。古希腊的圣哲赫拉克利特早就有言："对立造成合谐。"只要我们的努力是朝向建设性一路行进，而不是一味地颠覆和破坏，就不必担心理论探索只会由多元和冲突而走向混乱和无序，相反倒会由多元和冲突走向形态的多样、内容的丰富与学理的彰显和沉实。学术理论的无边风景将会藉此而形成。进而言之，文学和艺术本就是一个多维的蕴意无穷的世界，个别的理论研究期望以有限的智慧穷尽这样一个世界的真理，实乃不切实际的独断与幻想。多维的世界召唤着多视点的审视和理解，这正是我们每个人都可以不揣浅陋地介入艺术研究，畅言艺术形上之理的学理依据。就像每个时代的文学和艺术都是一曲多声部的大合唱一样，文艺理论研究也应如此，和而不同，这是中国文化所嘉许的境界，也应是文艺理论研究者所追求的。

　　稍具理论史知识的读者不难看出，笔者把自己的学术随笔集取名为《审美的镜子》，乃是取西方文艺理论史上著名的"镜子说"来凸现笔者对文艺现象的认识和思考。"镜子说"是具有源远流长的理论传统的艺术摹仿说或再现说的形象化概括。早在古希腊时期，柏拉图在阐发其艺术摹仿说时就指出艺术家的创作如同一面镜子，四面八方地一旋转，非常轻易地就能制造出世间的一切事物。至文艺复兴时期，大画家达·芬奇称镜子为"画家之师"，说"画家的心应该像一面镜子，经常把反映的事物的色彩摄进来，前面摆着多少事物，就摄取多少形象"①。大戏剧家莎士比亚也在《哈姆雷特》一剧中教导演员要"拿一面镜子去照自然"，说戏剧的目的在一切时代都是而且将来也是给自然和人生照一面镜子。直到而今，"镜子说"仍然被许多理论家们以不同的理论语汇加以继承和发展，成为现代艺术本质认识的重要学说之一。然而，正因为"镜子说"如此悠久古老，所以那些聪明的、前卫的、喜欢追逐新潮和时髦话语的理论家们必会对此不屑一顾，认为"镜子说"在现代已失去了言说的意义。但我并不这样认为。理论切近艺术实际的真理性和重要性是不能用理论的新或旧来衡量的。新的、前卫的理论话语未必都是有价值的或有重要理论价值的，而旧的、古老的理论命题也并不一定就会因了几百年甚至几千年的时间距离便丧失了其真理性和现实效用。其实，从理论研究的建设性要求来说，文艺研究中真正应该引起人们重视的恰恰应是那些在每个时代都能吸引人们关注的目光、激发人们探索的兴趣的基本理论问题和基本理论观念，在当代审美文化现实的语境中对这些基本问题和观念作出适应时代需求的重新阐释，并以此促进人们当代文化艺术审美观念的丰富和发展，才是文艺理论真正应该担承的责任。相反，许多如流行时装一样新潮时尚的理论话题却往往不过是一些学术泡沫，风一吹就消失得无影无踪了。所以，真正有理论识见和责任担承之心的学人是不会醉心于制造眩目的学术泡沫而放弃了对那些真正有价值和重要的理论问题与观念

_____

① 伍蠡甫主编：《西方文论选》上卷，上海译文出版社1979年版，第183页。

的潜心钻研与思考的。在我看来，悠久古老的艺术"镜子说"，就属于这种需要做出新的时代阐释、值得研究者为之付出智慧和心血的重要理论观念。

镜子的基本功能就是映照物体，借助于镜中影像来观照对象。正如柏拉图所说的，大自然中所存在的一切，太阳、星辰、大地、各种各样无生命和有生命的事物，都可以在镜中形成其摹仿的图像。或许由于"镜子说"的倡导者们往往过多地强调这一点的缘故，"镜子说"（包括与之相关的艺术摹仿说、再现说、反映说）往往被冠之以机械反映、直观认识的罪名而被轻慢、被责难甚至被抛弃。包括柏拉图自己，他之所以不满足于摹仿的艺术家，就因为在他看来摹仿的艺术只能镜映实在事物的虚假的幻象，而不能透过实在现象观照真实的理念本身。其实，只要不拘泥于字面的解释，而是着眼于文艺的基本功能，并联系镜子说的倡导者和服膺者的创作实践来看"镜子说"，就可以说后人对"镜子说"的许多责难其实不都是能够成立的。对"镜子说"的责难首先是这种理论偏于外向的直观，而对人的内在精神世界，尤其是对文艺家的主观世界的表现不够重视。实则柏拉图自己在谈到镜子说时，就明言镜中影像是包括了照镜人自己在内的。达·芬奇也指出，"绘画里最重要的问题，就是每一个人物的动作都应当表现它的精神状态，例如欲望、嘲笑、愤怒、怜悯等"①。他认为人和他的思想意图是一个优秀的画家应着力描画的两种主要的东西。现代著名西方马克思主义文艺理论家恩斯特·费歇尔在论述现代艺术中的真实问题时也曾指出："艺术不满足于反映真实，它有自己的见解，赞成或反对什么。艺术的镜子不是呆板和没有生气的。它不可能具有科学仪器那样的客观性，因为它不满足于观察，它要参预。如果不热情地投入必须反映的现实中去，那就没有艺术。"因而"艺术作品与世界的关系其特点并不是消极的反映，毋宁说是对描写对象的积极干预，是一个溶化、改造、趋于一致的过程"②。所以，艺术之镜不仅能再造客观世界的影像，令人从中观照到种种自然事物的存在状貌，同时也能折射主观世界的情状，令人从中观照到人生最内在的、最隐秘的方面，包括文艺活动主体自己的形象及其主观热情和内在精神世界。

---

① 《芬奇论绘画》，人民美术出版社 1979 年版，第 169 页。

② 陆梅林选编：《西方马克思主义美学文选》，漓江出版社 1988 年版，第 309 页。

　　对"镜子说"的另一个主要的责难是这种艺术学说只满足于摹仿自然和人生的外在事像，而不能由表层的外观的幻像达及深层的规律和本质。如前所述的柏拉图以及现代的不少理论家都以此为由而反对和拒斥"镜子说"以及与之相关的摹仿和再现理论。事实上，正如柏拉图的弟子亚里士多德所辩护的，艺术是自然和人生的摹仿，但这种摹仿并不是自然主义的抄袭，艺术家对对象的摹仿可以求其相似而又更美，也就是能够对事物加以理想化和提高，同时艺术不像历史那样仅描述已发生的、个别的事，而是描述可能发生的、有普遍性的事，因而比历史更富于哲学意味，能够借助典型形象的创造，揭示生活的内在本质和规律性。后来的莱辛、别林斯基等人都从不同的角度进一步发挥了亚里士多德的这一思想。列宁在《列甫·托尔斯泰是俄国革命的镜子》中也曾明确地指出过："如果我们看到的是一位真正伟大的艺术家，那末他就一定会在自己的作品中至少反映出革命的某些本质的方面。"① 如果我们把视野由纯理论领域转向实际的创作领域，对问题当会形成更加清晰的认识。又有谁能轻言文艺复兴时期标举"镜子说"的达·芬奇和莎士比亚以及 19 世纪自称甘作法国社会的"书记官"（正是"镜子说"的变化了的提法）的巴尔扎克在他们的作品中没有反映出他们时代社会和人生的某些本质方面呢？

　　其实，艺术之镜所具有的功能，不仅基于对客观世界的外观和主观世界的内视。作为人类文化创造的一种具体形式，一个具有相对自主性的特殊文化创造场域，艺术不仅像其他精神创造形式一样具有反映现实的文化意识功能，还具有文化自我意识的功能。相比于主要承担文化意识功能的科学和哲学来说，艺术在与其他文化形式一起参与形成关于世界的轮廓和观念之外，更由于其形象的、综合的本质，能够成为作为整体的、各种成分彼此统一和相互联系的文化的"镜子"，担负起文化自我意识的功用。文化在艺术这面镜子中照见自己，依赖它在镜子中的所见所视而显露自己的精神和气韵。就此而言，艺术之镜又成为不同文化类型的一幅形象肖像。我们可以从一种文化的特性的分析和把握中来透视此种文化场域内的艺术的内在灵魂，也可以经由对艺术的分析、品味来反观相关文化的形质和特性。法国结构主义马克

---

① 《列宁选集》第 2 卷，人民出版社 1972 年版，第 369 页。

思主义哲学家阿尔都塞在阐述艺术与意识形态的关系时指出，艺术能够通过自己特有的审美存在使我们"看到"、"觉察到"或"感觉到"艺术所描写的那个世界之意识形态的现实。[①] 借用一下这一提法，也可以说，艺术能够通过自己特有的审美存在使我们"看到"、"觉察到"或"感觉到"它由之产生的那个文化的现实。别林斯基说一个民族的诗歌也就是"民族的意识"，民族的"一面镜子"，"在这面镜子里，反映出它的生活，连同全部富有特征的细微差别和类的特征"[②]。的确，在反映和呈现一个民族的生活现实和文化特性的总体风貌方面，还没有哪一种文化创造形式能比得上文学艺术。我们读李白、杜甫的诗歌，韩愈、苏轼的散文，曹雪芹的《红楼梦》和鲁迅的小说与杂文，不是比费力地阅读那些理论形式的高头讲章更能感受、理解和把握中国文化的某些特质吗？目前，在经济全球化趋势日渐加剧，世界范围的文化交流日愈增多的历史语境之下，各民族文化身份的确立和认同已成为一个时代性问题，而在这一方面，文学艺术将发挥着越来越重要的作用。在艺术的创造中凝聚和发扬优秀的中华文化并使之远播世界各国，正是中国的文艺家们所应承担的一份时代责任。

可见，艺术之镜不仅具有外向直观的功能，也具有内向透视的功能；不仅具有形象外观的功能，也具有揭示本质的功能；不仅具有文化意识的功能，也具有文化自我意识的功能。自然、社会、人生、文化，一切一切，都在这面镜子中得到映显。这里，需要进一步强调指出的是，文艺是审美的创造，在文艺的审美创造活动中渗透、凝聚着活动主体的审美体验和审美想象以及审美态度和审美理想。这就注定了艺术之镜绝不可能像实在的镜子一样是机械地、平面地、静态地映照对象。审美之镜中的影像是审美主体动态地创造的产物，它可能是实然的、写实性的摹写，也可能是应然的、理想化的创构；可能是完整全面的，也可能是支离破碎的；可能是无意识的、随意性的，也可能是有意识的、有选择性的；可能是叙事写景的，也可能是抒情表意的；可能是极其逼真的，也可能是高度变形的；可能是清晰明确的，也可能是朦胧含混的。总之，审美之镜就如造物主所施行的魔法，没有什么是它

① 参见［法］路·阿尔都塞《一封论艺术的信》，见陆梅林选编《西方马克思主义美学文选》。

② ［俄］别林斯基：《伊凡·瓦年科讲述的〈俄罗斯童话〉》（1838），引自《外国理论家 作家论形象思维》，中国社会科学出版社1979年版，第55页。

所不能映照和创造的。不过，这映照和创造的条件和根源必有赖于两方面条件的恒久存在，这就是感性化的自然与生活现实本身，以及富有审美体验与创造能力的审美主体。艺术作为人类自由的美的创造，它有自己的构造法则与自主性，但艺术之镜绝不能面向空无照射，它永远是源于自然、面对对象的创造，是自然的某种类似物，恰如康德所指出的："自然只有在貌似艺术时才显得美，艺术也只有使人知其为艺术而又貌似自然时才显得美。"① 另一方面，作为人类的审美创造，艺术的生存之根又永远系于富有创造才情的审美之体。作为对象化的审美存在物，艺术是人的本质力量的对象化，在艺术的美丽外观中隐含着的是人的生活和欲求，人的理想和追求。如果说艺术是"第二自然"的话，那么它真正地是一片人化了的自然。一端是鲜活感性的自然与生活，一端是具有创造能力的审美主体，这就是艺术之镜得以生成的根据。然而，这两种原材料究竟又是如何化合成为艺术之镜的呢？这却不是一个容易解释清楚的问题。由此，便使得艺术之镜又有了几分神秘。而正是因了这份神秘，文艺理论才有了自己的存在合理性，理论家们才有了自己的工作要做。

　　对我们来说，只要能从这面神秘的审美之镜中有一点点新的发现，从而对美丽的艺术世界有一点点独具会心的理解，不是同样也能感到一种生存的快意与舒畅吗？可见，理论也并不总是苦涩的。

---

① 译文引自李醒尘《西方美学史教程》，北京大学出版社 1994 年版，第 314—315 页。参见［德］康德《判断力批判》，宗白华译，商务印书馆 1964 年版，第 152 页。

关于文艺、审美与意识形态关系问题的思考

新近一段时期，文艺与意识形态的关系问题再度成为文艺理论界的一个学术研究热点，这是一个值得关注的理论动向。研究文艺理论，就是要敢于触碰那些重大的、基本的学术理论问题。现在学界有个不好的风气，动不动就是讲什么前沿性、新话题，忙着制造理论时尚，争夺话语权利，却就是不愿沉下心来做踏踏实实的基础性理论研究工作。其实，真正能够推动理论一步一步向前走的，应该是在基本理论问题上取得进展。这就好象打仗，最终是要打阵地战、攻坚战，把敌人的有生力量消灭掉，那样才能取得战役的最后胜利。整天打游击战，今天一个地方，明天一个地方，恐怕成不了什么大气候。从这个意义上说，选择像"文艺与意识形态的关系"这样的问题来推动中国文学理论的发展，是一个很好的理论突破口。

一

在马克思主义文艺理论研究中，文艺与意识形态的关系是一个极其重要的原则性理论问题。要在这样一个问题上取得突破，不啻是一场极其艰难的理论攻坚战，无疑需要付出很多很多的努力。陆贵山先生在给拙著《文艺与意识形态》一书所作的序中指出，文艺与意识形态的关系问题是一个真问题，一个元问题，也是一个难问题。这个概括十分确切。

首先，它的确是一个真问题。意识形态问题和马克思主义文学理论，甚至和整个的马克思主义都是密不可分的。意识形态理论是科学的历史唯物主义理论的一个重要构成内容，文艺的社会意识形态性质也是马克思主义理论家历来都予以承认的。比如英国新左派马克思主义文艺理论家特雷·伊格尔顿就明确指出："从某种意义上说，大可不必把'文学和意识形态'作为两个可以被互相联系起来的独立现象来谈论。文学，就我们所继承的这一词的含义来说，就是一种意识形态。"① 非马克思主义文学理论家佛克马和易布思也在他们合著的《二十世纪文学理论》中说："显然，马克思主义批评家认为文学根本上是一种意识形态，必须从历史唯物主义的角度来加以研究。"② 不仅仅是在文学领域，实际上，在西方学术界和在中国当下的学术界，当人们谈到意识形态时，往往都是与整个马克思主义划等号的，这是一个无需回避的客观事实。因此，要讲马克思文艺理论，中国学术界就必须面对这样一种理论传统和现实，就不能回避对于文艺与意识形态关系问题的思考，所以说它是一个真问题。

其次，它是一个元问题。在中国几十年的文艺理论发展过程当中，一直是把意识形态性作为文艺的本质属性来理解，只是做一些不大的修正、调整，加一些定冠词修饰一下而已。无论说文艺是用形象反映社会生活的特殊的意识形态，说文艺是审美的意识形态，还是什么其他的意识形态，人们的确从来都是将意识形态性当作文艺本质理解的一个最基本的部分来看待。当然，这其中可能有的人认为意识形态性是唯一的，也有人不认为它是唯一的。但即使是那些非唯一论者，一般也很少有人否定意识形态性是文艺最为重要的本性。由于文艺在本质上属于社会意识形态，而本质的东西又必然会在现象形态上表现出来，因之意识形态问题也就成为文艺活动的基元性问题，并顺理成章地成为文艺理论体系建构的基元性问题，文艺理论研究中的其他一系列问题都是由此基元性问题派生和演化出来的。基元性问题解决不了或者解决不好，其他相关文艺问题的研究就失去了理论前提，整体理论体系大厦的建构也就缺少了基础支撑。

---

① ［英］特雷·伊格尔顿：《二十世纪西方文学理论》，伍晓明译，陕西师范大学出版社 1983 年版，第 25 页。

② ［荷］佛克马、易布思：《二十世纪文学理论》，林书武等译，三联书店 1988 年版，第 92 页。

最后，它确实也是一个难问题。可以说，有多少种文艺理论涉及这一问题，就有可能形成多少种不同的理解。这显示出了文艺与意识形态关系问题的复杂性。应该说，作为人文学术的文艺理论研究，许多的问题都难以像自然科学甚至某些社会科学那样形成共识性的结论，而且越是复杂的问题越是如此。但中国文艺理论界对于人文学术的这样一个特点缺乏体认，无论在政治问题上还是在学术问题上，人们都习惯于大一统，总是希望用某种唯一性的思想和观点统一大家的头脑。因而，理论界常常是把复杂的学术研究问题简单化，强势话语总是想把自己对某些问题的认识和理解变成让大家普遍接受的共识性的东西，让大家都认为这就是最正确的解释。应该说这不是一种理论的正常状态。实质上理论研究决没有那么简单，能用一种解释来彻底解决某个问题，尤其是像文艺与意识形态的关系这样一个非常复杂的大问题。复杂性就隐含了多种解释的可能性，同时复杂性必然增加研究上的难度，而有难度的问题就往往要花费时日，不能指望一蹴而就。

由于文艺与意识形态关系问题是一个真问题、一个元问题，所以我们说选择这个话题来进行研讨，的的确确抓住了文艺理论研究中最根本的问题，是极有必要的。同时，基于这一个问题的复杂性和理论解决的难度，学界对这一问题的学术探讨又应该持一种审慎和包容的态度。所谓审慎，就是对于这一问题的最终解决，尤其是对于研究者个人在此一问题上的认识不要抱过于乐观、简单和绝对化的想法；所谓包容，就是学界对于跟自己认识不相符合的观点要有涵括容受的胸怀和气度，要容许他人做与己不同的理论探讨，正确对待不同观点之间的学术争鸣，而不能搞党同伐异，搞唯我独尊。学术上的真理是在艰苦的探索中得来的，是在严肃的争鸣中得来的，而不能靠学术自闭和排斥异见得来。

二

研究文艺与意识形态的关系，首先就涉及"意识形态"这个概念究竟怎么理解，这是一个很关键的问题。而要讲清"意识形态"这一概念，又涉及"社会意识形式"这一概念。早在20世纪80、90年代讨论文艺与上层建筑、与意识形态的关系问题的时候，学界就注意到意识形态和社会意识形式的关系问题，现在很多学者也提出了这个问题。文学究竟是意识形态还是社会意识形式，意识形态与社会意识形式是什么关系？这是首先需要加以解决的问题。

我们思考问题，要从原点出发。对文艺与意识形态的关系问题来说，文艺是不是意识形态，是意识形态还是社会意识形式就是原点。对这个问题的回答看似有两种——有的是落到意识形态上，有的则落到社会意识形式上。两种回答似乎都能从马克思那里得到理论支持。在《〈政治经济学批判〉序言》里，马克思在表述其历史唯物主义理论观点时写道："人们在自己生活的社会生产中发生一定的、必然的、不以他们的意志为转移的关系，即同他们的物质生产力的一定发展阶段相适应的生产关系。这些生产关系的总和构成社会的经济结构，即有法律的和政治的上层建筑竖立其上并有一定的社会意识形式与之相适应的现实基础……随着经济基础的变更，全部庞大的上层建筑也或慢或快地发生变革。在考察这些变革时，必须时刻把下面两者区别开来：一种是生产的经济条件方面所发生的物质的、可以用自然科学的精确性指明的变革，一种是人们借以意识到这个冲突并力求把它克服的那些法律的、政治的、宗教的、艺术的或哲学的，简言之，意识形态的形式。"① 在这段话里，马克思运用了"社会意识形式"和"意识形态的形式"两个概念。在当前的讨论中，有的学者认为，从马克思在上述这段话和其他地方的论述来看，说文艺是"社会意识形式"更合适，而不应说它是意识形态，其理由主要有这样两点：第一，马克思在《〈政治经济批判〉序言》里涉及文学艺术的部分，用的不是"意识形态"，而是"社会意识形式"和"意识形态的形式"这两个概念，马克思本人从来没有直接或间接地说过文学是某种"意识形态"。② 第二，意识形态是指抽象化的思想，属于观念和思想体系的范畴，而文艺作为实体性的存在，还包括了其他一些非意识形态的因素，所以，文学艺术是社会意识形式，但属于既具意识形态性因素又具非意识形态性因素的一种社会意识形式，它可以表现出意识形态的特征，但不是

---

① 《马克思恩格斯选集》第 2 卷，人民出版社 1995 年版，第 32—33 页。
② 参见董学文《文学本质界说考论——以"审美"与"意识形态"关系为中心》，载《北京大学学报》（哲学社会科学版）2005 年第 5 期。

意识形态本身。① 关于这里的第一个理由，实际上并不能算是一个理由。既然说马克思在《〈政治经济学批判〉序言》里涉及文学艺术时使用了"意识形态的形式"概念，那就不能说马克思从来没有直接或间接地说过文学是某种意识形态。而且，马克思在这里讲的"意识形态的形式"之"形式"就是种类的意思，因此在这个意义上说文学艺术是意识形态和说文学艺术是意识形态的形式即意识形态的一个种类，从本质上讲并没有什么区别。相反，如果非要抠字眼的话，倒可以说马克思从来没有直接或间接地说文学艺术是社会意识形式。在上面所引述的这段话里，马克思并没有列举"社会意识形式"包含的种类，也没有直接提艺术是社会意识形式。

至于上述第二个理由，顺着论者的思路看，似乎有一定的道理。20 世纪 80 年代毛星先生在其发表的《意识形态》一文中就持有类似的看法。他认为，"意识形态"具有非物质性，指意识的最高发展所产生的思想理论，而"意识形式"则指各种意识的存在形式，既包括意识从低级到最高发展的各种形式，又包括情感和幻想，还包括了潜意识与下意识，且具有物质的性质，包含了物质的内容。"意识形态"指的是政治、宗教、艺术等的思想理论，"意识形式"则指的是整个政治、宗教、艺术等等。基于这一理解，毛星先生甚至提议将"意识形态"这个译名从一向误为的 Ideologie 改为 Bewuβtseinsformen。② 只要加以比照就可以看出，近来一些学者否定文艺是意识形态而认为是社会意识形式的观点，其思路与毛星先生是一致的。应该说，看到文艺的观点与文艺之间的区别，指出文艺在其观念属性之外还有非观念属性，甚至进一步指出文艺的观念属性中除去与一定的经济关系相适应并与特定的集团利益相关联的思想成分之外还有其他思想成分，都是很有必要的。但是过分地强调文艺的观点与文艺之间的区别，断定文艺不是意识形态，也是不恰当的。其实，在唯物史观的社会结构系统中，意识形态作为人类精神活动的领域和产品，是作为一个总体性概念出现的，它主要指各种不同的思想和观念，也包含着表现这些思想和观念的物质材料和方式，是以观念属性为主导的精神因素与物质因素的统一体。就文艺而言，文艺的观点和

---

① 参见董学文《文学与意识形态关系辨析》，载《曲靖师范学院学报》2006 年第 1 期。
② 参见毛星《意识形态》，载《文学评论》1986 年第 5 期。

表达这种观点的物质材料和符号形式是不能截然分离的。① 因此，非要将马克思在《〈政治经济学批判〉序言》里讲的"意识形态的形式"的"形式"解释为感性存在外观的意思，认为意识形态是没有物质性"形式"的纯思想观念，只有依存于物质性"形式"之中才变成作为社会意识形式的文艺，可以作为一种解释，但不见得是最好的解释。马克思和恩格斯的确经常谈到政治的、法律的、宗教的观点等等，但这样谈论时，他们一般并不再用"意识形态"这个总体性的概念来总括它们，相反，他们倒是经常将政治、法律、宗教、哲学以及文学、艺术等等作为人类思想活动的不同领域来看，并且是在这样来看时才用意识形态这个概念来总括它们，把它们看成意识形态的不同的形式即不同的种类，即如在《〈政治经济学批判〉序言》里所做的那样。所以，"序言"里说到的"艺术"一词不是指艺术的观念，而是就艺术的实体存在来讲的，作为实体存在、包含了感性化物质外观的艺术是可以作为意识形态来谈论的。

那么，究竟应怎样来看待意识形态与社会意识形式之间的关系呢？我还是倾向于学术界通常的看法。相对来说，社会意识形式是一个较为宽泛一点的概念，而意识形态的界定要狭窄一点。人类以物质活动为基础的社会生活过程在其精神生活中反映出来，形成为从低级到高级的各种社会意识，社会意识形式就是对于各种社会意识现象的总概括。而意识形态则是与一定社会的经济和政治直接或间接相联系的观念系统，特别是指与一定的价值观念系统，一定的权力架构相关联的观念系统。社会意识形式在外延上要大于意识形态，既包括了属于意识形态的部分，也包括了不属于意识形态的社会意识内容和成分。这也符合马克思在《〈政治经济学批判〉序言》里的提法。马克思说，在社会的经济结构之上竖立着法律的和政治的上层建筑，这些法律的和政治的上层建筑显然是指社会政治制度方面，社会政治制度之外还有一些与经济结构相适应的社会意识形式。社会意识形式肯定指的是思想观念方面，对这些思想观念，马克思用了一个限制词"一定的"，是"一定的社会意识形式"，并不是所有的社会意识形式，应注意这个限定。这个"一定的社会意识形式"，就是下面马克思进一步界定的那些包括法律、政治、宗

① 参见谭好哲《文艺与意识形态》，山东大学出版社 1997 年版，第 81—82 页。

教、艺术和哲学等等在内的"意识形态的形式"。"一定的社会意识形式"才是"意识形态的形式",因为有些社会意识形式它不和特定的社会经济结构以及上层建筑相联系,价值属性不强,因而不能算是"意识形态的形式",不能说所有的社会意识形式都是意识形态。既然马克思直接把艺术称之为"意识形态的形式"之一,我们从意识形态出发探讨文学艺术的社会本性问题也就是十分自然的事情了。

三

由前面的分析可以看出,有的学者之所以认为文艺属于社会意识形式而不是意识形态,基本理由建立在两个判断基础之上:一是认为意识形态是纯理论形态的东西,二是认为文学艺术不是抽象的理论形式所以不应归于意识形态之列。对此,实有加以进一步分析的必要。

关于第一个判断,我们在前面的辨析中已经指出,在历史唯物主义的社会结构系统中,意识形态是以其精神属性或观念属性与经济结构相对应并与上层建筑中的政治法律制度和设施相区别的,但这并不意味着意识形态的存在不能够具有感性的甚至物态化的形式,因而说意识形态都是纯理论形态的并不准确,也不能从马克思主义经典理论家那里找到言说根据,这里不再详论。

至于上面的第二个判断,同样难以从经典理论家那里找到理论依据。这里,我们不妨返回到经典文本上来,看看马克思恩格斯究竟是怎么讲的。除去在《〈政治经济学批判〉序言》里直接将艺术归为意识形态的形式之外,早在作于 1851 年底 1852 年初的《路易·波那巴的雾月十八日》一文中,马克思就写道:"在不同的占有形式上,在社会生存条件上,耸立着由各种不同的、表现独特的情感、幻想、思想方式和人生观构成的整个上层建筑。"[①]后来,恩格斯在《反杜林论》中也有"由哲学、宗教、艺术等等组成的观念上层建筑"[②] 的明确提法。"观念上层建筑"就是意识形态。从这些相关

---

① 《马克思恩格斯选集》第 1 卷,人民出版社 1995 年版,第 611 页。
② 《马克思恩格斯选集》第 3 卷,人民出版社 1995 年版,第 429 页。

论述中，是很难将文学艺术排除在意识形态之外的。这里，有人会说，意识形态是个总体概念，而文学艺术都是些具体的社会意识存在现象，个别不等于总体，所以说文学艺术不是意识形态。这种说法未免太过武断了。意识形态的确是一个总体概念，但它同时也是一个集合概念。意识形态是对于社会结构中所有具有上层建筑功能的观念层面东西的描述，所以说它是一个总体性概念，就此而言，个别领域里的意识形态当然不能等同于一个社会的意识形态的总体。但意识形态同时也是一个集合概念，作为一个集合概念它可以分为不同类型或种类，各种类型或种类的意识形态都叫做意识形态。这就好比我们说人，白人黑人大家都是人，你就不能说白人他不是人。如前所述，马克思恩格斯经常是在不同的精神活动领域的意义上，也就是在不同的意识活动类型或种类的意义上来谈论意识形态的。比如恩格斯就说过："中世纪的历史只知道一种形式的意识形态，即宗教和神学。"① 又说："中世纪把意识形态的其他一切形式——哲学、政治、法学，都合并到神学中，使它们成为神学中的科目。"② 由这样一些理论表述可以看出，意识形态是具有多种形式的，也就是可以分为多种类型或种类的。如果宗教神学是一种意识形态的话，那么被马克思用来与宗教并列而归为"意识形态的形式"的"艺术"为什么就不可以说是一种意识形态呢？以其观念属性存在于社会结构之中的意识形态可能在哲学、政治经济学等纯理论形态中体现得更为充分，但并不是只有纯理论形态的东西才是意识形态。说只有纯抽象理论形态的东西才是意识形态，不是抽象理论形态的就不是意识形态，是对于意识形态的一种过于狭隘的理解。恩格斯在晚年的哲学书信里曾经有过"纯粹抽象的意识形态"的提法，说"我们所研究的领域越是远离经济，越是接近于纯粹抽象的意识形态，我们就越是发现它在自己的发展中表现为偶然现象，它的曲线就越是曲折"③。这里，所谓"纯粹抽象的意识形态"就是指哲学、政治经济学等理论形式的意识形态。按道理讲，既然有纯粹抽象的意识形态，也就有不纯粹抽象的意识形态，文艺就属于不纯粹抽象的意识形态之列。仅仅说文艺的观念等理论形式才是意识形态，这其实就又回到了 20 世纪 20—30 年

① 《马克思恩格斯选集》第 4 卷，人民出版社 1995 年版，第 235 页。
② 《马克思恩格斯选集》第 4 卷，人民出版社 1995 年版，第 255 页。
③ 《马克思恩格斯选集》第 4 卷，人民出版社 1995 年版，第 733 页。

代苏联理论界认为意识形态是一种理论观念，文艺只是表现意识形态的东西的传统看法。但那时的苏联理论界并没有否定文艺是意识形态，他们只是说先有意识形态而后有文艺表现这样一种意识形态。这其实就已经把问题弄简单化了。而干脆否定文艺是意识形态，显然就不仅是简单化的问题，而是有点武断了。苏联学者波斯彼洛夫在其《文学理论》一书中说原始社会中只存在着"没有分门别类的混合性的意识形态"，就是那时的意识形态没有分为不同的门类和不同的形式，所以是混合性的，到了后来才有了不同门类和不同形式的意识形态，有理论形态的，有艺术形态的。这种说法相对来看比较妥当，不能说某种具体的文学和艺术不是理论，因而就不是意识形态。

四

当前关于文艺与意识形态关系问题的讨论，更多的是聚焦在文艺是审美的意识形态这个命题上。这个命题自 20 世纪 80 年代中期提出以来，得到了文艺理论界不少人的认同，甚至被认为是新时期以来中国文艺理论批评的重要成果之一。为了反思新时期以来的理论批评，同时为了推动当下的学术创新，并为中国文艺理论未来的发展寻找到更好的理论支点，对这一命题展开深入的讨论，无论是赞同之、丰富补充之，还是质疑之、批评否定之，都是具有积极意义的，因为只有经得起质疑和批评的理论命题和观点才是真正具有学术价值的。

就目前学界对于文艺是审美的意识形态这一命题的质疑和批评来看，大致上有两种不同的理论指向，有的是指向审美意识形态这个提法的后半部分，认为文艺并非意识形态，所以这个命题在根本点上就不能成立；有的是指向它的前半部分，认为审美意识形态的提法着重点是落在审美上，用审美将意识形态溶化了，光剩下审美了，从而一方面将文艺的审美特性泛化了，遮蔽了文艺的其他属性，一方面又将文艺的意识形态性这一根本社会属性模糊了，甚至消解掉了。关于前一种批评，本文上述的分析已经做出了回应，这里仅就后一种批评指向谈一点自己的看法。

中国理论界的一些学者之所以提出文艺是审美的意识形态这一命题，其初衷是为了通过对于文艺特殊属性的强调，将文艺与其他社会意识形态区别开来，以丰富和深化对文艺本性的认识。意识形态性是文艺与其他一些社会意识形式共同具有的普遍性社会本质，而审美则是文艺活动所具有的特殊属性。应该说，像这样将普遍性与特殊性结合起来对文艺的社会性质加以概括的方法在思路上是没有什么错误的，这也正是人们认识其他事物本性通常所采用的方法。过去人们称文艺是用形象反映社会生活的意识形态，遵循的实际上是同一种认识思路。当前学术界之所以有一些同志不满意于这个审美意识形态的界定，除去不同的研究者对于文艺的社会性质存在理解上的差异之外，的确也与这一命题的某些阐发者的具体表述和理论论证存在着这样或那样的问题有一定的关系，比如有的阐发给人以审美+意识形态的印象，主次不分；有的阐发过于突出了"审美"二字中的"美"字，以至于遮蔽了文艺的其他社会属性和功能；有的阐发对审美的解析过于泛化，导致以审美代替了一切，如此等等。因此，对于这一理论命题的某些具体的阐发所提出的质疑和批评，有不少是有一定道理的。尽管如此，就目前理论界的相关研讨来看，种种的质疑和批评还不足以完全颠覆这一命题。从学术史的角度来看，文艺是审美的意识形态的提法是 20 世纪 80 年代中期以来中国学者对于苏联和中国学界关于文艺本性的意识形态论与审美本性说的一种创造性的理论综合，有其历史的功绩。迄至今日，这一命题在揭示文艺的社会本性方面还是具有较大的概括性，也比较具有理论上的说服力。当然这并不是说，对这一命题的理论阐发已经完善了，不需要再加以继续研讨了。问题不在于这究竟是不是个伪命题，是不是要把它加以抛弃，而在于如何阐释他，如何赋予这一理论命题更加科学的内涵。这其中最重要的一项工作，就是对审美以及审美与意识形态的关系作出合理的界定与论证。

在如何正确地理解和把握审美与意识形态的关系方面，阿尔杜塞和巴赫金的有关思想值得加以注意。阿尔杜塞认为，意识形态是一种具有自己的逻辑和严格性的表象（意象、神话、观念或概念）体系，它在给定的社会中历史地存在并起作用。意识形态涉及个体与其实际生存状况之间的体验的和想象的关系，人是生活于意识形态之中的。巴赫金也多次谈到意识形态环境这个概念，认为人是生活在意识形态环境之中的，人们的文化创造活动也是在意识形态环境中展开的，这一点与阿尔杜塞的看法有一致性。就艺术与意识形态的关系而言，一方面意识形态是艺术创造的母体，另一方面艺术又是从母体中生长出来的一种新的东西，它和母体有一种复杂的关联。基于这种认识，阿尔杜塞指出，艺术与意识形态之间具有一种天然的联系，一般的或平庸的艺术往往满足于做意识形态的镜子，而优秀的艺术也难以摆脱开它与意识形态的特殊关系。真正优秀的艺术一方面暗示着意识形态，一方面能够从它由之产生的意识形态向后退一步，在内部挪开一点距离，并通过这种内部距离使人觉察到人们所保持的那种意识形态，从而达到批判意识形态的作用和目的。优秀的艺术不直接反映它赖以生长其间的意识形态，却又能让人们觉察到隐匿于艺术背后的意识形态。那么，优秀的艺术为什么会具有这样一种揭示和批判意识形态的功能呢？阿尔杜塞认为，这有赖于艺术的特性，其特性就在于它不是像科学研究那样给我们严格意义上的认识，而是"'使我们看到'，'使我们觉察到'，'使我们感觉到'某种暗指现实的东西"，而所谓暗指现实的东西就是意识形态。"艺术使我们看到的，因此也就是以'看到'、'觉察到'和'感觉到'的形式（不是以认识的形式）所给予我们的，乃是它从中诞生出来、沉浸在其中、作为艺术与之分离开来并且暗指着的那种意识形态。"[①] 由此可见，文学艺术是通过它那感性化的存在形式彰显其与意识形态的内在关联的。

　　阿尔杜塞的论述给我们一个启示，就是对于文艺性质的把握，首先要回到其特殊的感性化的存在形式上来，由此出发来思考文艺与意识形态的关系。而把文艺称之为审美的意识形态，从现代美学和文论的语境上来看，也正体现了与阿尔杜塞同样的思路。美学在其本原意义上就是感性学的意思，而审美一词的基本含义即是对于人类某种特殊类型的感性活动及其形态的揭示，就此而言，说文艺是审美的意识形态也就是说文艺是以感性形态显示出来的意识形态。由于受中文语言习惯和释义方式的影响和局限，中国理论界对于美学的理解以及对于审美活动的理解，往往脱不开"美"字的缠绕，简单地将美学视为与美有关的学问，将审美视为主体对于美的对象的观照和审视，新时期以来的美学研究其实早已纠正了这种认识上的错误。今天，在讨论文艺是审美的意识形态这一命题时，应该特别强调恢复审美一词所原本

---

　　① ［法］路·阿尔杜塞：《一封论艺术的信——答安德烈·达斯普尔》，转引自陆梅林选编《西方马克思主义美学文选》，漓江出版社 1988 年版，第 520—521 页。

具有的感性学含义，不能将审美仅仅局限于跟真和善相区别的美上，过多地在美字上做文章，容易造成释义上的问题，容易遮蔽文艺所具有的其他属性和价值，从而不能真正将审美意识形态这个概念讲清楚。感性学意义上的审美概念，当然包含着狭义上所讲的美的因素和内容，但又不止于此。在《文艺与意识形态》一书中论及文艺是审美的意识形态这一命题时，我曾针对文艺本质认识中的形式表现说和情感体验说指出，审美既关乎形式，又关乎情感，具有涵括着一定的认识内容和思想倾向的感性观照的形式是艺术的特征所在，而这种感性观照的形式又是与主体的情感体验分不开的。又指出，如果说人类的心灵结构是由知、情、意三种机能组成的话，那么并不像康德所强行分割的那样，科学认识只关乎知，道德实践只关乎意，艺术审美只关乎情，事实上艺术作为审美的意识形态，正是认识功能、实践功能和审美功能的有机统一，主体的知、情、意都流注于艺术活动，凝聚于艺术的感性形式之中。这其中，审美正是连接文艺的认识功能与实践功能的一个必要中介，也是赋予认识与实践以艺术性的必要因素。艺术对现实的认识是审美的认识，而艺术凭借其思想情感上的评判力作用于现实的实践功能也只能是一种审美的实践。因此，当我们谈论艺术的认识功能和实践功能的时候，不应该忽略或忘记了艺术的审美性质和审美功能；反之，当我们谈论艺术的审美性质和审美功能时，也绝不能将它抽象化、绝对化，与文艺的认识的和实践的功能脱离开来。只有从审美、认识、实践以及艺术技巧的高度完美等多种因素的组合关系中，才能正确地理解艺术的审美意识形态性质，辩证地把握艺术的意识形态性与审美特性的内在联系和关系。[①] 至今，我基本上依然坚持这样一种看法。我认为这样来理解文艺的审美意识形态性质，没有陷于审美+意识形态的机械理解，也没有用美取代文艺的其他属性和价值，或进而用审美消解了文艺的社会意识形态普遍性。说文艺是审美的意识形态，不过是强调了文艺作为意识形态的感性特征，以便于将文艺意识形态与恩格斯所提出的那些理论形式的纯粹抽象的意识形态区别开来。

---

① 参见谭好哲《文艺与意识形态》，山东大学出版社 1997 年版，第 120—122 页。

五

当前关于文艺与意识形态关系问题的讨论，已经形成了一些新的认识和观点，而且参与讨论的人大都是抱着澄清问题、深化认识、推动学术进步的心态介入的，这是近年来文艺理论研究中一种非常少见的可喜局面。但是，目前的讨论中也暴露出了一些问题，特别是一些思想方法方面的问题，妨碍了不同的研究者就某些共同的研究话题取得理论上的共识。尽管理论研究的目的不见得就是求得共识，但为了不至于始终各说各话，为了把讨论引向深入，共同遵守某些理论认识和思想方法上的前见，以使对话限制在一定的语境范围之内，或置于一个都能接受与认可的平台之上，是极有必要的。具体来说，如下几个方面是我们在今后的讨论中应该特别加以注意的。

首先一点就是要认识到，人文领域内任何一种理论观点和理论命题的提出，作为对相关现象的抽象和概括，都是有其适用度的，都是有其局限性的，因此不应将某种观点绝对化、普遍化、唯一化，简单地予以肯定或否定。越是具体的东西越是丰富的，是人类的感知能力和思维能力难以完整把握和完全穷尽的，但要把握一个对象我们又必须借助于知性思维能力来对之加以抽象，要抽象就得舍弃掉很多具体的东西，所以很难把一个对象定义得面面俱到。这是人类思维不可避免地要面临着的一种窘况。同时，由于主体的认识能力不同，认识角度不同等等，对同一个对象有不同的观察理解和理论抽象是正常的，这正是人文学术与自然科学乃至社会科学不同的地方。就此而言，说文艺是意识形态或者说文艺是审美的意识形态，不过是对文艺的社会本质的一种界定和命名，这并不排斥还有其他的界定和命名。视文艺为意识形态或审美意识形态的学者，不过是认为意识形态性或审美意识形态性是文艺的主要属性或主导方面的属性，因而就用这个主要属性或主导方面的属性来对文艺加以界定和命名，并不意味着意识形态性或审美意识形态性就是文艺唯一的属性。因此，在文艺性质问题的讨论中，不应该因为文艺还有其他的属性，还可以作其他的界定和命名，比如说文艺还具有人学属性、文化属性以及文学是语言的艺术等等，就来否定文艺是意识形态或审美意识形态的命题。

其次是要明白，是在哪个角度、哪个层面、哪个意义上来谈论一个问题，对一个对象作出界定的。比如说探讨文艺与意识形态的关系，究竟是为了给实体性存在的文艺下定义呢，还是要探讨文艺的社会本性呢？这之间是有分别的。如果是给实体性存在的文艺下定义，就要考虑文艺本体方面的属性，包括它的媒介属性等等，但如果仅仅是在讨论文学的社会本性的话，就可以不涉及与媒介属性相关的问题。有的同志写文章时用艺术的非意识形态性如物质存在属性来否定意识形态性就是没有区分清楚这一点。因为人家不是要给文艺下实体性的定义，而是要探讨文艺的社会本性，文艺是社会意识形态或文艺是审美的意识形态的提法实际上不过是文艺在本质上是意识形态或文艺在本质上是审美的意识形态的简略说法，用文艺的实体性存在中具有的某些非意识形态性质来否定这种说法是缺乏针对性的。这就好比讲人是政治的动物，讲人是创造文化符号的动物，或是像马克思讲的人是社会关系的总和，这是对人的社会本性的规定，是就其社会本质而言。反过来偏要说人还有五官四肢，还有生理需求等等，用这些东西来否定属于人的前面那些界定可以说是文不对题。

最后，还应该懂得，在学术思想的发展史上，一个概念的含义常常是会发生变化的，一个理论命题也常常会被不同时代甚至同一时代的学者注入不同的内涵，作出不同的阐释，这样的事例在学术史上屡见不鲜。因此，在学术讨论中，不能因为某个概念有某种含义，就反对别人在另一种含义上使用这一概念，同样也应该允许他人对于一个理论命题的内涵作出新的阐释。在文艺与意识形态关系问题的讨论中，有的同志认为马克思早期所使用的意识形态概念是否定性的，指的是统治阶级的统治思想，是虚假意识、支配意识的代名词，马克思自己后来以及马克思之后的许多人对这个概念的使用都背离了马克思最初使用这个概念时的原义。殊不知在法国思想家特拉西最初创造和使用这个名词时，所表示的只是观念学的意思，并无贬义，只是从拿破仑起才赋予这个词以贬义。马克思在早期以及恩格斯直到晚年，的确都经常在否定意义上使用这一概念，但马克思恩格斯在其他一些地方却又是在中性化的意义上使用它的，比如在《〈政治经济学批判〉序言》里马克思就是把意识形态作为一个中性的描述性社会科学概念，用以概括整体的社会结构中存在于上层建筑中的某些社会意识形式。可见，在经典马克思主义创始人那里，意识形态概念有着双重的含义和两种用法，要承认它的不同含义，不能用一种用法否定另一种用法。此外，审美这个概念也是如此。审美本来具有感性的含义，但西方的一些学者，尤其是中国的许多学者后来从美的关照的角度来理解他，也不能说就完全没有一点道理，因为艺术活动和艺术作品的确是与美有关系的，现在我们提出要把审美恢复到其原初意义即感性的意义上，也并不是要在艺术的理解中完全抛弃美的属性。所以，对于审美概念，是可以有不同的理解的。同样，对于文艺是审美的意识形态的命题，也是可以有不同的理论阐发的。当然，由于对于审美、对于意识形态，研讨者相互之间有不同的认识和理解，因而对于文艺是审美的意识形态的命题，以及文艺与意识形态关系中的其他任何问题，或赞同或批评，展开争鸣，这也是十分正常的，没有什么不好。关键的问题是大家都要讲道理，要审慎地看待自己的理论认识成果，也要审慎地看待他人的理论认识成果，对自己的见解要坚持，但不可过于自信，对他人的见解不必盲从，但也应给予尊重。对我们探讨中的每一个概念、观念和问题，都应放到学术史的过程中，放到复杂的文本间性关系中，放到多种角度上和多个层面上加以展开。在这一展开的过程中，可能每一种思考、理解和提法都看到了问题的一个方面，都有其价值也有其局限，而只有更全面的思考，才可能获得更全面的认识，从而才能更好地将问题引向深入，把理论向前推进！

后　记

　　本文集之所以题名为《语境意识与美学问题》，是基于这样一种认识：任何审美现象的发生和美学理论的产生都有其一定的社会历史语境和文化、学术语境，因而美学问题的解决和美学史的研究都不可缺少语境意识。脱离开具体的语境，许多的审美现象无从解释，许多的美学问题无从解决。脱离语境凌空蹈虚而欲求学术研究的科学性，实无异于缘木求鱼，终将无成。

　　从大学时代起，我就对美学理论很感兴趣，做过美学原理和西方美学史两门美学课程的课代表，并试着写过几篇美学研究的小文章登在校报和学校的内部刊物上。1980 年 11 月 19 日的《大众日报》，从校报上转发了我的一篇短文《衔花佩实方为美》，这要算是我公开发表的第一篇美学文章。受当时美学热的影响，再加上初生牛犊不怕虎的劲头和不知天高地厚的年轻心态，我的本科论文竟然做了《论丑》这样一个大题目，而且搭了一个挺大的框架，字数写得也很多。收入本文集中的《论丑的本质和根源》与《论丑在艺术中的特殊功能》二文即出自于这篇论文的部分章节。1982 年 1 月本科毕业留校任教之后，美学、文艺学研究就成为我终生的志业选择了。收在本文集中的均为美学方面的论文，共计 26 篇。其中，《"共同美"溯源》作于 1980 年，两篇论丑的文章完成于 1981 年；《审美：创作动机的心理实质》完成于 1987 年，是我硕士毕业论文《创作动机论》的一部分，发表于 1988 年；《论黑格尔美学中实践观点的萌芽》发表于 1989 年；《超越形式禁忌与形式崇拜》发表于 1990 年；《艺术哲学的革命》发表于 1991 年；《批评：艺术审美的对象性建构》发表于 1992 年；《论审美中的想象活动》作于 1980 年、修改发表于 1997 年；其余 17 篇均写作、发表于 2000 年以来。就内容而言，这些论文在语境意识与美学问题的内在关联中，一从学术史的角度对中国美学的现代性、民族化和新时期以来的历史转型等问题进行了分析；二从学科史的角度对中国文艺美学的学科发生、学科特性、学科定位以及文艺创作和批评活动中的重要文艺美学问题进行了探讨；三对中外美学史上的一些重要大家和学派，特别是马克思主义文艺美学的体系、形态和主题以及马克思主义文艺本性论中审美与意识形态的关系等重要理论问题作了阐发，涉及的领域和内容算是比较广泛的。文集中的多篇文章被《新华文摘》和中国人民大学复印报刊资料《美学》、《文艺理论》卷等转载、复印或摘引，在学术界产生过一定影响，并曾获得山东省社会科学一等奖和山东省"刘勰文艺评论奖"等多项重要科研奖励。在此，真诚地向引领我走向美学研究之途的大学老师、学界前辈，向刊载这些文章的杂志和杂志编辑们表达我的由衷敬意。另外，本文集中的《艺术哲学的革命》是与我的硕士研究生导师、已故著名文艺理论家狄其骢先生合作写成，《1985 年前后美学研究方法论热的学术史反思》是与我的博士研究生韩书堂副教授合作完成，特此说明。

　　从我大学求学时代直到今天，中国 30 多年来的新时期美学研究可谓波澜起伏，有过众声喧哗的风光热闹，也有过沉寂萧条的黯淡冷清，一代学人在这期间投入了自己的热情和精力，使之成为中国美学发展、尤其是中国现代性美学发展的一个重要阶段。我庆幸自己能够成为这样一个重要阶段的参与者。虽然收入文集中的文章水平不一，特别是早期虽不乏敏感和锐气但终究幼稚和浅薄的那几篇，但却记录了我学习和研究美学的心路历程，对我个人而言自然有着相当的纪念和总结意义；同时，由于其中许多论文所涉论题本身的重要性，有些还是论争话题，因而它们也从一个侧面切入了新时期的美学研究进程，这对于美学界的同仁来说，或许也便就具有了一定的参考价值，能够起到抛砖引玉的作用。为此，我真诚地期待学界朋友富于慧识卓见的批评指正！

谭好哲

2012 年 12 月记于济南

责任编辑:张　旭
封面设计:肖　辉

图书在版编目(CIP)数据

语境意识与美学问题/谭好哲 著. -北京:人民出版社,2012.12
(文艺美学研究丛书)
ISBN 978－7－01－011620－4

Ⅰ.①语…　Ⅱ.①谭…　Ⅲ.①文艺美学-文集　Ⅳ.①I01-53

中国版本图书馆 CIP 数据核字(2012)第 317686 号

语境意识与美学问题
YUJING YISHI YU MEIXUE WENTI

谭好哲　著

人 民 出 版 社 出版发行
(100706　北京市东城区隆福寺街 99 号)

北京中科印刷有限公司印刷　新华书店经销

2012 年 12 月第 1 版　2012 年 12 月北京第 1 次印刷
开本:710 毫米×1000 毫米 1/16　印张:21.25
字数:350 千字

ISBN 978－7－01－011620－4　定价:49.00 元

邮购地址 100706　北京市东城区隆福寺街 99 号
人民东方图书销售中心　电话 (010)65250042　65289539